读客® 知识小说文库

读小说，学知识

余罪④

我的刑侦笔记

一个传奇警察和毒贩、悍匪、
黑道大佬的交锋实录

带你窥探这个时代的黑暗角落，
领略触目惊心的真实景象。

常书欣 著

海南出版社
HAINAN PUBLISHING HOUSE

图书在版编目（CIP）数据

余罪：我的刑侦笔记. 4 / 常书欣著. -- 海口：
海南出版社, 2016.5（2017.2重印）
ISBN 978-7-5443-6447-8

Ⅰ. ①余… Ⅱ. ①常… Ⅲ. ①侦探小说—中国—当代

Ⅳ. ①I247.5

中国版本图书馆CIP数据核字（2016）第092171号

余罪：我的刑侦笔记4

作　　者	常书欣	
责任编辑	王振德	
封面设计	读客图书	021-33608311
印刷装订	三河市龙大印装有限公司	
策　　划	读客图书	
版　　权	读客图书	
出版发行	海南出版社	
地　　址	海口市金盘开发区建设三横路2号	
邮　　编	570216	
编辑电话	0898-66817036	
网　　址	http://www.hncbs.cn	
开　　本	700毫米 x 990毫米 1/16	
印　　张	24.5	
字　　数	343千	
版　　次	2016年5月第1版	
印　　次	2017年2月第2次印刷	
书　　号	ISBN 978-7-5443-6447-8	
定　　价	42.00元	

如有印刷、装订质量问题，请致电010-85866447（免费更换，邮寄到付）

目录

第一章 反扒队集体造反 /1

一个人的冲动有时候会有很强的感染作用，集合的四十余名队员，陆续地站起身来。余罪抱拳，深深一揖，扭头就走，背后跟着一群，一下子涌出了院子。那两位督察相视凛然，没想到这里心这么齐。两人倒吸了一口凉气，暗自庆幸没有触了众怒。而楼上刚刚发现不对的魏局长大声吆喝着："嗨，干什么？都回来。"

不少人回头看了眼，根本没理他。直涌出大院，魏局长嚷着门口的分局警员拦住。还在现场的十几位警察手牵手拉着人墙，余罪一行奔上来时，当头一位喊着："喂喂，兄弟，都吃这碗饭的，重案队已经接手了，你们别激动。"

第二章 舍生取义 /73

众人默然后退着，护士推着病床出了急救室，埋在厚厚被褥里的余罪不见真容，医生轻轻地掖了掖被子。只见他苍白脸色像仍然毫无知觉一样，不知道有这么多关心他的人就近在咫尺，只能默默地从众人身边被推过。大家用警礼默默地送着队友，安嘉璐忍不住失声哭了出来。

鼠标抽泣着，一刹那间他以一种悲怆的声音，断断续续地唱起了大家熟悉的旋律："兄弟哪，兄弟，我的兄弟，我们等着……你……"

第三章 狗少，虎妞，偷牛案 /125

一言已毕，四座皆惊，耸然动容的王镔奇怪地看看余罪带来的人——张猛还蒙着呢，董韶军有点愕然，连马秋林也在沉吟。余罪像是故意给大家留下思考空间一般，自己踱步出去了。一出门，马秋林问着："小董，刚才什么电话？让余所长一下子豁然开朗了。"

"周文涓的电话，检测结果出来了。在发现粪便的地方，有唾液残留，还有微量的绿色素，成分没有定性。已经送检去了，结果可能要慢一点。"董韶军道。马秋林蹙眉思考着，李逸风眨巴着眼瞅着众人一样迷糊，问着张猛道："猛哥，我怎么觉得余所长不是找牛，像吹牛。"

"很正常，我就没见过他有谱过。"张猛笑着道。

I

第四章 火线追赃 /206

车继续飙着，李逸风继续狂吼着让前面的人缴械投降，不过这群人看样子是准备自绝于人民了，根本不搭理警察的呼声，车速却是越飙越快了。余罪看着这条倚山的二级路，笑了，这地方，想跑都难。

连追了二十公里，拐了数道弯，在接近乡入口过弯的一刹那，满头大汗的司机杨静永开始猛揉着眼睛，似乎不相信前方路上的状况。还是牛见山清醒，抢过方向盘，一脚踏上了刹车，车一个急刹，斜斜地停在路面上。三个人一刹那面如死灰，前方的路面上，聚集了数十人的队伍，队伍前面，三轮车，农用车、摩托车已经把路面挡了个严实，就想冲过去都不可能了。正是从乡里疾驰而来堵截的指导员王镔一队。

第五章 大闹牛头宴 /273

张猛兀自不醒，歪着脑袋，口吐白沫，那样子，绝对不像装出来的。

好不容易听到了呜呜的救护车的声音，担架和医护上来了，众人让开，医生一翻眼皮，马上打了一针，语速飞快地说着："脉搏70，正常；眼底特征明显，估计是食物中毒……马上上急救车……"

这一说，众人知道牛肉有问题无疑了，挥拳头的、指着叫骂的、气急败坏乱砸桌椅窗户的。秦海军抱着头，蹲到张猛刚才的位置了，今儿算是走不了了……

第六章 余罪的地下行动小分队 /326

"三个乡警、一个停职的、两个司机，再加上一个还没参过案的，行吗？"邵万戈有点担心，他本想匀出几位像样的队员来，不过都被余罪否决了。马秋林依然笑笑道："反正在你看来是一步废棋，试试又何妨。"

那倒也是，余罪坚持要转向从盗窃上下手，这和正常的侦破是相悖的，正常的应该从销赃窝点找到有价值线索，进而顺藤摸瓜，可现在藤没有，余罪就想摸瓜了。邵万戈狐疑地想着，是不是这家伙藏了什么线索……

第一章
反扒队集体造反

🐼 峰顶红颜

五原市的景区不算多，不过在本市长大的林宇婧，居然只去过动物园和碑林，还没有余罪这个外地人上学时翘课去过的地方多。于是相约出来玩的两人没怎么刻意选地方，就去了离坞城路最近的双塔寺。

一路上插科打诨，欢声笑语，脱下警服换上便衣的林宇婧关掉了手机，轻快地驾着车，听余罪说着反扒队的趣事，望着川流不息的行人车辆，果真又是另一番心境。

佛珠、佛像、玉佩……双塔寺前就像集市，两个人牵着手挨着摊点走过，林宇婧对于很多事免不了好奇，警营里单调的色彩、枯燥的工作，哪有市井里抑扬顿挫的吆喝，以及形色各样的人讨价还价有意思呢？

"你以前来这儿玩过？"林宇婧问余罪。

"啊，闲着没事，几个人约上，从滨河路遛到这儿，再遛回去，一天时间就打发了。"余罪道。能闲到这程度，林宇婧又被逗笑了。

寺不大不小，对于文化底子并不深的观者，顶多能看到高耸的塔尖和磨盘大的青石台阶，赞叹了一番，这里的人流都向内院的大雄宝殿汇聚着，两人也信步跟着人群进去。那里开发得不错，金光熠熠的佛身肃穆庄重，堂前满炉的香火烟雾缭绕，轻柔明快的佛吟充斥于耳，林宇婧仿佛有所感似的，要学着那些香客在佛前磕一下头，烧一炷香。

寺内有黄衣袈裟僧人在稽首，向香客们分发着香支。余罪拦也拦不住，只见林宇婧已经接过了几支粗大的香，燃起来，恭恭敬敬地插在香炉中，听着知客僧如同咒语的吟唱，她恭恭敬敬地磕了三个头，双手合十，不知道默祷着什么……

踱出了寺外，再坐到车上时，看看时间尚早，林宇婧又问着："现在去哪儿？"

"天龙山，登山去？"余罪随口提着建议。林宇婧直接驾车起步，向北郊驶去。余罪却是好奇地趁机问着："哎，林姐，你刚才拜什么呢？"

"不告诉你。"林宇婧道，投过了神秘的一笑。

"你赶紧告诉我，你还没准拜得对不对呢？菩萨和咱们警察一样，也分职责啊，你要是求平安求上送子娘娘了，那不乱套了？"余罪道，惹得林宇婧呵呵笑着，伸手要给他一巴掌。他一缩脖子，不过那手却是握在挡杆上，一加速，吓了余罪一跳。

没开多远，两人到了山脚，抬眼望着高耸入云的天龙山，不少游客却是已经开始往山下走了，余罪本来玩兴颇浓，此时却稍有踌躇了，问林宇婧道："上不上？有点高啊。"

"上！"林宇婧一别裤脚，叫着余罪往山上跑。

在林宇婧面前，余罪总会感觉到一种不该有的压力，这姐们儿就算放到警校那群兄弟里，也一点儿不逊色。

前两公里健步如飞，你追我赶，腿长步快的林宇婧每每领先，总不忘回头嘲笑余罪跟不上。中间的三公里，两人都有点气喘吁吁了，偶尔小憩，两人喘着气，互视着，像互不服气，随后又在同一时间奔出去再跑几百米，过会儿又互视着不服气，再抢着往前奔。

快登上山顶的时候，两人终于停下来了，余罪伸着手，拉着汗流浃背、气喘吁吁往上爬的林宇婧。林宇婧扶着膝，异样地看了余罪一眼问着："可以啊，我在特警队六年可是天天跑五公里，居然落到你后面了。"

"啊，光在特警队就待了六年？"余罪吓了一跳。

"可不，那时候我们队部在西郊，市区轮流值勤，一到逢年过节，又直接进驻重要部门……后来退伍，我们大部分人也没什么可选的，不是去了缉毒，就是到刑侦上。"林宇婧俯身做了个俯卧撑，又做了几个扩胸和后仰动作。等站起身了她才发现余罪一直直勾勾地盯着她，她笑着道："又傻看什么呢？"

"太摧残人了啊，六年！美女都被摧残成悍妞了……"余罪好不惋惜道。林宇婧一听话里有刺，伸手要擒拿，余罪机灵，一闪身，坏笑着继续奔上山巅了。

林宇婧歇了口气，跟着也上来了。此时，一抹美轮美奂的夕阳挂在天边，正以肉眼可见的速度渐渐西沉，绵延的山，林立的树，像被洒了一层金色，亮得耀眼。

林宇婧此时心胸大开，脸上藏着喜悦，由衷地赞道："好美，真想奔过去拥抱！"

"好美，我也想拥抱。"余罪侧头，斜斜地看着林宇婧，坏坏地道。林宇婧知道他在说什么，一屁股坐到山石上，解了马尾，任凭山风吹拂，笑着看着余罪道："这么好的景色，别煞风景啊。"

"没有人哪来的风景？最美的不是景色，是人。"余罪笑着，在石头上坐下。难得他心细，还带着水，拧盖仰脖一口，又递给林宇婧一瓶。林宇婧本想说句什么，不过看着余罪同样享受美景的表情时，她咽回去了……但此时男女间淡淡几句聊天应该会很有意思，总比沉默着板着脸强是吧……

虽然全身湿汗，但却觉得神清气爽，林宇婧叹着："我决定了，以后要再心情郁闷，就来爬天龙山。余罪，你陪不陪我？"

"咱们过得不一样，我是心情好了才来爬山。"余罪道。

"那你心情不好了干什么？"林宇婧问道。

"心情不好了在家睡觉，一睡着了，什么都忘了，就像在警校的时候，郁闷了，叫上兄弟几个，喝个烂醉如泥，睡哪儿都不知道，不过一觉醒来，就什么都忘了。"余罪道。

林宇婧笑了笑，饶有兴致地看着余罪，在余罪也看向她时，她言道："可我总不能跟你们一样没品吧？缉毒上这帮兄弟们也是，平时还像个警察，一喝多了，又哭又闹，跟小孩一样，你哄都哄不回家。"

"那你找点你喜欢的事啊，比如我爸，我就特别佩服他老人家，一天不知道跟那些买水果的拌多少嘴。可晚上回家，他就开始干自己喜欢的事了，把每天挣的零钱整钱数数，一遍不行数两遍，数清楚一算利润，高兴得能跟我重复好几遍。我跟我爸说了，就那么点钱，数那么清有意思吗？我爸说了，爸数的不是钱，数的是成就感……后来我发现我爸他说得太对了。"余罪笑着道，惹得林宇婧也跟着乐。

不过她还是摇摇头，故意为难余罪似的道："也不行，那是你爸的方式。"

"我是比喻，干点喜欢的事啊……你不会没有喜欢干的事吧？"余罪异样地问。

"哎，还真没有。"林宇婧突然很失落道，"以前不觉得，现在越来越觉得无聊，每天就盯着通信仪器，每天就想着怎么定位那些嫌疑人，每天除了工作还是工作，偶尔休息，脑子里也都是案子，盯着手机，生怕哪一刻响起来，又得马上归队……"

她轻声地以一种稍显落寞的口吻说着。余罪在她如水的眼眸中，却仿佛看到了更美好的风景。

那一轮金色的夕阳，已经沉下去了一半。

"如果喜欢的事也不行，那这样……"余罪一副思索的表情道，林宇婧的目光被吸引过来时，他却粲然一笑接着说道，"找个喜欢的人，然后两个人一起，就能发现你们都喜欢干的事。"

林宇婧对于余罪要说的话毫不意外，这家伙不止一次在言语中调侃她了。她没露什么表情，不过随后她却没想到余罪的脸皮能厚到这个程度，只听余罪直接自我介绍着："你越等越耽搁，其实好男人不少，比如我就算一个……你笑什么？要论起人生，我也应该属于成功男士吧？哈哈。”

林宇婧扑哧一笑，笑着直捂住脸了，她实在不知道该对这位厚脸皮的求爱者说句什么。余罪也乐了，笑着两眼都眯成一条线了。两人坐的距离又更近了些，背靠着背聊着天。

这一天林宇婧玩得很开心，似乎有点舍不得就这么结束，而余罪，当然更不希望结束了。

他静静地瞥着林宇婧，觉得自己头都晕了，可人家还是谈笑自若，跟没事人一样。以前在警校时，那帮兄弟已经把泡妞理论研究了个滚瓜烂熟，最出色的当属汪慎修、骆家龙那几位帅哥，据他们总结的理论，要和美女急剧拉近距离的最直接方式就是趁其不备，抱着来个深吻，然后再用眼光中的柔情把她感化……

可……余罪盯着林宇婧那双修长，却一点也不纤细的手，手指刚劲，臂力肯定也过于常人。他实在担心，自己成为那双拳头下的沙包。

林宇婧似乎窥到了余罪的心思，她正正身子，笑吟吟像挑衅一般，捋捋袖子，一捏指节，只听得咔咔作响，惊得余罪哆嗦了一下，瞬间紧张了。然后林宇婧扑哧一声笑了，她突然想起了家里安排的第一次相亲，当时的这个动作，把那位硕士学历、有车有房、矢志娶个警花的帅哥吓得落荒而逃。

“你怎么啦？”林宇婧故意问。

“没事。”余罪道。

“怎么不说话了？”林宇婧又问。

“我在考虑，是不是告诉你？”余罪的表情严肃了。要说男女之间的事，其实症结就在这儿，即便都中意对方，但总得有人先说出来吧。林宇婧看余罪这么个变化，倒意外了，随口道：“什么事情不能告诉我？”

“我怕坏了你此时的大好心情，所以不敢说出来。”余罪的眼眸中，有着期待。

“嗯。”林宇婧稍稍收敛了下，她知道余罪要说什么，但真正要面对那些时，心里自然而然又生出一丝抗拒，似乎觉得两人的发展，不至于这么快就走到那一步，尽管时间也不短了……她干脆快刀斩乱麻，笑了笑道："那就不要说出来。"

林宇婧在抗拒和期待之间徘徊，她审视着余罪，因为职业的原因，她看人的角度有所不同，这个被大多数人不屑的家伙，经过滨海一案，在她眼里已经是个集精明、勇气以及同情心于一体的男人。但如果让她选择的话，她更希望有这么一位永远的朋友，而不是变成太过了解的男朋友。

于是她的表情越来越庄重，这一天好不容易培养出来的女人味道慢慢消失了，她在恢复到那个不苟言笑的林警司的形象。这个形象，唯一的好处就是能够拒异性于千里之外。

然而余罪不是"一般的"异性，对林宇婧的变化视而不见。他沉默了半晌，就在林宇婧以为自己的冷漠奏效的时候，余罪却突然正色道："我还是决定说出来了，反正咱们也准备走了……要是当了胆小鬼，我自己都不能原谅自己……"

一个冷不防，余罪一下子转身过来，把多少有些惋惜的林宇婧抱了个满怀。他不客气地凑上了嘴，去亲吻林宇婧的双唇。林宇婧半推半就着，却终于被捉到了……不一会儿，两个人安静了，就这么忘情地吻着……

夕阳西下的山巅之上，他们俩又何尝不是最美的那道风景……

🐼 天降横祸

薄雾冥冥，霜寒冷重的冬晨渐渐放白，整个城市陆续忙碌起来了。

叮铃铃……一阵急促的电话铃声突然打破了这宁静，过了好一会儿，躺在床上的余罪终于醒了，伸着胳膊摸索着手机，随手放到耳边，带着睡意应了声："喂……"

"余儿……出事了，快过来集合……你在哪儿……"

"嗯……"余罪迷迷糊糊的，听出来打电话的是反扒队的洋姜。又听对方在电话里嚷着："喂……余儿，出事了，出大事了……鼠标和二冬被人打了……"

"真的？哈哈，谁干的好人好事，没揍成半身不遂别通知我啊。"余罪笑着迷糊道。

"哎呀！你快醒醒吧，真的出大事了……昨天押解的那个窝赃嫌疑人被劫走了，不但嫌疑人被劫走了，鼠标和二冬也被人阴了……二冬被人捅了两刀，已经送往医院抢救了……"

啊？余罪眼一下子睁大了。这哥几个没一个好货，什么瞎话也能编出来，特别是值班寂寞的时候，总能想出一些稀奇古怪的主意骗人。但此时一听到这句话，惊得余罪赶紧从被窝里钻出来，遍地乱摸自己的衣服。他几乎是奔着下楼的，拦了辆出租车就往坞城路来了。

——二冬被人捅了两刀，已经送往医院抢救了……余罪不明白，这操蛋的事情究竟是怎么发生的……

急匆匆赶到坞城路路口，往单位飞奔时，他看到巷口已经被拉着警戒线封锁了，那是进出单位的干道，单位那辆破面包车斜靠在墙边，一个大灯已经被撞碎了。走到近前，他看到路面上一地玻璃碎片和几处血迹，有穿着警服的同事正在拍照、测量、勘查现场。

外单位的，不是反扒队的，余罪的心一下子凉到了极点，一下子六神无主了。他要挤过警戒线时，却被人拦下了。余罪掏着随身带的警官证，那同事狐疑地看了眼，冷冰冰道："沿边上走，别破坏现场。"

"唉，同志，我们那个受伤的兄弟怎么样了？"余罪关切地问。

"不知道，我刚来。"对方道。

"你们哪个单位的？"余罪又问。

"杏花分局的……别多问，快去吧，你们反扒队全体集合呢。"对方道。

余罪应了声，往单位奔着，心里却恶狠狠想着：妈的，不管谁干的，非砍死这狗日的。

劫人、袭警，在国外大片里倒是经常看到，他从来没想过在自己身边还会发生这样匪夷所思的事，而且被袭的，偏偏还是形影不离的同学兼哥们儿。到现在为止，他都觉得这种事的发生，就像鼠标和二冬的恶作剧一般，处处透着不真实。

"喂，余儿，余儿，等等……"

余罪一个冷不防，有人从墙拐角处拦住他了，拉着他就往阴暗处跑，是洋姜。他焦急地问着："到底怎么回事？怎么一下子就成了这样？"

"我也不知道，我也是刚到。"洋姜道。

"那还不赶紧走，队里集合呢！"余罪道。

"你别急，你可能摊上大事了，要有心理准备啊……是队长让我悄悄告诉你的。"洋姜拽着余罪，生怕他跑了似的。余罪愣了，直斥着："瞎扯什么，有我什么事？不对，这就是我的事，我他妈掘地三尺，也要把这群王八蛋抓回来……有什么线索吗？"

"不是，不是……你听我说，你越说我越乱……现在分局的市刑侦支队重案队的来了，要自内而外查。集合不是去找线索，而是让咱们自查。"洋姜道。

"啊？哪有这样办事的，不查线索，先查自己？"余罪道，上火了。

"线索分局接手了，正在查，自查也正常，押解时间是随机的，怎么可能被人劫着？是不是有人通风报信？还有咱们在抓捕的审讯程序上有没有问题，都要查，集合的主要原因还是分局担心咱们报复，把事情搞得不好收拾……你别急，大毛和鼠标挨了一板砖，问题不大，二冬已经抢救过来，没有生命危险……"洋姜有条理地说着，虽然是协警，可是他在反扒队待的时间不短了，对其中的事情要比新进队的余罪知道得更多。

余罪却是按捺不住了，扇了洋姜一巴掌道："问题不大？我拍你一板砖你什么反应？先坐下来想想是不是自己犯错了？咱们有什么问题？辛辛苦苦抓贼，到头来反倒不对了？"

"不是，你听我说……审讯的程序，你忘了？昨天你吓唬那嫌疑人，是不是给人吃蟑螂了？"洋姜小声道。

"就吓唬吓唬不行呀？"余罪道，恶相顿生，和洋姜发起火来。

"那不出事，就不叫事。可出点事，都是大事……现在督察正询问凤姐呢，一会儿也得询问你，队长让给你打个招呼，问你怎么审下来的，你想好怎么说……对了，这个嫌疑人可能不简单，咱们昨天不但查到赃物了，而且审下了八起被盗电单车的事，案值好几万，销赃够判他几年了，估计是他外面的人知道坏事了，才出了这个馊主意，把人劫走。"洋姜道。

"劫人，袭警……我怎么觉得有人活得不耐烦了。"余罪冷冷地道。

"也未必，放普通人身上是活得不耐烦了，可要不是普通人，就不好说了……你不了解这儿的情况，估计他们把鼠标、二冬都当成队里的协警了。"洋姜道。

"怎么，协警就能袭？真他妈的，你说这是警察么？当什么也不能这么受气呀。"余罪骂了一句，转身就走。

"哎，等等……千万别乱说啊，队长交代了。"洋姜奔着上来了，赶紧嘱咐着余罪。

他的声音变得低了，郁闷了，渐渐听不到了，因为他和余罪已经看到了队部的大门了，看到了分局长带着一行人来了，还有督察的车也停在门口。两人刚刚进门，又来了几辆警车，一半是处理事情的，一半倒像是针对反扒来的。

"去，大会议室待着，不准随便走动。"分局长魏长河指着二层的大间道。余罪蒙了，第一次碰到超出他思维的事情，他失去判断力了。还是洋姜机灵，在领导发火前，拉着余罪就走，那间会议室，基本上已经聚集了反扒队的大部分在职人员。一队的队员，都阴着脸，闷声不吭，就像都挨了一刀一样，恨不得把报复的情绪宣泄在门口看嫌疑人一样的督察身上。

余罪眼珠子乱瞟着坐下了，此时他感觉到了一种非常诡异的气氛……

🐼 不知所措

最早受到针对询问的是林小凤，这位在反扒队已经供职十余年的女警，几乎要和督察拍桌子了，因为督察的问题始终集中在当时审讯嫌疑人时为什么没有另一位在场。这个审讯记录交代得这么清楚，是不是使用过非正常的手段？这些问题很好回答，有很多人在场，但林小凤只承认自己审了。至于交代得清楚，那是因为嫌疑人他就犯下了这么多的销赃罪行。

这些答案明显说服不了督察，他们了解这些警察。警员被袭击，首先要查清的是这是件随机的事件，还是件有预谋或者招致报复的事件，招致报复，还得查清是私仇还是公务。分局和支队怀疑反扒队内部有问题，最起码押解嫌疑人这个随机的时间，外界就无法掌握，那些事，就得在队员中间核实。分局要求在职的所有队员，把从昨天下午押解嫌疑人直到今晨出事的这段时间，每个人都必须讲清自己的行踪以及所见所闻。

"魏局长，不能这样吧，我们的队员还躺在急救室，嫌疑人还逍遥法外，不能先关起门来，审查我们自己吧？"刘星星队长忍着一口怒气，龇牙咧嘴地对进门的分局长道。

"伤员有医生负责，嫌疑人已经由重案队开始排查……你们呢，由分局负责，这是市局的安排，怎么，你有意见？"魏长河面无表情地道。一句质问，把刘星星给压制住了，再怎么说，丢掉押解的嫌疑人，这等于是在自己职业生涯上抹了一道黑色印记。

"没意见。"刘星星叹了口气，把下面的话，都憋回去了。

"好，那把贾浩成的事，就你知道的，详细给分局说一遍……唉，我说老刘啊，你也老同志了，怎么就看不清形势呢，这个嫌疑人不是打过招呼吗？动不得。现在好了，一锅粥了……进来吧。"魏局长喊了声，分局的两位调查人员，坐在刘队长对面开始询问了。刘星星慢条斯理地点了支烟，斟酌着魏分局长的话，他此时省得，这事不是黑白斗那么简单的事了，既然不简单，那他也有他的办法。

他抽了半支烟才给了外调人员一句瞠目结舌的话："别问我，我什么也不知道，我昨天下午喝酒去了……"

大会议室里，林小凤阴着脸回来了，坐下来，一言不发。督察给每位队员发了一张纸，让各人详细写下自己的情况，不许交头接耳。其实这个时候也有点压制不住了，大大小小的队员聚在一起嗡嗡声不绝，个个表情愤然，对上头处理这事的方式明显怨气尤甚。那督察视而不见，反正是按规矩办事。

余罪悄悄起身了，往林小凤的方向挪着。他刚才大概了解了些情况，原来当晚反扒队员们审了一夜收获不菲，到凌晨六时的时候，李二冬、大毛、鼠标按惯例把嫌疑人往看守所送。刚出队门不到一公里，就在巷口遭到了两辆车的拦截。坞城路这边向来乱，队员以为是违停的车辆，却不料下车就冲出来一拨人对着干上了，据说对方有七八人。三个反扒队员寡不敌众，李二冬勒着嫌疑人要往回拖，对方有人急了，冲上来对着他腹部就连捅两刀。等支援的队员来时，带着铐的嫌疑人已经被劫走了。

"让让……"余罪拍拍一位队友，坐到了林小凤身边，小声问着，"凤姐，怎么回事？"

回头一看是余罪，林小凤叹了口气，小声道："还能怎么回事？里外一般黑，咱们踢铁板上了。"

"我就是不明白了，咱们队员都伤了，怎么反倒矛头向咱们来了。"余罪道。

"要是当时追捕，抓到的可能性很大，现在都过去四个小时了，嫌疑人就是个白痴也跑出五原市了。"林小凤道，看了看表，已经快上午九时了，她轻声道，"贾浩成的销赃本来以为是个小事，可昨晚越审我越觉得不对劲，他家里就是开电动车专卖店的，还缺这俩小钱？不至于稀罕那几百块钱的贼赃呀？后来我带人连夜提审了咱们拘留所里还待着的电单车盗窃嫌疑人……你知道怎么回事？"

"雪球滚大了？"余罪问，只有这一个解释。

"比你想象中大，坞城路一带的销赃窝点，在全市都很出名，我们一直没有查到这个销赃渠道。一辆电单车不起眼，可每年全市丢掉多少？而且他们不是现收现销，而是拆开销零件，特别是一块铅酸电池就能卖到五百以上，要是锂电池的话更贵……这样一来，我想他们可能有黑窝……于是我又连夜到他的店里排查，在他们的地下仓库里找到一批没有包装的铅酸电池，有两百多块……"林小凤小声道。

"这么多？"余罪也吓了一跳，贼的生意能做到这么大，可不多见了。

"对，只多不少，当时我没有处理，只是暂作封存，向队长作了汇报……队长一边向上面汇报，一边连夜办了批捕，谁知道还是晚了一步，他们居然敢劫人。"林小凤懊丧道。

"什么后台？"余罪问道。

"不知道，不过后台应该不小，一出事都是找咱们的碴儿，好像怪咱们多事不该抓人一样……我上午刚知道，这个贾浩成的叔叔好像在区里是个什么领导，他爸贾政询是个商人，据说能量不小……贾浩成因为销赃被派出所处理过几回，都是罚俩钱了事，虽然知道他们不是什么善茬儿，可没想到，他们敢直接对咱们下手……"林小凤咬牙切齿道，不过再愤怒，遇上这事，往往也只能扼腕叹息，现在分局、支队都来人了，事情闹大了，就算再想参与，怕是也没资格了。

"呸！"余罪吐了口。他瞪着门口的督察，慢慢将清了这事中可能发生的蹊跷，前脚劫人跑路，后脚找人说情，典型的黑白同时下手，就即便东窗事发，也是袭警抢人一件事，目标转移，其他还有什么事也就被遮住了。

"别冲动……现在案子重案队已经接手了，这不是小事，一不小心，会把自己也毁了。"林小凤注意到余罪准备起身了，她在背后赶紧拉住他。

一边是很难再有所作为的队员，一边是躺在医院的同学，余罪那股子在胸中的怨气却是怎么忍也按不下去，不过他像有某种天生特质一般，越怒，反而越平静，他笑了笑道："林姐，我上厕所。"

林小凤放手了，余罪踱步着，脸慢慢阴下来了，所过之处，队员们看到余罪这张渐渐变得苍白而没有血色的脸时，都抱以了同情的一瞥。大家都知道余罪和鼠标、李二冬的关系最近，而现在，你只能眼巴巴地等在这儿，什么也做不了，哪怕你还是一名警察。

"站住，不许随便走动。"两位督察拦住了，余罪视而不见，几乎走到了两人脸贴脸的位置，督察火了，嚷道，"没听到我说话吗，什么素质？"

"哦，我上厕所。"余罪客气道。

两位督察互视一眼，余罪一指道："厕所就在楼拐角，不远，又跑不了。"

督察伸手往外看了看，总不能真把人扣着吧，一扬头："去吧。"

这个时候，不知道发生了什么事情，会议室里一阵哄笑声起，两位督察还迷瞪着呢，而余罪，也没有走，就那么阴阴地笑着，站在门口的位置，和督察站在一起。其中一位催着他道："你不去厕所吗？"

"我又不想去了……对了，你们俩人谁呀？怎么跟大马猴一样，一直杵在这儿？"余罪斜觑着眼睛问，状态极其嚣张，下面哄笑声更甚，都觉得咋就这么解气呢？

两位督察，一下子被余罪的挑衅惹怒了……

🐼 祸上加错

"你刚才说什么？把你刚才的话重复一遍！"高个的督察指着余罪，怒了。

"你叫什么名字？警号多少？是协警？"另一个胖点儿的，也怒了。

督察是专管警察的警种，警服一致，臂章不同，而且是白盔，不管是协警还是正式编制的警察，在督察面前，恐怕就带个"长"字的都要低一头。一见僵上了，全场安静，面面相觑着，就怕出事，而余罪却还像故意惹事一样，众人不禁凛然。

就是要故意惹事，只听余罪不屑地道："够嚣张的啊，你们是警察么？"

"什么？"两位督察愣了，上火了，寻思着该不该马上扣留这人。

"警察条例明确规定，在执行公务时，需要出示证件……从我进门，你们就耀武扬威地走来走去，呵斥我们这些一线拼命的队员，我们有个兄弟已经躺在医院了，都巴不得马上找出凶手来，可却有人拦着，像看犯人一样看着我们……我再问一遍，你他妈是警察么？不是冒充的吧？证件亮出来。"余罪阴着脸说着。

"对……亮出证件，依法办事。"下面有人也喷出一句来。

高个儿督察一摸口袋，全身一哆嗦，傻眼了；胖点儿的也一摸，同样傻眼。两人全身乱摸，遍寻不到，突然间发现下面有人眉眼间掩饰不住的笑意。高个人突然明白了，盯着余罪，可他没法说，另一位口不择言地道："这是反扒队还是扒手团伙？你……"

"你把刚才的话再重复一遍？如果不出示证件，我们只能认定你是冒充的了……你说我们是扒手团伙是吧？就这一句话，说明你的认识以及思想有严重问题。往后站。"余罪前进一步，那凛然不可犯的表情让两位督察下意识地退后着。"嘭"的一声，余罪关上了门，那俩督察傻眼了，这身能镇住任何警种的督察服，失效了。

证件早易手了，在指向厕所方向的一刹那，余罪已经摸到了两人的证件，一个小动作，困住了两位督察。余罪瞪着两人，雷霆一句："蹲下。"

"啊？你、你敢？"高个督察气坏了。

"蹲下！接受询问。"余罪瞪着眼，一言不发，亮着自己的警证。更多的队员附和上来，指着刚刚耀武扬威的两位，"蹲下，蹲下"的声音不绝于耳，那两人好汉不吃眼前亏，乖乖地靠墙蹲下了。

众怒难犯，那两位督察知趣，可余罪这样一来，就惹大祸了，敢和上级拍桌子都了不得，何况收拾人家督察。

可反过来讲，这样做，却让一股按捺不住的快意充斥在胸中，余罪想到了此时还躺在医院的兄弟，想到了平时三人的形影不离，每天在这个时候，应该是队长布置任务，兄弟们一起执行的时间，可现在，什么都没了。也就是现在，他什么也顾不上了。

他站在前排，阴着脸，几乎是咬牙切齿地道："我听说二冬被人捅了两刀，他不光是我兄弟，也是你们的兄弟……我刚才在想，如果被捅的是我，如果我知道现在反扒队和我朝夕相处的兄弟都龟缩在队里什么也不干，什么也不敢干，我会很寒心的……如果被捅的是你们中间的任何一位，其他人就那么看着，你们难道不觉得很寒心吗？"

"寒心……受够了！"洋姜憋不住了，踢了凳子站起身来。他站起来的时候才发现只有他一人站起来。他猛然间有点错愕，知道在这个事关饭碗的时候，冲动只会坏事。

"这一次是二冬，我们不吭声，我们就看着……下一次，换成我，你们也看着……再下一次，换成你，别人也看着……连贼都知道抱团，连他们也有团伙，我们他妈就那么看着……"余罪恶狠狠地说着，似乎被队员们这种不敢作为、不愿出头的态度气怒了，他狠狠地撂了句，"走，洋姜，不过是一群蟊贼而已，老子一只手就拎回十几个来。"

洋姜也虎气了，大咧咧跟着奔出来了，就在两人要走时，又一个声音响起来了："算我一个。"

林小凤站出来了，一言不发，跟上来了。

"算我一个。"

"算我一个。"

"算我一个。"

一个人的冲动有时候会有很强的感染作用，集合的四十余名队员，陆续地站起身来。余罪抱拳，深深一鞠，扭头就走，背后跟着一群，一下子涌出了院子。那两位督察相视凛然，没想到这里心这么齐。两人倒吸了一口凉气，暗自庆幸没有触了众怒。而楼上刚刚发现不对的魏局长大声吆喝着："嗨，干什么？都回来。"

不少人回头看了眼，根本没理他。直涌出大院，魏局长嚷着门口的分局警员拦住。还在现场的十几位警察手牵手拉着人墙，余罪一行奔上来时，当头一位喊着："喂喂，兄弟，都吃这碗饭的，重案队已经接手了，你们别激动。"

"哼，你拦得住吗？"余罪脚步不停，手直指要害，那说话的警员猛地发现皮带被抽了，裤子将落的一刹那，他忙不迭地伸手提着。一列人墙霎时瓦解，四十多名队员冲过防线，走了。

十几名分局警员傻眼了，哭笑不得了，不过也有位年纪稍大点的道了句："能遇上这么够意思的兄弟们不容易，让他们去吧，这次咱们分局办得不地道啊，明摆着就是有人作恶，还打压自己人。"

"老吴，你省省吧，臭嘴。"有位劝了句，其余齐齐闭嘴了，只有向分局长汇报没拦住人的在说话。

队里分局长一看两位督察都被钉在会议室了，吓坏了，忙不迭地赔着不是，回头奔上楼，拍着桌子开训刘星星："老刘，你看看，你带的一群什么队员？居然无视上级，脱离指挥……我命令，马上把他们集合起来，让他们全部归队。"

"呵呵，魏局，您不刚宣布我停职检查了吗？我拿什么指挥。"刘星星摸着发少额亮的脑袋，苦笑着道。不过魏长河被气得暴跳而走时，他又感觉到了一丝快意，坐在办公室里，对着询问他的两位同行，哈哈哈地笑了起来……

此时因为一位警察遇刺，市局刚刚启动了应急预案，调派重案队警员协同杏花分局彻查本案。可不料命令刚刚成文，便接到了重案队上报的消息，事发单位坞城路街（路）面犯罪侦查大队全体队员抗命，脱离指挥。

据说，当时市局局长就摔了电话，命令全体督察照单抓人，在编警员一律缴回警证，禁闭反省；临时协警，就地开除……

"哦，万戈，什么事？"

车上的许平秋接着老部下邵万戈的电话，此行长途刚走了二百公里，一听电话，他示意着司机靠边停车，可已经走到了高速上，不得已，只能到下一出口了。他听着事由，奇怪地问着："消息确定？谁下的命令？"

"没错，王少峰局长现在都快疯了，反扒队集体抗命，市督察全体出动，还在警务通手机上发了通报，凡坞城路街（路）面侦查大队要求协查的案情，一律上报。"电话里邵万戈道，是一种很怪异的口吻。

"那伤员呢？"

"伤的是二冬，被捅了两刀，还没下手术台，不过应该没有生命危险……另外两人受了轻伤，据我目前掌握的情况，他们是在押解一个盗窃嫌疑人时被袭击的。详细情况没法往下查，反扒队就剩一个队长了。"

"好，这种案子得速战速决，马上集中精力抓捕脱逃的嫌疑人……对了，他们几个有什么情况，随时向我汇报。好的，谢谢你啊，万戈。"

许平秋挂了电话，司机提醒着，离下一出口不到三十公里了，是不是折回去。许平秋想了想，直接命令折回去，司机虽然不知道发生了什么事情，不过他听到了许平秋一直在喃喃着："唉，有人出昏招，少峰还应了步臭棋，要出事了，要出事了……"

出什么事呢？他无从知道，可他总有一种心神不宁的感觉，这种感觉像毒蛇一样蔓延在心里，当他觉得扑朔迷离，无从下手的时候，他突然想起，自己漏了一个很重要的人物。他赶紧拨着余罪的电话。

可惜，已经打不通了，服务员机械的声音在回应着：您拨打的用户暂时无法接通，请稍后再拨。

邵万戈挂了电话时，正看到了绿灯亮起，他赶紧地奔上前去。

豆晓波来了，搅着脑袋缠了几圈绷带的鼠标，可怜兮兮地站在门口，张猛和熊剑飞来了，两人咬得牙齿咯咯直响；骆家龙来了，吴光宇来了，都眼巴巴站在手术室门口等着。邵万戈被这个场面惊了一下，他能理解那群红了眼的小后生能干出点什么来，这点是他最欣赏的，只是让他奇怪的是，平时一张臭嘴不招人待见的李二冬，居然能让一拨人这么上心，起码二队的都是扔下手头的案子来的。

警察这个特殊集体让同事，特别是经常面对危险的同事之间有一种近乎血脉亲情的感情，简单来说就是兄弟相称，胜似兄弟。

一会儿孙羿也来了，后面还跟着周文涓，两人奔得气喘吁吁，平时不多话的周文涓焦急地问着："邵队长，我们同学呢？"

　　"刚出来，去吧。"邵万戈扬扬头，他身边带着的队员眼睛里闪着羡慕，有一位手捅了捅队长，示意着楼下方向。邵万戈顿住了，是解冰，他踌躇着，不知道为什么没有上来。

　　这边众人忐忑不安地等着，医生一出来就拉着问怎么样。医生说问题不大，就是失血过多，众人终于将提到喉咙的心给放回肚子了，张猛揪着还缠着绷带的鼠标训着："啊，你他妈干什么吃喝去了，怎么就捅了二冬两刀？"

　　"就是啊，好歹你也替二冬挡一刀啊。"熊剑飞火冒三丈地骂着。

　　孙羿一看虚弱的二冬，也是怒不可遏，直指着鼠标骂着："这王八蛋从来就贪生怕死，一出事他跑得比谁都快。"

　　"哦哟，我冤啊。"鼠标捧着自己差点被打爆的脑袋，痛不欲生地道，"下车就有人给了我一板砖，一砖就把我拍地上了，七八个人呢……哥就能当贱人，可当不了超人啊。"

　　没人理他，都护着重伤员呢，李二冬喃喃地说着"谢谢"，他看到了同学，看到了一块的兄弟，像是生死轮回了一番，他是那么的高兴，对着离他最近的周文涓笑着，周文涓握着他的手，也笑着安慰他。

　　床车停了，邵万戈蹲到了床前，众人从来没有见过邵队长如此温和的表情，如此和蔼地看着一个人，李二冬在喃喃地虚弱地道："邵队长……"

　　他也许想说自己并没有丢脸，也许想澄清他并不是因为胆小而不愿意待在二队，也许想说，反扒队比他们刑警队还危险。邵万戈没有说话，双手并拢，在打着战术手语，那是突击和抓捕时才会用到的，在场的大多数都读懂了。

　　很简单：兄弟，保重！

　　一刹那间，两行热泪从李二冬的眼睛里溢出来。他嘴角抽动了，周文涓默默地为他抹去了泪。邵队长摆摆手，让送进病房，不过他却一把抓住了鼠标，两位队员一左一右挟着，鼠标抽泣着，抹着泪，委屈道："凭什么呀，凭什么怨我呢？早知道这么憋屈，我就自己捅自己一刀得了……你拉我干吗？我看二冬去。"

"他有人护着，你在现场，现在需要你提供详细的一手资料……看清是什么人了吗？"邵万戈道。

"没看清，都戴着口罩。"鼠标道。那惊魂的一刻，其实只有几秒钟，两辆车猝然堵住巷口，他猛踩刹车，然后就看到一群戴大口罩的男人操着家伙奔上来，等感觉到害怕，已经人事不知了。

"车牌呢？"

"那时候都操着家伙砸上来，你让我看车牌？"

"体貌特征有记住的吗？"

"大清早的，天还没亮，怎么见体貌特征？都戴着大口罩，都是男的算不算？"

邵万戈被气着了，回头瞪着鼠标，鼠标一摸受伤的脑袋，不敢吭声了。说实话标哥也够委屈的，就因为受伤没有二冬重，落了一堆埋怨。

邵万戈摆摆手，把这货交给两位随从了，又回头询问另一位别人直呼大毛的协警，基本情况一样，戴着大口罩，把驾驶的鼠标和副驾上的大毛打昏了，李二冬拉着铐子拼命把嫌疑人往回拉，然后被奔上来的一人捅了两刀，人被劫走了。

没有提供更有价值的线索，大毛和鼠标一样，有点羞愧，再怎么说也是警察，这回脸丢得可大发了。邵万戈让两人先住院休息，下楼时，碰到了一直等在那儿的解冰，他奇怪地问着："解冰呀，你怎么不上去？"

"呵呵，在学校时，他们都不怎么喜欢和我在一起……还是算了，邵队，情况怎么样？"解冰问着。近一年的刑警生涯，把这位帅哥历练得看上去更干练了。

"不怎么样，标准的闷棍手法，严德标和同伴毛志高被拍晕了，二冬被捅了两刀，还没法询问。不过我估计他说不上什么来，都戴着大口罩，又是猝然发案，啧，不好办。"邵万戈道，稍有难色，袭警重案一般都由二队接手，可没料到一接手都是熟人，而且看样子难度不小。

"那应该从反扒队自身入手，他们对坞城路那一带比较了解，应该能找到突破口，而且，说不定他们就应该清楚是怎么一回事。"解冰道，一语中的，指出了本案的要点。

邵万戈笑了，笑得解冰很不自在，以为自己说错了，不料邵万戈半晌说了句让他也瞠目结舌的话："你可能还不知道，反扒队集体抗命，你那位同学把队员全带走了，现在市督察正在四处找他……呵呵，我不得不承认，你们这届同学里，妖孽不少，最妖孽的就是这个，不过，恐怕他这身警服也穿到头了……"

邵万戈叹了句，信步离开了，似乎有点可惜没有发现这个妖孽。这种胆大包天的妖孽不多，如果用在正道，悍匪也要低他一头。

解冰迟了一步，他听愣了，他不知道自己心中是一种什么样的感觉，听到余罪这么出格，甚至有一种佩服的感觉。半晌他同样可惜地摇摇头，他觉得邵队说得没错，敢这样让大家钦佩的人，也该到脱警服的时候了。

此时，上午十时五十分，现场的初步勘查完成，二队把两个组投入到案件侦破和追捕脱逃嫌疑人中。没有意外的是，遇刺的李二冬也没有提供更多有价值的线索。但意外的是，支队长孔庆业也派出一组人员支援重案队，以往但凡本类袭警重大案件，都是重案队独立完成的。这个异样的举动，不得不让邵万戈把这个蹊跷的案子往更深的地方考虑了……

🐼 将错就错

十一时，市局督察队四辆车在南环路一家湘菜馆堵住了七个人，七位街（路）面犯罪侦查大队的反扒队员被核实身份，清一色的协警，年龄最小的二十一岁，最大的三十岁，大上午喝酒喝得咬牙切齿，不知道在商量什么。当督察宣布解除聘任合同，要收回协警证件和警械时，意外了，七个队员很爷们地把证件、铐子齐刷刷地交回到督察的手中。

带队的督察宋晋阳也来自基层，他认出了其中年龄最大的一位，居光明，是受过市局表彰的一位反扒队员。表彰协警的机会并不多，居光明则是因为抓贼受了伤。

看着这干人发红的双眼，宋晋阳关切地问了句："老居，我认识你，前年基层模范人物表彰有你……你也算老同志了，怎么能出这种事？"

"呵呵。"居光明捏着酒瓶一饮而尽，重重一顿道，"没错，我是老同志了，干了八年，本来今天就没我们的事……可人家敢站出来，像个汉子，不像他妈有些人，前面兄弟在拼命，后面软刀子整人，心寒啊……走！"

七个人，踢凳子，扔筷子，顿杯子，都跟着居光明决然地走了，头也不回，反倒让这群气势汹汹而来的督察觉得理亏几分了。

是有点理亏，总不能真把一个反扒队全清除了吧。协警虽然受诟病，但绝大多数的基层警务都是靠他们完成的。从这一点讲，他们比坐机关里的更容易博得大家的认可。于是督察的工作进展只能慢下来了，只收缴到了不到四分之一队员的警证和警械，还都是协警……

十一时四十分，安嘉璐和欧燕子拉着哭哭啼啼的细妹子晶晶到了武警三院。鼠标的事通知家属了，可市里的家属就这个女朋友，细妹子慌神了，打电话问安嘉璐，到出入境管理处看安嘉璐的欧燕子一听受伤的是警校同学，忙带上细妹子匆匆赶来了。

"晶晶，你别哭了，不没事吗？"欧燕子劝道。

"呜呜……他要有事，我可怎么办？"细妹子抹着泪，到医院跟前却是不敢进去了。

"走吧，没事，是李二冬受伤最重，鼠标就脑袋挨了一下。"安嘉璐道，说着从同学那里知道的消息。

一听这消息，细妹子哭得更甚了，直抹着泪凄苦道："安姐，他没傻吧？还认识我吧？"

欧燕子本来好难受的心境，被搞得哭笑不得了，干脆来狠的了："你再哭就真傻了。"

安嘉璐赶紧拦着，鼠标捡的这个媳妇没上过什么学，十五六岁就进制衣厂当女工，文化水平仅限于能记记账。可不料这姑娘并没有吓倒，虽然哭啼着，可还是决然地道："他要傻了，我就和他回老家种地，我养他。总比当警察担惊受怕强。"

这答案反倒把欧燕子听傻了，安嘉璐不屑地一拉她斥着："听见没，这才是伟大的爱情……细妹子，你放心，你家鼠标那脑袋，就傻一半，也比普通人聪明。"

欧燕子吐吐舌头，震惊地跟在后头。三人进门的刹那，安嘉璐看到了从电梯里和一队警员相随出来的解冰，解冰也看到他们了，不过安嘉璐故作未见，昂首走着。解冰让队友们等着，追着拦住了安嘉璐，安嘉璐却是很傲地说道："哟，解队长，有事吗？"

"我……"解冰想解释什么，不过没机会了，细妹子哇声一哭，扑到他怀里了，把欧燕子苦得啊，直往一边侧脸。哭哭啼啼的细妹子问着标哥如何了，解冰赶紧劝着："没事没事，标哥怎么可能傻了，刚才还吃了碗泡面呢。"

一听这个，细妹子放心了。那边解冰却见得安嘉璐和欧燕子早走了，把解帅哥给郁闷得，只得跟上队伍走。

"安安，你和他真的掰了？"欧燕子小声问。

"我们根本没发生过什么，所以也无所谓掰不掰。"安嘉璐有点落寞地说道，浓浓的失恋味道。

"安姐姐。"细妹子抹着泪，放心了，开始说话了，很诚恳地说着，"我奶奶告诉我，找对象别找太俊的，心花；也别找太有钱的，心野。解哥人不错，就是太优秀了。"

安嘉璐一愣，被这朴素的理论震住了，欧燕子却扑哧一声笑了，笑着道："哦，我明白，这个择偶条件，也就鼠标符合。"两人相视笑了，安嘉璐却也是心有所思，一直未发言。

出了电梯，快到病房门口时，几个人蹑手蹑脚，冷不丁被人看见了，张猛笑着喊着："鼠标，你妹。"

又有两个脑袋伸出来了，回头也喊着："鼠标，你妹。"

鼠标心神刚宁，正啃着慰问品，不屑地回头对骂着："你妹，你们全部你妹！"

"你确定？我妹了啊。"骆家龙笑着道。

一下子鼠标觉得不对了，咬着苹果奔出来了，哎呀，一慌把舌头咬了，顾不上疼，上前就抱细妹子。细妹子却是生气了，哭着，闹着，小拳头擂着："你怎么不告诉我……你怎么不告诉我……受伤了也不告诉我……骗我，又骗我……"

"没骗你，我怕你担心……谁他妈告诉我女朋友了……别哭啊，晶晶，我不当警察了，我回家给你做饭洗衣服去……"鼠标揽着，大手抹着细妹子的泪，细妹子抚着鼠标头上的绷带，又是悲从中来，两人相拥而泣，哭得那叫一个稀里哗啦。眼睛很软的安嘉璐和欧燕子，顿时被这种伟大的爱情感动得不忍再看。

"行了啊，肃静肃静。医院走廊，搞得像情人路似的。"张猛看不过眼了，两人哭得引得不少病人出来观看，而泪涟涟的这一对，怎么看怎么像演电视剧。

安嘉璐和欧燕子劝着这一对，骆家龙回头跟兄弟们说着："喂，兄弟们，你们说，为什么动人的悲剧总不发生在美女和帅哥身上，非要在标哥身上演出呢？"

"别酸了，要有细妹子这么个妞儿，我绝对娶她当老婆。"孙羿道。吴光宇接茬儿道："现在也不晚，和鼠标抢呀。"

"真是一群不要脸的，不能饥渴到连兄弟的妹子也想抢吧？"张猛道。

熊剑飞不悦地瞪了众同学一眼，实在兴味索然，见孙羿和吴光宇、张猛都看着安嘉璐，他不屑地说着："真没出息，我就不信，没妞儿能把你们憋死。"

"憋不死，可活得没意思。"吴光宇笑着，评价熊剑飞道，"难道熊哥你一直练童子功，不怕变态呀？"

熊剑飞一听这话火了，一揪人，卡着吴光宇的脖子，恶狠狠地说着："老子早变态了，先拿你发泄发泄。"惹得众人一阵好笑。

安嘉璐和欧燕子此时再见警校的同学还是这么闹，颇有些亲切的味道。不过等听到二冬没事，悬着的心才一下子落地。这干人对安嘉璐说李二冬在隔了两间的特护病房，已经睡着了，伤势不重可也不轻，捅了小肠部位了，光手术就做了两个多小时，需要静养一段时间。

不知道是谁提的议，想去看看。骆家龙带着众人，蹑手蹑脚，出了楼道，拐了个弯，在一处大玻璃外，一个接一个，将很多个关心的脸庞印在玻璃墙上。就像心有灵犀一样，病床上的李二冬睁开眼了，他看到了很多人，很多熟悉的同学、朋友、兄弟，他们都在欣慰地笑着，在做着鬼脸，在打着手势，在这个本应该悲伤的时候，却一点也没有悲伤的氛围。

他笑了，笑得依然虚弱，可却很开心……

十二时，重案队一组在交通监控上根据描述锁定了两辆作案车辆，拍到了一张模糊的面部，技侦开始最细微的还原手法恢复，这个技术活难度不算很大，但很繁琐，需要很长时间。

同一时间，重案队二组向坞城路派出所、分局下属的治安队、巡逻队发出了协查请求，要求协查的是凌晨四时开过商业街的两辆面包车。这样的面包车和这个时间段，把协查的人也难住了。这条人口密集的商业街，大多数商户用的都是这种经济实惠的小面包，很难查的。

下午十三时，王少峰局长连续两次打电话询问重案队侦破进展，要求务必在最短的时间里把凶手和脱逃的嫌疑人缉拿归案。电话里，领导几乎是雷霆大怒，比发生了震惊全市的凶杀案件还让他生气。

真正生气的地方在网上——一则《坞城路发生袭警事件，三名警员受伤》的报道，后续又增加了押解嫌疑人脱逃，疑是当地黑社会所为的八卦新闻，这种事一般是严厉禁止的。等网警发现时，网上波澜已现。拿捏不定处理意见了，网警支队、刑侦支队齐齐向市局请示。

难啊，认同或不认同新闻都不好办，所以还是像惯常一样保持缄默，外松内紧，不断向办案的二队施压。

袭警的事件慢慢在扩大，警务资源慢慢地调动着，而这一切，都赶不上上级要求的速度。十四点四十分，第二次询问了醒来的李二冬，重新描述了一遍被袭的经过。询问完毕，案情碰头会就在医院召开了，邵万戈临时向三院请求了一间会议室暂用，两组聚齐了重案队侦破上的精英，李航、赵昂川、陈成功、方可军，再加上新晋的解冰。大家在队里私下讨论时，称这几位为队长麾下的五虎将。从清晨接案忙到中午，会前还有人就着医院的福尔马林味儿吃着方便面。

邵万戈向来雷厉风行，等询问的解冰一出来，敲着桌子就开始了："案子就这么个案子，说难也不算难，可加上限时和社会影响因素，那麻烦就大了。说说，找个突破口，从哪儿下手？李航，你先来……"

这位是在滨海缉毒案重伤的那位，血与火的历练只会让一个人更加成熟，他翻着上午的记录道："监控这一条线，我建议作为旁枝……事发时间在早上六时三十分，而锁定的车辆，是凌晨四时经过，按时间计算，他们到达反扒队外巷，应该在四时二十五分。也就是说，他们准备很充分地潜伏在那儿，就等着我们的押解车辆出来。"

"好，排查这一组你负责，重点从无证运营车辆上下手，包括废旧车辆回收的地方排查一遍，查查案发时间段内，有没有类似的可疑车辆。"邵万戈按惯例安排着，等李航应声，他又看向了赵昂川，这位大个子，平时嘻嘻哈哈，在二队的时候也很喜欢鼠标和二冬这俩小子。赵昂川此时的表情很严肃，清清嗓子道："上午我去反扒队的时候，他们已经集体脱离指挥了，依我看，这种事里应外合的可能性很大……而且，就本市来说，我想一群敢对警察下手，而且敢抢押解车辆的人，不那么好找吧？有这么大胆子，直接抢银行不就得了，反正都是重罪。"

众人笑了，邵万戈斥了句："说主题。"

"主题就是，我们不能脱离反扒队办案。被劫走的嫌疑人贾浩成，根据案底查实，他被派出所滞留了两次，被反扒队传唤过不下六次，最了解嫌疑人和嫌疑人幕后的人，应该还在反扒队。"赵昂川道。

"有道理……你这样，一会儿和严德标，还有那个姓毛的协警联系一下。有情绪归有情绪，案子还是要办，在这一点上，我想他们不会拒绝的，要是能联系上脱离指挥的队员，那样会更好。"邵万戈道。又问到了陈成功和方可军，一个是现场勘查，一个是背景调查，被袭现场基本和伤员所述一致，所用武器是一把三棱刀，其余是铁水管以及板砖块，标准的地痞装备，没有什么可查性。

至于背景，贾浩成据说是坞城路两家电单车专卖店的老板，不过彻查之后才发现，注册法人不是他，是他父亲，这个人是个标准的坑爹二代。本身就有钱，叔叔又是副区长，家世相当不错。据说案发后，他父亲亲自到刑侦支队说明情况，要求警察把他这个逆子捉拿归案。

说到大义灭亲这一段时，邵万戈犹豫地掏着烟抽上了，下意识地抹了把根根直立的寸发。重案队员们互使着眼色，安静了。这位声名赫赫的邵队绝对不像个警察，最起码表面上一点也不像，一年四季常留的是接近光头的板寸，长脸，两眼阴鸷，鹰勾鼻子，和任何一部大片里的坏人相比，在悍匪气质上都要更胜一筹。相处久了，队员们都知道队长这个下意识动作的意义，那是开始有所怀疑了。

"哦，接着说……解冰，你来，你这脑子比我们几个都好用啊，大家听听你的想法。"邵万戈掩饰着自己的走神，邀着解冰，众人善意一笑，都看向这个入队不到一年的帅哥。在二队大家都是凭本事混，而这位解帅哥，在分析和判断上也确有过人之处，否则不会和这些常年在枪口刀尖上打滚的人坐到一起了。

"有几个疑点，第一个就是他父亲大义灭亲，我实在无法相信。"解冰开头道，众人一笑，邵万戈也跟着笑了，其实都看出里面的猫腻来了，解冰接着道，"第二个疑点就如刚才赵哥所说，敢劫嫌疑人、袭警，这种人不好找……除非有一种情况，那就是这个嫌疑人本身就涉黑，才有可能在短时间里组织作案。"

这一句又赢得了几位同事的首肯，有光就有暗，有白就有黑，站在警察的角度，谁都知道不管在什么地方，总有地下世界的存在。

解冰接着道："第三个疑点，这个贾浩成以他销赃的罪行，就算进了看守所判也就判两三年，甚至有机会减刑或者保外……可为什么现在要铤而走险呢？说不通啊。"

"你是说，可能牵涉到其他的罪行或者嫌疑人？"邵万戈问，他一下子思路开阔了。

"否则，就无法解释了。这个袭警案的动机就缺失了。"解冰以问代答。

"有道理，按你的思路走……这样安排吧，小解，你和昂川一组，从反扒队内部入手，李航、成功、可军，你们三人分下工，集中精力追查凶手。没什么强调的，怀疑谁就盯谁，我不管他什么后台什么身份，我只要看结果，最迟在明天这个时候，让我看到确切的消息。"

邵万戈拳头一擂，一锤定音了，这些训练有素的队员几乎是同时起身往外走着，解冰和赵昂川低语着，那几位却是急匆匆告别，到监控排查现场了。

解冰和赵昂川急匆匆进了严德标和毛志安所在的病房，那一拨人正在说笑，他们一进来，顿时肃穆了。解冰在学校就向来不合群，此时有点勉为其难，很难为情地道："德标，我能和你谈谈吗？这个……"

"出去，出去，外面等着。"赵昂川轰着众人。本队的熊剑飞几位有点不悦，至于安嘉璐和欧燕子，则是给了个无可奈何的表情，都出去了。就剩反扒队两位了，解冰坐下来，和颜悦色对鼠标道："德标，你能联系上队里其他人吗？"

"其他人，你指谁？"鼠标道。此时一下子省悟了，问着大毛道："咦，大毛，那帮王八蛋怎么一个也不来看咱们？太他妈不够意思了。"

"许是忙吧。"大毛也有点失落。

"再忙也得来看兄弟呀，就算不看咱们，也得看看二冬呀，这帮白眼狼。"鼠标气道。

完了，解冰和赵昂川互视一眼，知道这两位还蒙在鼓里呢，解冰尽量放平了口吻，先让鼠标和大毛不要激动，然后告诉他们俩：反扒队集体脱离指挥，据现场的督察回报，带头闹事的，是余罪！

鼠标毫无征兆地噎了下，差点把中午吃的吐出来，大毛惊得一哆嗦，几乎从床上一头栽下来。两人有点不信地看着重案队的两位，那么严肃，绝对不是开玩笑了。

"鼠标啊，昨天余罪是不是参与审讯被劫的嫌疑人贾浩成了？是不是用了什么手段？招致人家报复了。"赵昂川问。当警察都有这种可能，有时候你不知道怎么就惹谁了。

"没有。"鼠标反应很快，摇头道，这光景，总不能落井下石吧。两人又看向大毛，大毛也摇着头确定道："绝对没有。"

"那……能不能试着联系一下他们，督察队正在四处找他们……这事不是他能解决得了的。"解冰和气道，生怕引起鼠标反感。鼠标也急呀，要着手机，拨着余罪的电话，半晌傻乎乎道："联系不上，不在服务区。"

"那你知道他有可能干什么？"赵昂川道。

"找凶手呗。你还不知道他是什么人，谁让他难受，他就得让谁哭着脸！"鼠标道。这也是他想干的事。

"哪有那么容易？你连体貌特征都讲不出来。"解冰道，随后又解释了句，"赵哥是说，他有可能去什么地方吗？"

"哦，去嫌疑人家里瞅瞅吧，说不定余儿泄愤，得去砸他家。"鼠标道。那两位听愣了，大毛依着这个思路想，脱口而出道："带那么多人走，不会去砸贾浩成家的店吧。"

"不能吧，你们反扒队这么拽？打砸抢也干？"赵昂川吓了一跳。

"这倒有点像余罪的风格啊。"解冰喃喃道，使着眼色，两人退出了房间，电话询问着坞城路派出所，是否往那个地方派驻警力了。邪了，居然还真没有，解冰急了，叫着赵昂川，两人火速地往余罪最可能出现的地方赶去了。

不一会儿，病房里，余罪带队脱离指挥而且滞留督察的消息被鼠标一一讲出来了，一干警校的同学，下巴齐刷刷掉了一地。刚刚还埋怨这货怎么还没来，现在可好，都傻眼了。隐隐地对这贱人有钦佩的成分了，最起码他不像大家一样，只能干坐在一起掉眼泪。

震惊才刚刚开始，这时骆家龙的手机响了，是条短信，他看了眼，愕然地对众人说着："是余罪的短信……"

众人一惊，齐齐涌了上来抢着看，不过看完后骆家龙就赶紧溜了。剩下的人面面相觑、齐齐噤声，碍于身份的原因，这种事只能当未见到……

🐼 破绽难破

余罪慢条斯理地收起了手机，抬眼时，一众反扒队的兄弟都看着他，还包括一个大姐，能当阿姨的年龄。此时她脸上的忧色更深了，当时头脑一热，不知道就怎么跑出来了，现在想想，这些个协警被开了倒无所谓，可她……毕竟是受培养多年的警务人员，怎么就能犯这种低级错误呢？怎么在关键的时候，不相信组织，反而相信个初出茅庐的小警呢？

从队里出来啥也没干，余罪让大伙先躲起来，好好休息一下，分成几拨人散了。他们没到中午就听到了居光明那拨人被督察没收证件，就地宣布开除的事。消息传来，还没和督察照面的一些人可真傻眼了，此时才意识到问题的严重性。

余罪看着大伙，他带的这几位几乎就是反扒队全部的精英了：林小凤，干反扒快十年了；洋姜，技校毕业就一直在队里混，也有五六年，就期待着有一天组织把他转正呢；关琦山，以前在坞城路派出所，后来才到反扒队历练了；还有郭健，以前在南城分局，因为补助的事和分管局长拍桌子吵架，也被下放到反扒队四五年了。七八个人除了洋姜虽然都是在编警察，可多多少少都有点毛病，一时出于激愤站出来没问题，可要真把身家押上，余罪从大家犹豫的眼神里已经看到答案了：不可能。

"怎么办？凤姐？"郭健问，此人眼睛看人散光，像挑衅一般，第一印象就是个刺头。林小凤没吭声，在队里她资历最老，可从来也不敢作这么重要的决定，关琦山也附和了，问着林小凤道："凤姐，要不咱们投案自首得了？大不了停职反省，回头扔哪个郊区派出所去。"

是啊，不会比这种待遇更差了，军心开始浮动了。林小凤没吭声，她看着余罪。此时的余罪已经换了一种姿势，呆呆地、傻傻地、无计可施地看着头顶的阳光。几人午饭后钻在坞城路惠民巷里这个小区花园里，长椅上坐了几位，地上蹲了几位，都犯傻呢，都在想怎么会跟着跑出来，怎么就又开始后悔了。

"余罪，你说句话呀，大家可是跟着你跑出来的。"林小凤看余罪这个表情，不悦了，上前推了把，质问着，"你说吧，怎么办？我说你胆儿也太肥了，当面就把人家督察的证件摸走。"

说及此处，众人都笑了，反扒队的队员在长年累月的锻炼中，多少有点手段。偏偏这位进队时间最短，手段却最厉害。余罪笑了笑道："我是在等。"

"等什么？"林小凤问。

"等事情捋顺点，咱们好动手啊，关哥，你不是真准备回去吧？现在领导在气头上，回去就是典型，绝对会拿你开刀。"余罪道，把关琦山吓了一跳，不敢提了，可他反问着："那怎么办？督察现在满世界找咱们呢。"

"所以才不能让他们找着，所以才得等风头过去咱们再回去……法不责众你们又不是不懂，真把凶手揪出来，或者沿着这条线整出点事来，到时候，咱们就可以堂而皇之地回去了。"余罪道。

"怎么查呀？现在面都不敢露。"郭健道。

"是啊，所以要等，等别的队查出点眉目来咱们再接着来……好，现在开始，十分钟时间，咱们定一下该干什么。我把刚刚得到的情况给大家说一下……"余罪道，席地而坐，捡了块花池里的小石子，在地上画着现场，标着车辆，叙述着从骆家龙嘴里得到的大致案发经过。说罢又把参案各队排查的进展给讲了下。

有老骆这个内鬼，有重案队的兄弟，这消息怕是难不住余罪。

"不好查，那种面包车，郊区这片没有一万也有八千，还不算回收站那些拼装的。"郭健道。作为警察，对这种事有直觉。

"要戴着口罩作案就麻烦了，现在空气质量不好，遍地戴口罩的，又是凌晨，能找到目击吗？"林小凤道。

"抓捕的黄金时间已经快过去了……从案发时间算起，七个小时了，出境都有可能。"关琦山道，也是一句丧气话。洋姜在这个队里发言权不大，不过他听来听去，好像还无计可施了，他又看看余罪，小心翼翼道："有办法么？黄三你都能挖出来，挖这个小蟊贼没问题吧？"

"没办法，肯定跑了。"余罪道，大家一丧气，他却又道，"不过我有想法，我觉得这个案子的关键不在贾浩成身上，他被劫走，我想只是为了转移所有人的视线，这不是关键。"

"关键在哪儿？"林小凤问道。

"在你身上。"余罪斜斜一瞧，复杂的眼神，林小凤不解了。余罪掰着指头数着："分局、派出所、刑警队都传唤过贾浩成，他就是一坨屎，谁也不待见这货。可你们想想，以前传唤那么多次，为什么没有发生过劫车事件？可能你们要说，是因为这次咱们无意中挖到的销赃案多，我觉得也不是，如果是这种原因，劫人事件就应该发生在昨天晚上，就在咱们那队里，才几个人值班……而且劫车袭警这事，我觉得是脑袋进水的人干的，有这本事，何必呢，路上这么多豪车，劫走怎么不值个十几万块？可他们偏偏干了，而且还是在凤姐半夜向上头汇报，办下批捕手续，准备继续深挖藏匿罪行的时候……出事了，能说明什么？"

"他们还藏着其他事？"林小凤下意识地道。

"对，除了这个都没有其他解释，贾浩成不值得有谁为他犯这个险，他家里有可能，可这样不如等咱们送他进看守所，他们再花点钱办个保外什么的……你们觉得呢？"余罪问。

"对呀，抢他还不如直接抢运钞车呢，反正都是重罪。"郭健道。

"那咱们从哪儿下手？"林小凤问道，她又看到了一丝希望。

"关键的节点你想想，从什么时候开始，这个案子让你兴奋了，问题就出在哪儿。"余罪道。

"电瓶！那批被我临时封存的电瓶，小关，咱们俩去的。"林小凤惊声道，关琦山道："那玩意儿难道是关键？看库房的就一个老头，那地方就离这儿不远。"

"消息应该就是从那儿传出来的，这个时间点，正好够仓促准备起一起劫案。"余罪道，很确定。他模拟了无数回，就像在滨海经历那次大案时，他以嫌疑人的思路模拟着，又细细地分析着："你们觉得这个案很难，我觉得不难……第一，使用遍地可见的车看似高明，恰恰说明他们对本区的环境和行驶车辆很了解，让咱们没法查。肯定本地人作案，流窜的没这么熟悉；第二，戴着大口罩去作案虽然看似聪明，可你看他们的手法，板砖、水管条子、三棱刀，这是咱们坞城路痞子的标准装备啊，肯定是仓促上阵，胡乱找了个应手的家伙；第三，嫌疑人贾浩成可不是痞子，说起来算个富二代，要有人给他张罗这事，而且是在很短的时间内能张罗到敢对警察下手的人，不是那么容易吧？这一项条件能筛走这个区百分之九十九点九的居民。"

剩下的呢？众人的眼睛一亮，觉得难度系数几乎拉到零了，无非就是那些平时作奸犯科的人渣堆里的，至于指使的，无非就是有钱能使鬼推磨了。如果是那生意有问题，那生意掌握在谁手里，谁的嫌疑就最大咯。

"有可能这么简单吗？"关琦山不相信。

"就不会难了，干一辈子的工作还不就一个字概括：混！"余罪笑着道，拍拍屁股，扬扬头，带着一干人起身走了……

一行人坐公交去的，车上就碰见熟人了，两个准备找机会的扒手认出关琦山和凤姐来了，觍笑着打招呼。坐了一站路，还给关琦山和凤姐付了车钱才走的。反扒队员们都笑了，有时候这种贼你真没治，抓来抓去都抓成熟人了，抓的都烦了，人家被抓的就是不烦，还在偷。

车上关琦山就指着路右面的一家电单车的专卖店给余罪介绍，这就是贾浩成家里的店，仓库离这儿不到两公里。一站路后，几人拐进了向阳胡同，能容一车进出，到地方时，林小凤伸手拦住众人，小声道："就这儿，据昨晚提审关在拘留所的两个扒手交代，就是在这个口子上交易的，我当时就查了查，结果发现这家伙的仓库离交易地才一公里……我就想，敢收赃，那肯定有卖的渠道，直接就来仓库查了。"

"你们怎么封的？"郭健问。

"下了单子，让他们不准动。等待核实。"林小凤道。

"完了，肯定动了。"余罪道，其他人也深以为然。

几个人低头商量着，一眨眼，分而三路，林小凤和余罪一路，直接擂上了大门，是两座四合院子修成的大型仓库。半天才有人来开门，一开门，林小凤亮着证件："还认识我吗？"

"认识认识，请，请。"看门的点头哈腰，笑容可掬，林小凤一扬头，"走，看看封存的电池，你们没动吧？"

"没有没有，绝对不敢动。"那人笑着道，在前头领路，客气得简直无可挑剔。这儿的大院子里就堆着两三人高的电单车包装箱，两层楼都堆满了。沿着台阶向地下室走来，左侧的一个角落里，放着那些林小凤昨晚下单封存的电瓶，两块砖大小的东西，堆了一堆。

"是这些东西吗？我怎么看着不像呀？"林小凤不确定地道，向余罪使着眼色，那意思是说：换了！

不换都不可能，余罪蹲下看了看，招着手让看门人过来，气愤指着道："耍花样了吧？这电瓶都漏液了，哪儿捡的？昨晚那批运什么地方去了？"

"哟，警察同志，天大的冤枉，我们怎么可能干那事？这儿扔的就是客户换新电瓶丢下的旧货……真的，这位女警官，您半夜来看的，是不是没看清呀，一个七八斤呢！我老胳膊老腿，不可能搬得动呀……再说我换这破玩意儿，往哪儿换去……"看门人赌咒发誓，指天证地，生怕警察不相信。不过那样子余罪太熟悉了，和老家那拨水果贩子一模一样。

"凤姐，应该查查他们的来源，现在全市电单车有上百万辆，这里头发点财很容易啊。这地方越看越像个窝赃点。"余罪道，拍拍手起身像是要走。林小凤没查到却是很懊丧似的训着："杨秃子，别跟我耍花样……别以为你换了我看不出来，这事没完，你等着吧。"

"哎哟，警官您说的这什么话呀，我怎么听不懂啊……我们向来遵纪守法，照章纳税，您不让回收旧电池，我们不回收不就成了……慢走啊……"那人恭送着被气走的余罪和林小凤，"当啷"一声锁上大门了。

"肯定有鬼，全部换了。"林小凤气愤地道。

"当然有鬼，贾浩成都被劫走了，店里人还这么坦然，真少见啊。"余罪笑着道。

两人没走，就靠着铁门，在等着。在等什么呢？两人相视一笑，在神秘地笑。

"哎哟，小张，又来了……还是半夜那个女的，一脸麻子，吓死人啦……哎哟，我说这事我干不了，怪吓人的，万一人家查出点什么来，我这把老骨头，可就交代到里头了……什么？就让我一个人待？小张，我说浩成都出那么大事了，咋就没人着急呢……我能不怕么？要是警察再早来几个小时，不全给露馅儿了。先抓的就是我呀……啊，啊，行……那说好了啊，明天啊，明天你找几个人接我班啊……"

杨老头放下电话，摸着怦怦跳的心口，好歹交代了，好歹不用再在这个是非地方混了。他寻思着，是不是今天就走，小老板贾浩成一出事，他担心牵连到他，可他想想贾家这点关系，似乎又没事，不抓了人家好几次又都放了吗？

当今的时代，是他这个年龄的人看不懂的，可对于只挣一份工资的杨老头来说，既没有当坏人的胆量，更没有当好人的觉悟，自然是保着自己的饭碗要紧，大不了再找个看门的活计。正想着，大门又"咚咚咚"响了。

他忙不迭地奔出来了，换上了那副惯常的卑躬屈膝的笑容，一开门，见麻脸女警又回来了，他觍笑着道："还查？我说各位警官，真没有……您瞅我这么大年纪了，能骗您吗？再说我敢骗您吗？"

进来了，不是一个，是七八个人，"嘭"地关上门了，围成一圈，把杨老头围在中间，都坏坏地笑着，郭健道："杨老头，九点钟你往外运了一车什么东西？邻居有人看见了。"

"电单车呗，运到门市上卖呀，每天都补货。"杨老头道，回答很流利，练过了。

"好像还运过一车，邻居也看见了，是几点？"关琦山接着问。

"那个……哎哟，记不清了，那个，几点来着……"杨老头不敢把关键的时间点说出来，寻思着怎么搪塞过去，却不料关琦山并没有追问，拍拍老头道："看把你吓的，我就瞎说来着，根本不知道，也没人看见。"

"哦，开玩笑啊，呵呵，警察您真幽默。"杨老头觍笑着，换话题了。不料林小凤开口道："杨秃子，你要瞎说，可就不叫幽默了。直接点，说说后台老板是谁，我们不为难你个看门的。"

"这个……什么后台老板，我们就一个老板，叫贾政询，营业执照上不写着嘛……我们老板绝对是个好人……"他正要歌功颂德一番，可不料他看到了人群里那位小个子，笑着走过来把他身子搬正了，然后帮他将将衣服上的褶子，慢慢地，手伸进他的口袋，拿出了一个指头截长的东西……咦？老头异样了，紧张地道："那不是我的东西，怎么在我身上？"

"哦，我的……一不小心伸错口袋了，就放你身上了……"余罪严肃地道，几个人给逗乐了，杨老头可傻了。这玩意儿干什么用的他隐约知道，可不敢确定，等着余罪调试了半天，摁着键，清楚的声音出来了："……还是半夜那个女的，一脸麻子，吓死人啦……哎哟，我说这事我干不了，怪吓人的，万一人家查出点什么来，我这把老骨头，可就交代到里头了……什么？就让我一个人待？小张，我说浩成都出那么大事了，咋就没人着急呢……我能不怕么？要是警察再早来几个小时，不全给露馅儿了。先抓的就是我呀……"

杨老头白眼一翻，就要昏厥，被郭健和关琦山搀住了，林小凤笑着道："你千万别出事啊，出了事你还赖我把你吓得是不是？"

对于自己长相，林小凤最忌讳人说她麻子，余罪把她拦过一边，示意自己来，就见他很和气地拍拍老头，又给抚了抚身上衣服的褶子，很好奇地问："杨师傅，你有老伴么？"

"有，有。"老头像看到希望了，乞怜道。

"那你有孙子，还是孙女？乖不？"余罪又问。

"有，小孙子四岁了。"杨老头更凄然地道。

"那你摊上大事啦。"余罪一翻脸,恶狠狠地道,"光欺骗警官,协助别人做坏事这一桩,得关你好几年……出来老伴不要你了,跟别的老头走了;儿女不认你,嫌你丢人;小孙子更不用说,根本就认不出你来……你是不是摊上大事啦?给你养老送终都没有人啦。"

这话一点也不符合警务专业,听得那几位同事肚子直抽搐,可偏偏这几句最有效果,老头嘴一咧,就要开口的时候,余罪又是一句:"告诉我怎么回事,我现在就放你回家。"

"啊?"老头一愣,马上道,"哦,我说,就一百多块电瓶,顺子让拉走了。他不让我说,他说,我要敢说,扣我俩月工资……"

"顺子谁呀?"余罪问。

"我不认识,浩成发小。"杨老头道。

"以前经常有这种电瓶?"余罪问。

"啊,经常有……"

"挺多?大概一个月有多少……"

"有千把个吧。"

"一定不是新的,像车上拆下来的是不是?"

"啊,对呀。咦?你知道还问我?"

"当然知道啦,跟你核实一下,然后再把您老送回家呀……这地儿不能待了,来来,咱们里面说话,甭让人瞧见。我说杨师傅,这个情况,详细给我说一下……"

余罪揽着老头,像爷俩,亲热地进屋了,外面几位,偷笑着,这算审下来了吗?

好像算,不一会儿,余罪不知道捣的什么鬼,居然把老头说得心平气和,根本不像自己摊上事了,客客气气把众警察送出门去,随后自己锁了大门,跑得比警察还快。

不过这个人已经不重要了,教唆这个老头说谎的顺子已经进了反扒队的视线,出巷口时,几个人电话来回打着,把这个人的底刨出来了。

结果让众人面面相觑了,被劫走的嫌疑人贾浩成的父亲贾政询大家都认识，是个奸商。不过刚刚这个冒出来的嫌疑人顺子就有点来路了，大名张和顺，在区政府后勤部门工作，是个司机。而贾浩成的叔叔贾原青，也在区里工作，是本区的副区长……

🐼 逆流暗涌

案子出现了暂时的僵持……

根据案发现场嫌疑人的体貌特征，肖像的恢复还在缓慢地进行，这项繁复的工作什么时候能完成，完成后能不能和作案人吻合，能不能用于通缉协查尚在未知之中。与此同时，案发现场辖区的坞城路、晋阳、汾水三个派出所以及包括重案队在内的十数名刑警，也在忙碌地排查之中。这一带两条商业街、四个批发市场、上万家商户，一年四季都熙熙攘攘，即便一眼望去能看到泊在路边的数辆警车，人群中警察匆匆进出了各商铺拿着照片在询问，也没有引起更大的影响。

对于警察，没办法的时候就用这种笨办法，因为警察相信，天下没有天衣无缝的案子，总能一步一步排查找到端倪。可这种办法的缺陷在于，查到的无用信息不是没有，而是过多，比如坞城路派出所就查到了不少商户举报谁谁谁今天早上瞅见了，警察回头就上门把人逮来了，一审才发现就是个欺负商户的小痞子。一个上午，三个派出所传唤了十几个人，差不多都是这号人渣。

十五点整，解冰看了看表，回头示意着店里的赵昂川往外走。

这是一家标着"亚迪"字样的电单车专卖店，两百多平，几百辆花色各异的电单车，光店员就有七人，忙碌的店员顾不上招待没亮身份的重案警员。两人只是在店里来回看了一遍，黄金地段的这个店铺，又是这么大的生意，实在让人觉得和那案子几乎是风马牛不相及嘛。

"解冰，你那位同学，叫什么余罪，到底是什么人？我好像听这个名挺熟。"两人向车上走着，赵昂川随口问道。解冰闻听这个名字却是笑了笑，道："准确的解释，这是个贱人，很贱的贱人，我在学校的时候，都被他坑过。"

"这么拽？怎么不来咱们二队？"赵昂川笑道。刑警中的奇葩，特好的和特坏的，归宿都在二队。

"他没来，不过和他关系不错的人都来了，张猛、熊剑飞、孙羿、吴光宇，还有被打发到反扒队的严德标、李二冬，他们当时是个小团伙。"解冰笑着道，一边打开车门。学生时代已经过去了，想起来那时候让人怒发冲冠的事，此时却是多了几分可笑的味道。

说到此处赵昂川却是想起什么来，直道："对了，我在滨海的时候，碰见过鼠标、孙羿，还跟了一个人……平头，中等个子，说话很匪气的一小伙儿……是不是就是他？"

"如果有个人，你觉得行事作风贱得你想揍他，那就是。"解冰道。

赵昂川想了想，那家伙把警察当地痞使，去端那拨走私车，所用的手段，果真很贱，他笑了笑道："那就应该是了。"

"唉，对了……你们在滨海干什么？"解冰异样了。

"没什么，一个案子……有保密条例。"赵昂川笑道，见解冰怀疑上了，他转着话题问，"解冰，你说，就你那同学，不至于真带上反扒队来人家店里打砸抢吧？"

"说不来，逼急了他真敢干，我真怀疑咱们现在的体制，怎么能把这种人招到警队里。"解冰摇摇头，眼睛迷离着，似乎还在思索什么，余罪的事只是随口说说，在拧车钥匙的时候，他似乎有所想了，停下来，不确定地问着赵昂川道，"赵哥，地方您看了，您觉得触发劫车抢人这事的根子在哪儿？"

哟，这是个很严肃的问题，先前讨论过，首先是贾浩成被抓这件事本身，被否定了，因为这货经常被抓；再来是反扒队可能使用了某些见不得光的手段，这个也被否定了，因为那手段不至于引发这种事，况且被捅的李二冬根本没有参与审讯；那就只剩下一种解释了，还是解冰的推测。赵昂川道："应该是有其他事，应该是知道批捕的消息，对方急了。"

"对呀，据督察的询问，凌晨两点三十分，反扒队警员林小凤到拘留所提审过几个盗窃嫌疑人，赃物就是电单车电瓶；三点二十分左右，她在区检察院通过值班办公室批了逮捕手续……四点左右回到反扒队……两个小时后，就发生了劫车抢人的案件，这其中能说明什么？"解冰问。

"泄密，这个怎么查，可能是反扒某个协警漏了嘴，可能是检察院值班的打了小报告。就即便能查到，也是策划人，不是凶手，你拿什么定罪？甚至连刑事传唤的案由都不充分。"赵昂川道。

"把接触到的人，可能通讯的渠道，检索一下，肯定会有发现的……嫌疑人家里两个店，这个投资得百八十万吧。贾政询当年不过是个街上摆摊修自行车的，做到这么大生意，应该有两把刷子。何况他兄弟，现在又爬到了副区长的位置，之前贾原青可是区房改办主任，我想啊，这里面猫腻不小。"解冰道，车打着了火，起步了。

每一笔财富都可能有着不为人知的罪恶，对于解冰来说，可能在这一方面，他的理解更深。

"呵呵，越来越麻烦喽，还不一定要整出什么事来。"赵昂川掏着电话，通知着技侦上，沿着林小凤接触的人，以及可能知道贾浩成被连夜批捕消息的渠道往下查。

半个小时后，一个让重案队瞠目结舌的线索出来了，反查嫌疑人父亲贾政询以及他叔叔贾原青的电话，两部手机在凌晨三时到五时之间，足足打出去十数个电话，而接线的另一方，有派出所所长，有刑警队的队长、支队队长、政委，连市局若干部门的领导也在内，甚至包括反扒队的副队长苟永强。

可一个电话能说明什么事？总不能因为和嫌疑人家属打个电话，就可以妄加猜测吧？

于是这个消息被严密封锁，只限于重案队参案人员知道。哪怕邵万戈经手过无数棘手的案子，都没有此时他手里那些电话记录棘手……

十五时二十分，余罪手嗫在嘴里，来了个轻佻的口哨，调戏的不是妞儿，而是一个男的，刚揉着眼睛从家里出来。那人没理他，不过马上被接下来发生的事气得肺都要炸了。

只见这个小流氓打扮的小子，手"嗖"地在他的车身上摸过，只见长长的、鲜亮的一道，把他心爱的皮卡车划破相了。那人还做了个鬼脸，扬了扬手里划车漆的硬币，撒腿就跑。司机火了，奔着就追，顺手从巷口花池边上捡了块水泥砖，叫嚣着就奔上来了。

追呀追，司机追了五百米就跑不动了，司机拿着水泥块哼哧哼哧喘气，不料前头那小痞子更坏，脸不红气不喘，回头商量："嗨，大哥，没钱花了，给我一百块，保准以后没人划你的车。"

就这号烂痞没钱了想这种歪招。司机哪咽得下这口气，一下就把水泥块砸了上去。余罪轻飘飘躲开，笑着道："不给是吧？晚上卸你车轮！"

"我操……"司机凭着一狠劲，继续追上了。那小痞子一闪身进了胡同，司机不假思索，跟着就进去了，却不料中招了。几个人搂脖子的、铐手的，霎时把他逮了个正着。司机还待呼救，可不料只剩下呼哧呼哧喘粗气了，就这么被众人蒙着脑袋，带上了一辆面包。车走时，盖头被掀了，司机这会儿才明白有事了，赶紧哀求着："大哥，大哥，你们绑错人了吧？我就开车的穷逼一个，车贷还没还完呢。"

众人一笑，余罪指着林小凤道："看清楚点，大姐……什么大哥？"

"哦，对，大姐。"司机吓坏了，忙不迭道。林小凤没搭理众人的取笑，亮着警证道："看清楚点，警察。"

"啊？"司机一愣，从惊恐的状态回复过来了，一下子怒不可遏，瞪着余罪质问着，"哎，你警察划我的车，我告你去。"

"看看，这些王八蛋谁都怕，就不怕警察。"余罪道，指头戳着司机道，"知道老子谁吗？老子是警察雇的地痞，姓陶名二旦，坞城路上的名人……你他妈去坞城路找事是不是，让警察找我们麻烦？"

"没有啊，我就拉拉货，不干违法事啊。"司机愣着道。

"胡说，你偷了一车电单车电池。有人看见你拉走了。"余罪诈道。

"你才胡说，那是张老板的货。"司机针锋相对，力证不是贼赃。

"不可能，张老板的货藏你家里呀？"余罪义正词严，你分不清他是证据确凿还是信口胡说。这一诈司机几乎没有什么思索，脱口而出："我藏那玩意儿干什么，一块不少，全拉张老板的货场了……不信你问问。"

"哦……看来我是弄错了。"余罪语气缓和了，刚才火急火燎的表情消失不见了。关琦山拍拍这哥们儿的肩膀道："那好，带我们去张老板的货场，核实一下。"

坏了，司机突然发现，自己从昏头昏脑追划他车的痞子开始，就没清醒过，张老板那货场可是千叮万嘱，不能带外人去的。他一迟疑，林小凤头也不回地道："你叫卢大东对吧，身份就像你自己说的，司机一个，银行贷款都没还完，怎么，让我们把你的车当作案车辆没收？查你很难吗？遍地的交通监控，半个小时就能反查到你的行踪……再问一句，货场在什么地方，帮我省点时间，没你的事。"

"哎……北营街18号，旧灯泡厂那儿……"司机蔫了，低着头，果真是像被生活重担压弯腰的那类作态。

十五时三十分，已经散布在全市各角落等消息的反扒队员接到短信通知，骑车的，坐公交的，打出租的，陆续向北营开始集结了，甚至包括已经被督察宣布开除的居光明等人。

说实话，大家不是冲着什么案子来的，而是冲着一块儿摸爬滚打的情分来的……

此时此刻，许平秋的专车缓缓地泊在五原市刑侦支队的大院里，下车时，支队政委已经奔上来迎接了。两人没进门，支队长的车也风驰电掣地回来了，笑吟吟的孔支队长快步迎上来，忙不迭地欢迎省厅领导莅临检查。

"哎哟，孔支啊，我就路过，顺便进来看看，还没敢趁饭点，怕你们趁机灌我……咦？这忙得火烧眉毛，怎么回事？"许平秋笑着客套着，从刑警队一直干到支队，再干到总队，直到后来总队划归省厅刑侦处，说起来，刑侦这一块整个是他的山头。

"老队长，您真不知道？"孔庆业愕然地问。

"不会，老队长一出现，一般都是给咱们带锦囊妙计来了。"政委不动声色地拍了个马屁。

这倒是，能让省厅刑侦处长直接指挥的案子不多，但只要有，迄今还没有半路流产的，孔庆业陪着许平秋上楼，也开始了："老队长，这回事出得可是气炸人了啊，居然有人劫押解车，把咱们的警员捅成重伤了……我刚从坞城路一带回来，正在排查。"

"那赶紧查呀，查出来从严、从重、从快处罚。这多大个事，怎么，总不能我来给你当专案组长吧？"许平秋笑着道。这样问可没人敢接茬儿，除了省厅直接派驻，下面的请都请不来呢。

寒暄着进了支队长办，对于曾经坐过的位置，许平秋又饶有兴致地坐到上面，接了杯孔庆业递的茶水，抿了口，笑吟吟地问："老孔，这支队长位置舒服吗？"

"领导什么意思？"孔庆业没明白，稍显紧张地问。

"意思就是，你屁股坐在这儿，心可不能不在这儿……坦白地说啊，这个位置不是一个荣耀，而是一个考验。"许平秋笑着道。孔庆业的表情凛然了，政委的表情庄重了，以为领导又要讲课。可不料许平秋放下茶杯时，徐徐说道："我曾经可在这儿接受过很多年的考验，考验很难过关啊，说情的，那是排着队来，不少人打的旗号能吓人一跳；送礼的，二半夜都能摸到我家里，甚至有的就是同行托关系送的，你收下是犯错，把人推出去那叫错上加错；在这种考验面前，你们猜，我是怎么办的？"

许平秋愤然的表情是一种复杂的、深奥的，很难被读懂的体现，孔庆业想当然地道："您两袖清风，谁都知道啊。"

"就是啊，老队长，您的风格大家谁不知道。"政委也凑着趣道。

"呵呵，回答错误。别跟我要心眼，你们心里现在肯定在小声嘀咕骂我呢……切，装什么孙子呢？谁不知道你什么东西？"许平秋像在自嘲，把两位下属说得面面相觑，不知道该怎么回答了。许平秋又抿一口茶水，笑着道："你们可以不对我讲实话，不过我快退了，这实话就敢和你们讲了……如果有人说在考验面前打满分，那是吹牛；能打八十分的，少见，反正我没见过，能勉强及格的，应该有吧……我不算，我给自己打五十九分，知道为什么吗？"

两人摇摇头，许平秋站起来了，背着手，审视着两位属下，不过却是一副说小话的口吻道："有人说情，我大多数时候能办就把事办了；有人送礼，我有时候悄悄收就收了。所以呢，扪心自问，我只敢给自己打五十九分。不过你们说，为什么我给自己打五十九分，还能混到今天吗？"

哟，两位属下更凛然了，这种根本不能言传的事被领导这么说出来，怪吓人的。

"那是因为呀，我看得清什么事敢办，什么事不敢办，什么钱敢拿，什么钱不敢收……有时候大原则面前，可千万得站对地方。"

许平秋凛然道，吓得孔庆业哆嗦了一下，却不料许平秋随即莞尔一笑，风轻云淡的话题又转移了，直拍着自己脑袋道："看我糊涂的，扯这些干吗，我来干吗来了……对了，王政委，你陪我走一趟，今年年底的授衔，多给你们支队争取几个指标。对了，还有培训的事，全警就数咱们刑侦上拖后腿，天天抓作假文凭，自己连个文凭都搞不上，这不让上面作难吗……老孔，你忙你的，让他陪我去市局一趟就行了……"

连说带训，王政委喏喏应声，一个支队的数百位刑侦警力，吃喝拉撒的生活问题，以及家庭上、感情上的思想问题，少不了政委掺和，两人同乘一车，先行离开。

可送走人的孔庆业支队长一下子脸拉下来了，他在回味着这位突然而来，说了几句怪话就走的许处长，他知道这个老成精的老家伙不会平白无故说这些话的。那表情，明显在故意给他警示，让他悠着点儿……可是，什么事呢？他知道肯定有什么事忤逆到这个顶头上司了，他在想着，似乎没什么事呀……让我屁股坐好，心别去其他地方？什么意思？

一直思考着，回了办公室，电话铃声响时，他拿起来电话，一下子恍然大悟了。应该是这件事，只有这件事可能惊动省厅，很可能现在省厅作壁上观的人不少，就等着揪自己的小辫呢。再怎么说也是一位警察执行公务被刺，这事情处理稍有不慎，他得负领导责任。

哎哟，他突然发现自己走了一步臭棋，一步很臭的棋，不该刻意地把矛头指向反扒队……但这是领导的授意呀，难道许处长和王局不对路，王局可是省厅副厅长兼市局局长，比许处长还大一级。

他拍着前额，发愁不知道在这个时候，该站在哪个队列中。

那个电话还在响着，对他来说，还真是一个考验，选择是如此的艰难……

🐼 道高一尺

"哥，没接电话。"贾原青小声道。

沙发上坐着的是他亲哥，亲哥旁边涂脂抹粉，一副地主婆打扮的是亲嫂子，哥嫂俩一个苦着脸，一个哭着脸。贾原青连班都顾不得上，净顾着处理家里的烂事了。

"原青，你说这事究竟有多大？"贾政询难为地问。

"哥，你多少也学点法律呀！怎么敢叫人劫押解车去？那和运钞车有什么区别？劫就劫吧，也不能把人警察给捅了呀……现在咱们认识的公安领导里，都在说含混话呢，没个准信儿。"贾原青同样愁着脸了，他最知道什么事不该干。

贾政询这会儿晓得后怕了，可谁能想到事情脱轨得厉害，高价雇了几个流氓，竟然真敢捅了警察，还是在籍警察。这案子一听说是重案队接手，不像以前是和派出所、分局打交道，他就慌了，一慌之下，只能找这个亲兄弟了。

再怎么说也是血浓于水，再怎么也是血脉亲情，贾原青、贾政询这兄弟俩虽然路子不同，可身边人都知道，这位仕途无量的兄弟，当年是大哥摆摊修车供得上了大学，连成家立业都没少这位长兄的帮衬。这不，说着亲嫂子哭丧着脸求上了："原青，你可得救救你哥啊……嫂子以前待你再不好，可也是你哥嫂供你上学，帮你走路子升的职……嫂子没啥指望，你可不能不管你哥，你大侄儿呀……我那可怜的浩成啊，现在也不知道怎么样了……"

嫂子抹着泪，一把鼻涕一把泪，说得贾原青受不了了。贾政询却是火了，回头训着老婆："闭嘴！就他妈是你平时惯的，吃喝嫖赌什么本事都学会了。"

"不是你这样的爹，能有那样的儿子呀？"嫂子斥着老公。贾政询一扬手，把老婆吓得噤声了。"那件事"不足为外人道，但她知道老公和儿子干的什么事。贾政询尴尬地指指老婆，对兄弟道："原青，别理她……这会儿浩成反正跑也跑了，后面的事儿，你说该怎么办吧。"

这话说得虎气也痛快，该怎么办？自然是拿钱铺路呗。贾原青想了想道："我就和分局长老魏熟，可我现在揣不准，这事他兜不兜得住。"

"那什么重案队，是干什么的？"贾政询问。

"就是专管杀人放火大案的刑侦警察，亏是人没死，要死了呀，浩成这辈子可翻不了身了。"贾原青万幸地道，他征询着大哥问着，"哥，你货场那边，那生意我早告诉过你了，不能再干了。现在你这身家，也不需要再干了啊。"

"保险，暂时不会有事，现在生意不好干，要不是那货场撑着，正当生意早垮了……好，随后我就把生意停了。"贾政询看弟弟脸色不好，马上改口道。

这些事同样让贾原青为难，又是手足之情，又是血脉连亲，就有些事不地道，可也说不上什么来，胳膊肘总不能向外拐吧。他叹了口气，又问着："这些事如果犯事，会不会牵涉到你？"

"不会，那儿和我没关系。"贾政询道，那地方的生意做不下去了还有点肉疼。

"那就暂且没事了。哥你放宽点心。嗯……"贾原青说话着，目光闪烁，兄弟俩心意相通，当哥的贾政询侧头斥着老婆道："去，你外面车上等我……哭什么哭？好像儿子不是我亲生的。"

老婆赌气似的起身，抽泣着出去了，老贾抹了把额头，长叹一声，他知道兄弟话里的意思，说是暂且没事，那说不定后面的事就大了。他叹着气问："原青，你给我交个实底，这次的事情究竟有多大？"

"要是光劫走了浩成，问题不算大……可哥，不是我说你，你怎么交代的？怎么敢把警察往死里捅？这事真没法处理。"贾原青苦着脸对长兄说。

"谁知道，你给找的那几个不要命的货。"贾政询道。

"要命也不会干那事呀？我以为你又是生意上的事，怎么敢和警察对着干了？"贾原青也是头疼不已。

"算了，反正后悔药没地方买去，你就说吧，怎么办？"哥哥又道。

"砸钱吧，还能怎么办？"弟弟说道，"然后还得找雇主……这个捅警察的凶手必须抓到，这是老魏给我透的消息，能早抓不能迟抓，否则让警察查到你头上，就不好说了。"

"……那得多少钱呀？"

"哥，现在你还顾得上钱的事？要是钱能解决，这都是好事了……"

兄弟俩密谋了很久，贾政询出来时，带着老婆直奔银行，而弟弟贾原青下楼后，没有像往常那样到挂着区政府的单位，而是打了辆出租车，先行一步到了一家会所，喝着下午茶，邀着该邀的人来谈事了。

"怎么办，余儿？"

林小凤看着表，十五时四十分。反扒队的兄弟来了个七七八八，协警暂且不说，林小凤可是警队十几年的老同志，她免不了心里发慌。跨区执法，脱离指挥，这都不应该是一个警察该干的事，而对于大多数协警，根本没有这项权力。

"呸。"余罪吐了嘴里的烟屁股，恶狠狠地道，"还能怎么办？端了。"

要端的目标就在眼前，一个两亩大小的院子，两层旧楼，北营这片比较荒凉，曾经是菜篮子工程地的地方留下了一片连一片的大棚骨架。间或有这种大院子，即便在司机的指认下，谁可能相信这里会是电单车的销赃窝点，敲门敲了半天，居然没人应声。

"你可想好，要是搞错了，这身官衣得被扒了；就即便搞对了，处分也是定了，讨不得好去。"林小凤道。面包车周围聚了不少协警兄弟，一听这话，倒也是实情，一时出于义愤情有可原，可在错的路上越走越远，就有点不应该。不少人纷纷劝着余罪。却不料余罪阴着脸一翻眼珠子道："怕个鸟，开除了老子当扒手去，不受这鸟气了……屁大点的黑窝，砸他们太容易了。"

　　"嗨，别打草惊蛇。"关琦山一看余罪弯腰拣砖头块，吓了一跳。门没敲开，里面还不知道什么情况呢。

　　"顾不上了。"余罪笑了笑，用起自己的市井办法了。他捡起一个砖头扔进院子，只听"咕咚"一声闷响，又捡了块，走得更近了，一扔，"啪"的一声，玻璃碎了。余罪已经伏到了墙下，扯着嗓子开骂了，"操……谁把垃圾倒路边啦……"

　　这是社区干部的标准口吻，果真管用。听到了脚步，余罪向同伴勾着手指，一群人沿着路边堵门，余罪又扯着嗓子大骂着："赶紧清理干净啊，狗都拉几堆了，不清理，等着晚上吃呀？！"

　　"谁倒的？讹谁呢？"里面粗嗓子对骂上了，"当啷"一声，敲了半天门没开的大门此时自动开了。开门的一刹那，余罪闪进去了，开门的汉子一个冷不防，被人捂上嘴了，本来能喊出来，可不料看捂他嘴的居然是个麻子脸的女人，一下子惊得全身萎了。

　　"不许动，警察！"

　　"蹲下……老关，把这个铐上。"

　　"里面还有，墙根的……"

　　一下子进去了十几人，院子里全是乌合之众，洋姜拖着个人，厮打在一起，还有人见势不对，试图从窗上往围墙上爬的。余罪眼疾手快，一个砖头块砸了上去，吓得那货缩回脑袋。更多的是被反扒队摁倒，铐上，或者找铁丝条、塑料条绑着手腕脚腕。不一会儿，清理到院子里的居然有十一人之多。

　　"刺啦"一声，余罪拉开了院子里一个偌大的塑料布子，两排半新的电单车赫然在目，屋里清理的也在喊了："全是零件，电单车的零件。"

"电池，这儿是电池，有几百块。"

"我操，还有上漆车间。"

"这是抛光吧？"

林小凤、余罪几人沿着看了遍，院子里是没拆解的车辆，这个两层楼里猫腻就大了，一层是拆解车间，遍地都是电单车零件，二层却是上漆车间，刚刚抓到的还有一身油漆点点的工人。车间里，还放着油漆未干的新车，丝毫不用怀疑，轮毂、外壳一翻新，加上电池，就是一辆售价上千的电单车了。

"这难道都是贼赃？"林小凤吓了一跳，平时也就抓个散贼，难道偷车也能做成一个产业？

"上下一二百辆，去哪儿收这么多二手车？有需求才有市场，要没有消化贼赃的窝点，偷车就不可能有这么猖狂，说不定这样的窝点，还没准儿有多少呢？"余罪踢了踢翻新的车，技术相当过硬，和新车几乎别无二致。

"真他妈邪门了，这上面都能发财？"关琦山惊讶地道。

"不稀罕，我在南方曾经见过，一个小舢板一年能挣几十万。我就说，他们怎么火急火燎劫车抢人，根子在这儿……你们算一算，贼赃可是非常便宜的。根据咱们的经验，卖到黑市上也就三四百块，卖给收破烂的更便宜，如果有人组织从这些人手里收购，一辆不多说，挣五百……光现在场上的能挣多少？"余罪道。相比而言，他是见多识广的，特别是那些稀里古怪的来钱方式，他四下瞄着，像在找什么东西。

"我操，十万啦。"洋姜羡慕道。

"掐了他们这条财路，他们就离死不远了。"余罪看到他需要的东西了，气泵。他拧下了泵上的漆桶，又随手提了两个啤酒瓶子，向楼下走去。此时为了安全起见，大门已经重新关上了，嫌疑人被赶在一层的屋子里，挨墙根蹲着，面朝墙，个个战战兢兢。

余罪挨个看着这些人，有的人一双手裂纹不少，皮粗肉糙，这不用说，是拆车的；有的人手上还染着漆色的，是漆工；衣服上溅着金属粉末的，钣金工，负责修补和打磨的。等看到一个三十来岁，手很白净，工作服上没什么污渍的人时，他知道目标了，站直身，吼了声："都掉过头来。"

一干人嫌疑人挪着，清一色的男子，最小的二十多，最大的看样子五十出头了。林小凤进来了，向他使了个眼色，满屋子翻过了，没有什么经营许可证以及营业执照之类的，用脚趾头想都知道是个黑窝。那么接下来要找的就是这里带头的了，林小凤要去找时，却不料余罪已经开始了。

"你出来。"余罪随手点了个人，躬身问着，"一天拆几辆车？"

"我、我没拆什么车。"嫌疑人道，眼光躲闪着。

"嘭"的一声，那人一翻白眼，"咕咚"一下栽倒了，余罪的手里拿着砸碎了半截的啤酒瓶，狠狠一摔，吓了口："死到临头了，还说瞎话。"

别说嫌疑人，连反扒队的都吓坏了，平时审讯都不见余罪怎么参与，谁可想，他下手比谁都狠，问都不问，直接就开干。林小凤觉得不妥，她要上来劝时，余罪回头给了个制止的眼神，眼睛里布满了血丝。她凛然退后了，她知道，虽然到现在余罪还没去医院，但最关心兄弟的是他，谁也拦不住要抓住凶手的他了。

"你，出来。"余罪再一吼，把目标叫出来了，有了前面被敲翻的先例，那嫌疑人蹲着挪着，全身哆嗦，发抖地看着躺在地上的工人。余罪却是阴着脸，提着钢制的漆桶，这敲脑袋上，可不是昏厥那么简单了。余罪弯下腰，狠狠一顿，只听"咣"的一声，直问着："我知道你们是干什么的，知道你们是谁……简单点，告诉我你有没有办法把老板叫来？"

"有！"嫌疑人机灵了，回答得特别快。一句话像给队员们注了一剂强心针一样。

审讯直接停了，马上进入诱捕阶段。

十分钟后，负责店里运输的嫌疑人姚向东风驰电掣赶来了。据窝点负责的通知，有个大客户上门了，要三十辆车，这位发财心切的黑老板，进门就被铐了个结实。开审的时候出了个戏剧性的小插曲，居然又有人敲门来了，反扒队员们一不做，二不休，直接逮进来摁倒，却发现摁了个衣衫褴褛的破烂王，开着三轮摩托车来的。他一直强调自己是收破烂的，可就是说不清车上为什么拉了四辆半新不旧的电单车……

半个小时后，乘着一辆轿车来此洽谈业务的第一嫌疑人张和顺，被反扒队铐进了院子。但很具有讽刺意味的是，车是公车，区委的牌照。

🐼 魔高一丈

下午，差一刻十七时，劲松路刑侦二大队。

"到什么程度了？"邵万戈急匆匆奔回二队，推开技侦室的门问道。

"还在恢复，不过图像失真厉害，恢复难度很大。"解冰道。

"加快速度，现在已经快十七时，我们一点进展也没有。"邵万戈为难道。赵昂川插了句问着："邵队，为什么不直接把家里传唤来，贾政询绝对有直接嫌疑，听着他主动找支队表态我就觉得有问题……据我们了解，他那儿子，纯粹一坑爹二代，从十几岁就开始惹事，那事都是他爹摆平的，对了，他还有个叔叔叫贾原青，杏花区副区长。"

"呵呵，你第一天当警察呀？没证没据，你拿什么传唤？就凭个电话记录？"邵万戈回头边走边说道，看赵昂川不服气，又补充了句，"二队从来不怕事，可也不能主动惹事，一句话，没有证据，不能传唤，更不能抓人。要办就是铁案，不能有后患。"

赵昂川哼了声，解冰也给了个无奈的表情，这年头对付这种嫌疑人，刑警从来都是慎之又慎，因为你不知道他能量有多大，不过从通话记录看，能量大得很。

"邵队，有新情况……"

值班员在楼道里喊，急促的脚步声奔进来了，兜头闯了进来，居然是李航，他喘着气，邵万戈问道："怎么，你们发现什么线索了？"

"不是不是，我们刚回来……没有什么发现。"李航喘着道，好不容易接了一口气，又说道，"是反扒队，他们找到线索了……"

"什么？他们不是被督察追着吗？"邵万戈吃了一惊。

"对，不过都是一群协警，哪那么容易追完，他们跑到北营去了，端了一个电单车的销赃窝点。"李航道。

"销赃？"邵万戈愣了，那是派出所的事。

"您听我说，值班刚接到的电话，我和他们通话了……这个窝点涉嫌金额巨大，现场就有一百多辆电单车，经营者叫姚向东，不过后台是张和顺……这个张和顺，是区委后勤上的司机，贾原青又是被劫嫌疑人的亲叔叔……"李航语速飞快地道，邵万戈还没有从这么复杂的关系中反应过来。解冰想通了，恍然大悟道："那是林小凤批捕贾浩成之后，又发现了仓库藏匿的赃物，对方生怕这事败露，于是出此下策，劫车抢人……一抢走贾浩成，视线转移，地下生意就全部保住了。"

"对！"李航兴奋地点头道。

"那就对了，我就说应该有动机嘛！动机在这儿。"解冰眼里的纠结冰释了，邵万戈顾不上问了，直接摆头："走！"

一行人，三辆车，几乎是参案的所有警力，直奔北营而来。车子直驶到大门口都没有发现异样，不过被关琦山带着众刑警进楼里后又是一番景象，邵万戈一看楼上楼下的工作间，再看被铐着、绑着的嫌疑人，他哑然失笑了，随口开了个玩笑道："新鲜啊，什么时候协警的战斗力这么强了……谁带头的？"

"我！"林小凤站出来了。

"哪个是张和顺？"邵万戈问。

"他就是。"林小凤指着一个神情萎靡的。

众刑警一看，面面相觑了，脑袋上胡乱缠着绷带，脸上还抹着漆，不用解释，刑警知道发生了什么事，否则不会交代得这么快。邵万戈把林小凤叫过一边来问着："交代了吗？"

"交代了，他说昨天晚上接到仓库保管员杨声旺的电话，就通知了贾政询，贾政询让他联系的老驴。老驴叫马钢炉，北营这片的老流氓了，专门替人打架平事来挣钱……后来怎么商量的，他不知道，不过好像事情并不复杂了。"林小凤道。为了掏出这些真相，她第一次见识了余罪堪称大师级别的审讯手法，一个气泵喷漆就把嫌疑人吓了个半死。

"那就不难了……"邵万戈一听迈出这么一大步，笑着道，"赵昂川、解冰、李航，正式传唤贾政询。"

"不用了，我们的人已经去抓了。"林小凤道，又结结实实给了邵万戈一个惊讶，邵万戈哭笑不得地问着："你们什么也没有？就那么抓人去？"

"是啊，我们什么也没有，不照样抓了这么多蟊贼？您觉得哪个是无辜的？"居光明不服气地道了句。

"好，有种！冲这胆量，有资格进二队了。"邵万戈很欣赏地道，居光明苦笑道："协警你们收吗？"

邵万戈一愣，眉头一皱，这个话题他却是不敢接了，只是微微动容。那边林小凤继续解释着，这拨嫌疑人已经抓了十八位，从收货到送货，不止卖到一个地方了。初步审讯，这是一个集收赃、改装、加工、销赃一条龙的窝点，牵涉的人可能更多，邵万戈背着手踱步着，仔细地听着。听到最后他隐约感觉对方就像临终托付一样，不禁奇怪地问着："怎么了？看这样你们得整个大案子，我得先恭喜你们了啊。"

"恭喜？呵呵……邵队您看。"林小凤扬了扬头，邵万戈异样地回头向窗外看去时，看到几辆警车正呼啸而来，回头不解地盯着林小凤，不知道她什么意思，林小凤苦笑着道，"督察来了，我们可能将被停职，停职倒无所谓，协警兄弟就惨了，因为这事，饭碗都要丢了。"

"我不知道该怎么安慰你，脱离指挥是警队大忌，都像你们这样，就没什么章法了。"邵万戈很稳重地说道，他看着楼下站着两排协警，又补充道，"不过我不得不承认，你们干得漂亮，事情还有回旋余地，你们要依法办案，不要走得太远。"

"谢谢，接下来看您按章法能不能解决吧。"林小凤异样说了句，默然无声地下楼了。

院子里进来了一拨白盔武装的督察，是这帮人主动联系督察的。不过他们并没有获得谅解，一纸公文摊开了，督察在庄重地宣读着督字号的决定。

听到"解除聘用合同，即时上缴警械"的内容时，邵万戈默默踱步离开了窗户，不忍再听……

"啊？什么？把我哥带走了？嫂子，你别急，别哭，别哭，什么时候的事？你在哪儿，在110……好好，我马上回去，你千万别急，我来处理……"

贾原青扣了电话，猝然得知这一消息时，他吓蒙了，刚开始想办法，后院就起火了，他思忖了半天，觉得还是得按原思路来。

一咬牙，他推门进了茶室，自己刚才已经坐在这儿谈了有一会儿了。谈话的对方是一位长脸、秃头，脸上几处痦子的中老年男人，穿着唐装花绸，显得有点不伦不类，一笑，一嘴蛀牙，道了句："贾兄弟，您脸色怎么这么难看，又出事了？"

"长话短说，让你们去摆平事儿，你们给捅娄子，把警察给捅了……事情到这程度了，我不埋怨你，也不为难你，可总归得解决，否则三查五查，得查到我哥身上……马钢炉，凶手是个什么人我不管，不管是被警察抓到还是他自己自首我也不管，但必须解决，而且不能牵连到我哥身上，就这么个事，开价吧。"贾原青道，口气很大。

对面的马钢炉把玩着茶碗，撇着嘴，思忖着，又看了看贾原青，他们的关系是建立在长期的互惠互利中。他斟酌着多大的数字才不至于把贾副区长噎住，而且能把事情办了，同时还要顾忌以后的合作。凶手好解决，就那帮脑袋别在裤腰上的山炮，给上十万八万，他们什么罪名都敢往身上揽。

"四十万。一次性解决，让那人自个儿去坐牢吧。"马钢炉道，伸着大手，四根指头，每根十万。

"成交！要是出了岔子，我保证你以后一毛钱也挣不上。"贾原青咬着牙，忍着肉疼，拿起了外套，撂了句，匆匆而去。

茶室里那位，哧笑着，抿着茶，看了看表，斟酌着这事该怎么办。不过不管怎么办，他好像一点都不着急，他在想这事自己能不能摘个干净，不过彻底摘个干净估计是不可能的。

不过无所谓，没证没据的谁能怎么样？就像贾家兄弟这一对坏种，人家不照样好好的？

他叫着茶妹掩上了门，一个人独自思忖了良久……

怒至癫狂

贾政询是在离开建设路工行时被拦下车的，余罪只带了两个人，洋姜和郭健。反扒队苦逼兄弟们经常一块喝酒，几个人处得不错，因为二冬被捅的事，都是挟愤而来，驾着破面包车在斜刺里顶在了贾政询的车上。三个人如狼如虎地飞奔而出，把驾驶座上的贾政询拖将出来，反铐住，拎着就往车上带。

这行径与绑匪何其相似？那地主婆般的胖娘们儿也疯了，从副驾上奔下来，一个趔趄丢了一只鞋，再一个趔趄就扑上去死死拽着自己老公了，杀猪般地哭号着："放开人，放开人……你们这些天杀的……救命啊！抢劫啦！"

这河东狮吼之下，那嫌疑人开始挣扎，洋姜和郭健几乎抓不住人了，围观的群众不少，纷纷围上来了。余罪见情势要乱，高亮着警证，怒目圆睁大吼着："执行公务，无关人员让开！这是个杀人嫌犯！"

哟，群众一听，都往后退。那胖婆娘可不管了，抱着老公的腿就是不放，那二百来斤的体重，洋姜和郭健还真拖不动。余罪从腰上扯下铐子，把这胖娘子的手铐了一只，那娘们儿掰着他胳膊就咬，亏是这段时间练得眼疾手快，一放铐子，那娘们儿"嘎嘣"直接咬到铐子上了。趁这个机会，洋姜和郭健把人拖到了车上。

余罪正要走，冷不丁，腿又被抱住了，接着一阵巨痛袭来，他低头却发现贾政询家这悍婆娘疯了，正抱着他腿咬。他也急了，抓不走人，拖的时间越长，抓到人的可能性就越渺茫，一时间也是恶从胆边起，朝着这胖娘们重重地扇了一耳光,趁着她捂脸的一刹那,铐上了她的双手,吼着让洋姜和郭健走人。那俩人关上车门,轰着油门,在人群中慢慢闯开了一条路,呼啸而去。

余罪成了众矢之的了,就即便再有公务,这恶迹怕早被摄到无数路人的手机里了,偏偏那胖娘们儿两眼泪不比浑身赘肉少,哭号着:"冤枉啊……这帮天杀的警察呀……把我老公给抓走啦……"

胖娘们儿心疼老公和儿子了,哭得一把鼻涕一把泪,哭得衣冠不整、头发散开。不一会儿警车飞驰而来,直接看傻眼了。

"快快,带走,影响太坏。"民警上前搀人,此时才发现女人被铐着,忙问谁铐的。

那个小个子,早不见人影了。偏偏那胖妇人此时见警察又犯病了,死活不起来,搀的民警也被她摁住咬了一口。哎哟,可把围观观众乐坏了。

又来了两辆警车,才把这位说个不停的妇人带走。

就在胖妇人大喊的时候,余罪趁乱退进了人群里,本来准备跑的,可跑了不远,总觉得心里像放进了什么东西一样,堵得慌。于是他又折回来了,看着嫌疑人他妈在街上要赖撒泼,他知道心里堵在什么地方。

一个有罪的人,总会牵涉很多无辜的人,这再差也是个当妈的,连失儿子、丈夫,又是这么激烈的抓捕,怕是要被逼疯了。他几次想奔上去,把人解开,可他不敢,他狠狠地咬着自己的拳头,最终也没有下了决心。眼巴巴地看着她又被110的警察带走。

于是他的心里,也觉得越来越堵了。

二队在劲松路,离抓到贾政询的地方够远,余罪是慢跑回去的,他不想坐车,因为他不知道自己该去哪儿,该干什么。他一直抱着一个目标在拼命地往下走,一下子却发现好像自己这个目标也是错的,那股子迷茫袭来,让他几乎失去了方向感。那个胖妇人呼天喊地的影子,老像魔怔一样闪在他的眼前。

他从来没有过什么远大理想,否则就不会安居在反扒队不思进取了,哪怕就平时的分内工作，他都是得过且过。可这一次，他觉得自己是拼命地做着应该做的事时，又突然发现，离曾经的自己，已经不知道走了多远了。

"我是怎么了？我是怎么了？"

余罪在奔跑着，在扪心自问着，仿佛是一阵伤痛袭来，让他全身战栗。当年在监狱的时候，如果有把枪，他根本不介意把枪口对准施虐的警察。而现在，他发现自己在不知不觉中，居然变成了曾经让自己恨之入骨的对象，那种一脸漠然、没有丝毫同情、根本没有点人味的人。他不止一次看看自己的手，很难相信，他居然朝一个女人重重地扇了一耳光。

他想不清楚，跑得气喘吁吁，奔到劲松路二队的时候，脚步慢了下来，洋姜和郭健上来了，一个二十多岁，一个三十出头，两人如果不穿制服，也和街上的普通人无甚区别。不过此时，两人都耷拉着脑袋，洋姜把车钥匙一甩，扔给了余罪，就那么黯然地看着他道："人交给二队了，正在审讯。"

"那就好。哎，你们……"余罪看两人把钥匙都交了，心里开始下沉了。

"回家，明儿看哪儿招人，找个活儿干去。"郭健有气无力地道。

"我也回家，我好好歇两天，我都不知道该干什么活儿去。"洋姜懊丧道。

"还有机会，案子拿下来，还有机会，你们……"余罪挽留着，不过他觉得自己的话实在没有什么分量。洋姜道："算了吧，北营那边督察当众宣布了，在职协警一律清退。对了，顺便把我证件交了，省得人家当面找我难看，我就不回队里了。"

"我的已经交了。"郭健道，自嘲地笑了笑。

证件扔到余罪手里了，余罪却是呆呆地，不知道该说句什么话。本来都可以不站出来的，本来都可以不被这么严厉地清退的，本来一切都有挽回余地的，本来这事也许不需要这么快解决的，总会水落石出，可现在，仿佛是他带着大家都走进了绝路。

"对不起，兄弟。"余罪对着两人的背影，大声说了句，眼睛有点酸。

"不用，今天是老子当警察最痛快的一天，不后悔。"郭健道。端了个黑窝，抓了个主谋，自当快意。洋姜回头笑了笑道："你自己注意点啊，别也被开了。"

两人就那么走了。余罪却是靠着二队的大门门墩，傻傻地站着。直到天黑了，路灯亮起来了，在看到有人向他走来时，他才起身，结果腿麻了，差点栽倒。

"你怎么在这儿？"周文涓奔上来了，是队里有人进出发现这儿有个怪人的，问他也不搭理，周文涓没想到居然是余罪。

"我在等结果。"余罪笑笑道。

"案子没有那么快，还在审讯……我刚从医院回来不久，对了，你怎么没去看看二冬？"周文涓问，有点奇怪，以这些人的关系，余罪应该第一个到，可他偏偏不在场。

"对了，我该去看看二冬。"余罪恍惚间，终于找到一个目标了，他没有告辞转身就走了，人像木了一样。周文涓又追上去了，问着："余罪，你是不是不舒服？你怎么了？"

"没事，你忙你的吧。我看看二冬去。"余罪掩饰着，人很正常，就是表情仿佛不属于他一样，上车了，歪歪扭扭开着那辆面包车走了。

门外的周文涓伫立了好久，她有很多话想对这个男孩说的，可每每见面总是开不了口。她在想，发生的事情对他的打击一定很大，也不知道他挺不挺得过来。

一定能，她在想，一定能，在她心里，他是无所不能的……

问过了骆家龙才知道确切的病房号。之前嫌疑人的定位就是骆家龙做的，电话里老骆都心虚了。那个抓捕太过仓促和野蛮，已有人在网上曝光这个奇闻了，亏是便衣，又拍得不清楚，要穿着一身警服的话，怕是难逃此劫了。

这件事查到这里已经昭然若揭了，一个标准的家族式的黑生意，有人负责收购贼赃，有人负责拆装翻新，有人负责市场销售。贾原青的司机是小股东，据他交代，贾政询才是大股东，但利润究竟怎么分配的余罪还搞不清楚。不过像所有手脚不干净的奸商一样，他肯定拉了一群人下水，否则贾政询的儿子就不会明目张胆地收赃，还屡屡逃脱打击；否则也不会有北营那个并不隐秘的销赃窝点，能存在这么长时间，里面干得时间最长的工人，已经有四年多了。

从滨海到监狱，再到单位里面，余罪经历了很多事，有些事他已经学会了睁一只眼、闭一只眼，社会上混，棱角是迟早要被磨平的，不管你是不是警察。有些时候他觉得自己已经变得很圆滑了，就像马秋林一样。

罪与罚，总是在一个可以容忍的平衡中共存的，罪永远不会消失，罚有时候也不会公平，费那劲儿干吗？他现在甚至连那个不知名的女贼都不恨了，如果依靠那种生存方式，他觉得自己没准会比女贼更狠一点儿。

他有气无力地爬上了楼梯，不知不觉间时间已经过了晚十时，医院里人迹已稀。到了病房所在的三层，一间是鼠标和大毛，两人已经睡了，他没有打扰，又走过两间，透过小窗户，他看到了床上静静地躺着的二冬，蹑手蹑脚地推开门，他忍不住想看看兄弟怎么样了。中午刚从重症监护转移到普通病房，骆家龙说了，没捅到要害，可三棱刀制造的伤口很大，有点儿失血过多，差点没抢救回来。

昏暗的病房里，李二冬静静地躺着，余罪看着他，在想着，那个惊魂的一刻，二冬想到了什么，居然死死抓着嫌疑人不放，直到挨了两刀。那个情况，如果让余罪处理，他会先把嫌疑人打昏，然后自己快跑。

"你来了……坐吧。"李二冬突然用虚弱的声音轻轻说话了，吓了余罪一跳，不过他蓦地笑了，问道："居然没睡着？"

"白天睡了一天，哪还睡得着……好多同学来看我了，我觉得真幸福。"李二冬轻轻道，生怕被人听到一样。余罪拉着椅子，坐到了他的身边，握着李二冬还输着液的手，小声道："大难不死，必有后福啊……当然幸福了。"

"你看我受伤了，开始说人话了？"李二冬对余罪的口吻有点不适应。

"那我换换，你可真他妈蠢，不能自己先跑呀，非挨上两刀？"余罪换了口吻，张嘴笑着道。

"没防住，谁能想到那些人那么大胆。"李二冬轻声道。

"哎，给我讲讲，昏迷的时候，离死亡最近的时候，你是什么感觉？"余罪问。他知道，警校这帮"悍兄匪弟"，需要这种荤素不忌的语气。

"都昏迷了，还感觉个屁，一醒来就看见护士了，真他妈水灵……"李二冬道。听得余罪笑得直颤，笑着问着："都那样了，你还想女人？"

"那我不想女人想什么？我说想你，你信呀？"李二冬道，这么质朴的话，让余罪一下子有点心酸。他轻轻摩挲着李二冬枯瘦的手，李二冬却是想起什么来了，用更小的声音道："告诉你一个秘密，你答应我，不许告诉鼠标。"

"嗯，什么秘密？"余罪问。

"今天我暗恋的心上人居然来看我了，我心里特别激动。"李二冬道。这等心事，怕是很艰难才说出来了，而且绝对不能告诉鼠标那个漏嘴。

"欧燕子。"李二冬又道。

"那你快好起来，好起来去追她呀。"余罪道。警校的女生稀缺，估计哪个女生也有这么几十个暗恋者。

"我想好了，就像你那样，不要脸去追，要不他妈哪天命都没了，还要脸皮干什么？"李二冬谈兴颇浓道。余罪可没想到自己成了他的榜样，不禁又抚着他的手，笑着鼓励着，不过马上笑得眼睛发酸，轻轻道："等你好起来，我帮你泡妞去，我陪你打游戏去。"

余罪轻轻地说着，把李二冬消瘦的手放平了，此时的感觉是一种深深的悲凉。李二冬轻叹了声，好像无限神往。半晌他轻轻吁了声道："我其实一点儿也不喜欢玩游戏，看得眼都酸了，网吧里空气还不好……"

"那为什么还摸空就去？"余罪不解了。

"代练，在学校的时候就在网吧给别人升级代练，有的按小时算钱，有的按升级算……其实我想攒钱把我爸妈从乡下接到城里的……你不知道，我在省城当了警察，我爸妈在老家可骄傲了，逢人就说……平时我有点小气，老蹭你们的吃喝……你们、你们不会嫌弃我吧……等我好了，我请你们啊，反正也攒不够房钱，别哪天这口气真咽了，一件事也没办……"李二冬虚弱地说着，在昏暗中握着余罪的手。那手很温暖，不过却毫无征兆地凉了下，是两滴水迹滴在了自己手背上。李二冬感觉到了，紧紧地握了握，没有揭破。

那是两滴泪，很凉，不过手握在一起的时候，却是热的……

凌晨四时，凄厉的警报声划过了深深的夜幕，一队警车驶过了劲松路，进了二队，一队重案队员带着两个刚刚从本省朔州市押解回来的嫌疑人，直接带进了审讯室。

劫车袭警案出现了戏剧性的变化，两名已经潜逃到朔州的嫌疑人被人举报，当地警方迅速出击，将两人缉拿归案，确认身份以及核对作案细节之后，星夜兼程送回案发地来了。

邵万戈和外地押解的同事握手寒暄，安排着休息，同来的还有支队长孔庆业。送走同行，支队长招着手，直问着案情，这可就是有点无地自容了。迄今为止，没有找到真正的凶手，却让外地警方把参与作案的嫌疑人给捕到了。偏偏二队还接了反扒队员一堆烂事，捣窝点，抓贾政询，还有贾政询闹事的老婆，一查之下，矛头直指重案队而来。

"谁去抓的人？太不像话了，这哪是警察，简直是绑匪！有这么抓人的吗？现在那个女人还躺在110指挥中心，抓贾政询谁下的命令？"孔庆业虎着脸问。

"不知道，反扒队抓的，送来了。"邵万戈小声道。

"审的有结果？"孔庆业问。

"没有，他连电单车销赃窝点的事都不承认。"邵万戈道。越是大案越不敢上手段，何况仅仅是嫌疑人，更何况这个嫌疑人的关系不简单，他相信，面前这位领导，是来给贾政询铺路的。

"放人，如果没有证据能证实他和本案有关，马上放人，集中全力追捕袭警凶手。怎么，你觉得他快五十了，是那个蒙面袭警的凶手？"孔庆业说的比邵万戈想象中直接，他要质疑一句时，孔支队长又阴着脸加砝码了，

"限期已经下来了，三天，一天时间已经过去了，这种恶性袭警案件不迅速找到真凶，我们怎么向全市同行交代？不能净搞些乱七八糟没用的。"

领导气呼呼甩上车门走了，那是给二队脸色看的，没有就这些事查你在抓捕和审讯上的问题，已经是很给面子了。邵万戈刚回头准备进队时，一拨参案的同事已经聚过来了，事情很明白，凶手不会无缘无故去劫车袭警，雇凶作案已经接近明了，只需要案件深入一点，很快就会水落石出。而这个变故，打乱了所有部署，邵万戈看看一干参案的队员，没有打气，却是很泄气地说了句："放人，监视居住。"

"邵队，不能放，销赃窝点的事还没查清楚，这之间肯定都是关联的。"赵昂川道。

"有人在外面做手脚，恐怕咱们永远查不清楚。时机不太成熟，再等等。"邵万戈道，回头看着众人时，独独喊了解冰一句。解冰以为队长有审讯的安排，跟着进门厅时，邵万戈却是揽着他走向一个角落，不动声色地说着一些话，安排了一个让他想象不到的任务。

说罢，邵万戈就背着手走了。解冰想了想，一时拿不定主意，不过当他看到贾政询从特询室里毫发无伤出来的时候，他一下子想起了李二冬在病床上的样子，没有比这种你明知道他是幕后凶手，而无法将他绳之以法更窝火的了。于是他咬着牙，决定做一件很违反自己做人原则的事。

贾政询被放的消息传出来了，不独他被放了，张和顺也被放了，理由是证据不足，而且抓捕他们的反扒队员涉嫌刑讯逼供，问题很快被反映到支队和市局。

这可是证据确凿，人家头上的绷带还没拆呢。不过同样有证据的是那一堆赃车，涉案这么多人，支队接案的也一下子头大了。于是窝点的工人以及租赁房屋的姚向东，成了缺失主谋后的第一嫌疑人。支队的命令是转回分局，另案处理。

凌晨六时三十分，被捕的嫌疑人交代了袭警的凶手，姓曹，名小军，通缉令签发。这个嫌疑人无论从社会关系还是个人生活轨迹，都和贾家风马牛不相及。动机缺失了，真相被埋没了。

凌晨七时，伏在床边不知道多久，睡了一夜的余罪被电话铃声惊醒，他一听到消息时，傻了……

🐼 坐困愁城

"许处，是我，余罪。"余罪道。

电话另一头，像是刚醒的许平秋道："嗯，稀罕啊，督察还没有找到你？"

"案子完了我会到督察处报到的。"余罪道。

"那你……想问什么？"许平秋很平稳的口气，也许他知道余罪电话的来意。

"你应该知道。"余罪道。

"你不说我怎么知道。"许平秋道。

"二冬的事……虽然我觉得你这个人很奸诈，可勉强算个好领导，最起码一直照顾着战友的遗孤。"余罪道。

"那又如何？"许平秋道，冷冰冰的声音。

"这其实就是一个很简单的案子，贾政询、贾原青兄弟俩沆瀣一气，把销赃做成了一个产业，为了保护既得利益，他们不惜劫押解车，我相信袭警是个意外，可他们内外勾结，就不是什么意外了。"余罪的声音，同样很冷。

"注意你的言辞，相比你们的抓捕，谁更像土匪你自己心里清楚。"许平秋道，平淡的语气里带着几分怒意。

是昨天的事，也许确实有点出格了，余罪反驳着："我像什么我自己清楚，他不是无辜的，有什么后果我自己承担。不过劫车袭警，伤我兄弟的事，谁来负责？"

"你还是没有搞清楚自己的身份，你是人民警察，不是黑社会分子。就即便案子有疑点，也需要通过程序来查，怎么？难道让我也利用职权，像你一样胡作非为？想抓谁就抓谁？"许平秋的声音保持不住平静了。

"可是有人在胡作非为，一直在掩盖真相，您也准备置若罔闻吗？"余罪问。

短暂的沉默，似乎这句话让许平秋考虑了很久，不过他还是很郑重地道："余罪，有些事我不想多说，不过你应该明白有些事不是拳头硬和有枪就说了算，就即便你身着官衣，也只能依律办事。你是警察，不是讲义气的江湖人，你得学会讲证据、讲程序、讲法律……这件事你想想，就即便把贾政询抓起来又会有什么结果？检察上难道会看在我的脸面上审核通过，法院难道会看在你们兄弟情分上，给他定罪……你在听吗？"

"我在听，我明白了，你根本就是想抽身事外……我也想说一句话，下面的兄弟命都差点丢了，上面的还在拼命掩饰，你不觉得大家为这身官衣卖命，卖得不值吗？"余罪道。

许平秋一下子被激怒了，他一梗脖子，要说什么时，却听到了电话挂断，嘟嘟的忙音。他愤愤回拨过去，电话被掐了，连拨两次，两次被掐。一刹那时，许平秋怔了怔，这好像是余罪第一次给他打私人电话，不过没有像其他干警一样为了点私事，而是为了他的兄弟！

他怔怔地拿着手机，站在家里盥洗室的镜子前发呆，他看到了镜子里一个苍老、皱纹横生的脸。他突然发现了，那张脸上有很多很多的沧桑、无奈、世故，再也不像曾经热血澎湃的时候，那位号令数千刑警的总队长了。

在镜子前怔了好久，他有一种想站出来的冲动，不过更清晰的是理智，一个搞电单车销赃的商人是个小角色，可一个区副区长能有多大的人脉他清楚。他甚至几乎不用调查就可能揣摩到，那些手脚从来就不干净的某些自己人早和这些有权有势的穿上了一条裤子，这样的权钱利益，在他看来，不是那么容易打破的。那案子也将会没有悬念地这样往下发展：通缉袭警嫌疑人曹小军，这样的人渣迟早会落到法网里。到那时候就是证据确凿，依法量刑；而幕后买凶的人，暗地销赃的，还有徇私枉法的，又将会毫发无伤地生活在他们的灰色世界。

对此，他同样愤慨。不过，他无可奈何。

这些恐怕就是脸上沧桑和世故的根源了，他如是想着，这一次只能辜负他了……

轻轻回过身，余罪透过玻璃小窗，看了还在熟睡的二冬一眼，没有再回去，悄悄地走了。

人抓了，又放了，抓的人无罪，抓人的有错，这个简单的结果，让他本因昨天的事而仅存的一点怜悯消失得无影无踪，取而代之的是满腹的怒气，那股怒火几乎要把他全身烧成灰烬了。

奇怪了，越是应该怒发冲冠的时候，他显得越安定，甚至比昨天站出来带着反扒队的兄弟集体脱离指挥还要从容。消息是张猛传回来的，已经不是秘密了，两个参与劫车的嫌疑人被朔州警方连夜押解回省城，已经交代了凶手，现在二队全队开始全力以赴抓凶手了，至于涉嫌销赃的张和顺以及贾政询，暂被释放。今晨余罪才知道，北营那个销赃窝点，租下地皮的人居然是杨声旺，就那个看门老头，他估计那老头自己都不清楚已经成了重点嫌疑人。

凶手姓曹，名小军，也是个劣迹斑斑的不劳而获分子，成为袭警案的凶手罪有应得。

可余罪眼中的凶手不是他，这个和贾浩成根本没什么交集的人，除了受雇于人，再没有第二种解释。

这是个显而易见的答案，但揣着答案的人，堂而皇之地从刑侦二队走了。

他本以为拼到这里可以歇歇了，可不料在这种情况下都能被逆势翻盘，他知道自己还是小觑了幕后黑手的能量。那个人是谁已经显而易见，从派出所到分局、到支队，那关系网，比天网还要大得多。

下楼，刚出门厅，他下意识地后退，躲开。不过晚了，面包车前站着两位督察，旁边是他们的车，他们在车前估计等了很久了，这辆车是公车，车上有定位。余罪忙得焦头烂额，把这个细节疏忽了，眼看着两人面朝他而来，引起了周围一片异样的眼光。

我为什么要躲？余罪突然停住了脚步，几步朝两人走去。都是警察，多少给点面子，督察便掉转头，等到了督察车前。余罪从容地走上来，看着两人，又见面了，其中的一位高个子，向余罪伸着手，笑着道："我知道你是反扒高手，不过我那证件，好像不值几个钱吧？能还给我们吗？"

就是昨天在队里扒走人家证件的两人，余罪笑了笑，从口袋里掏出来，拍到了对方手里，另一位正准备开口时，余罪抢白了，直道："喂，通融一下怎么样？"

"通融？"另一位笑了，见到督察吓腿软的有，满头冒汗的有，甚至吓得泪流满面的也不缺，从来没有人这么嘚瑟地要求通融的。

"对，再给我几个小时。"余罪道。

"不可能了，你们队包括队长，一共四十二人，已经全部宣布停职反省，你是最后一个……别给自己找麻烦。"拿到证件的督察向余罪伸手了，那是继续要余罪自己的证件、警械，离开了这东西，就算警察也成了没牙的老虎，何况这个人是局里点名要直接隔离审查的。

不过这个人还是让两位督察多看了几眼，带队集体脱离指挥，在那种情况下，端了两个窝点，一口气抓了十几个嫌疑人。据说窝点的赃车总价都有十几万，通过道听途说的这些，他们也能猜到个七七八八。

这个世界，有时候真相是想出来的，而且也仅限于能想一想，你是查不出来的，两位督察对于余罪抱之以很景仰的一瞥。这个世界，敢捅真相的人，都值得尊敬。

僵着，余罪没交，那人再要说话，余罪抢白道："别逼我，我有很多种办法脱身，包括刚才，不过我不需要逃跑……楼上就躺着我的兄弟，可我们辛辛苦苦找到的嫌疑人，却堂而皇之地从刑警队走了。"

"凶手已经通缉了。"有位督察道。

"凶手不重要了，雇凶的才重要，有人在买凶。"余罪道。

"兄弟，别太执著了，想想自己，你摊上的事不小，不要走得太远了。"拿证件的督察缩回了手，不像抓人，反而劝阻，把人带回去，大不了三查五审，还是警察。可要再胡来，恐怕下场要和脱离指挥的协警一样了。

"所以，我只要几个小时，走得不会太远。我办点事，完事后我会主动去督察处接受处分……过了今天，我估计就不是警察了，可最后一天，我想当一位好警察。"余罪笑着道，笑里仿佛带着无形的威胁，像玩笑，又不像玩笑。

督察笑了，这时高个子的对另一位道："要不，咱们再去其他地方找找？"

"好吧，反扒队的都精于化装，还真不好找那个叫余罪的。"另一位道。上了车，开车的那位一指余罪，不计前嫌地道："小子，警察里有你这样的人真不是好事……不过，也是件幸事。天黑之前，督察处报到，否则接下来就是执法队来找你了。"

两人拍门而走，副驾那位，很严肃地用手在额前做了一个警礼。

无暇顾及两人怪异举动中的内容，余罪没乘单位的车，直奔出医院大门，拦了辆出租，司机问他去哪儿，他一下子语塞了，胡乱应了句："先走着，我想想。"

怪人特别多，司机异样地看了眼，往前走了很远，余罪想到了一个人，又糊里糊涂下了车，拨着电话，通了后他小声问道："老二，有空么？我有事找你……废话，当然是急事了，十万火急，你不来可再见不着我了，咱兄弟一场……什么？不算兄弟，你都把我送进监狱了我都不怪你，还不算兄弟啊？真的，赶紧来，我在……你在哪儿吧，我找你去。"

知道了个地址，余罪又拦了辆车，匆匆而去……

"哟，二哥，我想死你啦。"余罪从车上奔下来，好不兴奋的表情，奔上前来，把正在早点摊前结账的马鹏抱了个结实，惹得一干吃饭的人呵呵直笑。

"去去……你正常点行不行？这样子，我心虚。"马鹏忙不迭地推着余罪。

"怎么了，二哥？"余罪不解地问。

"少来了，你要直接称呼老二，我心里还有点底，这么亲热地叫二哥，没准有什么烂事。说吧，别绕弯子。"马鹏笑着道，本来是挤公车上班的，这会儿倒不急了，和余罪步行着。余罪看了他一眼，这位在滨海亲自把他送进监狱的，曾经是省厅直属的特勤，不管是资历和经历，都有他可取的地方，他笑了笑问着："那就叫你老二了，别他妈装行不行？我就不信，你不知道发生什么事了。"

马鹏嘿嘿笑了两声，说道："大概知道了，就是劫车袭警嘛，在你们这个警种稀罕，我们经常接触恶性犯罪的倒不觉得稀罕。究竟怎么回事，我怎么听说你带人集体脱离指挥了？宇婧也在找你，昨天都没找到人。"

"案子是这样的，很简单……"余罪把大致案情说了，包括无意中审得贾浩成漏嘴交代了少量罪行，林小凤又无意中摸到了放在坞城路仓库的赃物，于是司机张和顺通知贾政询，贾政询雇凶劫车抢人，以图隐瞒销赃罪行……这些事，通过昨天的顺藤摸瓜已经搞得很清楚了，但他没料到背后还有一个更厉害的推手，居然能让嫌疑很大的贾政询堂而皇之从二队被放出来。现在他怀疑，抓到了嫌疑人也是推手故意扔出来的，意图摘清贾政询的嫌疑，等抓到凶手，幕后的黑手怕是要湮没了。现在很关键的就是那位雇凶的中间人，绰号"老驴"的马钢炉，这个人余罪一直想二队肯定会动手抓捕，可不料不但没抓，连抓到的也放了。

自己现在的目标很明确，就是马钢炉。

"哦，这样啊，这个老驴我有所耳闻，曾经是道上的一号人物，不过应该已经洗手了……那这个案子就无懈可击了，贾政询你动不了，人家幕后是谁你都不知道，就即便你知道是他弟弟，你更动不了。老驴那号人嘛，你也别指望，几十年的老江湖了，他能和警察合作？就即便他们之间真有什么幕后交易，怎么可能留把柄让你抓到？"马鹏的头脑很清楚，列出来的全是关键。

"我问你办法来了，你他妈给我说一堆丧气话啊。"余罪痞痞地骂了句。马鹏蓦地笑了，摇头道："我真没办法，别说我，许处都没办法，这种事太多了，管得过来吗？"

"可捅的是二冬，能不管么？"余罪愤然道。

"这就是你的不对了，公务不能变成私仇，否则会让你失衡。"马鹏道。

"别说失衡，我都快失心疯了……就问一句，帮不帮我吧？"余罪上砝码了。

"怎么帮？"马鹏道。

"把老驴给我逮起来，我让他开口。"余罪道。

马鹏被余罪恶狠狠的表情吓了一跳，哭笑不得地道："兄弟，咱们是警察，不是绑匪呀。"

"你跟许老头还把我送监狱里呢！那是警察能办的事？怎么？我他妈草棵一根，烂命一条，没有这些人值钱是不是？"余罪火了，翻开旧账了，说起来有点强词夺理，那次是任务，而这次无限接近私怨了。马鹏难为地撇着嘴，凛然道："兄弟，你要这样，是要把咱们俩一起往死路送啊。"

"就这鸟样，还他妈是特勤，你脸红不脸红？告诉你，老二，我现在最不怕的就是进去，就那里面都他妈比外面活得舒坦，不去拉倒，老子一个人干。反正破罐子破摔了，还不如摔得响儿大点。"余罪道，扭头就走。

"嗨，别走……等等我……"马鹏思忖了一下，快步追着余罪上去了，边走边小声道，"兄弟，这事儿得从长计议，抓人得有罪名，否则镇不住这种老江湖。你听我说，这种洗白的人，身家都不菲，弄不好得把自己赔上……哎，听我说呀，要干就得干得别人无话可说。"

余罪停下来了，坏坏地笑了，盯着马鹏，听着他的"教唆"，半晌喷了句："就知道这事儿你们没少干过，还跟我装。"

马鹏哭笑不得了，搁余罪这块儿，不管做什么，好像都落不下好。

于是，两人密谋了良久，做了许多准备后，开始行动了……

上午九时三十分，马钢炉习惯性地从小区楼上踱步下来，自从年纪渐老、身体不佳之后，他听从医生的劝告养成了步行的习惯。从这里到公司处理一下当天的事务，中午晚上偶尔应酬，并且只有在需要应酬的时候，他才把司机叫上。

今天的天气尚好，住着的星苑花园小区绿化更好，和煦的阳光洒在经冬未黄的冬青丛上，厚厚的草地大部分还是绿油油的颜色，马老哼着小调出了小区大门，迈着公鸭步子，向三公里外的公司步行而去。司机鸣着喇叭出来了，他摆摆手，示意不乘车。

一车一人，悠闲地走着，马钢炉小曲哼得走调浑然不觉，思绪不在这个上面，而是出门时就接到了贾原青的消息，钱到账了。这个年纪，往上爬没有高度，下半身没有硬度，其实能关心的也就是存款数字的增长额度了。他盘算着这事获益多少，然后盘算着有什么后患，想来想去，似乎找不到什么破绽来，又让他的心情好了几分。

每每这个时候，总会有一种智商上的优越感。那是把大多数人甩在身后，站到他们仰望位置的优越感，这种强烈的优越感，又让他的心情好了几分。

"嘎"的一声刹车声……后面吵起来了，他回头看时，是自己的司机，和一个横穿便道的行人吵上了，眼看着就要捋袖子打架了。他懒得理会，这些事会有人处理，再行若干步，他又觉得不对劲，准备往回走时，一回头恰恰碰上一个小年轻迎面上来，来不及躲。那人像故意往他怀里撞一般，他猛觉得有硬硬的东西顶到了他的腹部，面前那人恶狠狠地道："别动。"

"……哪条道上的朋友？"马钢炉震惊了一下，不过临危不乱，他知道对付道上朋友的办法，很客气道："有什么要求直说，需要钱我马上想办法满足你。"

"上车。"余罪面无表情地道。斜刺里一辆车启动了，停在路边，遮着后面的视线，马钢炉略一思索，随即上车，他知道这时候强硬不得。车扬长而去。

后面那闹事的路人被嚣张的马老板司机打了两拳后就跑了，不过司机回头再找时，傻眼了，不见老板了。

马鹏驾着车，余罪和一名缉毒警一左一右挟着马钢炉，都没吭声。

余罪打量着，却觉得这人真是见面不如闻名，一身绸装，一嘴烟渍牙，满脸皱纹，偏偏皱如老树的脸皮上还生着疙瘩，再怎么往仙风道骨的方向装扮，也让人觉得猥琐，活脱脱旧社会一个大烟鬼的德性。

"兄弟，你们哪条路上的？"马钢炉小心翼翼地开口了，他知道自己既然被抓，应该就暂时没有性命之虞，说不定哪路朋友缺钱了，想要点，这是最好的一个情况。如果是旧怨，那估计要麻烦点。

余罪掏着警官证，在他面前亮了亮，马钢炉一看是警察，这倒放一百个心了，长舒了一口气道："哦，是警察兄弟啊，有什么事，我一定配合，你们哪区的？我认识刑侦支队的领导，治安支队的领导也熟悉，有什么事，尽管吩咐。"

他眼珠乱转悠，在思忖着能有什么事，不料余罪摇头道："没事。"

"没事……没事为什么抓我啊？"马钢炉小心翼翼又问，他知道小鬼难缠的道理，抓捕上的这些警察，还是不惹为妙。

"谁抓你了，给你开个玩笑，你自个走上来了。我们怎么敢抓马老板您呢？"余罪怪怪地道。

"哦……"马钢炉哭笑不得了，这都算开玩笑？他更小心地问着，"几位，是哪部分的？真的，有什么事您尽管吩咐。"

"真没事。"余罪强调道，苦口婆心说着，"你看你这人，非要想有事，要么说说，你干什么事了，为什么警察会找上门？"

"我没干什么事呀。"马钢炉道。

"这不就是了，没事。"余罪道。

哎哟，把马钢炉给气得呀，心给悬得呀，他不知道自己该用一种什么样的态度对待这些来路不明的警察，偏偏此时余罪手上拿着手机把玩着，他眼神一凛，弱弱道："喂喂，警察同志……这好像是我的手机？"

"你有证据吗？"余罪反问。

"我……"马钢炉一噎，又被气着了。

余罪翻看半晌，恍然大悟，哦了声："哦，确实是马老您的，我想起来了，刚才在路边捡的，您刚路过，肯定是您丢的。"

说罢伸手递上来了，马钢炉刚要接，余罪又抽走了，翻着短信问："哎，马老，这个人是谁？怎么起名叫小心肝呢？"

　　"那个、那个，外面养了个，就是二奶。"马钢炉见问不相干的事，他倒不介意回答了。

　　不料这回答似乎让余罪很有兴趣似的念着短信："炉哥，你怎么不回来呀？真讨厌……哈哈，我说马老，干这事您还成不？您都多大年纪了？"

　　马钢炉脸绿了，开车的马鹏笑了，这么个纠缠不清，快把马钢炉憋出火来。果不其然，马钢炉生气地一把夺走手机，吼着道："你们究竟是警察还是绑匪？"

　　"你看你这人，真是警察。"余罪强调道，换口吻了，客气道，"别生气啊，马老，我就这素质，您多担待点。"

　　"要是无缘无故抓我，我要告你们去。"马钢炉火气上来了。快被余罪气糊涂了。

　　"你看你这人，真不是抓你，你怎么不信呢？"余罪道。

　　"那停车，我要下车。"马钢炉用命令的口吻道。

　　不料这一句余罪拉下脸了，一指熙攘的大街道："你眼瞎呀？没停车位，就这么开着跳下去？摔不死你呀？"

　　硬中有软，软中有硬，车开个不停，一直在市区转，而且两人挟着他。马钢炉心越来越虚，又过一会儿，车停了，又上来了个人。马钢炉一看眼直了，居然是那位在小区挡他司机的小伙。他和余罪换了座位，两个人面无表情地挟着他，痞痞的余罪坐在中间，不怀好意地盯着他，就是不说一句话。

　　你越是不知道底线，那这种情况就会越紧张，他现在甚至连这几个人是不是警察都不知道。在他的心目中，警察可不至于到这么无耻的程度上。他刚要说话，余罪马上动了，伸手阻挡着："不要跟我绕弯子，你难道不烦呀？"

　　"我没绕，是你跟我绕，你们究竟想干什么？"马钢炉那火气，此时又被憋回去了。

"开个玩笑，上来说说话，聊聊天……您这么大年纪，得多和人聊聊，免得得老年痴呆，什么也记不得了，对不对？"余罪道。

"我……记得，你想知道什么？"马钢炉不耐烦地道。

"我听说有人捅了个警察，反扒队的，我又听说，您老经常给人拉皮条，找人办这事……所以呢，你别紧张，不是怀疑你，这事你说说，可能是谁干的呢？"余罪问。

"那我怎么可能知道，我门都不出。"马钢炉道。

"是吗？那你手机怎么有嫌疑人的短信？"余罪语速飞快地问。

"不可能，绝对没有。"马钢炉道。

"哦，这么肯定，我都没说嫌疑人是谁，你就知道一定没有？"余罪道。

这一句话把马钢炉刺激了一下下，他沉默片刻，笑了，这是警察惯用的讹诈伎俩，可以忽略不计的。他正了正身子，很严肃地道："不管你们是谁，凭无端的怀疑和猜测就抓我，而且用的是这种手段，你们要真是警察，有本事别放我，否则我跟你们没完。"

"你看你这人，都说几次了，不是抓你，你怎么就不信呢？"余罪强调道，好像软了。

马钢炉又被气得哼了一声，半晌才道："哎，好好，你爱干什么就干什么，我服，我心服口服，行了吧。"他知道嘴上恐怕斗不过这个凭空出来的奇葩了，干脆闭嘴，一言不发了。

马鹏听得后面两人的对话，知道余罪惯用的无耻大法今天碰到铁板上了，这号老江湖可不好对付，再有情绪也很会见机行事，没点真格的东西，你吓不住他。余罪看看时间差不多了，伸手拍拍马鹏的肩膀。马鹏开车掉头，车停到公安小区门口，余罪下车了。

车上少了一个最能说的，剩下的几人都不说话了，一个开车如飞，两人面无表情，让马钢炉感觉气氛越来越凝重，他有种很不好的预感，像要出什么大事，在车驶向高速速度提起来时，他那颗心，也跟着提得更高了……

第二章
舍生取义

🐼 血色决绝

余罪数月来第一次穿上了警服，他站在镜子前，奇怪地看着镜子里那个仿佛根本不认识的自己。

藏青色的警服，即便长相平平，也给他本人增辉不少，特别是肩上熠熠生辉的肩章，让他情不自禁地伸手轻轻地抚了抚，反扒队大多数时候必须穿便装，这身警服很少上身。此刻再穿上时，他眼睛里似乎看到了那个人渣遍地的监狱，又想起了在派出所、在看守所，他作为一个嫌疑人所遭受到的待遇，即便他知道现实如此，即便最终的结果很不错，可对于经受过那一切的人来说，即使想起来也总有一种痛楚的感觉。

当你的人格和尊严被践踏在别人脚下的时候，那种感觉是屈辱的。

可当拥有了这个身份，这身警服却依然被践踏的时候，那种感觉就不仅是屈辱能够形容的。

那是一种能让人心里流血的感觉，余罪一直觉得自己淡定了、圆滑了，可此时他才知道，想真正的淡定，必须把自己变得漠然，想真正的圆滑，就必须变得冷血，变得对一切视而不见。或许放在别人身上他觉得自已能做到，可放到了朝夕相处的兄弟的身上，他却一点也做不到了。他觉得，仿佛是他亲自操刀，伤了二冬一样，让他有一种深深的愧疚。

整好了衣服，从容地拉开了门，鼠标和大毛站在门口，也是整装待发，尽管大毛还穿着"协警"臂章的制服，那表情却庄重肃穆，似乎是以一种仰视的表情在看着余罪，他小声问道："余儿，我们可能根本办不到。"

"是啊，余儿，我们根本办不到。"鼠标也说道，从来没有显得这样有气无力过，他整个人都委靡了，尽管脑袋上那砖挨得其实并不重。

"那你们为什么还要来？"余罪问。

"总不能让你一个人去吧？反扒队没被通知解职的，就剩我和鼠标了。"大毛道。

"是啊，这不是你一个人的事。"鼠标道。

"总得试试，要是什么也不做的话，我觉得我会被这口气噎死的。"余罪道。他可是从来不吃亏的主。

看了看表，快到午时了，他前头走着，后面两位从医院偷跑出来的，义无反顾地跟着。电话上商量着是要去直接找贾原青讯问，没证没据，谁也知道问不出什么来。

可两人根本不在乎，哪怕被敲闷棍、被捅上几刀也不在乎，人憋气到这份上，拼就拼了。

三个人下了楼，乘的是平时舍不得开的那辆大排量警车。余罪从容地驾着车，驶离了这个遍是警察和警察家属的小区。出小区门的时候，他留恋地回头看了一眼，一踩油门，车绝尘而去。

过了今天，不知道还能不能当这个警察。

那辆载着马钢炉的车已经没目标地跑了两个小时，戛然一声响，车终于停下来了。马鹏看了看手机，像是得到了什么信息，慢条斯理地装起手机，回头看着被挟制的马钢炉。

不得不承认，最难对付的还是江湖人，余罪没有拿下来，马鹏根本没有想着去尝试。他知道这种摸爬滚打几十年的人，不管是精神还是肉体上的打击，遭受的次数都要比常人多，所以他们比常人要更悍勇一些，更何况，这个垂垂老矣的老流氓，未必经得起折腾。

此时马钢炉越来越笃定了，他知道警察在无计可施的时候会换上一副可笑的、可怜的、可亲的面孔，就为了换你信息。他也逐渐明白今天的事是为了什么，当然，既然已经知道，那他就不准备让警察如愿了。

慢慢地睁开眼，从闭目养神的作态中醒过来，他发现有点意外，三位警察，还是面无表情的卖相。开车的那位，正直勾勾盯着他。马钢炉笑了笑道："警官同志，是不是该放我了？我就一行将就木的糟老头，活不了几年了，你们不至于和我过不去吧？"

潜台词就是老子要死在你们手里，你们就有好看的了。

"和你过不去的不是我们，而是你自己……你知道我们找你为什么？那你觉得这件事会那么简单了结吗？"马鹏道。对于袭警的嫌疑人，那是警察的公敌。

"不管你们怎么了结，和我无关，我可以当什么事也没发生过，当然，前提是你们放我……如果不放，那就请便。"马钢炉很无谓地道，直接拒绝了。

"放，再过二十分钟，我亲自把你送回家……前提是你愿意回家。"马鹏看到一辆警车，看到了下车的三个人了，他知道计划开始了，他补充道，"在接下来的二十分钟里，我推测有人要摊上大事，而且这个人，和你有关，你难道一点兴趣也没有？"

"没有。"马钢炉淡淡道，不过他看马鹏时，被那双眼惊了下，对方很笃定，不再看他。

马钢炉稍显紧张地朝车后窗看了一眼，瞬间眼睛睁大了，有辆现代公车泊在酒店门口，是他很熟悉的一个车号，而这里，也是杏花区政府的定点招待单位，难道……

他暗暗吁了口气，按捺着心跳，把事情往最坏处打算，可是怎么也想不出，区政府的房改办主任，已经被提名副区长的贾原青，会摊上什么大事……

"笃笃笃"敲门声起，里面的人喊"进来"。门开了，三身鲜明警服以及三个稚嫩脸庞出现时，把在座已经喝得有点脸红的诸位惊得酒嗝儿连连，都瞪着牛眼看着，酒意已醒了一半。

"你们……"一位秃脑肥脸的小官僚紧张地问，八成以为抓他来了。

"哦，不是反贪局的……"一位瘦个子，长吁了口气。

不是就不怕了，有人拍着桌子，瞪着眼道："你们谁呀？穿身警服吓唬人呀？哪个派出所的，真没素质。"

在座的恐怕就主座的贾原青知道他们是谁，又是阴魂不散的反扒队找麻烦来了。果不其然，带头的那位进门，敬礼，客气地道："对不起，打扰各位酒兴了，我们有紧急案情讯问贾原青主任，其他无关人等，请马上回避一下。"

"嗨，你们说让回避就回避啊？"有一位嘟囔了句。

余罪严肃地道："根据我们调查，贾原青与涉嫌买凶袭警的重要嫌疑人贾政询、马钢炉有关系，如果各位有兴趣的话，也可以坐下来听听嘛。"

余罪的话很冷，让这个热闹的酒场瞬间冷了下来，今天是两位开发商邀请政府相关领导，袭警那事则早都听说了，私下里谁都知道这里能有点什么事，可没想到警察真查上门来了。还是区委书记高瞻远瞩，摆摆手道："好，例行公事嘛，我们应该配合……贾副区长，那我们先走一步。"

书记一说，下面的也纷纷起身离座，生怕自己沾上这烂事似的。贾原青忙不迭地赔着不是，余罪叫着鼠标和大毛恭送着各位领导，这表情很客气，还真不像有什么事了。

关上门时，喝得有点脸烧的贾原青气急败坏地指着余罪骂道："我知道你是反扒队的，没完了是不是？你放心，我马上给你们支队长、你们局长打电话，反了天了你们，以为警察想干吗就干吗？你把我家搅得鸡犬不宁，我没找你们，你们倒找上我了……咦，我的手机呢？"

这位领导口不择言，浑身乱摸，就是摸不着刚才还在兜里的手机，冷不丁他看向余罪。余罪早坐到桌上了，拿着张餐巾纸垫着，手里正翻查着一部手机，那正是贾原青的手机。他伸手要抢时，余罪一扬手躲过了，冷冷地看着他问道："果然是你，马钢炉一部双卡手机，你这也是一部双卡手机，那个一直和马钢炉联系的神秘号码，就在这部手机里……贾主任，你太黑了点吧？连警察也要往死里捅？"

幕后有一个电脑高手支撑，只要拿到贾原青这个不示于外人的号码，一切就简单多了。骆家龙的传讯已经回传到余罪的手机上了，两部手机通话频繁。

贾原青被吓了一跳，没想到这个警察这么损，直接偷走了他的手机。他急不可耐地夺回了手机，要出口不逊时，看到余罪手里也拿着一部手机，表情上突然来了个急刹车，笑了。

现在想整领导的办法是千变万化，可领导也不是傻瓜对吧？要有证据的话，还需要干得这么下作吗？贾原青装起自己的手机，笑了笑道："警察同志，我不认识你，我相信我们是第一次见面，别跟我玩花样，既然公事公办，拿出录音来全程录制，我保证对我本人所说的每一句负责。"

"你还没有回答刚才的问题呢。"余罪道。

"很好回答，我的手机里联系人有五百多个，那是有关我私生活的事，我拒绝回答，就即便是马钢炉是个嫌疑人，我和他有私人关系也不违法吧？更何况他本人就是信雅室内装修公司的经理，本身就与区政府有业务往来，区里认识他的人有一半多。还有什么要问的吗？"贾原青不紧不慢地道，虽然有点醉了，可一点也不糊涂。

"真他妈的，这儿还有比我不要脸的。"余罪暗道了句，知道这人可比地痞无赖多了，别说没证据，恐怕就有证据他都敢胡扯一通。念及此处，看看门口，他摁着手机播出一段录像，放到了贾原青的面前。

在北营电单车销赃窝点的手机视频中，还有抓到张和顺时候的突审。在听到司机交代大股东是贾家兄弟时，明显看到了贾原青脸上肌肉的抽搐，接着又听到司机说贾区长手眼通天，认识道上的人，所以这个窝点经营得平安无事，连警察也给几分面子云云……贾原青气着了，一把拿起手机，"吧唧"就摔了，不屑地说了句："诬蔑……纯属一派胡言，这是你们刑讯逼供的结果！"

"贾区长，这样的视频要是放网上，不知道能捅出多少事来？现在官也未必好当呀，吃顿饭都被丢了官帽。"余罪根本不介意手机被摔，淡淡地道。

"那你可以试试，小伙子，这个你吓不住我，其实我很怀疑，你这身警服还能穿多长时间……据我所知，你们反扒队因为脱离指挥，已经被集体停职了。"贾原青道。

是他，错不了，这样的内幕只能关心案情的人才知道。余罪打量着这位领导，年近四旬，细瞧和那个贾浩成有几分相似，属于那类意气风发的年轻干部。

"对，停职了。我这身警服可能穿不了几天了。"余罪盯着他，像在思索办法，贾原青笑道："那你蹦跶什么？要我打个电话把你带走吗？"

贾原青慢慢地拿起了手机，像是一个无形的威胁，此时，余罪觉得其势已颓，他遇到了一个黑白通吃的高人，根本没有把自己放到钩心斗角的量级上。他看着贾原青，对方就那么得意地、不屑地笑着，边笑边说着："我不知道你是谁，也没兴趣知道……警察这一套，我见识得多了，你不觉得自己太幼稚了吗？小朋友，你激怒我了，我保证一定脱了你这身官衣。"

说着，他拿起了手机，翻查着号码，不时地瞥眼看向余罪。余罪像万念俱灰一样，面色阴沉到了极点，就在查到电话的一刹那，贾原青突然看到余罪的表情变了，变得如怒目金刚，变得如厉鬼恶煞，一伸手抄起桌上的酒瓶子，"咣啷"一声毫无征兆地砸了下来。

"啊……"贾原青吃痛，那号叫声几乎被压制在喉咙里喊不出来。他整条胳膊一下子像废了一样，一低头看到满地玻璃碎片，不禁惊恐地看向施虐的余罪。余罪扔了瓶刺，又抄起另一个玻璃瓶子。贾原青惊恐地嘶吼着："你……你……"

这一次却是没有砸向他，余罪像在比划着位置，回手"嘭"的一声敲在椅背上，手里只余瓶刺，蹲下身，一把抓着贾原青软塌塌的右臂，把瓶刺握到他手里，表情平静地道："就算不穿这身官衣，我也要扒下你这张人皮！"

说罢，他握着贾原青的手，用力往自己腹部一刺，"嗞"的一声，余罪的表情凝滞了，这一刻，他体会到了李二冬那种痛苦，只不过他痛得更深一点，作为警察，不得不这样做的时候，才是最痛苦的。这一刻，他眼前泛起的是高墙铁窗里曾经经历过的艰难岁月，可相比此时，他倒觉得那是一种平和、一种解脱。

贾原青惊恐地看着瓶刺破衣而入……余罪颓然向后倒着，以一种极度痛苦的表情盯着他，又看看没入体内的瓶刺，看看汩汩而流的鲜血，他突然间诡异地笑了，问道："贾区长，这一套不是警察的，你见过吗？我打赌你摆不平……"

那笑声吓得贾原青忙不迭地往后躲，嘶破了喉咙般喊起来了……

"救命啊……"余罪替他喊了。

门"轰"的一声被撞开了，此时刚刚送走领导的鼠标和大毛回来了，两人一看惨烈的现场，顿时钉在原地了。惊恐过度的贾原青此时省悟到了什么，指着余罪，语无伦次地说着："不是我，不是我……不是我刺的……"

"余儿，你怎么了……你……"鼠标目眦欲裂，急步奔上来，要扶余罪。余罪慢慢地、轻轻地靠着墙，半躺着，虚弱地指着贾原青道："铐上他，他袭警……不要破坏现场。"

"我操……"大毛抹了把泪，几步上来，踩着贾原青，上了反铐。贾原青吓得冷汗涔涔，只会机械地重复一句："不是我，不是我……他要陷害我。"

路过的服务员，惊声尖叫着跑了，保安噔噔噔来了一队，都目瞪口呆地看着血迹斑斑的现场——两位警察在抚着一位神情木然的同伴。他们号啕大哭着，旁边被铐着的一位客人在神经质地喊着"不是我。"保安们慌忙地报警去了。

110的警车飞驰而来了，120的救护车也飞驰而来了。

重案队接警的警车也随后来了，不一会儿，这个杏花区政府定点招待的三晋酒店，成了警车和警察的天下。

全市警营又在疯传着一个消息，又一起袭警案，发生在了"猎扒"报道的队伍……

车厢里的马钢炉终于坐不住了，眼皮一直在跳，而心跳比眼皮跳得还厉害，他不时地望着三位面无表情的警察，几次想说话都没开口。

警车来了一拨又一拨，他看到了，救护担架抬走了一位满身是血的警察，当被铐着架走的嫌疑人从楼梯上下来时，他浑身一哆嗦，有点瘫软的感觉。

有人从车窗里递进来一样东西，是鼠标，他抹着泪。马鹏面无表情地接住了，插进了手机里。他看了好久，半晌才扬着让手下把马钢炉带近点，看清楚点。

血淋淋的现场，被刺的警员，被铐的贾原青。马鹏看了好久，慢慢收起，一言不发，发动着车，驶离了这个混乱的地点。直驶出几公里，停在路边，一摆头，手下打开了车门。

其实连他也是刚从震惊中清醒过来，那个消息不需要解释，他一下子明白了余罪干了什么。他说道："看清了，我没骗你吧？有人确实摊上大事了，袭警，这是重罪……我说话算数，马钢炉，你可以走了。"

"真狠。"马钢炉凛然道。他不知道这是怎么发生的，但打死他也不信温文尔雅的贾主任会去捅警察，不过他更知道这罪名怕是敲实了。他起身，又踌躇了，看着头也不回的马鹏，有点心虚。他似乎在揣度，自己是不是有可能也被这么黑一下子。

"你是个聪明人，否则不会活这么久……你知道我们需要什么，我们其实也知道你是干什么的，有些小错小过无所谓，可有人捅了我们的兄弟，你觉得我们会放过他吗？"马鹏道，回头看着将下未下车的马钢炉。

"不能，不过确实不是我干的。"马钢炉道，被马鹏看得有点心惊肉跳。

"帮个忙怎么样？反正他落井了，你很介意下石？反正这个靠山也倒了，你还准备和他一起倒？反正他迟早也得交代出来，你准备让警察再去追着你不放？要是没证据可能我们动不了他，可现在，一动马上就要底朝天了。"马鹏道。淡淡的话里，威胁甚浓，他知道和这些人不能明说，只能意会。

"我……倒是知道点情况，可是……"马钢炉不确定地道。

"检举对吧……我们知道你经常帮人平事，可总不至于给他找人，让捅警察去吧？"马鹏道。

"对，检举……确实不知情，贾政询就是找几个人办事，我以为是教训谁，就告诉他几个人名，谁可知道这人太目无法纪，居然去劫车袭警……对了，贾原青也不是个好东西，他昨天给了我四十万，让我想办法再把这些办事的人交给警察，把他哥摘清楚……那个……"马钢炉迫不及待地落井下石了，他知道贾原青一倒，那个当奸商的哥哥，根本不经折腾。

"录音……马老，我现在直接把您送到负责此案的重案队，您直接向他们检举……一会儿我再把您送回家……您帮了我们个大忙。"马鹏客气道。门关上了，是马钢炉自己关上的，他坐下来忙不迭地应声着，开始交代了。此时，他巴不得亲手把贾原青掐死。

马鹏驾着车，心有点慌，手在抖，密谋的时候，余罪满口说只要控制住马钢炉，他有办法拿到贾原青的录像，逼马钢炉开口。马鹏一直以为余罪的鬼机灵要来回诈唬，他一点没料到，会是一个这样血淋淋的结果，会把自己的生命变成一个如山铁证。

"这个骗子……这个王八蛋……"

他暗骂着，骂着这个连他都不相信的小骗子。他鼻子酸楚，心里一种像被割心挖肝似的难受……

🐼 铁证如山

"猖狂之极，他算老几！"

崔厅长手中的笔因为愤怒被折成两截。三天内发生了两起恶性袭警事件，两位反扒队员重伤，而且还是在"猎扒"报道方兴未艾之际，崔彦达厅长出离愤怒了，断笔一扔，冷冷说了句："散会。"拂袖离去后，会议冷场了，数十名厅、市局中层面面相觑。坐在前面很不自然的王少峰局长耸耸肩膀，如芒在背。他摸着手机，给市局留守的办公室发了信息，让人火速赶往现场。

袭警类重案一旦发生，按处理流程要启动重案案件应急预案，首先是重案队，紧随其后的是督察，恰恰这种案子，是谁也不敢隐瞒的。

崔厅出去不久，秘书悄然走入会场，俯身对许平秋说了句什么。许平秋匆匆离座而去，刚进崔厅的办公室，厅长劈面就来一句："又是你们刑侦上，这事你怎么看？三天两起袭警案，都发生在坞城路街（路）面犯罪侦查大队……而且是两名刚刚入职的警员。我刚刚知道，这么个声名赫赫的反扒队，居然被集体停职，居然集体脱离指挥？"

"这个情况……我……不太了解。"许平秋为难道。

"那你就回避一下，省厅纪检和督察下去查一查，袭警的嫌疑人，异地关押，提高预审规格……你组织一下，凡和本案相关的，一律从严从重处理。"崔厅怒气腾腾道。

许平秋敬礼退出，不一会儿，整个省厅零乱的脚步声响彻楼层，市局参会的各位匆匆离开，省厅直属的督察和纪检按应急预案的要求，奔赴现场。

一层石惊起千层浪，三天两起袭警事件，都是重伤，还都是发生在建制规格不高的反扒队，偏偏又是"猎扒"报道的原型，从省厅到市局，到各支队、派出所，消息像长了翅膀，飞快地在传着。

安嘉璐听到后的第一个感觉是不祥，赶紧边打听边往医院赶来；骆家龙听愣了，也慌乱地往医院跑着；刚刚回到了警犬培养基地的豆晓波也傻眼了，又借车往市区赶回来了；甚至于连禁毒局那几位也知道消息了，杜立才带着几位属下，闻讯往医院赶着，那个人再不堪，毕竟也曾是一个战壕里的战友。

林宇婧匆匆赶到医院，下电梯时正看到了等人的马鹏，她慌乱地拽着马鹏道："怎么样？人怎么样？"

"还在急救室。挨了一刺，失血过多。"马鹏难堪地说着。林宇婧往急救室奔去，突然又折回来了，两眼怀疑地看着马鹏，突然问道："你一直和他在一起？"

"今天早上和他在一起。"马鹏道。

"那他出事的时候你在哪儿？"林宇婧问，像逼问嫌疑人的口吻。

"在酒店楼下。"马鹏默默道。然后黑影掠过，是林宇婧怒不可遏地甩手给了他一个响亮的耳光。很意外，这位眼里不揉沙的特勤一言未发，动也没动，林宇婧几乎气哭了，她指着马鹏哽咽道："他是被逼成那样的，是你教的他。"

在知道案情的第一时间，林宇婧就猜到了大概，但她知道这不是意外，而是一个警察在最无力的时候无奈的选择，以血作证，钉死对手。她哽咽着，蓦然间泪如泉涌，她从来没想到，余罪会这样解决看似已经无路可走的案子。

"你错了，这办法我都想不出来，如果想出来我不介意替他去做的。"马鹏轻声道。林宇婧抹了把泪，看着马鹏，又觉得自己唐突了，轻声道了句："对不起，我心里有点乱。"

"没事，我不介意，我都想扇自己几个耳光。"马鹏道。

两人说着话，杜立才、王武为、李方远一行人来了，焦急地问着情况。几人匆匆赶往急救室，当天的急救手术不少，不过候在门口的人，大多数都是警装制服的人，不时有人赶来打听，都聚在急救室门口，站在脸色凄然的鼠标和大毛跟前。

"他妈的，怎么就出了事？"张猛狠狠地踹了鼠标一脚。

"到底怎么回事？你倒是说话呀？"安嘉璐推着鼠标。

又有人急匆匆来了，是刘星星队长和林小凤，两人在市局督察处反省尚未结束，扔下检讨就跑来了。鼠标抱着队长，"哇"的一声委屈地哭上了。刘星星拍着鼠标安慰着："对不起，孩子们……最关键的时候，我没和你们在一起。"

"人现在怎么样了？"林小凤问着刚哭过的大毛。

"在等血液。"大毛黯然道。鼠标哭着接上了："这个贱人，把我们支走，他自己挨了一家伙……这个贱人，连血型也贱，RH阴型，满大队找不到一个和他血型相符的……呜呜，队长，咱们当的这是什么警察？开除的开除，送医院的送医院……二冬还躺着呢，余儿也倒下了……"

是他亲自把余罪送回来的，他没能想到一刹那间活蹦乱跳的余儿会变得那么虚弱，在赶到医院时几乎没有了脉搏，他从来不敢想痛失朝夕相伴的兄弟会是一种什么样的境况。而此时，泪几乎干了，人还没有出来。

此时医院静得只能听到抽泣的声音，只能看到忙碌的护士在进出，每每推出一个病床，那些焦灼如焚的人总是凑上来，问着是谁，当听到一个个失望的答案时，所有人心上的阴影又深了几分。

"他一定扛得过去……一定行的……一定行的……"安嘉璐在默念着，和后来的欧燕子在小声地加油着。不经意间，眼睛同样红红的林宇婧看到了安嘉璐，她点点头，相信了那句话：一定行的。

她眼中有点恍惚，仿佛还在前日，仿佛还在天龙山，两人背靠背，沐浴在夕阳晚风中。她在默默地想着，刚才自己为什么没和他在一起，如果在一起，也许不会发生这样的事情……如果一切可以重来，她想，宁愿两个人都不做警察，宁愿两个人都普普通通平平安安地生活在一起……

"叮"的一声，绿灯亮了，一群警员围上来，急促地问着："医生，那位警察怎么样了？"

"抢救过来了，手术很成功，瓶刺扎到了胃部，引起内出血，再迟一会儿可就晚了……大家不要惊扰，他现在很虚弱，要进重症监护室，而且他的血型很特殊，我们的配型不足，还需要进一步想办法……让一让，让病床出来……"

众人默然后退着，护士推着病床出了急救室，埋在厚厚被褥里的余罪不见真容，医生轻轻地掖了掖被子。只见他苍白脸色像仍然毫无知觉一样，不知道有这么多关心他的人就近在咫尺，只能默默地从众人身边被推过。大家用警礼默默地送着队友，安嘉璐忍不住失声哭了出来。

鼠标抽泣着，一刹那间他以一种悲怆的声音，断断续续地唱起了大家熟悉的旋律："兄弟哪，兄弟，我的兄弟，我们等着……你……"

夹杂着抽泣的声音，大毛也在喃喃着平时的调子："兄弟哪，我的兄弟，我们永远在一起。"

鼠标接上了："流氓、街痞，谁他妈不服气！"

张猛恶狠狠地接上了："官富、黑恶，有什么了不起。"

于是一首没曲没调的歌昂扬着唱起来了：

> 兄弟哪，我的兄弟，我们等着你。
> 没妞、没钱，我们不嫌弃。
> 没车、没房，都他妈不容易。
> 有我、有他，我们在一起。
> 流氓、街痞，谁他妈不服气。
> 官富、黑恶，有什么了不起。

那调子唱得像嘶吼，在抹着泪的、在咬着牙的、在愤然不已的昔日同学们嘴里唱出来，一个个仿佛要把内心的憋屈喷出来。医生异样地停了停脚步，他似乎被这热血又悲怆的声音感染了。不管怎么说，那声音仿佛有一种振奋人心的力量，他看到了，躺在病床上的伤者，眼睫动了，两行泪慢慢溢出了眼眶……

下午十五时四十分，距离案发已经过了整整三个小时零四十分，当警察被抢救过来的消息传来时，连赶到现场的王少峰局长也长舒了一口气，觉得肩膀上一下子轻了许多。

抢救室的瓶刺以及伤口诊断全部被后来的督察带走了，连出警的鼠标和大毛也不例外。不过有好多好多的警察聚在重症监护室前，看着虚弱得仍然不省人事的余罪，认识的，不认识的，都向他默默地敬了一个礼，期待着他醒过来……

"贾原青，把你今天中午的事再重复一遍，注意细节。"

预审员换了第三拨，仍然是同一个问题。贾原青此时早吓出了几身冷汗，他比什么时候都清醒，很有条理地说着和谁一块吃饭了，是开发商请的，区长、区委书记，办公室主任以及房改办领导等等，说得清清楚楚，甚至连自己喝了几斤几两酒也记得几乎不差。不过他仍然在强调着："这是栽赃陷害，我根本没有防备，他一瓶子砸我右肩上了，我胳膊疼得都抬不起来了，他握着我的手，让我的手抓住瓶刺，刺到他小肚子上了……真的，我现在才明白，他是要陷害我袭警……"

三位预审，交换了一下眼神，急救室之外的较量，开始了……

🐼 有口难辩

"贾原青，你不要口口声声说什么栽赃陷害，问题还没搞清楚，怎么，你就给事情定性了？"

一位年届五旬的预审员打断了贾原青的话。贾原青一愣，马上省得这是个讲证据的地方，而他指责的，恰恰是在座这些人的同行。他愣了下，闭上了滔滔不绝的嘴。

嫌疑人是副区长，面色白净，眉清目秀，很有儒者的气质，这是区里评价相当不错的一位年轻干部，就预审也觉得这种人不可能袭警。

这是贾原青给预审员们的第一印象，他的情况已经被摸了个七七八八。恐怕贾原青无从知道，在座这些预审员都是岳西省厅派出的预审专家，再加上督察的全程督导，一共四组，每组三人，就算对付杀人放火的重刑犯，也不过如此阵容。

专家开口自然是不同凡响了，每每都是轻描淡写。这不，另一位拿着记录，像是随口问着："贾原青，据你所说，你和警员余罪是初次见面？"

"对，绝对是，今天他莫名其妙就闯进我们吃饭的包间了。"贾原青强调道。

"那你见到他，是什么表情？"预审员问。

"我害怕……不对，很恐怖，他恶狠狠像要杀人一样……也就是因为反扒队那事，他怪罪到我头上了，要栽赃我……"贾原青又急于表白了。

"问你什么你就说什么，不要讲无关的话。"预审员呛了句，话转回来了，问着，"很恐怖……不过据我们对你们一起吃饭的同志询问，他们说警员余罪同志进门的时候很客气，先向你们敬了礼，很恭敬让其他人回避，有这事吗？"

"哦，好像是。"

"是就是，不是就不是，不要用好像之类的词。"

"是。"

"那就不对了，你不觉得以你所说，突然间发难，持酒瓶砸你肩膀，很有悖逻辑吗？"

"这……事实就是这样啊……"

贾原青突然觉得事实不符合逻辑的地方太多，但那就是事实。

"那你还忽略一个事实。"另一预审员开始了，挑着毛病道，"在现场找到一部手机的碎片，经检验，上面有你的指纹，这部手机是余罪同志的，怎么会被摔碎？又怎么会在你手里？"

这个……贾原青想起来了，是自己震怒之下摔了他的手机，难不成，这也要挑毛病？他凛然点点头："是，是我摔的。"

"为什么摔？"

"他说话很难听。"

"他说什么了？"

"他说……我记不太清了，我……好像说我……我当时喝得有点昏，记不太清了。"

贾原青踌躇了，再往下说，就要讲到与马钢炉的故事了，他当然下意识地回避这个问题。

不过越回避，越像假话喽。另一位预审又挑刺了，直道："你的交代前后不符啊，第一次交代，你说你并没有喝多少，头脑很清楚，根本不可能酒后伤人……而现在，又说你喝多了，头昏了，连导致你摔手机的原因都想不起了，你觉得这样，能把事情搞清楚吗？"

"我……我确实有点记不清……那个，我……"贾原青拍打着脑袋，右手还疼着呢。他此时发现，自己正在一点一点往泥沼里陷，想抽身的难度越来越大。他喃喃地说着："真的就是陷害，他握着我的手握着瓶刺，就那么刺他自己身上了，真的……你们怎么不信呢？"

"你的意思是，这一切都是精心策划的喽？"预审员问。

"肯定是。"贾原青道。

"假设你这个交代成立，那意思就是说，警员余罪同志刻意握着你的手，把你的指纹留在瓶子上，然后刺向自己，栽赃给你？"预审员道。

"对，就是这样。"贾原青凛然道，顿生知己之感。

不料那人面无表情地驳斥道："如果栽赃，找个什么地方不行，非找个人多眼杂的酒店？如果栽赃，做个样子就行了……可事实上，瓶刺刺进他身体三点四公分，他被抢救了两个多小时，现在还没有脱离危险，据你说栽赃做个样子，说不通啊，这简直是自杀呀！"

贾原青又吓住了，刺进去多深，他还真不知道，但他记得就那人用力地把瓶刺推到自己的身体里，他看到那血像往外抽一样流着，偏偏那人脸上还带着诡异的笑容。那是此生他见过的最恐怖的场景，即便是现在想起来，依然是冷汗涔涔。

预审员放在桌上的手机蓦地震动起来了，他看了看，仍然是面无表情，慢慢地放下了，以一种平和的口吻道："贾原青，我们被袭的警员现在还在昏迷中，这个问题，先放放。说一下另一起袭警的事，被袭警员李二冬，坞城路街（路）面犯罪侦查大队在籍警员，昨天凌晨在押解嫌疑人途中遇袭，他被刺两刀，嫌疑人被劫走……你对这个案子，一定记忆犹新吧？"

"知道，是我侄子。"贾原青颓然道，那个坑爹货，把叔叔也给坑了。

"据说，你是这个案子的幕后推手？"有位预审员道，很不正式地引用了一句无关的话。

"怎么可能？我哪有那本事。"贾原青苦笑道。

"是吗？那这样的话，就省点时间，兜这么大圈子，有意思吗？"老预审很不耐烦地道，一靠椅背，不准备问了。另一位接着道："贾原青，不要以为你做过什么都隐瞒得住，想不想看看你同伙的供词。"

预审员直接摁着遥控，只见头顶的显示器出来一个画面。贾原青一下子全身抽搐，如遭电击。

是马钢炉，正滔滔不绝地说着什么，声音被屏蔽了，不过看样子那家伙待遇不错，还有警察给他端水。画面持续了十几秒钟，很短，不过却比任何语言都有震慑力。贾原青那凛然的表情一刹那成了颓废不已，脸色越来越白。

"你可以不开口，可以胡说八道，可事实不是你隐瞒得了的……据马钢炉交代，是你授意，让他给你长兄贾政询找几个人办事，代价二十万，钱是通过地下钱庄付给马钢炉的。之后事情出了纰漏，警员被袭，事件扩大，你又花四十万，钱是你妻子的账户出去的。对于这些事，你能给我们一个合理的解释吗？"预审员很淡然地道，证据确凿，不需要费什么口舌，只要挑他交代中的毛病就行了。

贾原青哆嗦着欠了欠身，很难受似的。这个细微的动作被老预审捕捉到了，他插了句嘴道："市纪检委、反贪局已经进驻杏花区，区委正在召开会议讨论解除你公职以及开除党籍事宜，不要以为我们不敢把你怎么样。马上你就会被双开、批捕，你要有点心理准备啊。"

"咕咚"一声，贾原青没坐稳，毫无征兆地瘫软了，像一条被抽了脊梁的死蛇，瘫在地上。在座的预审都冷眼看着，哪怕一点儿同情也不给予。

有时候，不给予同情，但很快意，不是么?

审讯在进行着，酒店袭警不但成了贾主任身败名裂的导火索，而且波及到了家人，哥哥贾政询被正式刑事拘留，其妻因为账户的巨额财产来历不明被经侦支队正式传唤，而在他的工作单位，这场八卦之火随着纪检和反贪部门的进驻有了个确定的答案：贪污、受贿、包养情妇、巨额财产来历不明，和所有贪官的下场并无二致——落马!

十个小时后，贾原青、贾政询兄弟俩，检举人马钢炉，司机张和顺，数人口供一致，第一起劫车袭警案真相大白，其中还涉及了杏花分局、刑侦支队数人。看到真相，连预审也全身发寒，这馊主意居然是杏花分局长魏长河的主意，此人居然是贾政询的生意合作伙伴，从当派出所长开始，就靠电单车生意赚得钵满盆盈，而对贾家在这上面的小动作一直极力遮掩。贾浩成出事后，为了遮掩销赃窝点，他教唆贾政询组织劫车抢人，试图把案子变成无头案，从而保护那些见不得光的生意。而意外的是碰到了一位死不放手的刑警，随着袭警事件发生后，几人又百般阻挠，试图把问题扣在侦查大队自身上，试图变成一桩协警渎职的事件，可没想到的是，又碰上一位死不妥协的余罪……

世界总还是光明的，光明不是意味着没有黑暗，只是永远不会被黑暗湮没罢了。两位拼了命也要找到真相的警员，让所有参与案件并知道最后真相的人唏嘘不已，就为了这个简单的真相，流了血，还差点送了命!

余罪在醒来后接受了督察和专案组的正式询问，他的叙述是：他试图用司机张和顺的交代，去讯问贾原青袭警案的真相，却不料酒后发狂的贾原青摔了他的手机，出言不逊，拿起桌上的酒瓶砸向他，他闪避过了，酒瓶砸在椅背上，手里仅余瓶刺的贾原青恼羞成怒，用瓶刺刺向他。出于自卫，他操起酒瓶打伤了贾原青的右肩。之后，去送同桌酒友的同伴回来，他已经倒在血泊中了。

叙述与现场勘查高度吻合，案卷到检察院只停留了两个小时便有了结果：证据确凿，事实清楚，同意批捕嫌疑人贾原青。

三天后，第一起袭警案的凶手曹小军在远隔上千公里的省份被抓捕归案，在指认作案现场时，闻讯而来的数十名原反扒队队员齐齐冲击警戒线，那狂怒的样子差点要把嫌疑人生生活撕了。场面一度失控，还是原队长刘星星出面才镇住了，但曾经的队伍已不复存在，大家随即扬长而去。

这群人眼中现在只有还躺在医院里的兄弟。他们走后，悍然袭警的嫌疑人被押解上车，直接吓尿了一裤子。

十天后，袭警案出逃的嫌疑人贾浩成在南方一个旅游城市投案自首。失去家庭的后援，这个坑爹二代成了孤魂野鬼，不敢住店，不敢进大饭店吃饭，不敢用银行卡，甚至不敢打电话，他再也不愿意过听到警报声就浑身哆嗦的日子了。戴上铐子时，他说了句谁也没听懂的话："早知道我就吃那一瓶蟑螂，不用受这罪了……"

与外界纷传的袭警案不同的是，警方内部开始悄无声息地换血了，从杏花派出所一直到刑侦支队，正副职领导加上指导员、政委，平调、降职、下课，牵涉人数有十数人之多。这次调整最耀眼的是原坞城街（路）面犯罪侦查大队队长刘星星，跨级升任杏花分局副局长兼分局政委，副队长升任杏花派出所所长，服役十一年零三个月的林小凤也如愿以偿，直接调任平阳区街（路）面犯罪侦查大队长，成为省城警史上第一位女反扒队长。

市局很重视坞城路街（路）面犯罪侦查大队的重建，按照惯例从其他队空降了正副队长、指导员各一名，该队对协警工资、福利待遇大幅提高，市局甚至允诺了十名协警转正的名额。但想重聚人心谈何容易，即便是两位队长陪同市局领导班子亲自走访原反扒队协警队员，大部分人也均未归队……

后来，发生了一件啼笑皆非的事，刚刚出院的鼠标和李二冬也舍不得这支队伍打散，他们请教还躺在医院的余罪。这个贱人出了个馊主意，鼠标照法施之。其实很简单，邀请曾经的兄弟们来吃顿饭，喝顿酒，先邀关系最好的，不好意思不来。没来的，就在电话里骚扰，骚扰的内容就是那支兄弟歌：

兄弟哪，我的兄弟，我们等着你；

没妞、没钱，反正你也是生闷气。

吃饭、喝酒，怎么能少了你；

快来，快来，兄弟们等着你。

等着你喝个昏天、暗地！

信口而来的歌词，拍巴掌跺脚的节奏，嘶哑戏谑的说唱，只有唱者和听者能感受到的热情，把原反扒队共四十二名队员齐齐重聚，除了还躺在医院的余罪，一个不漏！

这件事后来被正头疼反扒队的新任支队长知悉，他眼前一亮，看到了两位最合适的副队长人选。很快行文下发，除了队长林小凤的任命，反扒又多了两位副队长：一位严德标，一位李二冬。

🐼 却说正邪

硬币，从胳膊的内侧，慢慢地、均匀地滚动着，像被一只无形的手操纵着，慢慢地滚过了手腕、手心，像有方向感和动力支持一般，慢慢地向指尖攀上去，然后，静止了。

硬币静止了很久，像粘在中指上一样，随着操纵人的手势的变化，硬币又开始向手背滚动，依然是一种极慢极慢的速度，滚到腕部的时候，又静止了。静止的地方，是浅浅的汗毛，而硬币，就像长在那个部位一样，一动不动。

"我明白了，心越静，它才越能慢下来……"

余罪的两眼离硬币很近，他看到了几乎磨得没有花纹的硬币，他在想，也不知道有多少人在这个硬币上悟出了这个简单的道理。

他找到了黄三不再为贼的原因，是因为那种无畏的气度，因为那双清澈的眼睛，已经静到心如止水，怎么还可能去当一个蟊贼……他也找到了自己对黄三下不了手的原因：在冥冥中，他似乎觉得，黄三和自己是一类人。

比如此时，他像老贼黄三一样做得那么好，硬币慢慢地回到了肘部，又缓缓地回到了手背上，一直以一种缓慢而均匀的速度在滚动着，似乎用意念就可以叫停它，同样也可以用意念让它停留在手与肘的任何部位。

硬币又停了，停在了拳面上。余罪将其往眼前放了放，用最近的距离来看它。

他看到的仿佛不是硬币，而是贾原青惊恐的表情，看到的是贾政询颓败的样子，看到的是贾浩成戴着铐子的样子，看到的是那样冠冕堂皇的同行被扒下官衣的样子……他笑了，他觉得自己这种笑，就像黄三那老贼从容被捕时候的那种笑，那是把一切置之度外，根本无所畏惧的笑容。

那一场，他好像赢了，却是黄三心甘情愿让他赢。

可这一场，老子是真赢了。

这是一场无人分享的快乐，就像他小时候砸了人家玻璃没人发现，就像他上学收了"保护费"偷着潇洒，这种事也只能让他一个人偷着乐。

"笃笃笃！"敲门声起，他应了声，表情像僵着，手势保持着不动。不过当门开的一刹那时，他手上的硬币"吧唧"掉床下了，笑吟吟的林宇婧进来了，提着一网兜水果。余罪对她做了个怪怪的表情，心里在暗道：自己心还是不静！黄三之所以登峰造极，估计与年龄有关，他那年龄，不需要想女人了……

"笑什么？"林宇婧坐下来了，随手拿了个好大的苹果，削着，笑吟吟地看着余罪。余罪有点沉默，又总是那种鬼鬼祟祟的表情，不好琢磨。

这不，余罪又笑了笑，没说话。林宇婧也不介意，也抿着嘴笑了笑，仔细地帮他削着苹果，随意地又问着："你爸呢？"

"去洗衣服了。"余罪道。老爸来了好几天了，一直伺候在病床前。

"你爸可真不容易，又当爹又当妈。"林宇婧感慨道。

"哎呀，根本不是那么回事，他根本洗不干净，三年级开始就是我自己洗。"余罪道。那个天才老爸绝对不是洗衣服的料，他那工装，一年能洗一回就不错了。

林宇婧笑了，明显感觉到余罪今天的情绪好多了，她削完了苹果，伸手，余罪没接，只是笑吟吟地看着，林宇婧催着道："吃啊。"

"哦……"余罪动动，不过马上很痛苦地"哎呀"了一声，林宇婧赶忙扶着，余罪伸伸左手道，"一伸有点疼。"

这时扶着余罪的林宇婧看到了地上那枚硬币，她转念一想，记起余罪三天前就抽线了。不过她仍然故意问着："那右手呢？"

"哎呀，也有点疼。"余罪伸着手，很做作地道。

"胡说不是，刚才还玩硬币。"林宇婧声音放低了，回头偷偷瞧瞧，没人来。

"是啊，刚才不疼，现在有点疼。"余罪虚弱地道。

"哦，那你不用吃了。"林宇婧故意道。

"可我想吃。"好不容易有独处的机会了，余罪伸着脖子耍无赖道。林宇婧凝视了他片刻，削了一小块，接着很促狭地放到了余罪的嘴里，看着他嚼，看着他得意地在说着："好吃，真好吃。"

"装吧你。"又喂一块，看余罪惬意地吃着，林宇婧冷不丁问着，"袭警现场是不是也是伪装的？"

声音极低，不过呛得余罪噎了下，然后剧烈地咳嗽起来了，这个表情，相当于告诉林宇婧正确答案了。余罪坐直身子，想给自己辩白一句什么，不过看到林宇婧带着几分笑意的严肃，他莞尔一笑问道："警察不应该这样说话，这有悖于你的职业素质，我们应该讲证据，不应该胡乱猜测，特别是对于自己的同志。"

"很可惜，职业素质被你利用了。"林宇婧道，不知道是惋惜还是无奈。

"对，也许是，如果没有这点职业素质，可能真凶就要永远逍遥法外了。"余罪道。

林宇婧凝视得更近了点。那双眼睛，对她没有怯意，或者说是对大多数警察都畏惧的事没有怯意。凝视了良久，她轻轻吁了声问着："值得吗？差点赔上自己……"

"幸好没赔上，可他们就全赔上了。"余罪道。他眯着眼笑着，在这个时候如果再来一次，他想自己肯定舍不得赔上自己。因为他忘了，世界上还有如此关心他的人。

轻轻地，林宇婧削着苹果，有点埋怨地，又有点无计可施地笑了笑，把苹果放到了余罪的嘴边，余罪轻咬着，却突然捉住了林宇婧的手。

四目相接，此时不需要语言的表述，两人越来越近，直到吻在一起，一个带着苹果香味的吻，有点陶醉的感觉。

突然门开了，余满塘端着脸盆进来了，一下子傻眼了，脸盆"呱唧"掉地上了。余罪和林宇婧慌乱地分开，愕然地回头看着。余满塘吓了一跳，赶紧道："你们继续……走错门了。"

一闪身就跑，愕然不已的林宇婧和余罪相视而笑，不过余罪再想吻着却是没有机会了，林宇婧闪避着，就不让他得逞，起身去捡那身刚洗的衣服了。

"哟哟哟……"门外的余满塘直抚着前胸，乐歪了，直自言自语着，"我儿子真能耐，勾搭上大闺女了。"

他想进门再看看，可又不敢，生怕搅了儿子的好事，那姑娘来过几次了，让他纳闷的是，自己怎么就没看出来呢？他突然想起来，这姑娘是个高个子，和儿子正好互补，将来孙子肯定比儿子强。

老余正自己想着乐呵着，有人问话了："余叔，您怎么在这儿？"

"哦……啊？小璐，你……"余满塘正待说话，又被吓了一跳，已经来过两次的安嘉璐来了。他怔了怔，马上奸商本色出来了，笑着编了句瞎话，大声嚷着道："余儿，小璐来看你来了！去吧，小璐，在病房里呢。"

"谢谢余叔。"安嘉璐很礼貌地道，然后莞尔一笑，进病房了。

这场面把余满塘看得开始七上八下了，总归起来骄傲的就是一句："哎哟，我儿子真能耐，不是勾搭俩吧？怎么都像有那么点意思呢……"

他纠结了，好像两个都不错呀。后面这个更漂亮，比余罪他妈还漂亮……不成，还是不能找太漂亮的。他暗暗思忖着，一时拿不定主意了。

爹在思忖，儿子也没闲着，安嘉璐敲门而入时，让林宇婧也有点慌乱，起身让座，她知道这位姑娘是余罪、鼠标他们警校同学。安嘉璐一直很敬佩这位缉毒一线的大姐，而林宇婧却是羡慕安嘉璐这么青春和奔放的年龄，她随意地问着："安安，怎么今天有时间看他？"

"不是我看他，是有个人看他……是谁我就不告诉他了，对方不让说。看看，余英雄，喜欢吗？"安嘉璐笑容可掬地把一个包装整齐的礼物递给余罪，眉飞色舞问着，"我打赌，你猜不出来是谁。"

"想来看我，又不好意思上来。除了解冰还有谁？"余罪道。

安嘉璐震惊了一下，把东西放下了，好没有意思，一猜就中。林宇婧却问着是谁，余罪一指安嘉璐道："安安的追求者之一，二队的。"

"哦，我想起来了，那位特别帅的刑警，去看过二冬。"林宇婧道，有夸奖的成分。不过让安嘉璐似乎不怎么高兴似的，噘了噘嘴问着："难道除了帅，就没有别的优点了吗？"

"有啊，谁说没有，一般帅哥都招女人喜欢，呵呵，比如我。"余罪慵懒地道，惹得林宇婧和安嘉璐相视愕然，然后哈哈大笑。

自从余罪醒来之后，气氛一向是很轻松的，今天虽然是林宇婧和安嘉璐同时碰面，也没有带来什么尴尬，反倒是余罪心里八卦着，在怀疑安嘉璐和解冰又重归于好了。

心不静，永远不会成为高手。他看到安嘉璐起身告辞时，甚至有点失落的感觉。等一会儿林宇婧送走安嘉璐回来时，却异样地盯着余罪。余罪被盯得不自然了，有点做贼心虚地问着："怎么了？你这样看着我……"

"我怎么觉得你好像喜欢她？"林宇婧稍有不悦地问着。

"哎哟，你这话问得。"余罪胃疼道，"警校百分之九十的男生，都把她当梦中情人。"

"包括你？"林宇婧问，坐到了他的床边，看样子没准备再喂苹果。

"对。"余罪诚实地道，林宇婧脸色更加不好时，他补充着，"这个你也介意，梦想和现实差距太他妈大了，我本来梦想当个混吃等死的小片警呢，你看现在成了什么德性……"

"那你梦想追到安嘉璐，然后现实却很残酷地让你碰到我了？"林宇婧蕴着笑意，反问着余罪。

"嗯，很对。"余罪丝毫不忌讳地道，看林宇婧脸色像威胁，他笑着补充道，"所以我只能面对现实，只能想办法征服残酷的现实……"

林宇婧被逗笑了，捂着他的嘴，笑着狠狠地拧了他一把。

楼下安嘉璐闭门上车，驾驶位置的解冰堆着笑，讨好似的问着："谢谢啊。"

买了件礼物，托安嘉璐送给余罪，以期通过这事拉近两人越来越远的距离，不过似乎安嘉璐对于解帅哥还余怒未消，只是淡淡地道了句："别客气，解队长。"

"别人寒碜我，你也寒碜我呀？"解冰道，还没当队长呢。

"迟早的事嘛……真可怜啊，咱们同学里，没想到受伤的已经有两位了。"安嘉璐心疼地道，二冬和余罪先后送进医院，让她感触颇大。

"可怜？"解冰笑了笑，边开车边道，"李二冬吧，是个意外，真可怜。余罪嘛，未必。"

"什么意思？你对他还有成见？"安嘉璐不悦地问。

"没成见……这次袭警案，你没参案，你未必知道。"解冰道。

"知道什么呀？人都差点没救过来。"安嘉璐更不悦了。

"我就问一句，咱们当时一届学员里，匕首攻防，谁最厉害？"解冰问。

"余罪。"安嘉璐脱口而出。马上觉得不对了，她愣着眼道："哎，对呀，连许平秋都被他打倒过，怎么能被一个手无缚鸡之力的小官僚给捅成重伤……也不对，意外总会有的嘛。"

"别人是意外，余罪身上不会有意外，案发后，他带领着全队脱离指挥，市局下令收缴他们的证件。他不但没有放弃，而且带队抄了贾政询兄弟俩经营多年的地下窝点，据说贾家就是靠这种生意发家的。除了余罪，还有咱们那些同学，特别是骆家龙、鼠标，一直在暗中帮他，他很容易就能知道这个案子的幕后……幕后也没那么深，就是因为贾原青手眼通天，从派出所、分局到支队，他都走通关系了。"解冰道。

"什么意思，你说这么多？"安嘉璐是个人情白痴，没太明白。

"你想啊，已经临近解职的余罪，莫名其妙地找上贾原青，然后就发生了贾原青袭警案……本来已经铁板一块，翻盘无望的案子全部倒转过来了，这案子正常查，就即便牵涉到贾政询，也不可能牵涉到贾原青，这下好了，一窝端了。"解冰道。

"哦，我明白了，你是说，余罪故意设计的袭警案？"安嘉璐凛然问着。

"不是故意的都不可能，别说贾原青，让张猛和熊剑飞联袂动手，都未必能把他捅成那个样子。"解冰道。

"那专案组吃素的呀，没查出来？"安嘉璐还有点怀疑，而且很震惊，她是最迟知道的。

"专案组也得有证据，可所有的证据都对贾原青不利，甚至连两人撕扯的距离都测量过，没错，符合余罪的叙述……恰恰贾原青又喝了点酒，他算是跳进河里也洗不清了，不承认也不由他了。何况他本身就不干净，马钢炉一交代，他那些烂事可比袭警的罪名还要重。"解冰道，脸上有一丝无奈的笑容闪过。经历此事之后，他才觉得，自己和余罪相差得太多了，对别人狠那不叫狠，能狠到把自己捅成那样子，才叫狠。

"他活该，端了才好。"安嘉璐那股子正义感又上来了，无条件地支持余罪了，她反问着解冰道，"哎，你什么意思？我觉得你就是对人家有成见，故意说人家坏话。"

"什么叫坏话嘛，这是实话……说实话啊，这事可让我佩服得不得了，够狠，不过也够黑啊。"解冰笑着道，感觉也有一种快意荡漾在胸间。不独是他。能看出案子蹊跷的人不少，但也都像看到官富为恶一般，齐齐装作不知道。

"呵呵，就是嘛，狠得好，我喜欢。"安嘉璐莫名其妙地说了一句。解冰不解地看她时，她脸上正浮现着一丝欣赏的笑容，那笑容让解冰微微皱眉了，莫名地感觉到了一丝威胁。

不过还好，这个威胁目前和他还不在一个重量级上，而且他知道这个威胁可能会在五原市消失。但这个话，他选择了沉默，没有告诉安嘉璐。

快到午饭的时候林宇婧才走，老余打着饭殷勤挽留，没留住，估计还不习惯面对老余。人一走，老爸给儿子端好饭，看着余罪吃得又香又甜。半晌余罪才发现老爹痴痴地看着他，惊声问着："爸，怎么啦？"

"你还问怎么了？你们俩腻歪，让我在门口站了两个小时。"老余怨言出来了。

"对不起啊，爸。"余罪不好意思道。

"没事，再多站俩小时也不在乎。"余满塘乐呵呵地道，看儿子情绪不错，小话问上来了，"哎，儿子，到底哪一个是啊？"

"是什么？"余罪问。

"废话不是，你说什么？"余满塘不高兴了。

余罪嘿嘿笑了，边吃边问着："爸，你看上哪一个了？"

"你不更废话吗？我看上能跟我过呀？"余满塘道。余罪被噎了一下，笑着得意道："不好办呀，爸，你把儿子生得这么优秀，引得众美人争相献媚，我都不知道该选哪一个，您给点参考意见……"

"泡了你喜欢的，娶了喜欢你的。"老余轻描淡写地教唆着儿子，一拍手，"就这么简单，将来都不后悔。"

余罪一噎，半晌才把嘴里的饭咽下去，大惊失色，一竖大拇指道："哎呀，我今天才发现，爸你真英明。"

"那当然，不英明能生出这么聪明的你来吗？切。"余满塘得意了。

父子俩相视奸笑着，那表情如出一辙。说笑着，余满塘又开始心疼儿子了，出声问着："哎，儿子，你不说反扒队抓的都是小蟊贼，很安全吗？怎么一下子你和二冬都受伤了。"

"不小心，实在是不小心。"余罪眯着眼，搪塞道。

"可是我看电视上，警察一受伤，那都是领导慰问，小姑娘献花什么的……"老余凛然道，很为儿子叫屈，"这些待遇，怎么一点都没有呢？"

这事很不和谐，余罪估计局里使劲压着呢，毕竟牵涉到了分局、支队多人的渎职问题，他笑了笑道："爸，那荣誉都是虚的，咱还在乎那个？"

"那也得来点实的呀，是不是会给提个局长、副局长啥的？"老余又期望道。

"这个……不好说，有可能。"余罪不确定了，不过他知道可能性太小。

"这就好了，比你爸强……带长字的，爸这辈子就当过家长，还是开家长会替你挨训。你要这么有出息，爸也值了。啧，那一条街上啊，最富的数不着咱家，嗨，最有出息的，还就数咱儿子……记得你那同学大鼻涕吗？他爸天天跟我吹他儿子在北京上大学，结果毕业了天天钻家里打游戏，花钱都找不着工作……嘿嘿，跟我儿子差几条街了……"

老余嘚瑟着，又是抚脸，又是拍大腿，那是极度有成就感的表现。余罪笑了笑，不过又侧脸抹了把酸酸的眼睛，此时他有点后怕了，如果扔掉的是那身警服，他可以不在乎，可要迎接的是父亲的失望，他相信，自己会很在乎。

边吃边聊了一会儿，余罪让老爸回家。可老余却放心不下，泰阳的生意有贺阿姨打理着，问题不大。余罪坚持要让老爸回，老余坚持不回，爷俩又开始拌嘴了，正拌着，敲门声起，老余一开门，哟，眼睛一凸，又来了一漂亮姑娘，他一指回头问儿子道："儿子，这谁呀？"

"我不认识啊，您谁呀？"余罪也愣了。

那姑娘笑了笑，捧着一束花，送进来让余罪签名呢。哦，明白了，是有人慰问的，送花来了。刚签了一个，余罪正纳闷谁送的呢，又来一个，老余一开门这下放心了，是男的，也是送花的。

"没见识，整点吃的多实惠，搞这些有什么用。"老余嘟囔着，拿着碗筷去洗了。余罪笑了笑，第一束花的康乃馨让他想起了一个人——"汉奸"汪慎修，不为别的，就他一个人还没有来，听说自己开公司了，没入警籍，让大家对他颇是失望。

可第二束是谁送的就让他纳闷了，他翻捡着花束里的留言，在看到一个小纸片时，他的眼睛一下子睁大了。

没有文字，只有一个图案，是一根手指，指尖上飞舞着硬币，他一下子猜到是谁了。随即他把整个花束拆开，却什么也没有发现。那纯白的花朵他叫不上名来，不过总觉得很怅然。突然间，他有一种很不祥的预感。

起身，找着手机翻查着马秋林的电话，通话后，他的想法被很快证实了。

电话里马秋林告诉他，机场失窃案的主要嫌疑人黄解放，已于两日前在五原第二看守所病故……

🐼 无功加冕

像公安这样的垂直管理单位，别说市局，就分局甚至派出所出点什么事，马上就会在厅里传得沸沸扬扬。这两周来，两起袭警案成了五原市警营中纷传的奇闻，大家谴责着那些目无法纪的奸商、官僚，感慨世风日下、好人难做、好警难当云云。可许平秋一直有点放不下，两起袭警案水落石出，杏花分局、北营分局及下辖的四个派出所借此还打掉了三个盗窃团伙，战果不菲。无法想象的是，像贾政询这样一个电单车厂商的正规代理商，私下里居然还干着这些偷鸡摸狗的勾当，居然还做成了一个不大不小的产业。回头看来，这是一个没有多大难度的案子，贾政询儿子贾浩成已经明目张胆到大大方方地收赃销赃，稍加查实就能查到他的渠道和犯罪事实，可这样的事，硬是被捂了两年多。

岳西省公安厅和五原市公安局相距并不远，车程不到十分钟。只不过又堵车了，司机鸣了声喇叭，稍有不安地看看领导，还好，领导没注意到。看到副驾的车窗露着缝，司机小心翼翼地合上了车窗，这个季节，雾霾天气又降临了，左右侧的人行道上，处处可见戴着大口罩匆匆而过的行人。

"中午别接我了，你忙去吧，我和老战友叙叙。"许平秋轻声道，像从沉思中刚刚惊省过来。司机应了声，没多问。

车驶到市局，许平秋在门口下了车，步行进了市局。屈指算来，还有两周就到元旦了，糊里糊涂又是一年过去了，他看了眼曾经工作过的单位，有点说不清楚的感觉。直进了办公楼，上了顶层，沿着甬道走到尽头。

这儿，是个被遗忘了的角落，很多都是许平秋的熟人。推门而入，"老许""许处"的叫声不绝，一群五十开外老头喝茶的喝茶，聊天的聊天。

"别抽了，还抽这么凶？"

"老牛，退休后返聘回刑侦上咋样？多挣份工资啊。"

"汪头，你家大小子什么时候成家？喝喜酒别忘了我啊。"

许平秋到这个环境里可是如鱼得水，和相识几十年的老哥们儿嘘寒问暖着，根本不用顾及什么身份和形象，当然，这帮老家伙也不怎么顾及，否则也不会被扔到这个被遗忘的角落了。坐了下来，许平秋看看聚精会神看报的马秋林，敲敲桌子示意着："马师傅，别看了，有什么看的，退了休有的是时间没地方打发。"

"嗨，许处，我们商量着组织个'警营老头乐'怎么样？退休的、下二线的，以后跳舞、钓鱼什么的，结个伴。"

"对啊，许处，我可在刑侦上干过，给我们支援多少经费？"

马秋林没说话，倒有人插上来了，许平秋好笑了笑，一拉脸道："想得美，要经费？一线的还不足呢，顾得上你们退二线玩的？再说一帮傻老头有什么玩的？"

"看看，说什么来着，当了领导脸就变，等你退了来找我们……玩也不叫你。"又一老头威胁上了，众老头哈哈笑着，许平秋却是思路被打断了，叫着马秋林道："走走，马师傅，咱们外面说去，我简直不能看见他们，一见面就想着找事。"

马秋林笑着起身了，在众老头的哄笑中出了办公室，掩上门时，马秋林笑着朝里面看了眼，对许平秋道："还别说啊，许处，工作了一辈子，还就这一年多最省心。"

"谁说不是呢，等退二线，我也来和你们搭伙……商量商量钓鱼、郊游、爬山什么的。呵呵。"许平秋笑道，那感觉也确实像羡慕。

"许处，大老远来，有什么事？别又是强拉我进什么专案组啊，我脑神经真吃不消了，现在一听警报声也是睡不着，和逃犯差不多。"马秋林笑着自嘲道。

"有点小事……对了，你听说了吗？黄解放没熬到审判，两天前去世了。"许平秋头也不回地说道。

"听说了。"

"那你应该知道得比我早吧？"

"早，我当天去过医院了。"

"你和这个人很熟？我听说他坐牢时，你每年都去看他。"

"对，十三次，而且是我接他出狱的。"

"我回头看过他的案子，疑点很大。"

"对，严打时期，大部分案子疑点都很大。"

两人且行且说，不经意间许平秋回头了，他看着马秋林平静的眼波，很不解似的，狐疑地问着："那应该是个错判的案子，你对此深感内疚？"

"案子虽然错判，可人却罪有应得，您说内疚，我倒不觉得呀。"马秋林道。

"那就好，这样的话，我们就可以谈谈了。"许平秋道，像是谈话还很有选择性一样。马秋林笑了笑，他知道，长年在刑侦上泡着的人，心性不比嫌疑人好琢磨多少。对于处理老贼黄三的事，他相信，就即便放在许平秋手里，他也会这样做，甚至做得更"卑鄙"一些。

"许处，您的意思是……不是追责我吧？"马秋林笑着回问。

"如果要追责，你怎么说？"许平秋反问道。

"我会堂而皇之地说，证据确凿，程序妥当。"马秋林道。

"如果私人谈话，你怎么说？"许平秋又问。

"我很同情，也很佩服他，相比而言，我们有些地方比他过分得多。"马秋林直接道。

许平秋笑了，究竟是怎么一回事他不准备深究，转着话题道："那我想请教另一个案子，袭警案，嫌疑人贾原青，受害人余罪，你怎么看？别告诉我你不知道这件事，你们俩挺谈得来的。"

"呵呵，依我看嘛，受害人、嫌疑人主体倒置，应该就是真相。"马秋林道，同样面无表情，心理根本没有什么波动，似乎和他从警几十年的经历格格不入。许平秋觉得自己找对人了，这两人在他看来是同一类，是敢赌上全部身家孤注一掷的人，两个人的做法何其相似。

"你对这孩子怎么看？"许平秋问。

"血性、仗义、出手狠辣，是个狠角色。"马秋林笑着道，掩饰不住欣赏。尽管他没有接触案子，连他怎么做到的也不知道。

"马师傅，我要请教您的就在这儿……我一直认为他是出任特勤的最好人选，可他屡屡拒绝，就愿意混迹在普通警员的队伍里，他高高兴兴去反扒队的时候，我几乎都把他放弃了……可这件事，又让我觉得他行，就现在我手里的特勤，都未必能做到他这个份上。"许平秋小声道。两人站在公安局的大院里，一个不起眼的角落，像密谋着什么一样，马秋林笑了笑问着："那您的意思是，让我劝劝他加入特勤籍？不过我估计够呛，一是能力不到，二是我也不太愿意这样做。"

当然不愿意。这个大院里的管理层，从一线上来的屈指可数，刑侦一线对于他们是传说中的恐怖存在，而特勤之于一线，也如同传说中的存在一样。那里面很多人，一辈子生活在阴影中，即便有全身而退，连名字也留不下。

许平秋凝视着老战友，在那双遍识贼踪的眼中，比以往多了份愤世嫉俗，多了份不合时宜。他知道从警几十年，那种积郁下来的不忿会把一个人变成什么样子。他叹了口气道："我是在保护他，也是在成全他……你连一个老贼都成全，难道对同行却吝于施手？"

"保护？"马秋林稍有疑惑。

许平秋没多说，手指指指办公楼，那个方向是局长的方向，局长同样是省厅副厅长，许平秋的上级。一刹那，马秋林明白了一点点，他也叹了口气，知道又是扯淡的内耗。他不忿地道："怎么了？难道局长还会下令剥夺他的警籍不成？"

"那倒不至于……"许平秋道。

"那会怎么样？"马秋林问。

"以我对少峰的了解，正常情况下，他会给你一直压担子，直到把你压垮；或者把你调到一鸟不拉屎的地方，让你回不来，一辈子当小片警；更或者，给你扣个敏感的案子让你处理，一步不慎，就是下课的命运在等着你。"许平秋笑着道，说得很轻松，不过是基于他对那位老同学的了解。

马秋林想想余罪干的事，又捅出这么大的娄子，一下子将下来分局、支队那么多人，而且还都是王少峰局长的嫡系。怪不得提拔那么多人，偏偏把这位被袭的警员晾在一边。

"我试试吧，他还小，要给打击成我这么个德性，那一辈子可毁了。"马秋林道，他一瞬间妥协了，实在有点不忍。

"谢谢马师傅。"许平秋拱手作揖，终于又找到一个合适的代言人。

同样在这个时候，五楼的局长办里，刚刚处理完诸多事务的王少峰局长正蹙着眉，翻阅着原反扒队警事档案，从队长以下一个一个挨着看过，包括协警档案。看完他又返回来，把拣出来的那一份看了看。

姓名，余罪；年龄，二十二岁。照片上是一张无精打采的脸，可偏偏这个人他不知道该怎么处理，抗拒督察、带头脱离指挥，放在普通警员身上，开除八回都不冤，可自己手里偌大的权力还就拿他没治。

崔厅长时不时会过问袭警案的处理进程，还很关心原反扒队的重建工作，正常的处理思路，受伤的、作出贡献的，都要往上提一提。该提的也都提了，那些人他知道无所谓，一打散原建制，他们翻不起别的什么事情来，可就这一个，连他也不知道该怎么办了。

提一提吧？可像这样蔑视上级权威，敢于胡来的底层警员，如果以后让人效仿，会很严重的。压一压吧？又不敢压，省厅都在关注此事，那些根本不知道案情的人，八成要把这个人当英雄看待。可他知道，绝对是做了手脚，一个区级小官僚，绝对不可能敢把警察往死里捅。可这事偏偏关乎全警队的荣誉，他又不得不顺着大势来。

看了许久，他终于拿定主意，这件事放得太久了，不得不拿出态度来了。他拨着电话，把秘书叫进来了，然后态度严正，气宇轩昂地布置着："小傅，加加班，好好就余罪同志的事迹作一个通讯报道。对于这样敢于逆势而上，不屈不挠的基层警员，要大力表彰，要在全警树立这种精神……特别是他是今年刚加入警籍的同志，就更显得难能可贵了……对了，把全市，包括郊区各乡镇的警务点、警力配备，最新一期的，给我拿来一份。"

秘书喏喏应声，不一会儿又去而复返，拿着领导要的东西。王局长挥手屏退，然后在一页一页翻查着全市的警务点——以这种人身上的特质，不往那些艰苦的地方打磨、锻炼，还能去什么地方？

过了不久，秘书又匆匆地跑了局长办一趟，拿到一份草拟的文件奔向人力资源部。部主任一看是局长亲自捉刀，哪敢修改，直接签了发文名，几个副职，依次签上。不一会儿，速印机喷吐出了这一页正式的发文：《关于今年各级警务人员下乡挂职锻炼的任职通知》。

往年来讲，这是给内勤人员镀金的机会，也是从普通科员升到副科、正科的必由之路。而这份发文里面最不起眼的位置，有着一个名动省城警界的名字：

余罪同志，拟任羊头崖乡派出所副所长（主持工作）。

🐼 不得悲喜

"这……"刘星星队长重重地被茶水噎了一下，一半卡在喉咙里，一半喷到了传阅的文件上。他在那上面终于看到了余罪的名字，而且是升任副科级别，加上个主持工作在行内就了不得了，那说明组织要启用这样的新人了。

"绝无仅有，绝无仅有啊。"

刘星星两眼发亮，擦干了水迹，来来回回看了几遍，挂职下乡的指标，一般都是本职工作上已经有所建树，组织上准备提拔的后备干部才有的殊荣，而余罪从警不到一年，能得到这类殊荣，自然是绝无仅有。相比李二冬和严德标提拔个副队长，含金量自然高了不少。

"羊头崖乡……在哪儿呢？"刘星星兴之所至，翻了张地图，居然没找着。他干脆在办公室的电脑里搜索着电子地图，笨拙地输入了这个地名。哟！一下子惊得他差点把舌头咬了。

卫星地图，距离市区直线距离79公里，最近的路程134公里，和吕梁山区交界，从卫星地图上就能分辨出是个群山连绵的地区。

不对呀！这好像不是殊荣！

刘星星愣了，他心中油然而生一种不可抑制的愤怒，愤怒地重重摔了茶杯。他知道小余不是升了，而是降了，你越有本事，可能就会把你扔得越远。而这件事，连他也数不清触动了多少人的敏感神经，他想这一次，怕是有去无回了。

他想帮一把，却无从下手。想了许久，他颓然而坐。每天所见的不平之事很多，他大多数时候选择沉默，久到已经成了一种漠然，可这一次，却是按捺不住心里的不平。他起身摔上办公室的门，出了杏花分局，驾着一辆警车，直驱医院而来。

他不知道自己能干什么，可他总觉得自己该干点什么。半路上，他的电话直接拨通了许平秋处长的电话。

医院里，匆匆而来的骆家龙很意外地碰到了几乎是前后脚到医院的鼠标和李二冬，骆家龙着急地揪住两人，急促地问着："看到内网上的通知了没有？余罪被调到羊头崖了。"

"看到了，我们这不急着来了嘛。"鼠标道，这货还乐滋滋的样子。李二冬解释着他俩是听周文涓电话上告诉他的，两个官盲没搞清楚情况，看样子仿佛是恭喜来了。骆家龙拽着两货骂着："别一脸堆笑了，这不是什么好事。"

"啊？这相当于直接提副科，而且是主持工作，当所长啦！还不是好事?"鼠标愣了。

"就是啊,咱们同学里,大部分还在实习期没转正呢。"李二冬,滨海那一拨坚持下来的,都没有工作实习期,直接入籍,但提拔,要数余罪最快了。

"哎哟。"骆家龙苦不堪言地道,"你们知道羊头崖乡是个什么地方?"

"什么地方?"鼠标愣了下,一怔道,"哎,对呀,在哪儿呢?"

"这儿……"骆家龙手机上找着电子地图,给两人一看,哎哟妈呀,把两人看得倒吸凉气,最近的车程都需要三个小时。骆家龙解释着,"知道为什么让副职主持工作?"

"为什么?"鼠标和二冬愣了。

"那地方是省城最偏的一个警务点,在和吕梁山区交界处,四年换了五个所长,到最后是死活没人去,所长位置都空了一年多了。"骆家龙道。

"那难道不开展警务工作了?"鼠标觉得异样了。

"那为什么换得这么勤,当地找一个不就成了?"李二冬也问道。

"具体我就不知道了,反正我觉得这是找事,不当不正往里面插个人,可能有好吗?对了,我还听说,今年那地方,连撤三个乡长。"骆家龙又道。

"那又为什么?"鼠标越听越觉得那地方简直比滨海的深牢大狱还凶险了。

"护林防火……老百姓烧麦秸引起火灾,把乡长撤了。抓了几个纵火嫌疑人,结果犯了众怒,人家村里又烧了几回麦秸。咱们公安一去抓人,都是七老八十的老头出来认罪,敢把人家抓回去,等于给人家养老……咱们最后一任派出所长,就是因为抓人被老百姓石头块砸伤了,死活不敢去了。"骆家龙道。看来因为关心余罪,他把羊头崖的情况摸了个七七八八。

不过这详细情况可把鼠标和李二冬听得哭笑不得了,而且傻站在大院里,不知道这该不该去恭喜。踌躇时,又来人了,二队的兄弟孙羿、张猛、周文涓都来了。张猛这单细胞动物,嚷着要余罪请客。等了这么些天终于有结果了，估计是替他高兴得不行。可一听真实情况，他也傻眼了。不一会儿刘星星、林小凤、苟永强还有反扒队的几位同事陆续都来了，意外的是连难得一见的马秋林也出现了，这位盗窃案专家一进院门，可算是众人的前辈了，连刘星星和林小凤也一口一个"师傅"称呼着，问着怎么来医院了。

"那你们怎么来了？"马秋林笑着道，微微有点讶异。

众人一说这情况，马秋林摆摆手，安慰着道："我找他谈谈，要是他不愿意去，说不定还有转机……哟，二冬，伤好了吧？"

"好了。"李二冬笑着道，马秋林一手揽一个，直向病房而来。

咦，没人，病房里空空如也，被子叠得整整齐齐。众人正纳闷着没听说出院了呀，门"咣"的一声开了，提了个行李包的余满塘进来了。一看这么多来人，异样了："咦？咋都来了？后天才出院呢。"

"哎，叔，余儿呢？"鼠标问道。

"呵呵，好像找小女友约会去了。"余满塘得意地道。

哦哟，这消息，把火急火燎来的众人听得下巴齐刷刷掉了一地，骆家龙哭笑不得问着："和谁呀？"

"我也搞不清楚，好几个姑娘来看余儿。我觉得都有那么点儿意思。"余满塘比自己谈对象还得意地道。

众人不少喉咙直噎，李二冬的反应最强烈，余满塘一瞅不对劲了，拉着二冬问着："你咋啦？叔跟你说啊，打光棍不丢人，可你要打光棍连小姑娘也不敢去找，那就丢人了，回头让余儿教教你。"

众人被雷，又齐齐笑着。李二冬面红耳赤，不敢搭腔了。鼠标却是掏着文件，给余满塘说着结果，这个在众人看来很悲催的结果却让余满塘喜出望外，拿着文件，狂喜道："我儿子提副所长啦？"

一问，众人点头，他又问："还是主持工作？意思是我儿子说了就算？"

众人又点点头，余满塘一阵眩晕，把文件揣在心口，差点泪奔了，然后火急火燎地在屋里转圈，边转边嘟囔着："哎呀，我儿子咋就这么出息呢？所长啊……大官啊……哎哟哟哟，比他爸强多了，我的一辈子可就当过家长。咦？居然培养出个所长来……哈哈哈……不行，我得大请三天，在场的，都算上，都去啊……咦，你们咋啦，你们不高兴啊？"

他的喜出望外和众人的一脸愁容形成了鲜明的对比，一问，鼠标反应最快，苦着脸道："我们难受啊，就提拔他了，没提拔我们。"

"对，我们替余儿高兴呢。"周文涓腼腆地笑了笑。

上面说话，下面小动作不断，李二冬手直伸张猛腋下挠了挠，张猛哈哈大笑起来了，一笑觉得好尴尬，他马上接口道："高兴，我们这不来喝喜酒来了。"

一说皆笑，小同志围着老余说长问短，马秋林和刘星星、林小凤、苟永强几人，也挨着说了几句恭喜的话。反正老余早乐晕了，拽这个拉那个，净听夸奖他儿子的话。

于是一件"愁事"，在这个老爸这儿，成了一件喜事，大喜事。只不过喜事的主角不见了，一直没回来，连电话也打不通。余满塘却是不介意地道："咱们不能打扰年轻人谈对象，这要是领回个小姑娘来，咱趁年节把喜事办了，那叫双喜临门啊。"众人一阵哄笑。

中途马秋林告辞离开了这个热闹场面，推说有事，刘星星送他，也借故离开了。怎么说呢，是有点不忍心打击孩子家长吧，能当件喜事，倒也罢了。

"不用送了……你忙你的，我是个闲人。"马秋林下楼就推拒着刘星星要送他一程的提议，自顾自地出了医院大门，回头时，看着刘星星、林小凤两人还站着。他笑了笑，上了辆出租车。

事情到这里已经尘埃落定了，脱离指挥的反扒队全部被打散重建，最后，那个带头的被扔到了最偏远的一个乡派出所……本来马秋林不愿意出面的，不过等了两天等到这个许平秋不幸言中的结果时，他又按捺不住，想站出来了，作为当了一辈子警察的老人，他知道这一纸公文的厉害，能把你托上天堂，同样也能把你埋下地狱，永不见天日。

他在车上闭目养神，在猜测余罪此时身在何处。走了不远，他突然睁开眼，轻声告诉出租车司机："去傅山墓园。"

这个不合情理的地方，却是他此时唯一能想到的地方……

🐼 法外之罚

没有名字，没有地址，只有一个指尖上硬币的图案。余罪映入脑海的第一印象就是黄三，那神乎其技的玩法不但让他叹为观止，也让他对心境的认识高了一个层次，不过他得到的却是个黄三已经去世的消息。这个供认不讳的嫌疑人，入狱半个月才被看守所确认为胰腺癌患者，而停药的黄解放病情已经恶化，看守所以火箭的速度办了取保候审手续，最后的时间据说是在医院度过的，大部分时间昏迷。

这种癌据说对肉体的摧残很重，很多患者是在哀号中死去的。冥冥中像有一种报应，但余罪一直觉得报应不该应在这位老贼身上。

从墓园的管理处出来，他查到了新进墓园的方位和名单，确认有黄解放的名字。买下墓地的人姓楚名慧婕，他严重怀疑是那位挠了他一把，把他挠进这个江湖来的女贼。

奇怪了，他在想起那个偷东西的女贼时，却发现自己此时一点也不恨她。他想，顶多揪住她扇她两个耳光，把丢的面子找回来，而不会给她戴上铐子。

这个奇怪的心态郁结在余罪的心里，他说不清、道不明，他躺在病床上的时候想了很多。他有些恍惚，分不清谁是蟊贼，是这些偷鸡摸狗以求混迹的草根，还是那些道貌岸然、冕服加身，却活得蝇营狗苟的人？

他下意识地停了脚步，思维在这一刻停止了，他看到了半山腰处，一处坐南向北的墓地，墓碑前伫立着一位白衣赛雪的女人，雪白的裙裾随着寒风起舞，更增加了这个环境的凛冽感觉。他想了想，信步而上，走近了，没错，是黄解放的墓地，三尺见方，碑身上嵌着他的照片，应该是很多年前的，笑容可掬的样子。

余罪轻轻地蹲下身，把一束洁白的花放在墓前，站起来，浅浅地鞠了一躬。

仅仅出于生者对死者的尊重，无他。

而且他有一种很奇怪的感觉，仿佛黄解放已去的世界他也触摸过似的，很真实。他默念着，在那个世界里，老黄千万别再做贼了。

"谢谢，你终于来了。"白衣女人轻轻地道。余罪回头时，看到她冻得白里透红的脸蛋上，尚余着泪迹。没错，就是她，就是在坞城路挠了他一把，让他念念不忘的女贼。

"你知道我是谁？"余罪问。

"你是第一个找到我父亲的人，他告诉我，你和马叔叔一样，虽然面恶，可都是心里有真佛的人。"女人道，很悲戚，不过却很释然，似乎自己的父亲并不孤单。

一个老贼，找了大小两个知己，还都是警察。余罪异样笑了笑，反问着："楚慧婕是你的名字？"

"对。你叫余罪？"楚慧婕问。一点也不奇怪，别人查不到，可瞒不过这些警察。

"对，活有余罪，死有余辜的余罪……"余罪道。他知道黄三和马秋林关系非同一般，知道他的消息并不难。

"你在说我爸？"楚慧婕听得出话不中听。

"前半截说我，后半截说你爸。"余罪道。

"你说得很对，既然你能找到这儿了，我也没准备跑，我想我们的恩怨可以了结一下了。"楚慧婕侧过脸，郑重地看着余罪，那含泪的双眸如一泓秋水，让余罪微微怔了下，他知道自己那点很贱、很不值钱的同情又被唤起来了。这个时候，仿佛他像做错了事一般，在回避着楚慧婕的目光。

"爸看得没错，你一点也不够狠。"楚慧婕突然又笑了，微微地、带着泪笑着。余罪哼了哼，有点受刺激了，舒了口气问着："他是你养父？"

"对。我们四个小孩子从福利院跑出来，根本没跑多远就已经开始饿肚子了。风哥最大，他带着雨辰偷东西，偷到了就领着我们去吃，偷不到就一起饿肚子，后来碰上了爸爸，我们就成了他的儿女……很多年后我才知道，他是刑满释放出来的贼，而且是五原当年的贼王。"楚慧婕道。

余罪手慢慢地伸进了口袋，"叮"的一声，弹出来了一枚硬币，直飞向楚慧婕。楚慧婕像下意识动作一样，雪白的纤指绕着，那硬币一下子像注入了生命力，围着她的手指翻绕，耀着丝丝光芒。一声轻响，硬币飞起待落下时，又在她的手背上飞快地旋转着，像一曲优美的舞蹈。她像见到了父亲一般，释然地看着旋转的硬币笑着："这是他当小把戏教给我的，那时候逗我们玩……后来我才知道，手指的灵活度，反应速度的练习，是当贼的基本功，等知道的时候，我已经是一个出色的扒手了……我想，爸爸一定觉得我是一个女孩子，生怕他身后我再流落街头，才把这些都教给我的……"

女人哭了，收起了硬币，抹了把泪。

"你要是迫不得已去偷，他不会介意你的。不过我想你应该不是。"余罪道，他印证着自己的判断，心知那位老贼果真是洗心革面了，他又问着，"后来呢？"

"后来，他给娄雨辰、郭风，也就是被你抓走的我的两位哥哥，在福利院做了新的身份，资助他们学了点其他手艺，就在五原安家落户了。"楚慧婕抹着泪道，"他带着我和另一位在另一座城市生活，也有了新的身份、名字，他其实想给我们一个新的生活的，不像他当了一辈子贼……他看到我们，就仿佛看到他的新生一样……呜。"

"那你为什么又重操旧业了？"余罪问。

"钱！几个月前，我知道了爸爸患了癌症，千里迢迢赶回来了。我们想带他去大医院治病，可他坚持要落叶归根，就回到五原了，就在肿瘤医院附近找了个租住地……我们虽然都走上了正道，可都没攒下什么钱，只有老四开公司混得还不错，可偏偏这个白眼狼舍不得拿这几十万给爸爸治病……我和风哥、雨辰就自己想办法，反正我们偷过，干这行是轻车熟路……"楚慧婕说着，凝视着余罪，有点歉意，正是在肆无忌惮地扒窃时碰到这位警察，让她心生恐惧，让她知道了父亲所说的那句人外有人的话。

"偷几十万填医院的胃口，难度不小啊。"余罪道，反问着，"黄三知道吗？"

"他不知道。他除了养我，对其他几个人很严厉，小时候，谁要是偷东西让发现，会被绑在门梁上抽一顿鞭子。"楚慧婕道，那些毛病，就是在鞭子下矫正过来的。

"那怎么会去偷外宾的行李？谁揽的生意？"余罪问。

"老四揽的，他知道我有这一手，就怂恿着我去。我一说，风哥和雨辰都同意，所以就干了……后来我爸知道了，我没敢回去，直到闭上眼……他都不肯原谅我……"楚慧婕一下子又悲恸了，热泪长流着，拉着余罪的胳膊道，"你相信我吗？我真的不是故意气他……我真的就是想尽点孝心，总不能他养着我们，到送终的时候，我们连送他去医院都送不起吧……我也不想偷，可我还能干什么？"

悲恸击溃了楚慧婕，她哭着，在看到余罪根本没有同情的眼光和安慰的话语时，她放手了，黯黯地坐在父亲的坟前，抽泣着，抹着泪。

余罪慢慢地坐下来了，坐在了楚慧婕的身侧，坐在黄三的坟前，他伸着手，要那个硬币。楚慧婕扔给了他，继续哭着，不过在她无意中看到余罪的动作时，声音一下子哽咽着停了。她看到余罪在举轻若重地操控着硬币，硬币倒立着，在他的臂上、手指上、手背上，慢慢地移动着，而且以一种不可思议的方式在他的胳膊上转了个弯，没倒，随后继续向回滚动。

时间漫长得像一个世纪，漫长得像余罪那次昏迷中的感受，那是自己离死亡最近的一次，在那个漆黑的世界里，超脱恐惧之后，就是一种置之度外的宁静……他知道，黄三和自己身份虽然不同，但触摸过的世界，是相同的。

硬币像有了生命，在他宁静的手指尖上，稳稳地站立住了。

楚慧婕噤声失言了，那是父亲一辈子追求的高度，是她觉得永远不可能达到的高度。她愕然地看着余罪，忘了哭泣。

"你爸教我的，我和他还有差距，我本来做不到，不过一个偶然的机会我发现诀窍了……在你心里根本没有自己的时候，你就能操纵这些身外之物了。"余罪道，说话间，硬币依然未动。他侧眼看着楚慧婕，把想说的答案告诉她了，"黄三心里根本没有自己，他怎么会在乎身上那点病痛……他唯一在乎的，就是你们，我想他一定把你们看成了他生命的延续，而你们却在最后毁了他的希望……说实话，我看到黄三万念俱灰把自己送进监狱，我恨不得掐死你们几个白眼狼……别说是个把你们领上正道的养父，就是当贼把你养大的爸，也不能让他带着病痛去替罪吧？"

"叮当！"硬币掉了，清脆的一声响，余罪默默捡起来，他知道，心乱了。

楚慧婕这次彻底放声痛哭了，她在扇着自己的耳光，头磕撞在墓前，失声地哭着喊着"爸爸"，那情形，让余罪也难过地闭上了眼。他慢慢地起身，像是心里放下了一块大石头一样，慢慢地踱步走着。他想，这样的惩罚对一个人足够大了。

蓦地，哭泣着的楚慧婕站起身来，抹着泪，几步追上来，拦在余罪面前。余罪停下了，看着梨花带雨、楚楚可怜的楚慧婕，不知道该说什么。有很多人办的事自己都能给对方一个评价，叫活该！她也是，没有直接扇她两个耳光，已经是余罪人品发挥最大的极限了。难道还期待给她同情和安慰不成？

"带我走吧。"楚慧婕抹了把泪，像是下了一个重大的决心。

"去哪儿？"余罪异样了。

"我是个贼，把我抓起来吧，我去坐牢，和我哥哥们一起坐牢，哪怕是出不来，我也认了。"楚慧婕道，泪眼眨着，看着余罪，慢慢地启齿又道，"你一直在找我，不是吗？抓我吧，我们两清了。"

"我还真恨不得把你抓起来痛殴一顿。"余罪睥睨地道，接着伸伸手，想抚一把那泪眼蒙眬的脸。不过伸出来又僵住了，然后又缩回来了，叹着道："你选的路又错了，黄三是舍了身家换了个结案，他想保什么你难道还不知道？他想保着的是让你们别再像他那样过半辈子深牢大狱，别像他那样遭人唾弃，他拼了命把你们领上正道，你又想回到老路上去？"

"可是我……"楚慧婕胸前起伏着，悲恸不能自已。

"你丢掉的，比你偷到的更多，这个惩罚看样子足够了。"余罪轻轻地道，默默地走着，随即又回头道，"我已经不在反扒队任职了，漏网一两个蟊贼，不是我的责任。"

一言已毕，信步离开。走了不远，余罪回头时，发现楚慧婕抽抽答答地，就那么傻傻地跟在他背后，他走她也走，他停她也停。到了门口，一辆天蓝色的豪车，车门打开，下来了一位挂着单拐的年轻人，在喊着"慧慧"，一瘸一拐地，向楚慧婕走去。余罪一下子明白了，这是照片上唯一没有见过的最后一个人。那人也在同一时间惊得怔住了，似乎被余罪凶狠的眼光灼到了，惊恐地站在原地，像被人卡住了脖子，两眼直凸，喘息深重。

"哦，这是小儿麻痹的那位吧？"余罪又走两步，左左右右围着这人打量着。那人紧张地看着余罪，哆嗦地道："余警官，我……"

暗地工作做了不少了，他知道面前这位恶警是谁，果真很恶，余罪转了一圈，笑着道："黄三真是瞎了眼了，养了你这条白眼狼。"

"余警官，有话好说，我是信远招投标代理公司的经理，申钧衡。"那人掏着名片，恭恭敬敬递给了余罪。

余罪拿着名片，随手一扔，名片飘然而起。对方嘴角一抽，脸上的肌肉颤着。就在申均衡觉得手足无措的时候，只听"呸"的一声，他下意识地去抹脸，余罪口水唾到了自己脸上。就听余罪恶言道："披上张人皮，你他妈也是个畜生，别犯老子手里。"

嚣张至极的扬言，压得申钧衡尴尬地抚着脸，未敢招惹。他侧过头，走向楚慧婕，关切地叫着"慧慧"，却不料楚慧婕此时失魂落魄，对他恍若不识，只是痴痴地，傻傻地，跟在那个恶警的背后，远远地看着。那恶警又回头恫吓着什么，楚慧婕掩面而泣。

申钧衡摇摇头，上车走了，他知道，最亲的小师妹也不会原谅他了。

没人注意到的是，马秋林在暗处看了很久了，直看着众人皆走，他慢慢地踱步到了黄三的坟前，那么复杂地盯着已成石碑的故人。最龌龊和最高尚的品格都在这一个人身上，而且最后都是以坐牢的方式流露出来。即便已成黄土，他仍然不知道对黄三该有一句什么样的定论。

"黄三啊黄三，下辈子我不当警察了，你也别做贼啊……"

马秋林喃喃道，手轻轻抚过石碑，黯然地沿着来路回去。在路上他斟酌着等会儿该对许平秋说句什么，他本来想劝来着，可现在他又觉得没什么可劝的。他活得就是一个本真的自己，活得像大多数人那样畏畏缩缩，才是一种悲哀。

🐼 妖孽成群

12月6日，晨曦微露的时候，劲松路刑侦二大队按惯例集合、出操、训练，所不同的是，今天从大门口孤零零地伫立着一个单薄的身影，站得笔直，神情很肃穆，像在等什么。

是李二冬，同学里的解冰、周文涓、孙羿不时地看着他，不知道发生了什么事情。直等到训练开始，邵万戈才踱步到门口，李二冬庄重地敬礼吼着："报告队长，李二冬奉命报到。"

"你是二队出去又回来的第一个人，我还没想好是不是接收你，你确定要回来？"邵万戈问。

"是，我确定。"李二冬，支队征求过他本人的意见，回这里，就是他的意见。

"给个能说服我的理由。"邵万戈目光直视着，很难通融似的。

"我要佩枪，没有枪不算警察。"李二冬道，很坚定地看了邵万戈一眼，以前有点畏惧这个队长的，现在无所谓了，他补充道，"如果再碰到袭警的，我可以直接将其击毙，就没有后来的麻烦了。"

邵万戈笑了，笑着问："你不会还跟我讲人权吧？这儿的工作强度很大，减员率很高。"

"我知道，我要求到一线去，别把我当菜鸟。"李二冬挺着胸膛说。

"你已经不是了。"邵万戈慢慢抬着右手，庄重地敬礼道，"欢迎归队！"

门开了，李二冬走进来了，和他的同学们，拥抱在了一起。

自那一天起，据说他的射击成绩突飞猛进，已经隐约有了他在射击游戏中的风范……

12月9日，远赴西北抓捕一例制贩枪支嫌疑人的小组传来捷报，他们和当地警方联合，在白银市端了一个窝点。据说突击的时候，张猛和熊剑飞联袂冲进了窝点，手最快的一个嫌疑人刚拿起枪就被张猛撂倒，剩下的两人被熊剑飞一手一个，提麻包似的拖出来了。两名悍警让当地同行直咂舌不已。

12月15日，外线传回了追踪数月的一个机动车盗窃团伙的信息，全队出动，在省城五原布了四道关卡，追捕这个团伙的头脑张四海时，却被嫌疑人绕过冲关逃逸。

不过这位屡屡脱逃的车贼碰上对手了，孙羿、吴光宇一组，两辆改装车，跟着嫌疑人车辆狂追四百公里。期间嫌疑车闯了五道设卡，二级路上速度一度飙到二百以上，不过仍然甩不脱追兵，直到被两车夹击，挤进了麦地，车辆翻滚了十几米，冒起了滚滚浓烟。

此时案件已经跨了两个省，孙羿和吴光宇把车里的嫌疑人拖出来时，那人已经吓尿了一裤子。就连和孙羿他们同乘一车的，也被车速吓得腿软。

12月17日，省城五原破获一起黑彩外围赌博案。涉嫌金额上千万元。负责侦查本案的是东阳分局，据说最初找到收筹和赔码方式、渠道的是刚刚调入该分局的民警，叫严德标。

12月25日，邵万戈亲自找到市刑侦支队，要求调余罪到二队，那个反扒队员给他的印象太深了，深到他舍不得忘掉。不料他被告知，他要的人已经赴羊头崖乡上任，不属刑警编制内了。

12月30日，邵万戈携同队指导员李杰远赴邻省长安市，执行一个秘密任务。

车上，邵万戈梳理着一个月的工作摘要，他仰头叹了句道："妖孽啊，一届学员里的妖孽，全让老队长慧眼挑出来了。"

"呵呵，在识人之能上，老队长还是有一套的，要不是他，我现在还在郊区派出所里查户口呢，至于队长您嘛，是不是该被开除警籍了？"指导员笑着道。邵万戈也笑了，他奇怪地问着指导员："李杰，上次咱们去滨海，你见到了几个？"

"没几个，德标、孙羿，还有就那个袭警案的余罪……对他我印象比较深刻，可惜哟，给扔羊头崖了，那鬼地方要翻身，怕是难喽。"李杰道，二队经手的袭警案，其中的猫腻，彼此心知肚明。

"也未必不是好事，性格太强，能力不够，会受伤的……我是说啊，老队长到底物色了几个人？怎么在长安还有给咱们准备的人。"邵万戈问。此行的目的就是去接一个人，老队长千叮万嘱，让二队两位当家的一起去，以示重视，这种情况也算很少见了。

"不知道，老队长的思路我可跟不上，他在滨海用人，是现培现用，我想一般人没他那胆量。"李杰笑着道，又想起什么来似的掏着手机递给邵万戈解释着，"存储卡里有老队长刚发来的资料，上车时候才发的，学痕迹检验的，我们确实也需要这类人才呀，就二队的这情况养不住有真才实学的大学生，干上几天都受不了就跑了。"

"这个我不担心，老队长挑的人，跑了还有回来的。呵呵，"邵万戈笑道，说的是李二冬。二冬这次回来可是心性大变了，跟着赵昂川已经开始接案子了。他翻查着手机，看着那个简短的资料，还是警校时候的资料——这个人姓董，名韶军。

照片上的人长得很文静，看看各项成绩还可以，邵万戈好歹长舒一口气，终于有个正常的了。

路上行驶了六个小时，到长安市这个市局下属的痕迹检验研究所时，已经是下午二时了，所长姓乔名磊，一个五十开外的老头，很不悦，一直嘟囔好不容易碰见个好苗子，学个半瓶醋就拉到一线，荒废了。邵万戈和李杰多方解释，表示实在需要类似的人才。那老头倒也没有阻拦，直嚷着还在楼上的董韶军。这时候，邵万戈终于看到要接的人了，周周正正的国字脸，浓眉大眼，见面敬礼，很客气，看来已经接到通知了。在此之前，他的手续就一直放在二队。

"你到二队就好了，我们痕迹检验上就缺人才。"李杰拍着小伙的肩膀。邵万戈却是饶有兴致地看着封闭式的研究所，好奇地问了句："韶军，你是四月份就被送这儿来了？学什么来着，就用了大半年时间？"

"主要是人体的排泄物研究，汗渍、血渍、体液、精液、毛发等等一类，我学得还不够，离我的老师差远了。"董韶军笑着道。看样子，已经学有小成了。

"这个很难吗？搞得这么神秘？"邵万戈不太相信道。

"不神秘，欢迎参观，这里是开放式，全国每年都有来观摩学习的，而且是各类排泄物样本收集最全的地方。"董韶军笑道。

邵万戈还真有点好奇，背着手进研究室了，李杰也好奇地跟进去了。

董韶军笑了，很有先见之明地站在门口，把门口的不锈钢垃圾桶摆正了位置。果不其然，一眨眼的工夫，指导员李杰奔出来了，正好趴在他摆好的垃圾桶上，干呕了几声，没吐出来，一会儿愕然地看着董韶军。董韶军却是奇怪了，队长居然没出来，他伸头进去看时，邵万戈早弯着腰，捂着眼睛，艰难地干呕着，亏是路上没来得及吃午饭。

"人体排泄物主要就是大便，大便属于被污染过的证物，能从中提取出证据是一个重要的课题，所以这里的大便样本也最全。很多都是新鲜的。"董韶军道。里面琳琅满目的货架上，全是培养皿以及大便。

不解释还好，一解释，指导终于"呃"的一声，吐出来了。

"这个不是妖孽，是个变态的妖孽。"

邵万戈和李杰远远地躲到了大门口如是想着，看着董韶军面色如常地进出研究室，收拾东西，和老师平静地告别……

同样在这一天，余罪驾着一辆越野警车停在了三岔路口，一条窄窄的路指引着他人生的下一个驿站：羊头崖乡。

命运这个流氓一直就在不断调戏着钟情于她的人，想当片警，结果被打成孟贼；想当正常警察，结果在滨海当了卧底；想找个轻活干，不料又苦又累抓了几个月蟊贼。当他万念俱灰，想脱下这身警服的时候，却糊里糊涂升职，当所长了。

不过是挂职的，带个"副"字。

没什么行装，就几身换洗的衣服和这辆从孙天鸣那里赢来的警车。坞城反扒队换人了，很照顾他，没留这辆车，孙队长又不好意思要回来，余罪也就开上来了。

其实他不想来的，不过他不得不承认，这是一个最好的结果，在瓶刺刺向自己的时候，他已经作了最坏的打算。他觉得是监狱生活的影响，让自己总是在无计可施的时候，狠狠心，就能豁出去。可回归到正途，又觉得豁不出去了，因为提拔所长的时候，老爸乐得合不拢嘴了，逢人就吹嘘，你说要不当这个所长，连老爸吹牛的资本都没了，那得多失落不是？

就是嘛，好歹也是所长，副科级！

余罪一踩油门，飙上了乡路，这段路足足驶了两个小时，路面坑坑洼洼，年久失修，一看就是穷乡。所过之处，遇到了两辆拖拉机、四辆三轮车、七辆畜力车，他判断出来了，是个很穷的乡，像样的机动车估计都没几辆。渐渐地看到坐落在群山环绕的乡中心村时，自己的判断一下子全被证实了，环村皆树，树周围是麦地，晴空一片，白云朵朵，这要放到春夏季节，肯定是山清水秀。

环境保持得这么好，那也肯定穷透顶了……

一点也没错，余罪转悠了一圈才找到了乡派出所大院，有点傻眼，居然是在一座庙里。虽然已经刷成了蓝白相间的统一标志，可它就是个大庙，半尺厚的围墙，全是石块垒成的，中间还有神龛供着不知名的小佛，大门倒是新装的铁门，不过看着有碍和谐，是唯物主义和唯心主义高度结合产下的怪胎。

他明白为什么县局领导都不来送他上任了，这地方，管顿饭都困难。估计经费都被压缩到极致了。

轻轻推了推门，门是开的，里面隐约响起了吆五喝六的猜拳声，哟，喝酒呢。余罪看看时间，已经下午四时多了，妈的，真舒服啊，这个时间还有酒场。

进门，果真是大庙，修葺过的房屋还能看到旧庙的影子，东偏房里在喝，余罪踮脚到窗口，敲了敲窗，出声问道："同志，这是羊头崖乡派出所吗？"

"是啊，找谁？"歪戴帽子的一位出声问道，一看是同行，愣了下。

"找你们呀！上班时间喝什么酒啊？"余罪没来由地有点生气，好歹是警察，怎么活得比老子还差劲，喝成这德性。

"你谁呀，没事一边去。"一个叼着烟的，不屑了句。

有几位喝酒的，感觉到不对了，果不其然，外面的余罪吼了句："老子是新任羊头崖乡派出所所长，都滚出来，集合。"

几个人起身了，互视一眼，奔出来了，不过一看这样子，大部分是协警，而且人数差了很多，名册上有十二人，而面前只站了五个。余罪第一回当领导就这么失败，有点失望，他愤愤不已地问着："其他人呢？"

"午休，还没来呢。"

"请假的两个。"

"还有两个到市里了。"

几个协警怯生生地道，本来知道要来新所长的，不过看余罪年纪小，个子低，又多少有点胆量了。

这时余罪发现屋里还有一位呢，便侧过头嚷了句："出来！没听到集合呀？"

"拽，你拽个毛呀，一副所长，还是挂职的……"里面那个起身了，穿着警服，一扣帽子，掉下儿颗骰子来。余罪看清了，也是个二十出头的小伙，出了门一站，一副吊儿郎当的德性。

"你叫李逸风？"余罪问。

"哟，知道我是谁？那就好办。"小伙乐了，一张嘴，满嘴酒气。

李逸风是来时县局领导特意交代的，县武装部部长的儿子，退伍转业，安排到警队里的，背后人称"狗少"，据说是因为家里老爷子管不了，又怕他生事，才把他打发到远远的羊头崖乡。

一见余罪脸色缓和，众警都以为余罪被狗少的家世吓住了，都面露微笑。反正这地方，有没有警务都一样，没有所长已经很多年了。

　　李逸风也笑了，问道："所长，我一般不来上班，偶尔来一回请请兄弟们。嘿嘿，你来了，得，一起请。"

　　余罪也嘿嘿笑着，不过笑着笑着一下子变脸了，恶言恶声道："你什么东西？有资格请老子吗？"

　　"嗨！我操，还骂人。"李逸风一瞪眼，上火了。

　　"听我口令！立正！"余罪吼道。

　　李逸风不理会，一侧脸，可不料马上挨了一耳光，清清脆脆的一耳光。

　　"听我口令，稍息！"余罪又吼道。

　　李逸风还没反应过来，又要嘚瑟，不料"呱唧"一声，另一半脸又挨了一耳光。

　　他怒从心头起，吼着就扑了上来，整个一拼命架势。不过刚扑上来，又急速地后退，咕咚坐地上了。

　　是余罪抬腿，顺势在他小腹上蹬了一脚。余罪愤然道："警容警纪没有，立正稍息不会，你他妈什么东西？"

　　"我操……"李逸风伸手乱抓着，找板砖呢，找了半天没找着，一解裤带，嗷声挥着就上来了，"啪"的一声，抽在了余罪的肩上。紧接着他蒙了，被抽的余罪，就那么恶狠狠盯着他，仿佛有杀父之仇、夺妻之恨一般。他手一哆嗦，第二下抽不下去了，不料他一停，余罪一伸手，顺势揪着人，"咚咚咚"照小肚子上就是几下狠捶，等对方一弯腰，照背上就是一个肘拳，直接把李逸风打趴在地上直哼哼了。

　　"呸！真他妈差劲，打架都不会！"余罪呸了口，回眼一瞅，哎哟，威势立现，那几个协警战战兢兢，一个个挺得笔直。

　　"你等着……你等着，我告诉我爸去，开除了你狗日的……敢打我……哎哟哟……"李逸风边骂边爬起来，骂的后果是屁股后又挨了两脚，忙不迭地捂着臀部跑了。

　　连狗少都打跑了，可把众协警吓得不轻，狗少不咋地，可人家爹好歹是武装部部长，又是县人大常委里的人，就打狗也得看主人面子吧，何况是个狗少。

不过余罪不管那么多，挨个儿看过，警容不整的，一耳光；喝得迷糊的，踹一脚；耳朵上别根烟的，又是一耳光……虽然不重，可就如当年一帮劣生站在训导主任面前一样，教训你都不需要费嘴皮子。

收拾了几个人，余罪挺着胸吼着："从今天开始，老子就是羊头崖乡派出所所长，无故旷工的，滚蛋；不服从命令的，滚蛋；通知今天没来的，不想来，都他妈滚蛋！都滚蛋，派出所正好也解散！"

这话说得快意，余罪得意地一瞅，走了几步，回头时，那些协警眼光迷离着，向院门外看，那是狗少驾车回城了，余罪笑了笑道："想幸灾乐祸没那么容易，他要能开除了我，老子得好好谢谢他。"

这把众人给雷得，面面相觑。只见得这位新所长进了酒场，不一会儿拿了瓶未启封的杏花村出来，就着牙一口咬掉了瓶盖，仰头猛灌一口，咂吧着嘴，又加了一条新命令："以后谁上班时间喝酒，滚蛋！"

说罢，大口喝着，一脚踹开了所长办公室，进去了。众乡警迷瞪着眼，心生凛然之后，又齐齐哭笑不得了……

第三章

狗少，虎妞，偷牛案

🐼 乡警乡民

一眨眼，元旦就过去了。

又一眨眼，春节就快来了。

时间就像羊头崖山上的北风，一眨眼就过去了，余所长在羊头崖乡就任也已经一月有余了。这地方也有个好处，好像穷得连犯罪分子也没有，派出所在这就像个摆设。

不过对于余所长还是挺不错的，起码这儿和省城相比，离泰阳老家近；起码这儿和以前工作的地方相比，蟊贼没有，大盗更没有，省心。于是到任的这一个月呀，三分之一时间在老家，三分之一时间在市里找同学玩，搁这办公室顶多待了不到三分之一的时间，实在没事呀。偶尔接的案子也是你家狗咬了我家鸡，他家驴拱了我家院门之类的烂事，这种事戴大檐帽的警察根本不如别根烟杆儿的村长管用，你调解两天解决不了的问题，人一嗓子就给办了。

所以余罪觉得这种地方无为而治就是最好的办法，警务才有了多少年，而约定俗成的规范在这里已经存在了多少年，孰轻孰重一看便知。他也乐得清闲，来了坐坐，溜达溜达，偶尔去乡政府和那些基层干部聊聊天，一个月来，混得已经是很熟了。

羊头崖乡的地理位置特殊，群山夹峙，公路都在谷地，沿公路六十公里，一半是人造林，一半是天然山，几乎是五原市的环境屏障。山外就是一望无垠的黄土坡，让所有警察以及乡领导都恐惧的地方就在这片森林上，每年都要发生大小几起火灾。只要起火，乡长立马撤职，派出所立马走马换将，三换两换，没人敢来了。

这叫"负领导责任"，这么说起来了，其实是"官不聊生"啊！

村口就竖着以派出所名义刷的标语：见烟就查，见火就罚，成灾必抓！

警民矛盾就从这儿来的，成片的庄稼地，全是麦秸、玉米茬、高粱秆儿，烧火积肥是几千年的传统，因为在自己家地里烧火就被抓，老百姓谁能理解啊？理解不了就闹。余罪到此才知道，上一任所长出事是去年春天因为失火，悍然下令抓了村里一个七十多的老头以儆效尤，以纵火嫌疑人的罪名关押到看守所，可看守所也不愿养这号人，关了一个月打发回来了。放回来后的第二天，老头悍然到乡政府后头放了一把火，又烧了半边山。

他说了，林子还是老子种的，关你们鸟事，此话一出，备受封山苦恼的村民齐齐支持。

结果是老头判三年缓三年，现在回家了。乡长和派出所所长，齐齐被撤。

法制在这里，有太多的阻碍。有些事听得光怪陆离，见得哭笑不得，这种事对人精神承受能力的考验可比单纯的黑白对错要难多了。

"所长，出事啦……所长，出事啦……"

又出事了，派出所民警李呆嚷着奔进院子里来了。余罪在办公室正看着乡志，伸头问着："呆头，又怎么了？"

"出事啦，所长……村里不知道哪个小屁孩，把您的车划了。"李呆咧着嘴道。很难相信说话不利索的这位，是为数不多的一位正式民警。

余罪翻了翻白眼，知道自己还没有融入这个团队，自从上次揍了狗少李逸风一顿，那货一个月没来，而派出所这几位民警协警，明显又是跟他穿一条裤子的，处处给他找不自在。而所里的指导员王镔，请假月余，到现在余罪都不知道他去哪儿了。如果不是亲自来，他都没法相信这个摊子能烂到这种程度，相比这儿，反扒队绝对是纪律严明的队伍。

"不是你们划的，故意让我难受吧？"余罪不屑地问，这地方有话直说，别拐弯。

"不可能……张关平，你过来过来。你看见了吗？"李呆嚷着刚进门的一名协警，本乡人，仰仗着李呆混着。张关平马上凛然道："是村里那家小孩划的，这帮小屁孩，经常砸咱们派出所玻璃。"

"噢，警民矛盾正常，警察和小孩也有矛盾？"余罪虎着脸问。

"不是，所长，那不是有大人在背后教的么？"李呆道。

"对，应该是大人背后教的。"余罪又翻翻白眼，他估计八成是面前这两位教唆，要不怎么不来砸玻璃，去划他开来的车。

这一个月找的麻烦不少，有人打电话到县局告状了，说所长打人。县局没法处理，撤了这个谁来呀？再说狗少被打了，不少人觉着打得真对，这号人能打残在家，还少一祸害呢。一看外部不行就内部下作，有人把所长办的取暖的炉子给撤了，不知道扛谁家去了，成了一桩无头案；还有人巴着失火把所长打发走，谁可知天公不作美，下了场雪，防火形势立时好转。可大家不知道的是，连余罪也在巴着失火，那样的话，说不定他能平平安安被撤职。

"走，看看去。"余罪面无表情起身，自打当上领导，浮滑的性子改了不少，他知道不能太嘻嘻哈哈了，否则立不了威。

背着手，摇着胸，余罪大步出了院门。车就停在离乡政府不远处的路边，这时节乡政府也没留下几个人，都回城里过年了。车周围只有一拨小孩在玩溜溜球，还有人拿着弹弓在比画，打树上的麻雀。小孩们看着三位警服装束的人来了，也不畏惧，李呆一挥手："去去去……"

轰过一边，他凛然一指车前盖："看，所长，太不像话了……嗨，问你们呢，谁干的？"

这等于是废话，小屁孩都不理他，远远地躲在树后。余罪一看，车前盖上用硬东西划了几个乌龟爬的大字：王八蛋的车。他的脸色，"唰"的一下子变了。

微微侧头，他看到了李呆眉飞色舞，正和张关平使着眼色，不用说，他估计又是狗少指挥着给他添堵。这烂事你查也不是，不查也不是，就查着了更不是，别看那是拨小屁孩，哪个也招惹不得。不怕他们也怕他们背后的家长呀，这地方的警民关系这么僵，警察极有可能是弱势群体。

对于李呆而言，这事办得可是心花怒放了，回头能到狗少那儿邀功去了，这么添堵，总有一天能把这个大家都看不顺眼的所长堵回去。就这招，十来万的新车划成这样，他估计所长要气得三尸神暴跳了。

"哈哈哈哈……"余罪冷不丁地放声大笑，笑得浑身抽筋似的乱抖，笑得直靠到车前，还在放声大笑。余罪边笑边指着李呆和张关平道："去，把中心村村长叫来，一起去。"

两人奔着走了，有点不确定所长怎么是这种反应，似乎和预料中不一样。他们走了好远，余罪还在哈哈大笑着，大声自言自语道："怪不得人家说上了羊头坡，文盲比驴多。哈哈，写了五个字，就错了仨……哈哈，你们来看看，认识吗？"

余罪兴高采烈嚷着，那七八个小屁孩"哗"的一声奔上来了，围着瞧着那几个乌龟爬的字。余罪不屑地道："你们瞧瞧，是不是错啦……哈哈。"

"没错啊。"有个个子小的小孩道，看看另一位个子稍大点的。

"错了就错了，'蛋'能这么写吗？写这字的，不是个文盲就是个傻瓜。"余罪道。

"你才傻瓜呢？"个大的小孩扬头就骂。

"谁写的谁傻瓜。"余罪和小孩对骂着。

"谁写的谁不是傻瓜。"

"就是。"

"就不是。"

"就是。"

"就不是。"

"就不是你写的。"

"就是我写的。"

两人喷着唾沫星，对骂几句，余罪戛然而止，对付蟊贼大恶都有的是办法，何况这种小屁孩。一听此处，他笑着问："哦，怪不得你这么介意，原来是你写的？"

众小孩眼见不对劲，赶紧四散跑了。余罪快奔着，几步之外，一把捞起了划车的小家伙，轻轻朝屁股上扇了两巴掌，笑着道："居然在我面前犯案，抓住你这个小嫌疑人……对叔叔说，你叫什么？"

"放开我，放开我……"小孩挣扎着，又踢又蹬，还作势要咬，可他已经咬不住早有防备的余罪，倒提着小屁孩，直拎着回了派出所。进了办公室，刚放下，小家伙又要跑，余罪一吼："嗨，看！"

小孩扭头一看，旋即像着魔一般，迈不动脚步了。只见余罪从办公室抽屉里拿出来的，是一个锃亮的弹弓，乳黄的胶皮，可比树里用树杈做的好多了。余罪伸着手："给，敢于挑战警察权威的，有奖励……哈哈……不过你写的字太难看，过来过来，好好写几个字，写上一页字，自个儿拿上玩去。"

小孩半信半疑，不过弹弓拿到手里，又接了余罪给的一支中性笔时，戒心稍去，坐下来真写了几个字。余罪笑着看着："哦，这几个字写得不错……以后到纸上写，别到我车上写啊。"

小孩吐吐舌头，笑了，他感觉到警察叔叔的善意了，还真用心地写了几个字，歪歪扭扭，基本能反映出这里的小学教育水平。余罪看得哈哈大笑，还把城里带来的小零食和小孩一起分吃着，问着姓名，年龄，敢情才十岁，是中心村李向阳家里的娃。

两人的关系刚刚缓和，李呆又回来了，推着院门，大声嚷着："所长，不好啦，又出事了，李向阳媳妇领着人来啦……"

"他媳妇来干什么？"余罪奔出来了。

"你打人家娃啦。"李呆惊惶地道。

"呆头，你这两头煽风点火，是他妈想找刺激是不是？"余罪翻脸了，一指李呆，不料院门"咣啷"一声开了。进来了位拿着擀面杖的老娘们儿，后面跟着一拨挦袖叉腰，准备开骂的大小娘们儿。完了，余罪意识到危险，一躲，已经几口唾沫喷上来了。那边李呆早闪过一边，溜了。

　　"敢打我儿子……你活得不耐烦了，划你车怎么啦？划了就划了……"那当妈的擀面杖"嗖"的一声就飞出去了。余罪退无可退，一扒墙，骑在墙头。那老娘们儿奔到墙角下，粗手指指着："下来，你给我下来。"

　　"不下，为什么下去？我告诉你啊，你这是袭警。"余罪道。

　　"啊呸……"老娘们扬头一唾。余罪赶紧闪避，不过还是沾到了身上。同来的村妇纷纷指责："警察真过分，抓小孩打，划你车怎么啦？划你脸你也不能打小孩呀！"一时间说得群情激愤，就要找砖头瓦片把墙上的警察给砸下来，余罪笑着指指道："喂喂……看那儿，那不你儿子吗？"

　　"看你娘个腿。"领头的捡起擀面杖，一扔，再回头一看，哟，真是自己孩子，赶紧跑过来抱着问着："山娃，娘看看，他打你了没有？别怕，告诉娘……这谁的？"

　　"叔叔送我的……"小孩藏起了弹弓，怕没收，说着进来写字了，还吃东西了，孩子娘再一看屋里，尚还铺着有孩子笔迹的纸张。老娘傻眼了，看看余罪还骑在墙上，正拿着接住的擀面杖道："嫂子，你看我像个打小孩的警察么？那么可爱，谁舍得打呀？山娃，以后没事就来叔叔这儿玩啊。"

　　"嗯！"小孩乐滋滋应了声，收到好处，被收买了。

　　关系这么融洽，肯定不像吓唬的，余罪从墙头跳下来，把面杖还给村妇，他不想解释，因为让这些人认识到错误，不比让嫌疑人认罪容易多少。他向办公室走着，边走边道了句："一定有人教唆小孩划警车，然后看我去问责了，又去叫大嫂你来，纯粹制造矛盾嘛。这算个什么事，破警车，划就划了，不过背后使坏可就不是东西了。"

　　他进门对那村妇和儿子嘀咕着，估计在问真相了，看样子是很生气了。那老娘一听也气得怒发冲冠，放下儿子，拿起面杖，奔出院门，看着躲着看热闹准备溜的李呆，嚷着就追打上去了："呆头……你个狼不吃、狗不啃的死货，我娃才多大，教我娃干坏事……"

一个跑，一个追，直把李呆追进村里打到家门上。李家爹妈一听这事，老爷子脱了厚鞋底，噼里啪啦就收拾了儿子一通。过了好久，衣服上一片鞋印、两眼乌青的李呆抱头鼠窜地回了派出所，正准备到宿舍藏一会儿，可不料被院中站着的人吓了一跳。

余所长就那么冷眼盯着他，手里玩着警棍，一按按钮，噼里啪啦冒着蓝火花。偏房挤着一圈脑袋，都是所里的民警，这回李呆玩得可过了。

"所长，所长，你听我说，我我我……"李呆实在没法解释，有点紧张，这位敢痛扁恶少的，恐怕揍他也不在话下。

"可以啊，呆头，还会教唆小孩玩这一手。你说怎么办？"余罪问道。

"我……我……哎哟，所长，我已经被打成这样了，还要怎么办呀？"李呆一托腮，好不委屈的样子。连余罪也觉得哭笑不得了，在这里净是玩些小儿科的游戏。他上前几步，吓得李呆直躲，就听他说道："好，不打你了，不过修车费你出啊。"

"啊，行行……"李呆如逢大赦。

"你确定？那辆现代越野警车，光喷漆就得七八千呢！"余罪故意道。

"啊？"李呆一听，这钱赶得上几个月工资了，一哭丧脸道，"所长，你还是打我一顿吧。"

"让狗少出啊，他不是教你们办这事吗？出事了，他得兜着吧，钱总得出吧？还有你的医药费。"余罪很同情地道。李呆一个冷不防，恍然大悟道："哎，对呀！他有钱，总不能让兄弟们自己担吧？"

余罪一笑，心想这倒好，把幕后也给交出来了。

余罪没吭声，哈哈笑了几声，背着手，扬长进了所长办。李呆傻愣着，看着躺在偏房的同事，尴尬到了极点，而这个所长，越来越让他琢磨不定了。

据狗少说，新所长是个人物，给县局长打小报告，县局长不敢处理；

找人来揍一顿吧，又怕出事，毕竟派出所再小也是个警务建制单位，手里有枪，比不得收拾一般人。所以内部问题还得内部解决，想办法把他逼走，谁可知道，绞尽脑汁想的办法，每每都被所长轻飘飘破解，实在让李呆大呼站错了队伍，早知道就该和这所长站一路。

此时，响起了一阵发动引擎的声音，哟，救兵来了，李呆转身就往院外跑。随即又响起了几声刺耳的喇叭声，偏房里几位民警协警也往外跑。好像来了不止一辆车，余罪的好奇心也被勾起来，他想着或许是狗少那货报复来了，插好了警棍，打开保险柜，把所里唯一一配的一支手枪佩好……这些富家子有时候玩得很过火，余罪知道不横点狠点，根本压不住。他们敢乱来，余罪不介意胡来，这个狗屁所长职位，还不值得他低三下四去保全。

他踱步出了院门的时候，却愣了，只见两辆车停在乡政府门口，其中一辆大路虎旁边站了个窈窕的姑娘，而狗少李逸风像跟班一样，屁颠屁颠跟在那姑娘后头，给人家扛着成箱东西，往乡政府里头扛。那姑娘偶尔一回头，只见红衣似火，脸蛋赛雪，乌发高挽，高靴细腰，看得人净起歪念头。别说掉口水的协警了，就余所长也被惊了一下，这穷窝窝里，啥时候养出这号白富美来了……

🐼 村官警官

女人有时候很温柔，这个不容易见到；男人有时候很贱，这个很容易见到。

众乡警平时见到平常人家的姑娘那德性就不怎么地，何况城里的美女，一个个眼珠、口水随着那姑娘的一颦一笑乱往地上掉。余罪正想问问这个美女的来历，可不料李逸风嚷了一嗓子，余罪手下众多民警呼啦啦跑了一多半，都奔着去给那妞儿搬东西。余罪揪住了一个，瞪了两眼，这位是乡里的小协警李拴羊，肯定不敢惹所长，嘿嘿笑着，巴结着问："所长，啥指示？"

"小拴，这谁呀？"余罪直接问道。

"哦，虎妞。"李拴羊答道。

"虎妞？"余罪纳闷了，这名字奇了怪了。

"开路虎的妞，所以叫虎妞啊。"李拴羊道，说罢想跑，又被余罪揪住了，再问来路，却是大学生村官，搁乡中心村已经一年多了，至于自己从来没有见到，那是因为余罪不常来，虎妞也不常来的缘故。李拴羊看所长眼中有所惊讶，便神神秘秘地道出了虎妞来历，敢情是邻市一家煤场老板的闺女，身家惊人，家里房多车多，都被李拴羊喷着唾沫星子说了一通。他看到所长果真被镇住了，赶紧溜了，奔去给虎妞帮忙了。

余罪笑了，在本省，这是土豪家庭安排子女的一个捷径，下乡干点成绩，铺好仕途。他笑着在想，其实土豪和普通人在某种心态上是共通的，都不愿意子女重复自己走过的路。随即他就掉头走了，这些事对于余所长可不算稀奇，他见过的土豪不少，这个不算最大的。

唯一的一位转身而走，让正指挥众乡警搬东西的姑娘异样了，她撒着一条中华烟，问着乐滋滋往口袋塞烟的李呆道："呆头，那是……你们新来的所长？"

"对。"李呆道。

"副的。"张关平强调了一句。

"还是挂职的。"刚奔上来领烟的李拴羊补充道。还有人背后说着余所长的坏话，小声道："蹦跶不了几天，等咱指导员回来，就没他说话的地方了。"

"就是，怎么也不失把火，把这孙子赶跑得了。"又有人补充道。

那姑娘笑了笑，这干乡警已经自由惯了，怕是现在有所长反而不适应了。她叫着众人把东西搬上楼，自己却奔向那个身影，远远地招手喊着："嗨，站住……说你呢，就是你，余所长是吧？"

远远地余罪停下了，稍有讶异地回过头。朝他奔来的姑娘，有着灿烂的笑容和飞扬的长发，让余罪又心猿意马了一下。他强自定着心神，保持着余所长的威严，背着手，站定了。

那姑娘却是哈哈笑了，她面前这位新所长看上去年纪并不大，偏偏是一副很老成的样子，怎么看怎么怪异。她笑着走上来，伸着手："你是新来的所长吧？认识一下，我是羊头崖乡中心村村官，厉佳媛。"

　　那只伸来的小手浑然不似这里村妇耙子大的粗手，让余罪微微心动，然后很严肃地握了握手自我介绍道："余罪。"

　　"上次来听说过这个名字，好奇怪的名字哦。"厉佳媛道。

　　"我名不副实，您可是名副其实啊，还真是佳媛一位。"余罪笑着道。

　　哦，终于听到一句能入耳的赞美了，不像这里的土鳖，流着哈喇子只会说一句："厉姐你真好看！"

　　厉佳媛笑了笑，坦然受之，她上上下下打量着余罪，接着道："听说你是位人物啊。"

　　"是人，不是物。"余罪笑道。

　　"不一定，敢揍狗少的人，而且揍了还没事的，一定是人物。"厉佳媛很确定自己的判断，笑吟吟地打量着余罪。余罪浑身不自然地耸耸肩，尴尬地笑了笑转着话题道："厉村长，咱们……以后工作免不了来往，请多支持啊。"

　　"呵呵，那是当然。"厉佳媛笑着收回了眼神，释然道，"不过你们的工作嘛……这么说吧，这儿的治安本来就好，如果没有你们这些乡警协警，治安会更好。"

　　余罪抿嘴一笑，点头道："厉村长看来真是深入群众了，确实体察到基层的民情了。"

　　"哈哈……你这人挺有意思啊。嗯，不过我觉得，你的工作应该很难开展。"

　　"为什么？"

　　"这儿除了你和狗少，都是本乡人，而且狗少又在你之前，你打了他，自然不好开展工作了。"

　　"这个，问题不大。"

　　"还有个指导员没回来，那偭老头连狗少也惧他三分，更难相处。"

"这个，我得见了才能知道。"

"还有啊，你们经费是个大问题，据我所知，除了工资根本没有奖金补助，配的油料只够骑摩托车，那辆破长安，有大半年没动过了。"

"哟，厉村长不愧姓厉，真厉害，连这个也知道？那您的意思是……给我们赞助点儿？"

余罪的心思当然敏捷，他似乎觉得厉佳媛说这么多困难，是想显摆什么。想炫富？那正好，余罪正愁这穷所没地方吃大户呢。

厉佳媛往后一看那几位搬东西的，回头神秘地对余罪说道："做个交易怎么样？"

"什么交易？"余罪不自然地凑上来了。他闻到一股淡淡的香水味，特别清晰，一下子让他想起，自从林宇婧出任务之后，自己已经很久没闻到这样的味道了。

"替我再教训狗少一顿。"厉佳媛恶狠狠道，哪还似刚才灿烂笑容的样子。

余罪邪念顿消，愣了，他有点奇怪，富家女孩，官家少爷，这可是天作地合的一对，怎么看也不像有深仇大恨的样子啊？

"干不干？"厉佳媛看东西快搬完了，追问道，两眼期待，很急。

"理由呢？"余罪问。

"我烦，我快烦死了。"厉村长顿着脚，小蛮靴忽闪闪的。就听她愤然道："天天追在我背后，谁瞅见谁笑话我……你帮我一回，最好揍他个生活不能自理，好歹搁家躺上一两个月，我也清静清静。"

哦，余罪一想，明白了，能看上狗少那德性确实应该很难，最起码对这位富家妞很难，说不定妞儿还嫌他家世不够呢。余罪一笑，厉佳媛急了，拉着余罪的胳膊摇了摇道："怎么样？余所长，你要办了，我给你解决经费问题。"

"不合适吧，花钱找人揍他个生活不能自理，对您来说难度不大呀？"余罪笑道。

"我没这门路呀？要不，你帮我找？"厉村长难为地求道。

轮到余罪哭笑不得了，明明基层干部谈工作嘛，偏偏搞得像黑社会谈价格，他看到李逸风一行回来了，笑着应道："让我考虑考虑……你这个建议非常中肯。"

"那尽快给我回复啊。"厉佳媛看所长这么爽快，高兴了，回头往乡政府宿舍走着，后面李逸风觍着脸跟她说话，她爱理不理，反倒是对乡警里那几个歪瓜裂枣态度不错。

看来是剃头担子一头热，余罪现在倒觉得，狗少也确实不容易，明明自己是个官二代，还被人家富二代瞧不起。

村长回去了，所长回去了，乡警们各自掏着厉村长发的好烟，乐滋滋抽着，而李逸风却是为难地看着村长的方向，又看看派出所的方向，直吸凉气。李呆凑上来问着："风哥，咋？虎妞还没上手？"

"上手个屁呀，手都没摸过。"李逸风叼着烟，点着了火。

"想摸妞多的是。"李拴羊道。

"那能一样么？差别大啦。"李逸风直白道。众乡警一听，赶忙凛然称是。

"风哥，村长搞不定慢慢搞，先把所长搞定……他妈的，你看我这脸，我上午唆着小娃娃划他警车，想让他不得劲，谁知道回头把我自个儿装进去了。"李呆指着自己脸上的伤，把今天的事讲了讲。听得李逸风哈哈大笑，直骂李呆。

骂完了，李逸风突然神色一凛，把众哥们儿一聚，严肃道："兄弟们……这回咱们遇上对手了，根据我在外面的打听，这个人呀，咱们可能根本惹不起……"

众人不信，李逸风赶紧透露着几条自己听来的爆料，又是撇嘴巴，又是拍巴掌，那是极度出乎意料的表情，听得众乡警皆是张大嘴巴。

"……对抗不成那就妥协，我狗少今儿来，就是办这事来了。"

狗少都这么说了，乡警们自是不敢再有异议，这所长，真是不好惹。一会儿，众人分头走开，李逸风一人进了派出所里，做贼似的东瞅瞅西瞧瞧，不一会儿站到了所长办门室门口，眼眨巴眨巴瞧着余罪，像犯了错等待老师处罚的学生。

"进来吧，站着干什么？警察条例学过没有，无故旷工十五天，可以提请清退。"余罪虎着脸扮领导，看狗少这样，估计已经服软。此时余罪也发现了，这个恶少的内里还是个小孩心性，估计是爹护着娘惯着，还没来得及长大。

"所长，你不能这么卑鄙吧？你都旷了十几天没来，回头倒数我不是啦？"李逸风大眼瞪小眼道，似乎觉得所长不应该挑他这个毛病。余罪一愣，是了，没擦干净自己屁股，千万别说别人，他板着脸道："我是所长，你是所长？"

"您是……您是……"李逸风堆着笑进来了，似乎没有发生过以前被打的事。他殷勤地倒着水，恭敬地给所长放在桌上，觍着脸笑着，可那笑容怎么看怎么像贼。余罪哭笑不得地问着："你坐下，好好说话，今天是怎么了？"

"唉，今天我是专程来负荆请罪来了。"李逸风坐着道，很郑重。余罪笑着问："请罪倒是像，负的荆呢？"

"呵呵，所长，咱们不重那形式，有这份心很重要，您说对吧？反正你也开除不了我，我也惹不过你，咱们说和。"李逸风兴致勃勃地道，向余罪伸出了友好之手。

这是典型的软的欺，硬的怕，见了横的就趴下。余罪没理会，合上了夹子，大马金刀地坐着，看着白白净净、眉清目秀的狗少，酌斟着这小子是不是又要变着花样害他。

"你不用这么大戒心，其实我这个月早把您是谁打听清楚了。"李逸风自报着家门，去着余罪的疑心。余罪异样地问："是吗？"

"反扒队的猎扒高手，一个月抓上百个贼……最厉害的是您那一下子，把老贾一家子都给折腾进去了。我姑妈他侄儿就在省城，晋原区法院，他一听您这大名，直撇嘴，骂上我了，说我惹谁不能惹，惹您是找死啊，处级干部都栽他手里了……那我一下子就知道了，您老是个人物啊。"李逸风用景仰的口吻道。

这是表扬还是贬低，余罪听得怪怪的，反扒队集体脱离指挥，在省城警营中已经是另类了，更何况那些不耻于打砸抢的办案手法，早被同行耻笑已久了，那队里出来的人，哪个都不好惹。可偏偏那里是给他影响最深的地方，就即便让他这位原队员评价，也无法用一个简单的话来定论。

李逸风看余罪这么深沉，还以为自己说的不够，又加着料道："我爸也说了，您绝对是个人物！"

"你爸，县武装部部长……能把我当人物？"余罪觉得他夸大其词了。

"啊，他说了，凡是从省城直接贬到这鬼地方的，绝对是个人物。"李逸风道。

余罪正拿着杯子，被噎了下，又放下了，尴尬地笑着。不管你是个什么人，流言过后，都不像个人，成人物啦！

"余所，咱啥也不说了，今天兄弟请客，给个面子，以后您老说东，我不往西，您叫我撵狗，我不赶鸡……一句话，兄弟在羊头崖乡，就跟您混了。"李逸风拍着胸脯，拉交情了，余罪笑着问着："狗少，我就不明白了，你爸好歹也是领导，怎么把儿子放这鬼地方？"

"哎哟，您不知道啊，我就跟您一个人说，您别告诉别人啊。"李逸风放低了声音道，"最不待见我的就是我爸，不是跟您吹，我在外面就我打别人，除了您没人打过我……可我在家里呀，从小被打到现在……从部队回来后也不给安排个轻松活，非把我扔到这鬼地方锻炼，咱们指导员是我爸的战友，那老家伙也他妈不是东西，净挑我的刺，没事就给我爸告状，回头就他妈挨揍，一般情况下，我不敢回家。"

余罪笑了，看来恶少也有恶少的难处，敢情家里还有一个望子成龙的爹，这么说来，他倒不觉得狗少很可恶了，最起码本质不坏。但要是没有这层家世的话，也就一吃喝嫖赌的小混子而已。

"咋样，所长，我们可都准备好了。"李逸风道，一边看着外面。余罪回头时，只见那拨乡警有提着酒的，有端着肉的，还有李呆把家里的锅都端来了。余罪也是个爽朗性子，抚掌大笑道："好，天下警察是一家，一家都是好兄弟，谁和谁能有隔夜仇，下回我请。"

李逸风乐了，拉着余罪，嚷着众乡警进来，杯来盏往，连喝带吃上了。

过不久，又是余罪带头，众乡警跟风，唱起了那首兄弟歌：吃喝，嫖赌，买单的都是你；兄弟哪，兄弟，最亲的就是你……

一帮人边吼边喝，夹杂着李逸风赤裸裸的马屁："所长您太有才啦……这歌唱得真带劲，遇到所长才发现，以前白活啦……"

🐼 教唆成祸

一瓶酒下肚，众乡警和新所长开始热热乎乎了。

一来狗少也开始捧新所长的臭脚，那说明新所长来头不小；二则几次较量，新所长的卑鄙和无耻大家都见识过，你根本干不过他呀。干不过的情况下，还不如拉成一伙呢。

余罪生性也爽快，就那么点小芥蒂，说过去就过去了，来的时候实在是因为心情不佳，又遇上狗少挑战所长权威才让他出手教训的，现在看来，倒是自己有点鲁莽了。余罪自罚了若干杯，乡警们又碰了若干杯，这事情就揭过了。

李呆今天虽然吃了个暗亏，但招待得很殷勤，炖了只兔子，又让李拴羊回家炒了一锅大肉，乡里的肉食那是格外香甜，吃着说着，两瓶酒下肚，早开始称兄道弟了。

喝到高兴处，余罪开始吹嘘在反扒队的故事了，就着那一手玩硬币的绝活更是让乡警们惊为天人，说着所里有些年头没出人物了。不过余罪此时也发现了，敢情乡警们更忌惮的是那位在此地已经任职二十三年的指导员王镔。想想人家待的这些年头，都跟自己的年龄一般大了。

关于指导员的相貌他仅仅见过一张两寸照片，余罪问着这个人究竟如何，毕竟是将来一块搭班子的人，总不能再像治狗少这样，两人先干一仗吧。一问这个可不得了，李呆说了，论辈分他得叫指导员大姑夫，自己从小就怕这个姑夫，他这工作还是大姑夫想办法解决的。

李逸风的话就复杂了，直说这指导员和他爸是战友，一块打过越战，就因为这缘故，才把他扔到鸟不拉屎的羊头崖乡让锻炼锻炼。他说这话的时候很郁闷，是那种无计可施的郁闷，余罪估计他也很怕那老指导员。

能镇住这群歪瓜裂枣，又能在这种穷乡僻壤扎根，余罪知道这不是凡人了，何况又是打过越战的退伍军人。说实话，他也心虚了，虽说是挂了个副所长职务吧，可内里，他和这些奸滑怠懒的乡警并没有多大区别。

"指导员什么时候回来呀？"余罪好奇地问着。

"讲道理该回来了呀……"李呆愣着道。

"干什么去了？都走一个月了。"余罪又问。

众人面面相觑，没人说话。李拴羊圆场道："回来你问他不就行了，来来，所长，我们敬你一杯。"

"就是，喝喝，真没劲，所长我提前告诉你啊，等那偏老头回来，我可不来上班了，您得多担待点儿，省得他又去我爸那儿告状去。"李逸风早喝得面红耳赤了，和余罪攀起交情来，要大开方便之门。

余罪也喝得晕乎了，一拍胸脯："没问题，以后所长说了算，指导员说了不算啊。"

这一句，惊得几个乡警嘴唇哆嗦了一下，话说一山难容二虎，除非一公一母，如果不一公一母，那就得分个胜负了。现在看来，大多数人倒更倾向于投到这位新所长的麾下。

余罪没发现这个里头还有什么威胁，他笑着问着李逸风道："狗少，那你今天怎么来上班了？"

"谁说我上班来了。"李逸风生怕别人认为他敬业似的，使劲抿着酒，然后一指乡政府的方向，兴奋地道，"我追虎妞来了。"

"哦，明白了。"余罪喝了杯，李逸风正觉得所长要教育他什么似的，却不料所长一竖大拇指，"性情中人啊，应该。"

哎哟，知己啊，李逸风上来就握余罪的手，那是知己难觅的表情，随后深沉道："所长，我看您也是性情中人啊，还就您能理解咱……真不怕你笑话啊，追了大半年了，手都没摸过一下。"

"哇，这么纯洁，难得啊。"余罪大惊失色道。

"我不想纯洁，我也没治呀。"李逸风酒后吐真言，那叫一个苦不堪言，啰啰唆唆说着他和虎妞的轶事，本来双方家长都认识，而且关系不错，可人家就是不怎么爱搭理他，说到这事，狗少兄弟难为得都快哭脸了。

"风哥，您想开点，天下好姑娘多的是，能缺了您的？"歪戴警帽的李呆劝上了。

"就是啊，风哥，虎妞还没发现您有多优秀呢……"李拴羊也道。

张关平又要说句什么，却见李逸风生气了，把几个乡警拨拉到一边，和余罪靠着坐下来，拉着余罪，举杯酒先干为敬，问着余罪道："所长，不不不，大哥……您是我亲哥，我知道您是个高人，这事您要帮我把手，我得感激您老一辈子啊。"

"不就泡个妞嘛，太容易了。"余罪一顿酒杯，豪气顿生，直拍着自己胸脯道，"知道哥现在的女朋友是什么吗？缉毒警，特警出身，一拳过去，能开一摞砖。"

众人愕然笑，余罪又脸不红地吹着道："再厉害的女人，她也是……女人是吧，哥虽然打不过她，可能征服她呀，征服女人可不是靠拳头啊。"

这倒是，众乡警点头称是，李逸风却像是看到了曙光似的追着余罪问："大哥，那你说，征服女人靠什么呢？"

"要说呀，第一是气质，你要有无畏的气质，就像枪顶着你脑袋不眨眼那样，不能畏惧对不对？你看你那德性，屁颠屁颠跟人家背后，人家小看你……"余罪咬牙切齿道，教育着乡警们。哎哟，那气质绝对是震慑一片。

"还有呢？"李逸风又急着问。

"还有就是胆量，大半年都没摸过手，也不怕人家笑话。"余罪道，一拍李逸风肩膀。狗少被拍得有点六神无主了，就听余罪教唆着："甭客气，找个机会，猝不及防，上前一把抱着，直接亲嘴……"

"她要不同意呢？"李逸风问，这正是他日思夜想想干的事。

"干这事她就算同意也不会跟你说呀！你得拿出点勇气来！"余罪道，像一个过来人，在说着经验之谈。

但放到李逸风身上似乎有点不合适，他踌躇着，半晌难为地道："大哥，我咋觉得你说的这有点儿过分呢？"

"对，就是过分！"余罪一顿酒杯，嚼着大块的肉，豪气顿生道，"兄弟，在追女人这件事儿上，就看谁过分了。"

"那倒是。"李逸风被唆得热血上头，蠢蠢欲动。众乡警听得乐不可支。余罪看这货犹豫得紧，干脆一推他道："去，趁她还没回家，抱住，该亲就亲，了结一下夙愿……"

李逸风快到临界点了，酒壮尿胆，在咬牙切齿下着决心。余罪又道："要不敢去就算了，该干吗干吗去，反正这妞你甭想了。"

"谁他妈说我不敢！"李逸风摔了杯子，"腾"的一下站起来了，气势汹汹道，"我现在就去。"

众人不及阻拦，这哥们儿已经借着酒劲大踏步出门了。李呆一看形势不对，追着就出来了，劝着李逸风，可不料根本拦不住了，这家伙气势汹汹，直奔乡政府大院去了。后面那群喝了一半的，红着脸，打着酒嗝儿，兴冲冲地奔出来，追在狗少后头，看戏来啦……

"所长，不会出事吧？"李呆看傻眼了，从来没见过狗少这德性，一脚踹开乡政府大门就进去了。

几人跟在背后，躲在门外的墙根，余罪笑得直抖，李拴羊也不确定地问着："所长，别真出事吧？"

就是啊，所长教唆的，不管成不成事，传出来都是丑闻一件。余罪笑着道："能出什么事？没听说吗，他们家长都认识，还青梅竹马呢。就差捅破那层窗户纸了。这是帮他树立自信和勇气。"

余罪笑着道，他突然想起了自己被骗进监狱那段经历，有时候壮个胆，说趟就趟过去了。张关平却是不放心道："那虎妞也不是个好惹的主，一直就不待见风哥。"

"那正好，俩人有意思能成事，那是功德一件；俩人要没意思，根本躺不在一张床上，早点断了这念头，也是功德一件。里外都是好事，怕什么呀？"余罪道。

正教唆着，突然传来了"啊"的一声尖叫，女声，惊得众乡警心头一颤，忍不住往邪恶的地方想，李呆说了："哇，还真亲热上啦？"

话音刚落，又是"啊"的一声尖叫，却是李逸风的声音，几人刚愣神，"啪"一声，二层的玻璃碎了，看着里面不像亲热，像干架。

"咋办？所长。"众乡警看架势，要坏事了。

"这个……有点意外啊，不能反应这么强烈吧？"余罪喃喃道，耳听虎妞发狠骂人的声音，他四下看看，准备偷溜。

还没溜，里面的人已经被打出来了，只见李逸风连滚带爬从楼梯上下来了，后面追着的虎妞操着扫床的掸子，边追边打，打得李逸风哭爹喊娘，冷不丁下楼梯一个不小心，摔了个四脚朝天。虎妞飞奔而上，骑着人，揪着领子，狠狠来了两个耳光，边打边骂着："非礼老娘……你活腻歪了你，信不信老娘今天阄了你……"

说着啪啪又是几个耳光，听得院门外众乡警浑身直起鸡皮疙瘩，余罪指挥着："快快，去帮忙呀。"众乡警个个畏难道："所长，我们不敢去，你去。"

废话不是，余罪哪敢去？偏偏刚鼓起勇气想救下属，却不料李逸风太不济事，抱着头哀求着："别打别打……我们所长教的……"

余罪一听自己露馅儿了，掉头就跑。

厉佳媛一听，气更甚了，放开了李逸风，寻着称手的武器，操起门后一根锹把，气势汹汹地跑到院门来了。众乡警四散奔逃，她穿着高跟鞋一个也没追上，生气地跑到派出所门口，用力地咚咚捅了铁门一通，还不解气，找了块板砖，"咣！"直把所长办的玻璃给砸了两块。

"王八蛋，你等着……敢调戏我……"

"咣！"又一块玻璃碎了。

"狗少，你王八蛋再让我看见你，小心我阄了你！"

"咣！"狗少的车玻璃也被砸了。

动静太大，左邻右舍，大嫂大婶来了一群。厉村长是个有钱家的闺女，当村官办的实事也不少，最起码在妇女阶层还是有号召力的。一听狗少借酒撒疯去调戏村长，再一听还是所长教唆的，反观厉佳媛也确实是气急败坏，流了两行眼泪。众婆娘开始齐齐指责这帮人真不是东西，好说歹说把姑娘劝回了老乡家。李呆又倒霉了，他爹一听说儿子参与这事，操着臂膀粗的木棒，又去找那个败门风的逆子了。

"哦哟……这也太恐怖了，就这么点小事，都要成公敌啦。"余罪跑得气喘吁吁，酒吓醒了一半，后面跟着熊猫眼的李逸风，上气不接下气地回着："所长，咋办呢？"

"还能怎么办？这说明人家姑娘对你根本一点那意思也没有，不早说，早说就不去试了。"余罪一屁股坐下来，气愤道。李逸风也坐下来，唉声叹气道："这不是你教的么……"

"问题是那好歹得有点感情基础啊……唉，你是不是根本没追过女人，有这样的吗，搞得像斗殴……"余罪火大地道。

"谁说没有？"李逸风不服气道，一扬手嗫瑟着，"你打听打听去，县城五六家夜总会哪家我没去过？我自己都数不来。"

这一句把余罪惊得，睁大了眼愕然看着李逸风，这家伙还没有他大，敢情已经是这样浪了。他略一思索便想通此节，知道狗少爹揍儿子所为何事。像这号夜夜惯于混迹娱乐场所的，怕是对怎么好好谈恋爱不甚了解啊。

"怎么了，所长？"李逸风看余罪张着大嘴，愕然的样子，让他好难理解。他委屈地看着余罪，想埋怨，又不敢埋怨。

真是高人啊，这一招教的，彻底玩完了。

"没事。"余罪道。

"你没事，我有事了，我咋办？"李逸风终于爆发了。

"这个真不赖我，反正你目的也达到了，一定亲到她了，要不不会反应这么强烈……"余罪奸笑着，看着李逸风的熊猫眼，越笑越觉得不可自制。李逸风气呼呼地，好不郁闷地揉揉身上，抹抹眼睛。余罪安慰着："想开点，狗少，爱就是痛并快乐着。"

"他妈的这光痛。"李逸风揉着眼睛，幽怨道，"没觉得哪儿快乐呀……"

"你痛,我快乐也算。呵呵。"余罪笑喷了,笑得李逸风要拂袖而去了。他忙不迭地起身,拉着这位可怜小哥,劝着道:"开玩笑,开个玩笑,你想过没有,你已经向成功迈进了一大步……等等,我觉得你们俩这事呀,很可能因为这件事出现巨大的转机。"

"啊?转机?我看她杀机都有了。"李逸风停下来,揉着眼圈,幽怨地道。那是颗受伤的心在说话,这孩子要是不被痛扁,还像个帅哥,现在被搞成这样,惹得余罪同情心大发,拉着小伙宽心道:"真有转机,你听我说,最起码以后她不会像以前那样无视你,对吧?爱恨这个词为啥连着呢,就是因为都能让她念念不忘……在这种情况下,你再适时地把自己的优势和长处向她展示一下,说不定,就能收到奇效啊。"

"优势?长处?乡下都混傻了,和城里警察比起来什么都不占优势……"李逸风道。

哎哟,这话说得太诚实了,而余罪从这位不学无术的狗少身上也实在找不到什么优点……他突来一句:"谁说没有,你不是当过兵吗?肯定有,当兵的练出来一身是胆,在警队说不定什么时候就用上了,到时候,你成了人物,她追你,你都未必搭理她呢。"

"可我当的是文艺兵,没练胆,练过芭蕾行不行?"李逸风为难道。

唉!余罪一拍额头,心想这哥们儿真是没救了,他摆摆手,不劝了。李逸风却是追着他不放了,主要问题是担心厉佳媛秋后算账,再打上门来,要拉着余罪说和去。余罪可没想到酒后随意一句,惹出这么多事端来,一时也无计可施。

正在半山坡上争执不下,气喘吁吁的李呆来了,远远地惊恐地喊着:"出事啦……出大事啦!所长,风哥,指导员回来啦!"

"坏了,那我得赶紧走。省得偏老头要教育我。"李逸风不管不顾了,掉头就跑。余罪一想,这情况还是别见面的好,也跟着跑了,李呆傻了,大声嚷着问着:"嗨,风哥,所长,那我怎么办?"

"他是你姑夫,有事问你姑去。"余罪回了句,人早往山下跑去了。

李逸风车玻璃被砸了，也没敢去开车，直接坐上了余罪的警车。两个冤家像对落难的兄弟，一溜烟逃离了羊头崖乡……

派出所里已经乱成一团了，窗跟前都是玻璃碎片，办公桌上拍了块板砖，东偏房杯盏狼藉，火上的水还开着，早熬干了，指导员王镔行李扔在院子里，来来回回看了几遍，每遍都让他长叹了几声。

乡警们一个挨一个回来了，低着头，顺着墙根蹭进来，不时地偷瞄着头发花白、背有点驼，长得像座老树根的指导员，向来不苟言笑的指导员一直让这些小民警、协警敬畏有加。指导员不但是领导，还是村里的长辈，有些人根本就是光着屁股被他看大的，畏惧几乎就是条件反射。

问明了事由，知道了新所长已经上任，又知道新所长和李狗少已经穿上了一条裤子，而且还去调戏村官厉佳媛，指导员那老脸上的皱纹又深了几分。一个就够闹心了，又来了个活宝，可让乡警这小庙怎么安生得了。

他草草安排几句，提着行李先回家去了，这些平素脏话满口，不可一世的乡警，此时一个个乖得低眉顺眼，老老实实收拾着院子。李呆忙着去找玻璃镶，张关平和几人赶紧收拾碗筷，其余的各人，开始打扫卫生。

不得不承认，再小的庙里也有菩萨，等王镔从家里回来的时候，小警务所已经整饬得像模像样了。他此时倒不关心自己不在的时候，这些乡警又干了多少狗屁倒灶的烂事，而是看了看新所长的报到文件，那个"余罪"让他蹙了蹙眉，很奇怪的名字。听乡警说着新所长的轶事之后，他又蹙眉不已，进门就揍狗少，那可不是一般人敢办的事；不到一个月，又和狗少穿一条裤子，也不是一般人能办到的事。想到此处，他拿起了乡所的电话，想了解一下这位搭档的情况。

那门紧闭了很久，一下午时间，指导员都没有出来……

🐼 难得相聚

劲松路的胡同不宽，不过对孙羿来说，只要够车宽的地方就能过去，不够车宽的地方，挤着也能过去。进胡同时，他没有放慢车速，反而踩了一脚油门，车"呜"的一声蹿进了胡同，两个急拐弯，然后一个急停，又是飞蹿进队里。"嘎"的一声停下时，车上几只手，啪啪直往他脑后勺招呼。

"他妈的坐你开的车，老子得少活十年。"

"就不会稳点是不是？"

"让邵队看见，等着抽你小子……"

赵昂川、李航、周文涓从车里下来，两位老刑警骂骂咧咧的，不过下车时看着车和邻车的距离都是恰恰好好，几人心里又是暗叹着这货的车技真不是一般的好。

当然不是一般的好了，孙羿拍门下车，不屑道："这算什么？没有轮距宽的路我都走过。"

"没有轮距宽怎么走？"周文涓不解了。

"一只轮在地上，一只轮在墙上呗。"孙羿笑着道，惹得那几位老警又揪他耳朵。他快跑几步，带着众人一起进食堂吃饭去了。

二队的食堂很特殊，正常情况下都是二十四小时供应热水、快餐，因为这些出警的、押解的，归队根本没个准时，甚至于晚上吃饭的时候比白天还要多。几人进去时，小餐厅里已经坐了一半人，平时没这么多人的，快过年了，手里该结的案子都结了，暂时结不了的，只能放放了，气氛要比平时轻松了很多。

这不，张猛、熊剑飞、李二冬坐了一桌。二冬这次进队，很快就融入这个团队里了。旁边另外一桌坐的却是不久前刚刚入队，大家还不熟悉的董韶军，他本来准备和张猛他们坐一起的，不料被指导员叫了一声，端着饭盆，坐到了这一桌上。坐下时，他向指导员和解冰笑了笑，这个队里，现在最耀眼的警星当属解冰了，进队半年，大大小小参与了十余例案子，早被队长当成骨干使用了。

孙羿带着一行人进来后，嘴巴闲不住，逗逗这个，搭讪那个，都没有理他的，最要好的哥们儿吴光宇跟着队长出勤没回来，他这吃饭就没伴了，瞅瞅全场，蹭到李二冬这桌上来了。

不过这桌也是沉闷得紧，张猛和熊剑飞保持着警校就养成的"优良传统"，一吃起来那叫一个狼吞虎咽，而且吃的时候心无旁骛，满嘴塞着食物嚼，根本顾不上说话。孙羿挪挪身子问着李二冬道："二冬，过年你值不值班？"

"值啊。"

"要值班可就回不了家了。"

"回家也没意思，还不如在单位呢。"

"单位也没意思，你看看这一个个，都他妈有点变态……除了谈几句案子，人话都不会说几句了。"

孙羿小声道，李二冬瞥眼瞧了瞧，确实如此，这个队里的气氛即便是最好的时候，你也会觉得很沉闷。办案是小组制的，接案都是重案，那张脸上随时都可能看到忧心忡忡，工作压力这么大，气氛就想活跃起来也不可能呀。

这一点他很理解，而且现在也开始慢慢习惯了，不过孙羿却是牢骚不断，问着李二冬道："二冬啊，你们在反扒队怎么样？说起来你们几个都是升迁最快的，你受了伤提提可以理解吧……鼠标那狗日的也提副主任科员了，在分局混得不赖。"

"呵呵，标哥一向混得不赖。"李二冬道。

"对了，还有余贱人，靠，居然外放当派出所所长了。"孙羿无比羡慕地道，那种海阔天空的生活是他期待已久的，可恐怕没有机会落到自己的头上。他看李二冬老是这么笑而不答，小声又问着："二冬啊，你们在反扒队，也是这么闷？"

"那不会，这儿都是清一色的刑警，那里大多数是协警，装备和经费不敢讲，不过气氛嘛，那可好得了不得。我们在反扒队，一周有一半时间是在外面吃饭，基本没吃过食堂。"李二冬道，再说起反扒队的生活，依然让他脸上浮现出一份温馨的笑容，即便那里发生过让他刻骨铭心的事。

哇，这把孙羿给羡慕的，直撇嘴巴。这时李二冬看到了隔壁的董韶军，依然是那副慢条斯理的样子，细嚼慢咽着，翻着手机上的资料，进二队后，他一直就这个样子，和以前比像换了个人一样。李二冬向孙羿指指董韶军，他那吃饭时也专注的表情和作态，让两人有点异样了。

"你个货失踪了大半年，躲哪儿去了？"孙羿凑过去问道。

"躲到一个研究所去了，学习了半年多。"董韶军抬头，笑着道。

"研究什么啊？"李二冬惊讶道。

"长安市第四痕迹研究所，那个研究所就是研究排泄物的。"一旁的解冰补充了一句，随即放下勺子，似乎不准备吃饭了。

"对，主要的课目就是研究大便、尿液……其实排泄物没有你们想象得那么恶心和恐怖，在日本著名料理'女体盛'里有一道绝味，就是大便做的。"董韶军道，好一副儒警作派。

李二冬毫无征兆地一噎，一伸脖子，一扔饭勺，骂上了："你他妈故意的，不让我吃饭是不是？"

"算了，我也不吃了，以后谁吃饭的时候再谈排泄物，谁就是王八蛋啊。"孙羿苦着脸，推开饭盆了。周遭的同事都哧哧地笑着，不过大多数也都没胃口了。解冰早就匆匆起身，直接洗饭盆去了。这一餐厅，就剩下哥几个了，都愕然地看着董韶军，瞧人家才叫凶悍，嘴里说着排泄物，吃得却慢条斯理，实在让兄弟们对他佩服得无以复加了。

"烧饼修炼成妖了，看来只有把余贱叫回来才能斗过他。"那边张猛也不吃了，和众兄弟商议着。孙羿点头称是，李二冬却道："羊头崖离市里多远……哎，对了，他都上任一个多月了，也没见回来过。"

"回来过了，我听老骆说，正泡着缉毒上的一位警花呢，哪顾得上咱们。"孙羿道。

"完了，女人是毒品啊，一沾上，肯定把兄弟们忘光了。"熊剑飞道，这句话让光棍兄弟们颇有共鸣，他又道："快过年了，得把他弄回来请客呀，好歹也提了，虽然是副的、挂职的，但也算个所长呀！"

"附议，得猛宰啊。"董韶军道。

"一边去，以后他妈谁吃饭敢叫你。"李二冬苦着脸道。

"不叫正好，省得讹我掏钱。想宰余贱可没那么容易，得咱们群策群力才成。"董韶军强调道，其实他也很想那位远赴乡下的同学，只是表达的方式不同而已。

正商量着，有人笑着问了："你们不会在讨论余罪吧？"

众兄弟一看是周文涓，马上收敛了不少。而奇怪的是，老是板着脸的文涓难得露出这么灿烂的笑容。

"你咋知道？"熊剑飞异样了。

"猜的呗，想不想他？"周文涓笑着道，用轻松的口吻说话。

"想他，切，那是犯贱。"孙羿道。董韶军却是稍有失落，直说这个贱人也不来看看他，张猛和熊剑飞却是抢着道："非常想，自从哥们儿学艺归来，老想摁住余罪揍一顿了，谁知道这家伙先进医院，后回乡下，搞得一直无法如愿。"大家七嘴八舌一说，就没一句好话。把周文涓说得越笑越灿烂了。

就在这时，厚厚的布门帘突然被掀了起来。有个声音随着冷空气灌进来了："真扫兴，大老远来了准备请请你们，就听了这么一堆负面评价。"

应声而入的，可不是余贱是谁？一身警服，歪扣警帽，冒火地撸着袖子进来了。一室皆静，都痴痴地瞪着余罪，其实大家都心知肚明，余罪被贬到那么远的地方，肯定有点怂，此时听到大家私下里讨论，还没准儿余罪给郁闷成什么样子呢。

不过看来大家是低估余贱的承受力了，这副样子，穿着警服在乡下还没准儿怎么耀武扬威呢。众人愣着，那边余罪粲然一笑，对着周文涓道："看看，我的气场一出来，吓得他们屁都不敢放一个。"

这一下子，大家"嗷"的一声全扑上来了，李二冬兴奋得蹦了老高，和余罪抱了满怀，孙羿紧接着也扑了上来。那边张猛和熊剑飞上来就极尽调戏之能，摸着掐着余罪。余罪奸笑着坦然受之，对着站着看的董韶军道："烧饼，把你关哪儿训练去了，练得这么深沉？"

完了，这一问引得李二冬神往地道："排泄物研究所，知道不，专门研究大便的。"孙羿也凛然道："一边看便便，一边往嘴里吃，你能办到吗？"熊剑飞却是得意地和余罪道："你知道屎能吃吗？答案是能吃，不信你问他。"

董韶军似乎已经习惯了别人用另类的眼神看他，毕竟自己从事的这份专业，比法医还让人不好受。他看到余罪惊愕的眼神笑了笑道："要不别算上我了，省得你们吃饭都呕出来。"

哟，伤自尊了。众人齐齐闭嘴，有点不好意思了。余罪上上下下看着董韶军。他知道许平秋把这群哥们儿扔到了不同的地方，数月没下落的就是董韶军，看来也是从事着旁人难以理解的工作。思忖片刻，余罪笑着摇头道："你想溜都不行，以后请客一定得带上你。"

这话说得透着亲切，不过下一句就难听了，余罪一瞧虎视眈眈的众人又道："烧饼，吃饭时候把你专业给他们讲讲，最好都没胃口，咱俩吃。"

董韶军一愣，随即笑了，众人脸拉长了，这才省得，余儿的贱性不是减了，而是又有了长足的进步。你一拳，我一肘，他一搂，你一抱，又回复了曾经的那种亲切。拥簇着出门时，熊剑飞说了，兄弟里少了个汉奸，那货现在好像发了，不搭理兄弟们。孙羿却道多了位兄弟，指的是周文涓，周文涓笑而未语。可不料外面还有一位不请自来的李逸风，余罪正要介绍，不料李逸风早被这干刑警的气场震得目瞪口呆，特别是威风的张猛、凶悍的熊剑飞。他紧张而又兴奋地握拳在胸前，看着熊剑飞嚷着："哇，所长，你这么多兄弟啊……看来跟你混对了啊。哎，这位大哥，小的李逸风，羊头崖乡派出所民警，余哥属下，您老怎么称呼？"

众人哈哈笑着，兴奋地挨个自我介绍，一下子让李逸风认了一堆哥哥，立时就称兄道弟，哎哟，那脸皮厚得有直追余罪之势。

久别重聚，看来今天要热闹一番了，不多会儿，闻风而来的越来越多……

🐼 聚难别易

到北郊五龙川的时候已经是下午两点了，这里是豆晓波工作的地方，张猛和熊剑飞没事，都凑着来了，乡警李逸风自然是跟着。余罪驾车到门外就已经进不去了，报了名，验了证件，还不许自己进去，要在门外等着。

"啥地方，规矩这么大，比我当兵时候军区大院看得还严。"李逸风不屑了。

"你当过兵？"张猛一脸不信。

"那回头练练？"熊剑飞给了个挑衅的眼神。

"文艺兵，跳芭蕾舞，你们谁跟我练练？就这样……"李逸风踮着脚，来了两个天鹅动作。别说，还真有模有样，惹得熊剑飞和张猛哈哈大笑，直说余所长带的属下，怎么和他一般贱。

"唉，牲口，狗熊……我说，你们俩干得咋样？"余罪没说笑，异样地问了句。张猛拍着胸脯道："当然不错。"熊剑飞本想要补充一句，不过看余罪那撇嘴的眼神，话咽下去了，一副欲说还休的样子。

"啥意思？二位哥哥这么威风，什么咋样不咋样？"李逸风不懂了，余罪一把把他拉到一边，一掀张猛的衣服。哟，看得李逸风心里咯噔了一下子，只见铐子、手枪，就别在张猛腰间。张猛笑了笑问着："怎么了？羡慕？"

"羡慕个球，悠着点啊，去年抓贩枪的，我们听说你们俩蠢货直接就冲进去了？"余罪凛然问，那在他看来才是最不可思议的事。

成功一次当然是名声大噪，可不可能每一次都有那么好的运气。张猛讪笑着道："脑袋一热，就冲进去了。呵呵，谁知道那几个货先被吓尿了。"

"亏是老子手快，要不你他妈现在早生活不能自理了。"熊剑飞道。看来两人有隐情，他一骂，张猛反而不敢接茬了。余罪一抓狗熊的肩膀，笑了笑道:"你也是,该拉,就拉住他。有案子一定听指挥,千万别逞能。"

最不听指挥的,反而教育别人听指挥,熊剑飞一笑,正要反驳一句,不料看到余罪很关心的眼神时,他明白了,余罪经历的那件事,已经就是个很好的教训了。熊剑飞点点头,说了声谢谢,张猛却是问着:"哎,余儿,我可听说了,羊头崖那鬼地方,连撤好几任乡长、派出所长,你可别再犯贱了,一撤就拉倒了。"

"还有乡党委书记和副乡长,去年火灾,一撸到底了,乡政府就剩了个干事。"李逸风道。

这么说起来了,其实到那地方挂职当个副所长,甚至要比市里当个普通的民警还不如。不过余罪无所谓了,他笑着道:"已经不错了,我以为我的警服要被扒掉的,谁知道反而升职了,呵呵。"

"啥意思,哎,猛哥,啥意思这是?"李逸风不明白了,问领导他肯定不说,问张猛,张猛也笑着,没说,熊剑飞却是斥了句:"小屁孩,别多问。"

在这个环境里李逸风可是绝对的弱势,他一瞅熊剑飞那体型就很有冲击力,不敢问了。又等一会儿,看到一位身着警服的颠儿颠儿跑过来了,脸上很惊喜,老远招着手,到了门口,急切问着:"呀,你们怎么来了?怎么也不提前打声招呼?"

"没来过缉毒犬培养基地,专程来看看。"余罪笑着道。

"主要是来看狗,顺便瞧瞧你。"张猛笑着道。

豆晓波可一点也没生气的样子,挨个拥抱,到李逸风面前时,愣了下:"这位是……"

"小的李逸风,羊头崖乡派出所乡警,余所长属下。豆哥请多指教啊。"李逸风自来熟,根本不用余罪介绍。豆晓波看着这小伙,直说有咱警校当年贱人的气质,他领着一干人,进了内院,那儿就是此起彼伏狗吠声的来源。豆晓波说着要去请假,晚上回市里聚聚。余罪等人看着满场飞奔的警犬,几乎像通人性的战士,随着饲养员的手势,或坐,或卧,或行，或飞奔过掌宽的横木，相视间泛着同样的心思：自己要有这么一只，可拽了。

"我有办法，咱们整只藏獒，和警犬交配一下，不知道能不能生出更牛逼的品种来。"李逸风眼亮着，提了个合理化建议。

"那还用说，绝对是个杂种。"余罪道。

张猛和熊剑飞笑了。这时豆晓波请好假回来了，李逸风先迎上去，追着豆晓波道："豆哥，给走走后门呗，整只警犬苗子，我回家养着。"

"开什么玩笑，警犬可比我值钱多了，说这话你还不如把我拉回去养着呢。"豆晓波道，惹得几位同学哈哈大笑，这样的拒绝可够彻底了，李逸风什么也说不上来了。几人下了楼，回市里之前豆晓波还不忘交代同事喂养事宜，随即心血来潮，带着几位进高墙大院，参观饲养基地去了。

饲养基地的训练场地有四五个足球场般大小，而饲喂的地方像小院子似的，一只狗一个小房子。张猛看得发牢骚了："这警犬比警察待遇都高，还发房子，靠。"

"那你来和他们住呗。"熊剑飞道。

"那可不行，猛哥这么饥渴，来这地方还了得。"余罪笑着道。

几个嗦嗦一笑，张猛却是一把掐住余罪脖子要教训了。豆晓波拉着道："别别，这儿动作千万别激烈，容易引起警犬的负面情绪。"

"情绪？狗也有情绪？"张猛一听，觉得说得有玄乎了。

豆晓波不说话了，嘴一咬，来了几声口哨。他一吹，只听猝然响起了几声狗吠，吓了众人一跳，这才发现，狗还在房子里呢。豆晓波得意地看了众人一眼，口哨急促了几声，那狗儿像听到召唤一样，汪汪吼着，从狗舍里出来爬上墙，露着头在外面，那样子连几个外行也看明白了，这是欢迎呢。

"哇，帅啊。"李逸风好不眼热。

"它叫鼠标，我喂了他五个半月了，快能出现场了。喊一声，鼠标。"豆晓波嚷着，那狗儿欢腾地吠着，把熊剑飞、张猛、余罪几个人看傻了，早知道就应该把鼠标带来瞅瞅，余罪却是心虚了，小心翼翼地问着豆晓波道:"豆包……不,豆哥,那几只狗叫什么? "

人有时候免不了有点恶趣味,余罪真怕自己不幸忝入其列,他一问,豆晓波吼了声:"狗熊,出来。"

熊剑飞一愣,另一狗舍中,早伸出来警犬脑袋来,汪汪吠着。众人差点笑倒。熊剑飞气得将袖就要打人,豆晓波慌忙就跑,后面的人跟着,再后面群犬狂吠,叫得最欢的,正是"狗熊"和"鼠标"!

晚上吃饭定在五原市南城一家有名的湘菜馆,味道辣,合大多数狐朋狗友的口味。曾经躺在病床上时,余罪愈发感觉到在这个封闭的小圈子里同学之情的珍贵,那是一种没有任何附加的关心,在他活得很失败的生活里,这无疑是一个值得珍惜的地方。

二队这群兄弟来得最早,余罪、李逸风、熊剑飞、张猛四人到酒店时,二冬带着二队的同学已经喝了好几杯茶水了。依次坐下,张猛却是迫不及待地拉着要好的几位说着豆晓波养狗的事,把在座的笑惨了。熊剑飞气又上来了,搋着豆包,猛捶了几下。

"还有谁没来? 二冬,都请到了? "余罪看着来人,和周文涓照了个面,周文涓笑了笑,害羞似的躲开了他的眼光。看来看去,就下午那几个人,余罪一下子好不失落,李二冬赶紧安慰着:"吴光宇被队长拉走了,还没回来,估计他今天回不来了。"

"电话上说,你改天请他一个,没事,他不介意的。"孙羿笑着道。

"废话不是,他不介意,我还介意呢。请一顿容易吗? 我下了大半年决心。"余罪夸张地道,惹得哥几个笑意盎然,余罪又问着:"老骆呢? 不会又见女朋友去了吧? "

"值班。抽不开身。"李二冬给了个好不郁闷的理由。

"那鼠标呢? 不至于他也敬业到这种程度吧? "余罪又问。

"哦,他一会儿拖家带口就来。"李二冬道。众人都笑了,标哥捡了好女友的事儿早传开了,据说细妹子在服装店干了半年多,挣得比鼠标高一倍都不止,可羡杀警校这群光棍兄弟了,说起个人生活,反倒是鼠标过得最滋润。

"还少一个。"余罪道，有点可惜。董韶军一下子发现了，脱口而出："对呀，汪汉奸呢？哎，对了，我回来这么长时间了，怎么一点消息都没有，他在哪个队？"

一说这个，都黯然了，面面相觑着，董韶军感觉到气氛出现了一丝不寻常，他追问着，孙羿道："别提他，那他妈是个败类。"

"不说这个我还不生气啊，在五一商厦门口，我和他照了个面，他一只胳膊挽一个姐，我喊了他一句……"熊剑飞怒气冲冲，一拍桌子骂着，"我操，他不搭理我。"

"老骆说他开了间叫作'雅痞'生活馆，很牛的，专搞海外代购。"张猛道。

董韶军却是纳闷了，挠着头问着："这么拽？他哪来的投资？"

"那风骚就是资本，传说不少富婆都是汉奸的股东。"孙羿道。

"他妈的，现在少妇都瞎眼了，不喜欢哥这种猛男，喜欢小白脸。"张猛幽怨道。周文涓听得此言，扑哧喷了一嘴茶。她不好意思地低着头，笑也不是，不笑也不对。那群损兄损弟，都呵呵笑上了。

"别戴着有色眼镜看人啊，咱们这未必比他好过多少。"余罪道。确实如此，众人从警时日虽短，可是身上的体制味道和纪律意识却越来越浓了，也开始忙得抽不开身了，再也不会像在学校一样，一说吃饭，连吃带蹭，每回都超员。

沉默了不一会儿，又一个不合适的声音响起来了，有人在楼道里喊着："嗨，兄弟们……出来迎接啊……"

谑笑爬上了众人的脸，李逸风知道所长的朋友又来了，他好奇地看着，李二冬开了门，鼠标那张大饼脸贼头贼脑地出现在门口，他一看众人，先嘿嘿奸笑着道："都想我了是吧？今天我一定让你们想我想得物有所值啊。"

"这谁呀？"李逸风小声问。张猛对这小兄弟道："鼠标。"

李逸风一下子想起了警犬基地那事，"扑哧"一声笑了，豆包警告着不许说出来。余罪起身迎着，刚要来个拥抱，却不料鼠标嫌弃似的摆摆手道："去去，乡下来的，一边站着，别挡道……看我把谁给你们请来……啦……啦……啦……有请美女出场！"

细妹子笑吟吟地出现了，孙羿接口道："鼠标，这不你妹吗？"

"就是，你妹。"张猛道。

众人喷了几句，不料鼠标也不着恼，那边细妹子伸手再一拉门，哟，果真是异象顿生，两位花枝招展的美女现在眼前，李二冬扶着门一阵眩晕，他看到他的梦中情人欧燕子居然来了。剩下的人心跳也有点加速，他们都看到了欧燕子身边的安嘉璐。桌上的李逸风一个嗝儿，张猛适时给小兄弟递了张餐巾纸，小声道："擦擦。"

"擦什么？"李逸风目不斜视，盯着安嘉璐。

"擦口水呗。"张猛道。李逸风下意识地接住，真擦上了，擦了擦又觉得不对劲，一看大家正看他笑话。他嘿嘿笑了笑，大言不惭道："能看到值得流口水的美女，不虚此行啊。"

"我们可是不请自来啊，余罪，真不够意思，我和燕子可都去医院看你了。"安嘉璐埋怨道，眉飞色舞，似乎和余罪有点私下约定。余罪不露声色道："对不起啊……哎，我说二冬，告诉你了该请的都请到，你怎么把燕子和安安漏了？快，上座。"

众星捧月般地把三位女士请上座，和欧燕子坐邻座的李二冬坐下时才猛然想到那晚上和余罪吐露的心声，隐隐地，他心里泛起微微的感激。不过梦中情人真坐在身边，他又有点局促了，连手和脚都放得不怎么自在。

不过有人挺自在，李逸风殷勤地给倒着水，把服务员的活抢着干了，边倒水眼睛边往安嘉璐这边瞅。给细妹子倒的时候，有人使坏了，轻轻在李逸风腰上一捅，小茶壶一扬，一股水飘向鼠标，正浇上大腿，饶是冬天穿得厚，鼠标仍"哎哟哟"被烫得跳起来了，怒目瞪着李逸风。李逸风一回头，几个人都在笑，却不知道谁使的坏。

"标哥，不知道刚才谁捅了我一下，就泼您身上了……这……"李逸风惶恐地道，看向所长，所长余罪都不理他。话音刚落，就有人接口了：

"明显是故意的嘛，非要把责任推给其他人，所长怎么教育你的？"

"哎哟，冤假错案……得了，对不起啊，标哥。"李逸风知道惹不起，话软了哀求着，鼠标却是知道怎么回事，手指指着张猛、熊剑飞、豆晓波斥着："跑不了你们几个，什么意思啊，羡慕嫉妒恨明说啊。"

鼠标到了分局提了副主任科员，比普通干警高一级，又破了一个黑彩案，找到了洗码方式，说起来在晋立分局也算是潜力新人，这段时间，数他最拽。

"就你这被二队赶出门的。羡慕你，切！"熊剑飞不屑了。

"你抓几个聚赌的，算个毛啊，我和狗熊逮的都是制枪杀人的。不服气跟我们练练去。"张猛也不屑了。

豆晓波更不屑了，不过他没有反驳，情急之下，脸红脖子粗地道："我们队里警犬都有立二等功的，你有吗？"

一说这个，连李逸风也跟上笑了。几人笑着鼠标，鼠标却是一抹大饼脸，根本不介意，又一拍桌子，得意洋洋指着众人，一搂细妹子道："哥有妹子天天搂着，你们搂一个过来瞧瞧？"

细妹子好不羞赧地打掉了鼠标的手，这下子众光棍兄弟都不吭声了，还真受刺激了，熊剑飞却是和细妹熟稔，恶相顿露，唬着鼠标道："嘚瑟个屁呀，信不信我真搂？"

说着就上来了，细妹子尖叫一声，吓得赶紧和周文涓坐一起了。安嘉璐已经习惯了同学们这样的闹腾，她今天是有意把欧燕子约出来了，余罪也有意让她和李二冬两人座位排到一块了，可平时满口段子的李二冬，到正场上却萎了。紧张地、局促地、不安地瞧瞧余罪，连话也不敢跟欧燕子说，急得余罪直在桌下掐他，示意他主动一点。

使劲推的不敢上，没推的倒凑上去了，李逸风凑着服务员送饮料的机会，殷勤地给欧燕子倒了杯，觍着脸问："姐姐，你这个姓很特殊啊。"

"欧？特殊吗？"欧燕子笑着问。

"是挺特殊，一听就让人感觉特亲切……我的名字是飘逸的逸，风度的风，我爸在部队的老首长给起的名，是不是挺有风度？"李逸风搭讪着道，两眼乱飞倾慕之情。欧燕子扑哧一笑，笑着点点头道："是有点。哎，逸风，到这位姐姐面前展露一下风度。"

燕子所指是安嘉璐，不过安嘉璐那是一种让人觉得高傲不敢接近的漂亮。李逸风瞥了眼，自惭形秽地说着："追这位姐姐的应该有个加强连吧……我还是算了，不过欧姐，我觉得我们是不是挺有缘分的，从大老远羊头崖乡来逛一趟，就碰到您了。"

欧燕子笑着，不知道该怎么拒绝这位赤裸裸表达爱慕之情的少爷。安嘉璐也忍俊不禁地看着傻坐着的李二冬和焦急的余罪直笑。"过来！"余罪一招手，把李逸风叫来，直接训斥着："所长还没顾得上泡个妞呢，你倒抢着办了，一边去。"

这狗少却是闲不住，刚和鼠标坐一块说到玩牌，就被鼠标炫耀的几手震惊了，赶忙请教上了。这边有点尴尬的余罪刚要再提醒，得，晚了，服务员的菜开始上了，酒开了，两三人兴高采烈地倒着酒，纷纷站了起来，鼠标嚷着："来来来，第一杯，祝在座的兄弟早日摘掉光棍帽子啊。我就不用了，我有妹子了……来来，你祝……"

"我提前祝大家新年快乐啊。"董韶军平淡地道了句。

"我祝安美女，还有欧美女、细妹子、文涓，永远这么年轻漂亮啊。"豆晓波道。

众人举着杯，纷纷祝词，轮到安嘉璐时，她想了想，道了句："我祝大家今年顺利，明年升职，后年成家。"

众人纷纷叫好，轮到周文涓时，她有点羞涩地道："我祝大家……都平平安安。"说着还别有意味地看了余罪一眼，恰巧这一眼让安嘉璐瞥到了，她似乎觉得那一眼中的意味有很复杂的东西。她再看余罪时，似乎又觉得余罪那张不时忧郁的脸上平添了几分她读不懂的复杂。

杯中酒，一饮而尽，纷纷坐下，董韶军也被这份亲热的同学之谊感染了，好歹没讲自己专业类的话，热菜上了五六道，辣味十足，个个吃得直吸凉气。一群昔日的同学说着在学校时候的轶事，不时地笑声连连，此时才发现，那些狗屁倒灶的烂事，居然能成为如此珍贵的回忆，也正是那时候荒唐的岁月，才积下了如此深厚的友情。

相比之下，离开校园的日子却是一言难尽了，众人瞩目的安嘉璐发着牢骚，出入境那地方烦死了，就一个人盖戳，光戳就能盖得你手疼，简直是挑战忍耐限度。欧燕子牢骚更甚，她应聘到了驾考中心，刚刚入职，就已经受不了那儿的汽油味道了。至于刑侦二队的，都默不作声了，那儿的工作强度和难度有多大，当警察的都有所耳闻，何况这些亲身体验过的。

反观倒是鼠标过得最开心，唯一的另类就剩余罪了，这位远赴羊头崖乡的挂职所长，一直以来大家是抱之以同情的心态的，可现在看来，好像人家过得也不错，跟班都有了。而且跟班比所长还活泛，这边余罪还没怎么说话，李逸风又插上来了："哎，我说哥几个，还有几个姐姐……你们平时有什么想玩的跟我说啊，我有玩的，钓鱼想不想玩，野营想不想玩……你们抽空到羊头崖乡玩玩，哎耶，那树啊，绿得叫一个深。那花啊，开得叫一个怒放，还有那空气，那叫一个新鲜，还有……"

"有没有水灵妞儿呀？"鼠标色色地问。

李逸风大惊失色道："哇，标哥，你怎么抢我的台词？还真有，村姑。"

几人喷笑，李逸风得意洋洋坐定了，余罪却是有点后悔领了这么个招眼的货。众人讨论着是不是真该去趟羊头崖验证一下，否则看余罪这么乐不思蜀，说不定还真有什么出奇之处呢。

说说笑笑，吃吃喝喝中，余罪在意的主要任务看上去没有任何进展，顶多是李二冬给欧燕子多倒了几杯饮料。他正准备叫李二冬上趟卫生间，好好教育教育呢，却不料手机响起，在座二队人员，都是一个德性，下意识地摸口袋。

不对，是所有二队人的手机都在急促地发出警报似的铃声，大家拿出手机来，都下意识地齐齐起身。张猛脱口而出："有案子，紧急集合。"

跋跋拉拉一动，这才发现要晾下不少人，余罪叹了口气道："去吧去吧。当警察就是这劳累命，片刻不得安生。"

"走了，紧急集合，肯定有大案。"熊剑飞道，回头重重地擂了余罪一拳道，"有空去找你吃去啊。"

"我也是，这次只算请了一半，下次还是你请。"孙羿道。

"别瞪我，我不宰你。"董韶军笑了笑。

一行人告别着，匆匆而去，余罪、鼠标、豆包送人下楼，拿了件饮料给扔到了车上。众人急于集合，也未说谢，绝尘而去，那场面真是让哥仨郁闷了好一会儿才返身上楼。

人走了一多半，一下子就冷清了不少。回来时三个人傻眼了，细妹子陪着李逸风、安嘉璐和欧燕子正找乐子呢，猜拳喝酒，把李逸风灌了多半瓶，醉醺醺的。肯定是三个女孩子捣鬼了，要不捣鬼，细妹子就白跟鼠标了。果不其然，三人坐下时，细妹子眨着眼睛，手做了个抹脸状，这是向安嘉璐传递信号呢。安嘉璐故作沉思样，猛然叫一个："四点！"

"哎哟，又输了，安美女真厉害。"李逸风愿赌服输，又干一大杯。再让欧燕子猜时，仍然是输，李逸风乐颠颠地跟赢了似的，抢着喝酒。

余罪哭笑不得，鼠标奸笑不已，豆包笑而旁观。没多大会儿，狗少小哥被俩女警灌得趴桌上哼哼，不会说话了。

本来是乘兴而来，不过却很难尽兴而归了，饭后先就近开了间房，把喝得晕三倒四的李逸风先安顿下来。豆包开着车送鼠标和细妹子，安嘉璐载着欧燕子也走了。余罪回到了房间，替李逸风盖好被子，刚洗了把脸，就接到了电话。

是安嘉璐的电话，他怔了下，匆匆地返身下楼来了……

🐼 媒男媒女

五原的冬天很冷，酒店大厅的玻璃门隔开了两个迥然的世界，余罪推门出去时，有点奇怪，这么冷的天气，安嘉璐却是别有兴致似的站在车水马龙的街入口。

红色的风雪衣，垂着老长的围巾，雪白色的，余罪一下子想起了在学校那堂课上听到的名字：烈焰玫瑰。那个名字起得真傲，傲得大多数人第一个猜到的就是喜欢红色、热情奔放的她。

余罪奔上去了，迎着安嘉璐站定时，带着歉意笑了笑，说了句谢谢。安嘉璐却是稍有懊丧，不介意地道："什么事也没办成，谢什么谢啊。我可尽力了啊。"

"所以我要谢谢你嘛，要我请，肯定请不来。"余罪道。他饭前因为二冬兄弟梦中情人的事，可动了不少脑筋。不过人算不如天算，多了个狗少插科打诨，又来了个任务把人全集合走了，这事情嘛，恐怕是要功亏一篑了。

相视间，安嘉璐突然扑哧一声笑了，她看着余罪笑，余罪也不好意思地笑了。半晌安嘉璐开始数落他了："这事不是我说你，不行的，燕子现在工作问题刚解决，一解决这个问题，追燕子的人多得去了，而且她好像根本对李二冬没什么感觉嘛……再说李二冬也不能差成这样啊，一句像样的话都没说。"

说到此处余罪也胃疼了，谁可能想到，兄弟见了女人还害羞。他一想，解释着道："那正说明他太在意了，所以他才不知道该说什么……"

"可人家根本不在意呀，刚才还说了，那什么李逸风挺有意思的……哎，对了，那傻孩子你哪儿捡的？"安嘉璐哭笑不得地道，心想怎么余罪周围，都是奇葩。

"不是捡的，乡派出所民警。"余罪不好意思地道。

"哦，怪不得呢，脸皮厚得快赛过你这个所长了……你别再给我下任务，我真没办法。"安嘉璐道，要堵余罪的口。

"想想办法嘛，你看二冬兄弟多可怜，躺医院床上的时候，他悄悄告诉我，他还没交过女朋友呢。"余罪道。这是个笑话，可却让余罪有一种想哭的冲动，他小声道，"人心里都有一块圣地，他心里那块圣地是爱情，也是他最不可能得到的东西……他是表面看上去有点无赖，可心里比谁都耿直，我真怕把他憋坏了。"

"可也不能这么乱点鸳鸯谱，乱牵红线呀。"安嘉璐是绝对想帮的，不过她一筹莫展，这种事，可怎么帮啊。

凡事到余罪手里，总不缺馊主意。他连出若干馊主意，包括利用细妹子约燕子，制造碰面的巧合；包括让安嘉璐耳边提醒二冬兄弟的英勇事迹；包括动用一切可能动用的资源给两人制造机会。安嘉璐听得哭笑不得，余罪这架势，几乎要动用重案队了。

"好了好了，别烦了，帮归帮，结果我可不敢保证啊。"安嘉璐道，打断了余罪的教唆。余罪笑着点点头："其实帮就好，不必在意什么结果。"

"什么意思？没结果不还是白忙乎吗？"安嘉璐道。

"那句话怎么说来着，两情若是长久时，又岂在朝朝暮暮。"余罪道。

"你会不会用，那说的是两情相悦，李二冬对燕子是单相思。"安嘉璐被逗笑了。

"没错，我就这个意思，反正两情长久的可能性不大，还不如找点朝朝暮暮的安慰呢，省得他天天郁闷着。"余罪道。安嘉璐又笑喷了，她手指点点余罪，很不中意的样子，余罪笑着直嘚瑟。

媒事方定，余罪看看时间，提醒着安嘉璐该回家了，自己则屁颠屁颠去开车了。

安嘉璐家距离这儿够远的，车行驶在宽阔的滨河大道上，飞速前行着。安嘉璐开了车窗，像是很少见到城市的夜景一般，赞叹着："灯光真美啊。我都记不清多长时间没有见到过了。"

"就是空气不好，从乡下回来，马上感觉到这里简直就是毒气室。"余罪道。

"对了。"安嘉璐回过头来了，看看余罪，饶有兴致地问着，"说说你的所长心得……上次碰到鼠标，还说你挺郁闷，不像啊，我看你活得挺滋润的。"

"咱们的人生都是面具人生，都是戴着一张面具活着的，比如你，带着一张微笑的面具，不管办护照的什么货色，你都得笑脸相迎，对吧？"余罪问。安嘉璐点头笑了，那是，心里郁闷脸上也得笑着。余罪又说了，

"比如咱们大多数同学，现在已经戴上了一个威风的面具，明明都挺苦，还仍然是一副威风的人民警察的样子。"

"那你的意思是，你这个滋润样子，也是面具？"安嘉璐问。

"应该是吧，那么穷的乡下，兜里干净，心里空虚，可能滋润吗？"余罪非常诚恳地道，惹得安嘉璐笑了几声，不过笑着的时候，又觉得这个话题有点涩涩的味道，昔日的同学各奔东西，现在聚一起也难了，勉强聚起来，也是各有各的烦心和郁闷，远不像学校里那么单纯而快乐的日子。

余罪以为安嘉璐又若有所思了，他刚要问句话，一瞥眼，却发现安嘉璐侧着头，痴痴地盯着他看。这一下子惊得油门不稳，车咯噔了一下，余罪自嘲地笑着道："安安，不能这样子看我啊，否则我的智商会急剧下降，血压会急剧升高，心跳会急剧加速……"

开了句玩笑，不过没人笑，车厢里安嘉璐轻轻地道："其实你不必那样做的，那件事有很多可以解决的办法，你那样做不但伤害自己，也会伤害大家的……"

"这话怎么这么耳熟？"余罪装糊涂了。他知道是哪一件事，可他不愿谈及。

"这才是你戴的面具，总是那么不以为然，其实心里有事。"安嘉璐道。

"什么意思？"余罪装糊涂。

"非要我说出来吗？那件事让外人看你是受害人……可让咱们同学说起来，你觉得谁能相信你会处在受害人的角色上？"安嘉璐道，似乎这事让她有一种不吐不快的感觉。

"那你准备怎么样？谴责我，还是揭举我？"余罪笑着问。仿佛在说一件和他根本不相干的事一样。

"我不知道，可我总觉得这件事像块石头堵在我心口上。"安嘉璐道。

余罪抿了抿嘴，无言以对。贾政询、贾原青兄弟俩已经成了过去时，可那事的影响还在，他知道瞒得过世人，可瞒不过自己人，但对于那件事，他从来就没有后悔，一如曾经在学校里的斗殴，打了就打了，拍了就拍了，拍完躺下的认尿，站着的有种，世界有时候就这么简单。

本来那是一种快意，可现在在安嘉璐面前，余罪似乎觉得自己像犯错了的嫌疑人一样，等着她的审判。这一刻他突然有一种奇怪的感觉，觉得自己似乎很在意安嘉璐对他的看法，不像以前，自己是个什么德性，他根本没在乎过。

沉默了良久，直到车驶进小区门口。安嘉璐却没有告诉他她家在哪幢单元楼，余罪干脆停下来，提醒着道："到小区了，你不准备下车？"

"那你准备赶我下车吗？"安嘉璐反问道。余罪伸手开大了暖风空调，摁亮了车灯，侧眼看着安嘉璐，笑着道："既然你一直纠结这个答案，那我可以直接告诉你，贾原青没有胆量刺伤我，我自伤的，栽赃给他了。我是被逼的，我想不出更好的办法。那兄弟俩是一对人渣，买凶劫警车，差点把二冬捅死，还想把事情捂着，他想得美。"

凶相顿露，安嘉璐异样地盯着他，她也有一种错觉，似乎这些话并不让她反感，她反问着："你就没想过后果吗？万一栽赃不成，万一自己伤得太重，万一……"

"后果就是，他死定了。"余罪不屑道，"不管我是什么结局，他都死定了，有这个就足够了。你不用劝我，如果再来一次，我还会这么干，甚至比这个更狠。"

余罪恶狠狠地道，语气中迸发着坚决和快意，当警察做过很多让他后悔的事，可不包括那一件。安嘉璐瞠目结舌地看着怒容肃穆的余罪，僵了，她想起了二冬那虚弱的样子，想起了余罪的样子……那么血淋淋的事实，似乎用什么语言来劝慰，都太苍白无力了。

她看着余罪，余罪仿佛余怒未消，恶狠狠的样子中似乎还透着可爱的成分。蓦地安嘉璐笑了，说道："不必在一位女士面前标榜自己的凶恶吧？"

"哦，那倒是，失言。"余罪讪讪一句，侧过了头，不再看她。

生活得越久，人就会变得越现实。这个时候再让余罪拿束花去求爱，估计他不会再干那种荒唐事，因为他越来越明显地感觉到，两个人，是不同世界的两个人。

"我觉得出事以后，你好像在刻意地疏远我……连走的时候都没告诉我一声，能告诉我为什么吗？"安嘉璐轻轻地问，很不自然地欠欠身子，仿佛这句话花了她很大的勇气才说出来。

"不为什么，又不是光荣的事，我谁也没告诉。"余罪道。

"前面那个问题还没有回答。"安嘉璐提醒道。

"不存在什么疏远吧？我们的距离就没有近过。"余罪道。

"你这样认为？"安嘉璐很不悦的口气。

"难道不是吗？！"余罪异样地问，侧头看安嘉璐，他在回忆着，自己好像没记错，什么时候不疏远了？不管是理论上还是现实中，安嘉璐一直是解冰的女友，这一点好像也没有变过。当然，也许曾经走近过，不过肯定是在梦里。

"嗯，看来你根本没把我当朋友。"安嘉璐幽幽地一叹，黯然道，"我以为我在你心目中的分量很重。你出事的时候，吓得我出了一身冷汗，后来听人说，你失血过多，差点没抢救过来……那天我看到好多同行很难受，都在病房前等你……我那时候就想，只要你能醒过来，我付出什么代价都愿意……我真不敢想象，亲眼看到同学……看到你那个样子……"

"喂喂喂……"余罪打断了安嘉璐的多愁善感，解释着道，"你说这话，我怎么觉得你喜欢上我了？"

"怎么？不可以吗？"安嘉璐带着几分傲色问。

余罪愣了，被猝来的回答惊得打了个饱嗝儿，他马上打开车窗，吸了一口凉气。旁边坐着的安嘉璐咻咻地笑起来了，余罪的呼吸一下子平静了，他知道恐怕是遭遇上了女人，特别是美女的恶趣味，当面说喜欢你，就等着看你激动的傻样儿。

安嘉璐一直在咻咻笑着，余罪慢慢地回过头来，在很近的距离盯着安嘉璐。安嘉璐下意识地躲了躲，这一个微妙的测试让余罪知道结果了，距离感是存在的。这一刻他想起了林宇婧，每每这样的时候，都能从她的眼神里看到对方对自己的喜欢。

而安嘉璐，绝对不是。他换了一种平静的口吻道："我明白了，你是喜欢我出糗的样子。"

"嗯，喜欢，更喜欢你发飙骂人的样子，知道我为什么一直想问你这件事吗？"安嘉璐道。

"为什么？"余罪道。

"因为那事我曾经问过我父亲，还和咱们同学们私下讨论过，都说是死局，可在你手里翻盘了，有好多人给了一个评价，漂亮。"安嘉璐道，是一种赞叹的语气，她看了看余罪，不无关切地道，"其实你被调到羊头崖乡派出所，那是明升暗降，有人想让你永远别回来……不过这事也不难，你为什么不问问我呢？"

哦，余罪明白了，心结在这儿，这种事对于安嘉璐的家庭，恐怕不是什么难事，不管是调出系统换份工作，还是就留在市区，应该是举手之劳。余罪笑了笑，不知道这份施恩代表着什么。

友情？似乎没那么深。爱情？似乎更扯淡。

那就只能是一种同情了，哪怕是出于善意的同情，也让余罪觉得有点浑身不自然的感觉。安嘉璐窥到了余罪的尴尬，她换着话题道："好了，不说这个了，你要真想回来，只要你说话，我可以帮你想办法找路子，不算很难。"

"那谢谢了，不过乡下挺好，我暂时还没有回来的打算。"余罪道。

"不过我挺期待你回来的，多一个朋友，就少一份寂寞……其实你这个人很适合当朋友的，你受伤时，我看到好多人来看你，反扒队的、禁毒局的……还有二队咱们的同学，对了，还有那位女警，好像……"安嘉璐隐晦地说着，侧眼看着余罪的表情变化。

不过想从余罪这个谎言制造者的脸上发现端倪恐怕没那么容易，余罪根本不动声色，他同样在揣摩着安嘉璐的心思，甚至于他觉得揣摩一个女人的心思，要比揣摩嫌疑人难多了。安嘉璐这种若即若离的表现，似乎是传达着一个恐怕连她自己也不愿意承认的模糊情感。

不过这种情感只是基于繁闷的工作和无聊的生活，余罪一下子轻松了，神神秘秘笑了笑，轻声问着："你想知道我和她之间的故事？"

　　"一级警司，她和你之间能有故事？"安嘉璐不信道。

　　"这不就是了，我仍然很清纯……不过如果你真喜欢我，我不介意你追我的，我现在好歹也是副科级干部，将来说不定前途无量的。"余罪翻着白眼道。一下子逗得安嘉璐笑得花枝乱颤。看着安嘉璐在忽明忽暗的灯光中笑意盈盈，余罪知道自己又成了美女寂寞生活的最好调料了。

　　闲聊甚久，余罪不时地提醒着时间，安嘉璐终于下定决心告辞的时候。余罪的电话响起来了，余罪看了看号码，没接。正准备下车的安嘉璐却是又坐回了座位，问着余罪："我猜是位女人的电话，就是那位禁毒局的女警？"

　　"这是派出所的电话，我的属下。"余罪道。

　　"你别把自己扮成敬业的人好不好？"安嘉璐明显不信，不过似乎不得到答案就不准备走似的。

　　"满足一下你的好奇心，看看所长是如何处理警务的，不过仅限于你知道啊，别被雷倒。"余罪道。这是乡警李呆的电话，余罪知道他又有什么事要请示了，直接摁开了免提，一下子车内响起了浓重的乡音："所长啊，你在哪儿？出事啦，出大事啦……你赶快回来，不对，是指导员，我姑夫叫你赶快回来……"

　　这话说得好急，听得安嘉璐有点异样。余罪更异样了，粗嗓大气吼着："呆头，咋啦？失火了？"

　　"没失火，牛丢啦。"

　　"谁的牛？"

　　"观音庄的。"

　　"自己找找嘛。说不定自己就回来啦。上次不谁家狗丢了，结果是你们炖着吃了？"

　　"不一样，丢了好几头！咱们不参与不行啦。"

　　"牛又没建户口，你让我所长怎么找啊，又不是把小孩丢了。"

"哎哎，所长，话不能这样说，小孩丢了，婆娘能再生几个……这牛丢啦，家里婆娘她生不出来呀，都急得跟啥样的……"

"好了好了，我明天就回去……"

"那我们等你啊……"

余罪挂上电话时，安嘉璐早笑得上气不接下气了，半晌才反应过来，笑着问余罪："这就是你们的警务？"

"那可不，防火、护林，捎带给老百姓找牲口，顺便帮吵架的婆娘们说说理，基本就这么多……我还真得回去了，出来溜达好几天了，没准乱成什么样子呢。"余罪道。

安嘉璐笑着下了车，招手再见，她看到余罪摇上了车窗，踩着油门加速，头也不回地飞驰而去了。一瞬间她的笑容有点凝结，她感觉到余罪似乎巴不得离开似的，她也感觉到了，和余罪在一起那种心跳的感觉，那种快乐的感觉，都随着他的离去很快地就消散了，剩下的，都是怅然若失……

🐼 铁警虎威

李逸风打着哈欠醒过来时，朦胧间已经看到了起伏连绵的山峦，一大早就被所长拖着上车回乡了。狗少上车就睡，也不知道睡了多长时间了，此时他打开了车窗，吸了口山间的冷冽空气，哆嗦了一下，看了看所长，雷了余罪一句："所长，停个车，我要尿尿。"

"贱样，看见个妞儿把自己喝成这样？"余罪笑骂了句，慢慢地靠边停车。李逸风跳下车，荤素不忌地站在路边，使劲往远处扬水，嘴里"哦哦"喊着，后面下车的余罪，顺着就一脚，把狗少兄弟惊得尿了一裤脚，回头要理论时，余罪却是递着矿泉水和饮料来了。

就着水洗洗脸，漱漱口，灌了一口果汁，感觉好多了。李逸风眼巴巴瞅着余罪，心里有点隐隐感动，狐朋狗友不少，可绝大多数都是恨不得把你灌成死猪的主，像所长这样关心自己的，还真不多。上车时他觍着脸道："谢谢啊，余哥……那个，我回县城行不行？"

"为什么？就不想上班？"余罪反问着。

"不是，我……不想见咱们那指导员，那个……"李逸风难为地道。余罪在这事上可不通融了，没搭理他，狗少哀求着，"哥啊，您是我亲哥，暂时不能回去啊，还有虎妞呢，那丫头野，他爸开洗煤厂的，别带上一帮民工来干我，我可咋办？"

"你爸不武装部的吗？还怕跟她打架？"余罪笑着问。此时余罪也瞧出为什么李逸风对虎妞极度忌惮，估计还有这个层面的原因，不过余罪向来是个唯恐天下不乱的主，他略一思忖便道："不能躲，你躲初一，她能追砍你到十五，就站那儿，看她敢怎么着？现在耍流氓都不定罪啊，可她要敢伤害，我第一个抓她。"

这话听得仗义，给了李逸风增了很多信心，他一挺胸，刚找到男人的感觉，不过马上又萎了，苦着脸道："哥哎，我不怕虎妞，她打就打呗……我还是怕咱们指导员。"

"怕个屁，所长当家还是指导员当家？有警务都是老子说了算，他敢对你指手画脚，我给他好看。"余罪道，这一说，却是让李逸风更高兴了，咬牙切齿下定决心了，跟着回羊头崖乡派出所了。

从二级路再驶进乡路还需要一个多小时，路面坑坑洼洼的，颠簸得厉害，快到年关了，路上少见行人行车，而余罪像下意识一般，已经开始思忖眼下必须管的事了——偷牛。

可这路破成这样，山又高成那样，往山上的路，连毛驴车都上不去，而一头成年的大公牛，标准体重都要有一千斤左右，还是活物。而且在这个乡里乡亲几乎没有陌生人的地方，生面孔你敢拉头牛走，余罪估计得被老百姓揍个生活不能自理。

可恰恰最不可能的事，就是现实中发生的事，不但偷了，还偷走了三头。观音庄四十多户上百口人，找了一天一夜，除了找回几堆牛粪来，一无所获。

"狗少，你会偷牛吗？"余罪突然若有所思地问，因为他想了好几种办法，好像都偷不走重达一吨半的三头牛。

"啊？"李逸风一惊，讶异了，想了想道，"没偷过啊，我只偷过我爸的钱。"

"偷你家里算什么本事，人得自强自立，要混得好，往自己家里拿。"余罪道，教育着小狗少。狗少吧嗒吧嗒瞪眼睛怔着，挨了一巴掌才清醒，就听余罪问着："快想，怎么能悄无声息地把牛偷走？"

"先捅死，卸成牛肉。"

"不可能，一个两个人办不成这事，杀牛就够难了，再扛几千斤东西，而且能不留下痕迹……否决，偷走的绝对是活牛。"

"要不套走？我们偷狗都是套走的。"

"笨蛋，牛多重，它不愿意走，三五人根本拉不走。"

"我想想……对了，牵着牛鼻子走啊，我好像听呆头说，牛最怕牵鼻子，牵个丝线在里头，他就跟着你走。"

"有可能，不过可能性不大，他要牵着步行十公里，不可能不遇到目击，万一有人发现，那一村就追出来了……观音庄可是离乡路最远的一个地方，那乡下连警察也敢往死里揍，别说偷牛的了。"

"可那儿离二级路近呀！就两座山，翻过去就是，要是打隧道，不够三公里。"

"是啊，可那山上连驴车也上不去，从那儿怎么走？"

"这……"

彻底把狗少难住了，余罪一看他这傻样，拍了下他脑门，直训着："真没出息，偷人不行，偷牛也不行！"

"那所长，你说怎么偷走？"李逸风捂着脑门，被这个谜难住了。

"废话，所长知道，还用问你？"余罪给了个很贱的笑容，气得李逸风有跳车的冲动。

说话间就到乡里了，远远地看到那辆破警车被开走了，那是所里的车。余罪刚要追上去，李呆和张关平从大门洞奔出来了，招手拦着车。上车时，李呆又是惯用的口吻："所长，出大事啦。"

"知道了，牛丢啦，出大事啦。"余罪学着他的口吻道。李逸风扑哧一笑，可不料李呆又加着料道："不光牛丢了，麦花嫂也被人打啦。"

"谁打的？小偷？"余罪问。

"不是，她老汉。"李呆道。

"老公打婆娘，也不是稀罕事……"余罪道。

"不是啦，差点打背过气去，麦花嫂寻死……喝了一瓶农药……"

"啊，死啦？"

"没死，农药过期了，卫生所说毒性不大……"

"我靠，呆头，你话再说半截，小心老子灌你农药啊。"

余罪和李逸风被李呆说得一惊一乍，细问才知道经过。原来就因为麦花家丢了两头牛，一天一夜没找着，老公李大寨气全撒在放牛不敬业的老婆身上了。据乡亲说，李大寨拿着臂粗的杠子把老婆往死里打，老婆也是气不过，拿起窗边的农药就灌……幸好，冬天没新药，过期的。

仍然是这些家长里短、狗屁倒灶的事，不过这次更激烈了一些。余罪的车快，不多会儿就跟上了指导员王镔的车。快到地方时，他却有点心虚，你说这事，偷牛的估计下落不那么好找，可眼下到现场碰到打老婆的嫌疑人，怎么处理？

"哎，兄弟们，这事该怎么处理？"余罪问。

没人回答，他看了看，一个个光傻瞅着他。余罪气愤了，斥着道："难道你们从来没处理过类似警务？"

"没有，都是我姑夫处理。"李呆老老实实道。

"对，咱们所里就指导员在村里说话管用，别人的，不行。"张关平道。

这话听得，怎么就让年轻气盛的余罪叫一个不服气呢？王镔都快到退休年龄了，据说当年退伍已经是二级伤残了，组织上照顾才把他发回原籍当了乡警；至于指导员嘛，一共才四五个正式编制，论年龄也轮到他了。

心里虽有不服，不过嘴里没说，而且他看到了几个乡警如坐针毡，连李逸风也有点坐不住的意思。车停到观音庄的村口，一村人围着，几个年纪大的正数落着一位蹲在磨盘跟前的汉子，估计那就是丢牛打老婆的主，几位裹袄拿被子的老娘们儿和指导员说了几句话，指导员安排着警车，载着人先走，估计是到乡卫生所看被打的婆娘了。

此时余罪才看清了指导员，五十开外的年纪，黑脸膛一脸愁苦，不怒自威，个子很壮硕，走近时才发现，背有点佝偻，像所有基层累了一辈子的老警察一样。他刚想上去自我介绍几句，不过一想觉得太突兀，就回头到车里把那几个不情愿下车的拖下来，群策群力，毕竟是丢了几头牛的大事。

谁可知道，刚走几步，他就惊得停步了，只见指导员和村里老人说了几句什么，扬手一指蹲着一言不发的汉子，怒喝道："过来。"

奇了，那汉子乖得像个孩子，老老实实地走到王镔面前了。王镔一言不发，左手"啪"一个耳光，腿抬起来"咚"的一脚，把汉子踹地上了。他怒气冲冲地扬着武装带，抽着来回翻滚的汉子，边抽边骂着："啊……出息了，打老婆，还往死里打……告诉我还打不打？牛丢了说找牛的事，你打老婆，算什么大本事？你还哭啊……"

噼里啪啦的皮带声如爆豆，那汉子野兽一般地哭着号着，满村几十人，就那么看着，谁也不吱声。

余罪愣了，没想到指导员这么拉风，一乡警把全村镇住了。

"哇，真牛逼啊。"余罪景仰地道，他自问恐怕两辈子也达不到这水平。他惊讶地回头要问什么，却发现强拽下来的乡警都溜了，远远地藏在警车后头，凛然看着……坏了，余罪突然发现自己掉坑里了，怪不得李逸风这货折节交好，碰上这么个野蛮指导员，现在恐怕要把他和狗少放到一个阵营里了。他气呼呼上前拉住躲着的李逸风，拎着领子，威胁道："怎么没人告诉我，所里还有这么凶的货？"

"告诉你了，你不信，我们怎么办？"李逸风笑着，找到顶缸的了似的。余罪直想揍他一顿，已经混熟的李逸风可不害怕他了，直拉着余罪训斥着："千万别犟嘴啊，指导员喜欢打人。"

"他敢打我一所长？"余罪不服气地道。

"上一任所长就被他扇了几个耳光，直到调走都没敢来上班。"李逸风道。

"我操，你狗日的不早说……"余罪气坏了。

"早说也没用，就你这样，迟早得挨打。你绝对打不过咱们指导员，他可参加过越战。"李逸风道。此时才发现，狗少虽然一无是处，可要贱起来当仁不让。

两人正争执不下的时候，那边王镔已经打累了，不过那挨打的七尺汉子从头至尾都没敢反抗，而一村的男女老少，也没给予被打的人哪怕一丁点儿同情。汉子李大寨爬着一把抱住指导员的腿，哭天喊地道："王哥，你得我给我做主啊……养了三四年的牛，就这么没了，可让我们这一家子怎么办呀……秧子还小，我爹又瘫在床上，我们可怎么活呀……"

说着，一张嘴，吐了一大口血，看得瘆人，王镔收着皮带，闭眼长叹一声，拉着人起来，和村里年纪长的几位在商量着什么。呆头小声说着，这光景，又得给点救济了。余罪看了看李大寨那土夯的院子，他知道人被逼到这份上是什么感觉了，两头牛，那应该是家里最值钱的财产了。

"这事得处理，不能这样，光他妈打人。"余罪道。王镔似乎听到了，往他这个方向看了一眼，李呆和张关平吓得赶紧就跑。余罪手快，揪住了李逸风，直教唆着："有事不能躲，说句好听话不会呀？我就怀疑，你他妈有没有点同情心，看人可怜成这样。"

"我有……可我怕指导员呀。"李逸风腿有点软，却被余罪揪着站到了那汉子面前。余罪掏着身上的纸巾，给汉子擦了擦，而那人像天塌雷劈了一样，木然地流着泪，满嘴都是血，这时候别说余罪，就李逸风这个恶少看得也是同情心大起，直掏自己的口袋想给点钱。不过他不敢拿出来，那点钱，对于这个家庭恐怕是杯水车薪。

"乡亲们，谁家还丢了？"余罪吼了一嗓子。

"我家……一头大牯牛，九百多斤了。"有个四十多岁的中年汉子，举着手站出来了。余罪这个时候有点冲动，喊了句："既然出事了，那咱们就得想解决的办法，不能傻等傻看……这个事，咱们派出所，一定给大伙处理。"

余罪许了诺,不少人看着正和村里人商量的王镔,似乎余罪说话根本不管用似的。王镔没吭声,不过眼神稍有不屑。余罪被刺激了一下,火大地嚷着:"不就是几头牛吗?我们保证在年前给你们解决,但是在此之前,请大家配合所里的工作。"

今儿可有只出头鸟了,李呆和张关平惊得嘴唇哆嗦,王镔这时候不能不表态了,指指余罪道:"这是新来的所长,他既然答应给大家解决,我没意见。"

"那找不回牛来呢?"丢牛户期待地问着余罪。

余罪这回充大可得充到底了,他很有气势地道:"不就三头牛吗?对不对,逸风?"

一捅李逸风,示意他看指导员那不屑的眼光,李逸风逆反心态很强,这回站到余罪一边,得意道:"就是,三头牛就把你们急成这样,多大个事啊。"

"我们年前肯定给你找回来。"余罪吼着道,一说又看着李逸风,鼓励着他,继续吼道,"不就三头牛吗?找不回来,逸风,你说怎么办?"

"不就三头牛吗?给你们买三头!"李逸风顺口就道。这恶少骨子里有几分义气的味道,被余罪勾引出来了,他话出口就后悔了,直捂自己的嘴巴。

可不料余罪不给后悔机会了,一把揽着道:"乡亲们都听见了吗?找不回来,逸风赔给大家三头牛……他爸是县武装部部长,别说几个偷牛贼,就是土匪也能抓回来了。是不是啊,逸风?"

"是……是……"李逸风只能打肿脸硬充胖子了,这场面可不能让人小瞧了。余罪一拍丢牛汉子的肩膀,示意着:"快谢谢他,我保证你年前能见到牛。"

那人悲喜交加,又是"嗷"的一声哭出来了,"扑通"一声跪在李逸风面前。哎哟,把小哥看得眼睛酸得想流泪,赶紧劝着:"别哭,大寨叔,也别打麦花婶了,找不回来,我真给你买两头回来……"

这个许诺可比什么话都管用，群情涌动着，余罪一问情况，有人七嘴八舌给说上了。余罪指挥着李呆和张关平记录情况，这时候指导员王镔也不能不表态了，电话里叫着派出所留守的，都到观音庄了解情况，捎带着再组织群众，分头到周边山上找找。

余罪问完一个口舌不利索的小孩，没有什么新情况发现。刚一转身，李逸风回过神来，拽着他，往房背后僻静地方走，边走边倒着苦水道："所长，你不能这么坑我吧？"

"我怎么坑你了？"余罪笑着道，这算是把狗少拉到一条船上了。

"你知道三头牛得多少钱？"李逸风拍着巴掌，心疼道，"一头牛犊都得两三千，何况成年的？三头全赔得两三万，这地方娶个婆娘才多少钱？顶多五千块……所长，余哥，你听我说，你不能让我一个人出吧？好歹你也分点。"

"真他妈不仗义，这点事都担不起。"余罪斥了句，看李逸风气苦，马上又劝着，"两个办法：第一个，自己掏钱买牛，你好歹官二代，说话不能当放屁啊；第二个嘛，想不想听……"

"想、想……"李逸风道，实在不愿掏这个冤枉钱。

"要是丢的，就找回来；要是偷的，就把偷牛的抓回来。抓到贼，真赔不起，我掏钱。"余罪道，很有自信，毕竟是抓了几百扒手的队员，他有这种自信。

"行吗？"李逸风似乎有点不信。

"你忘了我干什么的？刑警，知道不？昨晚和咱们吃饭的都是刑警，抓几个贼还不是小儿科……我正愁闲得没事干呢。对了，都叫上，咱们也得亮一手，要不你天天被指导员当小屁孩看着，说扇就扇你耳光，你好过呀？"余罪道，一下子把狗少的雄心壮志刺激起来了。

"还有，万一真找回来，这多大的案值呀？不但上级表彰，我估计你爸都得对你另眼相看，说不定虎妞追着你跑……你得换个活法，得活得让大家服气，不能让大家嫌弃对不对？说，干不干？"余罪极尽蛊惑地道。

"对，有道理。"李逸风被蛊起雄心来了。

"那再说一遍，干不干？"余罪问。

"干！找不回来，大不了买几头。"李逸风生怕被人小觑，拍着胸脯道。

"这才像个警察。"余罪鼓励着给了个大拇哥，然后背过身，咬着下嘴唇笑。他觉得狗少其实挺不错的，相比警校那群货，要算个好孩子了。

后面的李逸风一拍脑袋，又回过神来了，奇怪地自言自语道："不对呀，怎么说了半天，还是我买？"

再问时，余所长早溜了。

这一日，轰轰烈烈的寻牛工作开始了，七名乡警，各带着十七八个村民，沿不同的方向重新寻找，不过直到晚上陆续回来时，仍然只是见到了几堆牛粪而已……

🐼 左支右绌

指导员王镔带队从山上返回观音庄时，时间已经指向晚二十二时，山区的风大，呼呼的山风刮过，走路的不小心就会被刮得站立不稳。从上午十点到晚上十点，中间只喝了几口凉水配干粮，已经疲累到极致了，不过仍然是一无所获，从村里翻过两座山，直走到二级路边上，能找到的，都是已经冻成干的牛粪。

进村了，不少人歇了口气，就着村边的大磨盘坐了下来，手电筒的光线扫过，是村里几堵土墙上怵目的标语：放火烧山是违法犯罪行为。

王镔坐下来时，眼睛正瞟到了这则标语，其实在农村，特别是这种偏僻的农村，法制意识也仅限于此，而法制意识淡薄的原因，在于很少有违法犯罪的发生，比如像这样连丢三头牛的事，在他任上可算是第一则大案了。

对，是偷牛，从村里沿着山路寻到二级路，从几处牛粪他几乎可以判断出来，牛已经被运走了。可这个判断他根本不敢说，根本不敢把这个结果告诉村里这些把大牲口看得比婆娘还中用的朴实村民。羊头崖全乡缺水，山地多平地少，不利使用大机械作业，大牲畜在这里扮演着主要劳力的角色，一年耕种、犁地，都离不了。这些年发展畜牧养殖，全乡牛羊增长了一倍，几乎就是全乡人均收入的主要来源。

"老镔，你说这事，可咋弄？"村长李大庆道，四十多岁的敦实汉子，显得有点木讷。

"回头我和所长商量一下。啊，你们别心焦，特别看好大寨、开放两家，别出其他事……"指导员为难地道，现在只能给这么一个借口了。

"那狗少说，不是那什么……"支书李小元问，有点期待。

说到狗少李逸风，王镔却是气不打一处来。当年狗少刚来羊头崖乡，就给乡里制造了几起偷鸡摸狗的故事，大家都知道邻村几条黑狗都是被狗少带人捉着清炖红烧了，为这事还闹到派出所，最后王镔出面赔钱了事，可现在摊上这么大事，王镔根本不敢指望这家伙再用钱摆平。他踌躇说着："三头牛你算算市价，得三四万呀。当不当，正不正，凭啥让人家掏钱……再说，你看他像个有谱的么？"

"那所长呢？他不说年前给解决？"村长问，能指望的不是指导员，就该期待所长了。

王镔又为难地看了看，实在不愿意打击乡里乡亲的，点点头道："那倒有可能，所长在市里原来专业就是抓贼的。"

"那敢情好啊，能抓住也算。"村长道。

"差不多吧。"

王镔搪塞了几句没音了，扒窃和盗窃不是一个概念，这种事他理解，可没法要求村民们理解，他劝着众人先行回家，许诺了几句派出所一定管到底之类的话。看着乡亲们有点失望，他的心里一样难受。

他的难受是基于对警务的了解，穷乡僻壤的偷牛案，乡警根本不可能有能力去抓贼，甚至连起码的出警经费也负担不出，换句话说，就即便抓到了贼，破了案，失牛也未必能找回来。这年节时间，王镔估计乡里这三头可怜的耕牛，要成城里人座上的美味了。

但更可怜的是这乡里乡亲的老百姓，他暗暗咒骂着，又准备到李大寨家安抚几句，摸了摸口袋里一百多块钱，思忖着是不是先给大寨家里留下。想着的时候，李呆奔着上来了，"姑夫，姑夫"喊着，此时王镔想起来，不是他一个人在战斗，现在羊头崖乡有所长了，他出声问着："余所长呢？"

"在村委。"李呆道。

"干什么？"王镔问。

"询问呗，找线索。"李呆道。

"有线索吗？"王镔道。

"我也不知道。"李呆道。

"你就知道吃是不是？"王镔骂了句，背着手走了。

就是嘛，一村精壮劳力，漫山遍野找一天没下落，坐在家里能有结果？李呆赶紧跟上来了，他口齿不清地介绍着，确实是找线索，就是把村里人聚起来，问了问近几天的情况，有没有收山货的，有没有来卖年货的等等。这个办法让王镔嗤鼻不屑了，他知道，所长要误入歧途了，一切试图用警务手段解决问题的方式，在这里都是碰壁的结果，从来没有走通过。

两人一前一后进了村委，村民已经走完了，乡户人休息得都早，王镔看到了余所长和李逸风、张关平几位乡警凑着脑袋在说什么，仔细一看，在对着一幅地图说话。本来准备进去的，听到讨论时，王镔一下子停下了，伸手把李呆也拦了下来。

"……办这事首先需要踩点，最起码得知道这个地方有没有牛，有多少牛，有没有下手的可能，所以，凡进村的人都有嫌疑。狗少，数数几拨。"余罪在盯着地图说话。

"卖年货的两个，收山货的三拨，换大米的三人，还有个换核桃的……这是几个？"

"八个……"

"九个，笨蛋。"

李逸风第一次这么敬业，因烟盒皮子上歪歪扭扭写着询问得到的案情，他和张关平争执着，张关平示意了他一眼，两人看着出神的余罪，看傻了。半晌，余罪才吁了口气，李逸风奇怪地问着："所长，你看啥呢？那上头有牛？"

乡政区图，村委独此一张，被余罪画了几个圈。两人不懂时，余罪笑着解释道："观音庄很封闭，如果选中这个地方，那这里肯定有可取之处。你们说，有什么可取之处？"

"地方偏僻呗。"张关平道。

"人傻，牛多。"李逸风道。惹得张关平翻了他一眼。

"对，还有就是基本没有治安力量，乡派出所到这里，得半个小时。"余罪道。

"乡警不管用，上山抓兔子逮山鸡还凑合，你问他们谁见过贼？"李逸风笑道，丝毫不觉得自己也是其中一分子。

"对，没错，那就等于没有治安力量了，关键的一点是，这儿虽然在山里，可距离二级路段直线仅有三公里。你们看，只要把牛运到这个地点，那在二级路上，二十分钟就出五原市的辖区了。"余罪道，画了一条线，果真很短。

张关平不懂，这点李逸风不傻，他看了眼道："不可能吧，所长，得翻两座山呢？这两天村里都没见着外人，那谁来偷的牛？"

"别说陌生人，就跑来头牲口，村里都知道不是本村的。"张关平道。

"最蹊跷的就是这儿，案发的两天内，居然没有见过陌生人，巴掌大的地方，怎么就可能把三头牛给无声无息地偷走了呢？大寨说他老婆把牛赶在半山腰上啃麦茬子，村里啃麦茬的牛不止她一家……怎么偷走她家的两头呢？如果真是偷，总得有贼出现呀？不会就是走丢了吧？"余罪皱着眉头，开始怀疑自己的判断了。

"哎哟，那我惨了。"李逸风难受了，苦着脸道，"那样岂不是得我买几头牛赔上？"

"别光心疼钱，先把事情搞清楚。"余罪训了句，果真很有所长派头。不过抚慰不了狗少受伤的心灵，他继续苦水倒着道："能不心疼么？三头牛够咱们去市里潇洒好几回了，我还没想好钱从哪儿出呢。"

"闭嘴，再扯这个，信不信老子不管你了。"余罪瞪着眼道。这下管用，李逸风不敢牢骚了，凛然看着所长，又若有所思地在地图上画了个圈，喃喃自语着。说走丢了吧，可总不能一头也没找回来，齐齐走丢吧？说被偷了吧，偏偏一个人影也没瞅见。这个庄子就在半山腰，冬天灌木少，对面山上梯田里，哪怕有只兔子跑了也应该瞅得清清楚楚，可问了一村不少人，居然都没有见陌生人来过。

王镔悄悄地进来了，李逸风和张关平紧张地站起身。王镔示意着别打乱余罪的思路，几个人面面相觑着，等着所长英明判断。果真还有，余罪手扶着额头，闭着眼睛，喃喃地在说着："如果我是贼的话，一个村偷上三五头，几个村就是一群啊，一头卖赃物也能卖几千块，这十几头，是不是得好几万块……嗯，好生意，如果真有人动这个脑筋，来钱那是相当快……年节时候，牛肉不发愁卖呀，销赃比偷牛还要容易……对，应该是偷。"

指导员瞪着眼睛，可没想到上级派来的是这么一个货色，其他乡警哧哧笑着，等着看所长出粮。余罪冷不丁被惊醒了，他看到了怒目而视的指导员，干笑了几声解释着："指导员，您别介意，我在换位思考。"

"思考？不会也是想着偷牛发财吧？"王镔冷冷道了句，对余罪很不入眼。

"我是学刑侦专业的，有几位很好的老师教过我，想当好警察，首先你得了解犯罪的思维。"余罪道。这是他胡诌的，他的老师们，估计都还在滨海的监狱里。

他笑着点点地图上的记号道："我刚刚在想，如果我偷牛的话，那我光偷三头牛就有点少了，要犯事，那得到了收入足够多才能让我铤而走险，机会好的话，我会干一票大的……大家看，观音庄在这个位置，和它一样的地方在咱们乡也有几个，比如涧河村、白石滩、后沟，这几个村在一条线上，都距离二级路隔两山路程，路虽远，可直线距离并不长，只要解决运输问题，其他就不是问题了。"

"你……你说这话什么意思？"王镔听迷糊了。一众乡警都听迷糊了。

"我简单地讲，用咱们的话说就是，这不应该是一个孤立或者独立的案子。"余罪正色道,马上又笑着直白地解释着,"比如我是贼,我前天成功地在观音庄偷了三头牛,然后等你们手忙脚乱到观音庄来回找,而我呢,又到涧河、后沟或者任何一个我已经踩好点的地方,再偷几头……你们岂不是拿我没治,更何况,谁也不知道我怎么偷的……是啊,怎么偷的呢?三头牛,每头接近半吨重……这就卸牛肉也得好几个人扛呀?"

余罪被偷牛案的神秘勾起极度的好奇了,他自问,自己没那本事。

众乡警被所长整傻了,居然还有嫌贼偷得不多的。王镔摇摇头,撇着嘴巴,实在无语评价自己的搭档了。

正僵着,王镔的电话急促地响起来了,村长李大庆也匆匆奔来了,吼着指导员的名字,他一接电话,村长已经冲进来了,上气不接下气地道:"老镔,坏了……后沟里也丢牛了,一丢就是四头,也跟咱们一样,以为在山上误了回圈没当回事,可到现在还没找回来……"

"我知道了。"王镔放下了电话,此时他异样了,在这个闭塞的地方,能做到未卜先知可真不是一件容易的事。余罪却是笑着道:"指导员,您应该高兴啊,罪犯越是肆无忌惮,那他露马脚就会越快……通知让后沟村休息,我亲自走趟现场……走,出警。"

余罪起身一卷地图就走,那话仿佛有无形的威信一般,连王镔也机械地跟在他背后,跑得最快的李逸风兴奋地追在余罪的背后问着:"所长,所长……你咋算出来的?"

这当会儿他对余罪的景仰已经是滔滔不绝了,要不是一直在一起,他几乎要怀疑是所长偷的牛了。这么凛然一问,几位乡警都是景仰地围在余罪身边,直说所长比算命的还牛,算命的好歹还得去地方瞅瞅,掐掐手指才能知道。余罪笑着道:"要论偷东西,老子可是见过贼祖宗的人。走,看我怎么把他揪出来。"

一行人闹闹嚷嚷上车而去,指导员王镔看着新所长状似村痞恶霸的德性,实在不入眼。不过他还是跟着去了,他不关心所长是个什么样子,可他关心丢的那七八头牛。

🐼 远来有援

有时候期待越高，失望就会越甚。

指导员王镔就是如此，昨夜到的后沟，余罪下令谁也不准出去找牛，留下现场等天亮勘查，可他知道乡派出所里连起码的勘查工具也没有。一晚上除了找了个睡觉的地方就再没干别的，大清早他到大伙休息的村委正房去瞧，哟，都还呼呼大睡着呢。

把人嚷起来，早有后沟村长领着人，心急火燎地问结果，可揉着睡眼的余罪却是打着官腔，直说等市里的侦破高手来，把人打发走了。

混了顿玉米糊糊配土豆饼的早饭，等啊等，直到日上三竿，才听到鸣笛的声音。王镔出去时，看到余罪带一拨小乡警奔出去了，他突然发现不见李逸风了，似乎昨晚就走了。等跟着出了村口才怔了，李逸风确实是昨晚走的，不过此时他已经开着车载回来了几个人，一看那来人，又让王镔失望更甚。

一个年纪轻轻的女娃子，要不穿着警服，还以为是乡下女娃。另一个是个小伙儿，年纪和新所长不分上下，两人是被李逸风带来的，余罪迎上去高兴地说着什么，王镔觉得很失望，自行回去了。

来的是周文涓和董韶军，余罪让李逸风连夜去请来的。刚客气两句又来一辆车，余罪奇怪地问着："咦，邵队可以呀，这么给面子？"

"千万别觉得是面子啊，你看来的是谁就知道了。"董韶军笑着道。

车停时，张猛从车上跳下来了，粗嗓子吼了声，一拉后面的车门，再下来人时，赫然是马秋林到场了。余罪兴奋之下，直奔上来，两个忘年老友双手一握，余罪兴奋地道："马老，怎么惊动您老的大驾了？"

"昨天万戈接到电话，我就在旁边，一听说你要办案，我就来凑热闹来了。呵呵，我是顾问啊，我不参与，不过可以给你意见。"马秋林笑着道，看那样子绝对不是临时起意，余罪知道这位是盗窃案的专家，有这么个人来，那胜算又多了几分。

一行人被众乡警簇拥着到村委说话，反倒是董韶军是头回接案，似乎还有点担心地问着余罪道："余儿啊，我可没参加过什么案子，你让我来，能帮上什么忙呀？"

"当然能帮上了，找不着牛，找着的都是牛粪，你不研究那个的吗？"余罪道。

"那人的排泄物和动物的排泄物，不是一码事呀。"董韶军气着了。

"试试看嘛，有挑战才有进步。"余罪笑着一揽不悦的董韶军，他这次主要请的就是这一位，可没想到周文涓和张猛也跟来了。他侧头看看羞赧着不太多说话的周文涓，问道："文涓，你怎么也来凑热闹了？"

"我过年不值班，就来帮帮你喽。"周文涓道。

"没什么忙可帮，现在还一头雾水呢。"余罪道。

"说不定能……咱们省的牛品种一共有七种，除了本地牛，还有鲁西黄牛……"

周文涓淡淡地描了几句，听得余罪和董韶军眨巴眼了，没承想找到个专业的，这倒乐了。张猛一拨拉余罪笑着问："听傻了吧？文涓是给你面子，一般人都请不动，现在她都能代张法医出现场了。"

"哇，厉害。"余罪没想到不到一年时间变化如此之大，对周文涓直竖大拇指。周文涓笑了笑，想说什么，不过人多眼杂，她又收回去了。余罪却是人来疯了，人越多越疯，他瞅着张猛奇怪地问着："哎，牲口，你咋来了？不忙呀？那天晚上什么特殊任务？饭都没吃成。"

"汾河劳改农场跑了两个，二队就紧急动员了，不过没见着人，半路就被武警逮回去了。"张猛道，也像欲言又止，不回答余罪的其他问题了。偏偏余罪鬼精，看出点问题来了，拽着张猛问："还没说完呢，你咋来了？"

"被停职了。"张猛小声道。

"哦。"余罪道了句，好像释然了。张猛愣着问："怎么一点也不惊讶？"

"惊讶什么？就你那德性，迟早得被停职……是不是又打人了？"余罪问。

张猛一撇嘴，不接茬了。余罪知道又猜着了，他问着董韶军，董韶军小声说着确实如此，前段时间张猛去抓捕的时候，嫌疑人反抗凶了点，别人倒也罢了，遇上这嫉恶如仇的牲口，一顿拳脚，结果就打出问题来了。人刚进看守所，后脚检察院就上门来了，缴了张猛的证件武器，正停职反省呢，一听说邵队派了两人下乡，他就跟着来散心来了。

"真他妈的，怎么当的警察，打个人都能出了事。"余罪很不中意地道，拉着愕然的董韶军问，"打的什么人？"

"一起绑架未遂案的嫌疑人，绑了个初一学生。"董韶军道。

"人质呢？"余罪问。

"饿了几天，解救出来了。"董韶军道。

"这种嫌疑人打死都活该。"余罪道，浑然不当回事。

董韶军苦脸了，他一惯于把嫌疑人人权和公民等同论述的，可身边偏偏都是这种嫉恶如仇的同学，实在让他无语得很。余罪看他表情不对，不屑地道："怎么了？又要说我没同情心？"

"不是，我是觉得组织上把你扔在羊头崖乡，这个决定相当英明。"董韶军收起了牙疼的表情，龇着牙道，立马挨了余罪一脚。

不过接下来受到震撼的是董韶军了，一听说市里有警察专程为偷牛的来了，全村扶老携幼几乎全部聚到村委了，丢牛户一把鼻涕一把泪，说着说着"扑通"就跪下来了。大人一哭，不少怀里抱着的娃娃跟着号，场面乱糟糟的，听着、看着，怎么着也让人觉得心里堵得慌。村委和指导员齐齐出面，才把村民劝住，这时候，余罪设想的现场勘查才正式拉开帷幕。

张关平和李呆背着干粮和水壶，李逸风帮董韶军扛着一箱器材，一行人先行上路了。余罪和马秋林告辞了指导员王镔，让指导员守着村里，他们俩最后跟上来了。

雪后放晴的乡村风景煞是好看，漫山的松柏青青郁郁，偶尔未化雪像个白色的头盖，压着松枝柏顶，像天上一片俏皮的云倏而进了视线。不经意间，不起眼的土堆里，石头后，蓦地会蹦出一只受惊的兔子，吓人一跳。行走不远，微微气喘时，呵出来的气像一片水雾，空气清新得好不怡人，让城市生活惯了的几人齐齐做了个深呼吸。

"小余，在这儿干得怎么样？"马秋林停了停步子，笑着问道，他也兴奋地做了个深呼吸。

"就那样吧，瞎混。"余罪道，和马秋林站到了一起。前面那拨人已经找到了第一堆牛粪，正在看。

"我怎么觉得不像瞎混，你挺尽职的嘛。"马秋林道。所指自然是丢牛一事了。

"就尽了一回，让您碰到了……没办法，您看这丢了牛的庄户人，多可怜，这有些贼当得太没底线，羊头崖乡都穷成这样了，还有来这儿偷东西的……唉。"余罪苦着脸道，很是生气。

"呵呵，看来你找到当警察的动机了。"马秋林笑道。

"动机？"余罪愣了下，这是个侦破名词。一般只用于嫌疑人作案。

"对，动机……有人说人性本恶，也有人说人性本善，我活了这么大才觉得，人性就是人性，没有什么善恶，就看你生活在什么样的环境，和经历着什么事，还有你会作什么样的选择……你做得很好。"马秋林道。

"谢谢马老夸奖啊。"余罪不好意思道，还真没想那么多。

"不是夸奖，接下来我要说，你做得也很蠢，不知道你什么感觉？"马秋林笑道。

余罪一愣，僵住了，不解了，没想到这个盗窃案专家会喷出这么一句话来。

看余罪不解，马秋林背着手慢悠悠走着，边走边道："我从警三十多年，一共处理过一千七百多起盗窃、扒窃类案子，这种案子说起来都不算大案，可比任何大案都要头疼一些……第一，警力的经费投入会很大；第二，侦破的难度相当大，定罪的难度更大，如果入户盗窃还可以，可这种在荒山野岭偷牛的案子，你恐怕连痕迹检验都用不上；第三，即便抓到嫌疑人，大部分时候赃物被销、赃款被挥霍，追回来的可能性很小，你不该给村里人那么高期待，我简单地问你个问题，即便人能抓到，牛已经卖了，钱已经花了，你怎么办？"

"啊？这……"余罪愣了，感觉还是年轻了点，一摸脑袋不好意思地说着，"没想那么多，看村里人可怜，就答应了。"

马秋林看着他显得有点幼稚，不过却很中意地笑着道："再退一步讲，很可能人都抓不到，你怎么办？手法这么熟练，肯定是老贼。"

"我觉得应该能抓到，手法偷到这么熟练，恰恰说明他不是头回作案，应该有迹可寻。"余罪反其道而行。说得马秋林愣了下，兴趣慢慢地起来了，他蹙眉问道："可我从村里人、指导员以及乡警的介绍里，没有觉得哪儿露马脚了，连起码的目击都没有……从这里开始，走小路，十一公里外就是二级路，失窃已经超过二十四个小时，你觉得能追回来？"

"我不准备追。"余罪道，很不服气地说了句，"我正找他把牛偷走的作案手法。"

"嗯，这是目前最好的选择，不过用处可能不会很大。"马秋林道，脸上疑虑仍然很重。

"马老，您是在打击我，还是在刺激我？"余罪笑着回问。觉得马秋林的表现很出乎他的意料，老是泼凉水。却不料马秋林一下子笑着道："我其实很想帮你，邵万戈接电话的时候，他正在犯罪研究处和我们一帮老家伙们聊天，聊了全省十几个大悬案……凶杀、抢劫、绑架勒索都有，不过有一个我想你会很有兴趣的。"

说着，他回过头来，郑重道："其实有一例延时最长，迄今尚未侦破的就是偷牛案。"

"不会吧，这都能中奖？省里悬案里有偷牛案这一说？"余罪吓了一跳。

"现在说不准是不是中奖了，不过从两年多前第一例偷牛案发生在偏关县之后，迄今为止各地已经发生偷牛案件大致有一百六十多起，少则几头，多则十几头，从山阴、雁北、吕梁，由北而南，今年蔓延到五原周边了……对此各市都下过工夫，不过收效甚微。这也是我一听说羊头崖发生类似案件马上就来的原因。"马秋林笑着道，他饶有兴致地看着余罪的表情变化。

不是惊喜，而是愕然，这其中的难度可想而知，第一是地域性，案发地都是这种荒郊野外，取证的难度相对较大；第二是时效性，等你有眉目，牛早被弄成牛肉、牛肉丸子、牛肉汤一类的了，就算捉到贼也拿不到赃；第三嘛，不用说了，发生在农村，都是警力薄弱的地区，起码的警务素质都不具备。

正想着笑话就来了，远远听到李逸风"啊"一声鬼叫，惊得余罪和马秋林紧张地奔上来，却不料李逸风捂着嘴，指着正勘查一处地方的董韶军。那董韶军正夹着一堆掰开的牛粪，细细地嗅着。

"你鬼叫什么？"余罪生气了，估计是被马秋林说的。

"那么恶心，我还以为他要往嘴里放，尝尝呢。"李逸风道，众乡警扑哧笑了，惹得余罪踹了几个人。等他回头想解释一句时，却愣了。

董韶军像根本没有听到一样，在看着那堆粪便，周文涓戴着白手套，持着放大镜在细细地观摩着一处结冰的地方，似乎那个普通的地方让她很怀疑似的，那儿的颜色似乎和其他地方不同。

"麦秸的纤维，还有玉米秆儿的，这个排泄时间应该在三十个小时以内……按这里的温度计算，应该有三十六至四十个小时……文涓，这儿牛的主饲料是什么？"

"你刚才不说了？麦秸和玉米秆儿，还有高粱秆儿，冬天没什么吃食……这儿的粮食产量少，也不可能用机制饲料。"

"它为什么选在这个地方拉了一泡屎呢？在这个地方应该停留超过十分钟。"

"对，这儿有舔过的痕迹……这是什么东西？"

"绿色……是青苔？"

"不可能，现在的温度怎么可能生出苔藓来？"

"往前走吧……"

两人莫名其妙地对话，留证、拍照，等起身时才发现，一干乡警，包括余罪，都看天外来客一般瞅着他。董韶军笑了笑道："别奇怪啊，我们只能帮你们找找牛留下的痕迹，而且可能不是失牛。"

周文涓笑了笑，连话也没说。一行人向前，又走几百米，在一处疑似的牛排泄过的地方，蹲下身子开始磨蹭了。

就这样且行且查，翻过两个山头，倒发现数处疑似失牛停留过的地方，从后沟山沿着一条仅容人行的小路下山，过了垅土带，赫然已经是蜿蜒的二级路。

"应该是从这里走的。"董韶军又发现了一处深深的蹄印，嵌在雪地上，背阴的地方，被留下来了，去向正是二级路。

"让让……这个地方圈起来。"马秋林也加入了勘查的行列，指挥着乡警圈起了一片高地，半人多高，土像新铲过的，层面上连着小路，下面就是二级路，路牙下的引水道里，垫着新土，留着一道很深的车辙印。

"妈了个逼的！"余罪蹲在路上，一直重复着这句话，眼睛瞪着要揍人似的，以余所长在看守所混迹的水平，脑海里马上能还原出一幅作案的图像来，把车倒回来了，顶住土层高地，然后用一种特殊的手法把牛从山上牵下来，直接上车，拉走！

李逸风听所长念念有词，还以为又在预言什么了，悄悄凑上来，一听这词，他咧咧嘴，小心翼翼地问着："所长，骂谁呢？"

"骂贼吧，还能有谁……真他妈损啊，把车倒回去，顶住这个土夯，然后直接把牛牵上车……往北二十分钟就出市了，往西不到一百公里就出省。"

余罪怵然道，他知道，这是团伙预谋作案，这个偷牛案的难度，已经开始无限地放大了。

"就是啊。"李逸风一看地形地势，也觉得所长说得颇为有理，拍着马屁道，"真他妈损，羊头崖乡都穷成这样了，还来偷这儿……"

余罪没理会他，可不料李逸风根本不知趣，心里还挂念着赔牛的事呢，小心翼翼地问着："所长，那他是怎么偷走的，村里可没见着人啊？能抓到吗？"

"别心急，我再想想，这案子犯得真奇葩，隔山打牛听说过，不能隔山偷牛吧？"余罪不解道。

"拐走的呗。"李逸风想当然地道。

"我也觉得是，可能吗？"余罪怀疑道，应该是在一种很温和的手段下把牛拐到这儿的。他以为李逸风知道点乡里的手法，一把揪着问："快说，你怎么知道是拐的？"

"……经常有大姑娘被拐到咱们乡，你说人都能拐走，拐头牛的难度不大吧。"李逸风吓了一跳，脱口而出道。

不过这话可不是灵机一动，除了增添此行的笑料，再无他用。从早晨忙碌到黄昏，众人除了描摹出了疑似失牛的路线，没有其他收获……

🐼 艰难反复

有时候细节决定一切，但这个细节是怎么做出来的，就有点匪夷所思了。

李呆撅着裤脚从臭烘烘的牛圈里拣着牛粪，一坨一坨递出来，张关平打着电筒，按市里来人的要求分类、标注。李逸风嘛，早捂着鼻子躲得远远的了。等回村就拉开排查了，询问失牛户，走访村里人，指导员王镔和马秋林带队，两位老头倒是挺默契。至于余所长几人，早在乡派出所拉开架势了，等着这提取的牛粪回去检测。

天下没有一模一样的两片树叶，当然也不可能有一模一样的两坨牛粪，想确定路上牛粪就是失牛的排泄物，就连董韶军也被这个课题难住了。

DNA检测，算了吧，根本不具备条件；血蛋白，不可能提取到；就只有通过牛粪了。大冬天里，董韶军试了几种方式，满头大汗在切片、稀释、透过显微镜定量，整整两个小时一言未发。

他已经习惯于这种环境的工作，不过在外人看来就有点变态了，李逸风和一干乡警躲得远远的，没办法呀，看着人家那么细致地剥一堆牛粪，你能不反胃么？不但剥了，看了，还在鼻子上嗅，还得镊上点东西放试管里摇……啊哟，玩便便玩到这水平，简直是让人叹为观止了。

"有用么？看便便能找回牛来？"李呆讶声问。"吧唧！"有人给了他一巴掌，回头看时却是那位剽悍的张猛。张猛虎着脸道："你就这样尊重别人的劳动啊？"

那倒是，李呆有点不好意思了，觍笑了笑，不敢吭声了。李逸风认识张猛早点，巴结道："猛哥，您别跟他们置气，乡下人，啥也不懂……"

恭维好歹起效，可不料这货话锋一转又问着："其实我们就觉得吧，这个找牛粪和找牛，有必然联系吗？"

"你问我呀？"张猛笑着，一拉脸又道，"我问谁去？滚一边去，别捣乱。"

把众乡警轰过一边，他直接关上了门。众人商议着，不光找便便了，还有那位女警也连夜回市里了，带走了需要检测的样本。可不管怎么说，离找到牛还遥遥无期，不确定的成分太大。

众乡警无所事事，踱出了派出所大院。刚出门，李逸风一伸手把众人拦下了。

大家都看到所长了，于是个个屏着呼吸，像看到什么稀罕物事一样。余所长此时蹲坐在墙角，只见晦暗的光线下，偶尔有一闪一闪的银光亮起，细看之下，所长居然在很潇洒地玩着硬币，一抛，闪着光飞起来了，等落下时，"叮"的一声，又被弹得飞起来了，连抛几下，硬币在指间像跳跃的精灵，翻滚、旋转，众乡警看得面面相觑，愕然不已。

"哇……太牛了，所长，教教我。"李逸风凑上来了。余罪笑着扔给他："试试看。"

这玩意儿不好上手，不过一上手之后，就像手指间夹了根烟，嘴唇边沾着酒一样，是寂寞和无聊时最好的精神慰藉。余罪不知道什么时候喜欢上了这个下意识的小动作，他扔到李逸风手上本来想看笑话的，可不料李逸风别的不行，玩这个倒有两下，居然能让硬币在指缝间准确翻滚，还像模像样地弹起来。

李逸风把玩着，说这和学生时代的转笔还是蛮相像的，那手法能玩出上百种花样来，最厉害的把笔弹起来，飞几米高，落下去的时候还能在虎口旋转。余罪试了试，硬币弹起，一眨眼落下，果真在虎口旋转，这手艺又把李逸风惊得两眼直凸，直呼所长成仙了。

"这个啊，就是手熟而已，玩会了就没什么意思了。哎，你们怎么都出来了。"余罪欠欠身子，换了个姿势，揉着脚。众人或蹲或坐，围着所长，七嘴八舌一说，自然是讨论这案子出得稀奇古怪，办得也糊里糊涂，最关心的自然是下一步走向了，偏偏这个时候余罪也是在为难，否则就不会下意识在这里玩硬币了。

"我还没有想通他们是怎么偷走的，再等一等，村里询问和痕迹确认后再想办法。"余罪道。

"怎么偷走的很重要吗？"李逸风有点急不可耐地问。

"是啊，关键是怎么找回来呀？"李呆道。

"我估摸着这没法找啊，偷走剥皮卸肉，早换成钱了。"张关平道。

你一句，我一句，忧虑很甚，其中不乏那种想办点实事，又无能为力的懊丧，作为警察有时候想伸张一下正义感，往往会遭遇到无力感，包括乡警。

余罪笑了笑解释道："想抓贼，那得认准贼；想认准贼，你首先就得了解他的手法，只有了解他的手法，才可能找到他的破绽，现在这事是磨刀不误砍柴，别急。"

"那要是追不回来呢？"李逸风问，一说又开始心疼了，小声哀求着余罪道，"所长，后沟村这边的四头牛钱，可不能让我出啊。"

"呵呵，没问题，怎么可能都让你出。"余罪笑着道，李逸风表情一轻松，余罪的话返回来了，又道，"要不你去跟虎妞说，让她救济救济这边？"

"啊？我哪敢？"李逸风道，所长哪壶不开提哪壶，他不敢接招了。几位同事哧哧笑着，笑得李逸风心里七上八下，又要去向所长求教。这时远远地一辆小长安之星开回来了，是指导员王镔和马秋林两人，两位老头一下车，李逸风马上闭嘴了。

余罪迎了上去，相谈甚欢的两位老人此时也是有点愁眉不展，示意着回所里说话，余罪叫着众人，都进来了。

第一次案情分析会就在这个简陋的环境里举行了，因为董韶军的检测还在继续，大家多等了半个小时，累了一天就吃了几块干粮，利用这半个小时，多泡了几包方便面，吃完又等了许久，才等到董韶军拿着一张刚写好的纸张进门，众人都关切地看着他。

"基本可以确定，就是那几头失牛，方向是正确的。"董韶军擦了把汗，张猛给他移了把椅子，他微笑着坐下了。

"准确率有多高？"马秋林很慎重地问。

"百分之九十以上……粪便的样本对比，有三个样本和失主杨家牛圈里的样本几乎一致，原因在于他们家这段时间用玉米芯喂牛比较多，粪便样本里检测出了很多没有消化的玉米芯残片，全村其他圈里的牛粪残留度没有这么高……还有两个样本和李家牛圈里相同，这点是通过麦秸纤维的残留确定的。他家的麦秸沤过，纤维比正常的要短，大部分已经消化……另一家我没有找到对比样本，不过根据这几个雷同的样本，基本可以肯定，牛就是通过这条路消失的。"董韶军道。第一次学有所用，再累对他也是一种振奋。

马秋林听得频频点头，众乡警听得凛然一片，能从牛粪找到这么多证据，也算是仙人了，即便是不苟言笑的王镔，对于这个腼腆不多话的年轻人也多看了几眼，满眼都是佩服。

"我给大家说一下我和指导员的发现。"马秋林清清嗓子道，"16号，也就是前天，天气晴朗，村里大多数农户都把牛赶出去放风。这儿的饲养习惯一般是冬春圈养，夏秋放养，冬天的大部分时间里都是关在圈里的，前天也就是天气好把牛赶出去啃啃沟里坡上的残草而已……谁知道，案子就这样发生了。"

马秋林娓娓道来，当天放出去的牛有三十多头，以这里的放养习惯，很少有人管，天黑了牛也能自己找回圈里，可当天有四头牛没回圈后，村里人急了，连夜在四周山上找，遍无所获。两人询问时侧重于在案发以及案发前的时间里是不是看到过陌生人，可恰恰让他们不解的是，这里发生的情况和观音庄类似，居然根本没有见到过陌生人。

"大家看村里的地势，出村一条路，村子在山凹中间，四面环山，坡地长，冬天时间，树稀草稀，眼力好的，就算对面山坡上有只兔子，也能看到吧？"王镔叹着气道，"可我和马老寻访了三十多户，上百口人，有晒玉米的，有烧沤肥的，有砍柴的，奇了怪了，就没人见到陌生人……"

对呀，老马识途，老牛认路，牲口的方向感比大多数人要强得多，既然走失不可能，那就无限接近于被偷的可能性了。

"对，症结就在这儿，大家集思广益一下，牛是怎么被偷走的？这个对找到偷牛贼很关键……虽然这里离二级路直线三公里，可要翻山越岭，路大家都走过，有十几公里吧？这么长的距离怎么把牛带走？肯定不是杀了……要是杀了牛，不可能什么都没留下；我本来以为是牵走的，不过根据村里人介绍，这牛不是那么容易牵的，陌生人想近前都不容易……我亲自试过，你到它跟前，它就跑，牵牛鼻子走只是一个说法，想把绳子穿进它的鼻子，恐怕都没有那么容易。"

"也不是不可能，了解牛脾性的人，应该能办到。"王镔插了句嘴。

"对呀，这就反映出第一个特点来了，盗窃嫌疑人有养殖经验，至少他应该熟悉牲口的脾性。比如我们几个城里来的，想牵牛鼻子，没那么容易吧。"马秋林笑着道。

"好像也不对，再怎么说也不可能大家一个人陌生人都没见到，牛就被牵着鼻子拉走了吧？"王镔道。

"对，这是主要需要解决的问题，想通这一节，很可能贼踪就不远了。"马秋林道。

两位老人一唱一和，无比默契，可没说出什么具体内容来，下面的自然更说不出来什么，马秋林抛砖引玉地道："大家都说说，有时候智慧就在群众中啊。"

张猛看了看董韶军，董韶军很诚恳地道："我的能力仅限于此，抓贼我可不行……不过我觉得难度很大，既然能悄无声息偷走牛，那说明嫌疑人肯定是此中高手，让赃物消失的难度也不大，从二级路开始，二十分钟出市、一个小时出省，又是年节时间，肉蛋禽鱼的需求量很大，我想，失牛应该已经变成牛肉了。"

这一点恰恰敲中了王镔的心结，他撇着嘴，好不为难的样子。这个案子呀，不查的价值甚至比查的价值要大，退一步讲，即便花上大量精力、人力查出贼是谁来了，可追不回失物，对于经费拮据的乡派出所，无疑是个雪上加霜的结果。

"逸风，别在下面说小话，有话放桌面上说。"王镔喊了声。正和李呆交头接耳，直埋怨肚子饿了没人管的李逸风惊得抬头了，他笑了笑，不确定地问着："镔叔，这会上我有说话资格吗？"

"让你说你就说，这么多废话。"王镔不中意地道。

"嘿嘿，我觉得呀，这个呀……咱们另想辙成不？"李逸风不确定地道，马秋林异样了，出声问道："想什么辙？"

"我刚才想了想，回去找我爸，搞点什么贫困村帮扶项目什么的，要点拨款……"李逸风道，每每说及家里的爹，还是让他蛮有成就感的，不过话明显背道而驰了。马秋林异样地看看王镔，不料王镔也转性了似的，期待地问着："能要多少钱？"

"林牧项目，能有十来万吧。"

"能要到吗？"

"差不多吧，给谁不是给，还不如给咱们乡呢。"

"可远水解不了近渴呀，丢牛的五户，可怎么交代？"

"这个……要不我想办法先给垫上？"

两人的对话，只有乡里人能听懂，穷乡有穷乡的活法，要救济就是一种。董韶军和张猛面面相觑，可不知道案子怎么就转移到票子上面了。马秋林也不大懂乡里的事，他侧头问着一位有点傻乎乎的乡警，等乡警小声解释了马秋林才明白，这乡里每年都吃贫困补助，不少村还和县里一些单位结成了帮扶对子，也不稀罕，就是多少能要点钱而已。马秋林一下子明白了，这是堤内损失想办法从堤外给补点呢。

众人商议的时候，董韶军的电话响了，他低头接了个电话，然后叫着余罪，两人附耳说了几句。这时候马秋林注意到了，一直锁着眉头的余罪像得到答案一般，舒展开了，他暗忖着，这小子肯定有新发现了。

"静一下，静一下啊……要拨款、找补助的事随便你们自己怎么办，但我觉得盗窃案既然发生了，立案了，就尽量不要草草结案，否则以后再遭贼怎么办？牛要是再被偷了，难道再拿那点屈指可数的拨款充数？"马秋林道。

这一句暂时把声音都压下去了，王镔脸上显得有点不自然了，李逸风好不容易在指导员面前卖了个好，出声道："马老，您应该了解咱乡里的情况，你瞅瞅，走了一趟就把大家累成这样了，这都快过年了，总不能让兄弟们……"

他的声音戛然而止了，不是别的原因，而是余罪在看着他笑。看这表情李逸风有点心虚，那是所长折腾别人时的惯用表情。他下意识地闭嘴了，此时才注意到，大家都发言了，就所长没开口，搁这乡里，所长可算是最高警务指挥了。

"大家准备一下，明天开始介入案情……王指导员麻烦您老再跑一趟，让村里人放心，很快就会有结果。"余罪道，自己起身了，一句话雷得众人不轻，大家都还在争议这事能不能办、怎么办的时候，所长已经有结果了。

起身，余罪笑着看看众人，那是一种极度兴奋和得意的劲儿，就像曾经发现贩毒的主谋，发现贼王的踪迹一样。他走了两步，回头贼贼地一笑，给了句话："我刚刚想通了这牛可能是怎么被偷走的。我想他们可能还会来，七头牛还填不饱他的胃口。"

一言已毕，四座皆惊，耸然动容的王镔奇怪地看看余罪带来的人——张猛还蒙着呢，董韶军有点愕然，连马秋林也在沉吟。余罪像是故意给大家留下思考空间一般，自己踱步出去了。一出门，马秋林问着："小董，刚才什么电话？让余所长一下子豁然开朗了。"

"周文涓的电话，检测结果出来了。在发现粪便的地方，有唾液残留，还有微量的绿色素，成分没有定性。已经送检去了，结果可能要慢一点。"董韶军道。马秋林蹙眉思考着，李逸风眨巴着眼瞅着众人一样迷糊，问着张猛道："猛哥，我怎么觉得余所长不是找牛，像吹牛。"

"很正常，我就没见过他有谱过。"张猛笑着道。

"也未必，他在反扒队和贼打交道的时间可不短。"董韶军道。

"那扒窃和盗窃不是一码事吧？"张关平道。

指导员王镔又被说得六神无主了，他目光征询着马秋林，却见这位盗窃案侦破专家的眉头渐渐舒展了。半晌他像余罪一样笑了笑道："他没吹牛，我可能也想通了……指导员，可以试试，有些事不能光想，得在实践中试试。"

又是一句让众人蒙头蒙脑的话，不过马秋林对自己想通了什么就三缄其口了，什么也没有透露。工作就这么糊里糊涂开始了，第一件事居然不是准备，而是睡觉……

🐼 乡警出更

在乡下的冬天，鸡叫三遍的时候，天还是黑着的。不过周文涓已经坐着余罪的那辆警车匆匆赶回来了，她轻手轻脚进了派出所的大院，却发现所长办的灯还亮着，慢慢趋近时，她看到了一幕让她很讶异的景象。

余罪，不，余所长，在呕心沥血地忘我工作着，桌上铺着乡镇区划图，他像魔怔了一样趴在地图上，发着呆，丝毫没有发现来人。

专注，总是让一个人看上去令人尊重。周文涓回忆着曾经的余罪，是顽劣不堪的样子，是桀骜不驯的样子，是泼皮无赖的样子，不过那个样子离现在的他已经很远了，不知道什么样子，警营已经把他变得这么严肃，这么专注，就像自己身边那些都曾经顽劣的同学一样，在不知不觉地变化着。

"咦，文涓，什么时候回来了？"披着衣服的马秋林从东屋出来了，惊讶地道。周文涓笑了笑，说自己刚来没多久。马秋林客气地把她往所长办请，周文涓问着怎么马老也起这么早。马秋林一捋头发，有点不好意思，道："犯职业病了，心里一打结，一准睡不着觉。"

进门余罪给两人倒了杯热水，刚坐下的马秋林就问着："有什么发现？"

"对比您给的积案案情，这个作案模式太吻合了……朔州这十一例，都是发生在偏僻、交通不便，甚至连报警都不便的山区；吕梁吴堡乡这四例，几乎就发生在省界上……沁源就更不用说了，年年丢，那儿典型的山大沟深，中条山腹地……天镇、阳高、应县、浑源，都有过类似案例，全部是警力薄弱，交通不便的山区地带，这其中，会不会有某种联系呢？"余罪狐疑道。

"你找到了多少相似点？"马秋林在问着并案的可能。

"全部相似，不过也可以说，全部不相似。因为您给的案子，多数连现场勘查也没有，仅有部分失主的口供，我查了下，最早发案记录在四年多以前，最先发生的地方在偏关县。我就奇怪了，这么多年，不能连一个偷牛贼被逮到的记录都没有吧？"余罪愕然地问，实在不能不对同行的工作能力持怀疑态度了。

"呵呵，你手下乡警什么素质？难道你还不清楚？"马秋林反问道。一句问得余罪无语了，他尴尬地笑了笑。再要问时，马秋林已经替他回答了："也不是没有查过，据我所知，两年前省厅的全省警务工作会议就提到过这个系列偷牛案，但难的是……你无法用警呀，大多数就像咱们现在一样，线索没有，目击没有，痕迹没有……甚至于等到了县一级、市一级接警，已经是被盗好多天之后了……活物这东西不像物品，它不可能被存住呀，仅五原市就有六十多个屠宰场、十几家大型冷库，每年消耗的肉类那是个天文数字，要扩及到全省，你想想，人口基数万分之三的警力，怎么查这种案子？"马秋林道。

话里已经暗示出了他的判断，没错，这是一个很直观，也非常简单的判断。只要被偷走，牛变成牛肉，变成餐桌上的美味，恐怕就算抓到贼，连取证的可能性也没有了。

说话间，余罪又回复了那种百无聊赖的神情，闭着眼睛，手里一晃一晃在玩着硬币，很熟练，硬币就像长在手指上一样，以一种均匀的速度在指缝间来回翻滚。马秋林知道，这是他思考时的一种下意识动作，他没有打扰，回头看了看周文涓，看天色将晓，他直说出去散散步，起身了。

周文涓静静地坐着，没有打扰余罪，她以一种很钦佩、很崇拜的眼神看着余罪，她在想，无意中穿上这身警服，实现了自己的凤愿，这么大的事，她还没有机会向推荐她的人说句谢谢呢。看着余罪此时这么为难，她又在想，曾经梦寐以求的理想在实现之后，似乎也并非是什么幸事，最起码像这种在谜团里的煎熬，就不是一般人能承受得了的。

"叮当"一声，硬币失控了，余罪睁开眼了，像抓到了什么灵感，蓦地起身了。他神经质地翻着地图，寻着文件，找着什么记录，飞快地在纸上写着什么。周文涓好奇地凑上来，看到了余罪写的是一行行的数字——是日期。写完了日期，又上网查着案发地的地形、地貌、天气，一一记录。半晌抬起头看到周文涓看着他时，余罪吓了一跳，紧张地问着："咦，你怎么还在这儿？"

"我就没有离开过啊。"周文涓笑着道。余罪此时猛然省悟，一拍脑袋道："哎哟，忙糊涂了，坐，我给你倒水。"

"你又糊涂了，你刚给我倒过，还没喝完呢。"周文涓又道。

余罪糗得尴尬地笑了笑，坐下来兴奋问着："别告诉我结果，让我猜猜。"

"好啊，我可是动用了队里的法医检测设备，又问了两位专家才得到的结果。"周文涓笑着道。

"牛是被诱拐走的。"余罪笑着，缓缓地轻声说出了这句话。

绿色的成分是饲草，苜蓿叶子残留，余罪怀疑可能是青贮饲料。用那玩意儿勾引整个冬天都没见到青草的牛，比拉个美女拐走流氓还要管用。这可能成为本案最关键的突破点，余罪和马秋林两人几乎在同一时间都想到这种可能了。只有这种办法才能无声无息地把牛偷走，或者说不是"偷"，而是让牛走到指定的位置。

一瞬间，周文涓的笑容凝结了，那就是答案，是检测出来的成分。她愕然的表情里带着几分惊喜和不解，余罪替她说了："很简单嘛，一边吃一边拉，就是牲口干的活，在那地方停留那么久，肯定是找到好吃的了……其实所有的悬案等真相大白的时候，你都会发现，它是简单得不能再简单，怎么，你是不是对我的分析很震惊？"

余罪掩饰不住几分得意，周文涓腼腆地笑了笑，不过嘴里却说着："其实我是很震惊，你怎么会变成这样？"

"什么样？"余罪奇怪地问。

"很敬业的样子呗。"周文涓不好意思地笑笑。

余罪一下子脸有点羞红，想起以前狗屁倒灶的警校岁月。他想了想，有点无奈地说着："还记得咱们老校长在毕业典礼上说的吗，穿上警服，就意味着一种责任……以前我真不理解这词，甚至来这儿的时候啊，我就想着破罐破摔，摔得声响大点，可你昨天也见着了，丢牛户那境况都快逼出人命来了，都穷成这样了还遭贼，真叫没天理了……老乡们都眼巴巴地看着，别说还是警察，就不是警察，能帮一把也不能闲着呀。"

余罪说着，看着天放亮了，起身了。周文涓笑了笑，对于这个答案没有发表意见，接下来她又发现余罪的与众不同之处了，准确地说是余所长的官威出来了，伸着脖子朝着东厢房吼道："狗少、呆头……起床干活！再不起来老子掀被子泼凉水了啊。"

连吼几嗓子，把那干懒散的乡警终于吼得早起了。余罪回头时，发现周文涓掩着嘴在笑，他也贱贱地笑了……

等余罪把马秋林和周文涓送走回来，一干乡警还没有收拾利索。李呆正使着吃奶的劲儿蹬摩托的启动杆，冬天太冷，他那辆破摩托不蹬上个三五十下，就发动不着。张关平充当着临时大师傅的角色，还在煮方便面，但那味道让乡警也有点反胃。李拴羊想回家，不过见所长在，又不敢回去。至于狗少兄弟，刚提着裤子、揉着眼睛从厕所出来，边走边嘟瑟说着："我睡着的时候，梦见牛自己回来咧，我推理呀，肯定是公牛勾搭了俩母牛，出去风流了。"

"吧唧"挨了一巴掌，李逸风一惊醒，所长正瞪着他，他嘿嘿一笑，余罪指着叫嚣着："真把自己当牲口啊？"

"那当然，咱们过的这生活，牲口都不如啊。"李逸风逆反了句。

可不料有人接荏了，"嗨"了声，从墙上露出脑袋来了，是张猛，诧异地问着："谁叫我呢？"

余罪和李逸风一愣，顿时哈哈大笑，惹得在外头晨练的张猛咧嘴骂了句，不理会他们了。

收拾利索，几位乡警坐在四辆摩托车上准备上路了。这地方除了摩托车，还真没有其他交通工具有这种机动性，余罪给每车发了一个望远镜，千叮万嘱就一句："找到目标马上汇报啊，千万别惊动。"

什么目标呢？余罪已经解释得很清楚了——青草。就在通往二级路的乡路上找。

"这大冬天的，能长草？"乡警李拴羊傻眼了。

"秃子脑袋还长毛呢，冬天怎么不能有草？"余罪不容分说，顶回去了。

"哎，所长，好几十里山路呢，摩托车加油算谁的？不能公事还得我私人花钱吧？"张关平问着关键的问题。

"呸！以前公家给你发钱，你办过点事吗？滚蛋。"余罪直接吼着拒绝了。

"那伙食补助总有吧？"李呆怀着期待问。

"给你补助，山上能有饭店呀？"余罪叼着烟，一点，挥手打发着人。

哇，此时众人才领教了所长的抠门，敢情一毛钱不给，净让你干活去。乡警们心里可不舒坦了，不料余罪点着烟喷了句："只要照片给我拍回来，这个月增加奖金……不过谁要偷懒不干活，小心我倒扣啊。"

终于有针强心剂了，乡警们的右脚一蹬，突突突发动摩托车，乐滋滋地走了，连李逸风也觉得所里待得老无聊了，坐到了李呆的摩托车后，要跟上办案去。毕竟当警察这么多年，还没办过案呢，何况这又关系到自己赔钱的问题，小觑不得。

群车出动，那声势端的也是不小，余罪叹了口气，还是觉得这些乡警不像在市里反扒队那群天天接触案子的队员，都练就了一双火眼金睛。这番出门寻找，要到四五个村，最近十七公里，最远三十多公里，其中哪怕一个小小的疏忽都可能放过隐藏着的嫌疑人……对了，他也准备走了，不过要走的时候才发现自己留了一个很大的疏漏，没车了。

自己那辆派给马秋林了，所长这辆小长安他不好意思要，这穷乡可不比其他地方，花钱也未必能雇上车。一看董韶军提着东西出来，他傻眼了，董韶军奇怪地问："怎么了，不是说咱们到二级路一带吗？"

"没车啦。"余罪喃喃了一句。

"没车啦？那怎么去？"董韶军没理解乡警的苦处。

"等等，你先等会儿，我再想想办法。"余罪拍着脑袋，想着到乡政府借辆，可又有点不好意思，几辆私车总不能借去办案吧？正想着，听到了一阵车声的怒吼，董韶军耳朵尖，一皱眉头："咦？乡里还有这么大排量的车？老式212？不像啊……"

他放下东西，几步到了院门口，惊讶地一句道："我靠，路虎……呀呀呀，怎么拦咱们的车了？"

"坏啦……"余罪吓了一跳，肯定是虎姐报复来了，紧张地刚跑几步，就听得李逸风杀猪般地大喊着："所长……救命啊！"

等余罪到了门口，看到了李逸风发疯似的往回奔来，路虎停在路边，车门开着，一只白色的牧羊犬汪汪吼着在他背后追着，连滚带爬的李逸风吓得哀号不断，而驾驶位置上的厉佳媛村长则笑得花枝乱颤。

"咋回事？"董韶军郁闷了。

"妈的，这妞这么野。"余罪顺手操了一把锹，奔出去了。

"所长，救命啊……"李逸风奔着就往余罪这儿跑，余罪抄着锹，嘴里吼着，吓唬着奔上来的狗，手里的锹乱挥乱舞。那狗骤然而停，朝着余罪汪汪吼着，背后厉佳媛清脆地叫了声："大白，咬他。"

一个冷不防，那狗长腿一蹬，一下子扑起来一人多高。余罪吓得大叫一声"哎哟妈呀"，扔了锹就跑。他和李逸风两人两个方向，那狗却又追着李逸风去了，李逸风奔得狼狈不堪了，围着所院转了半圈，拾了几个砖头石块吓唬，可一转身，那狗又追上来了。跑了一圈，李逸风恰好看到了在院外蹬着杨树练臂力腿力的张猛，又是慌不择路地大喊着："猛哥，救命啊……"

张猛见状，猛地从树干上翻身跳下来，一个箭步奔了上去，几步助跑，飞身挡在李逸风面前。那狗奔得也急，猝然天降一人，它吓得赶紧朝这人一吼，不料张猛停也不停，飞起一脚，把狗儿踹出几米远去。那狗吃痛哀鸣了几声，一龇牙又回扑上去了。特警队出来的猛哥可不是吃素的，在它堪堪扑上来的一刹那，电光石火地一伸手，提住了狗的项圈，一下子把狗儿勒住了。那狗朝着主人的方向哀鸣了几声。

"我靠，牲口有两下子啊。"余罪躲在门洞里赞了句。

"放开，放开我家大白。"厉佳媛生气地嚷着奔上来了。

李逸风见势不对，脚底抹油，绕了个圈溜了，看来今天的事难了了。张猛睥睨一眼，拎着狗一用力，又扔出几米远。那输了胆的狗儿，耷拉着脑袋朝主人奔回去了，厉佳媛心疼地抚着狗脑袋，直斥着张猛："你怎么打我家狗狗……"

话后半截似乎软下来了，她的眼中，一位高个、剽悍、刚毅的后生，正不屑地笑着，那英勇的神情像有某种魔力一般，压制住了她想发飙的冲动。于是她有点狐疑、有点期待地问着："你……谁呀？没见过你。"

"警察，放狗咬人可不对啊，伤了人怎么办？"张猛道。他也在奇怪，就在市区都不易见到的白富美，居然在穷乡僻壤里出现了。抚着白狗的美女，一身淡蓝色的冬装，齐膝的小马靴，像某个让他心动的画面一样，让他忍不住多看了两眼。很奇怪，习惯性的粗口也没有爆出来。

"那狗少和你们那所长能算人吗？"厉佳媛还是有点委屈，不忿地道。

"哦，确实不算人，他们怎么了？告诉我，我回头抽他们去。"张猛同情心大起，把美女气成这样，他严重怀疑狗少和余贱做了天怒人怨的事。可不料这事厉佳媛可没脸说出来了。她转移着话题，问着张猛道："算了，算了，惹不起我还躲不起吗？你还没告诉我，你是谁呀？"

"市局刑侦二队的。"

"怎么来羊头崖了？"

"查偷牛案。"

"哇，我听说了，观音庄和后沟村丢了几头牛，都惊动市里了？"

"没惊动，顺路过来看看……"

"你们来了就好了，靠那帮乡警，根本不抵用。"

"他们在我们眼中，基本不算警察……"

两人说得越来越近乎了，后来直接站在一块儿倚着树干聊天。这可把门洞里的董韶军看傻了，有道是当局者迷，旁观者清，董韶军异样地看着余罪，余罪也贱笑着看着他。董韶军小声问："这谁呀？好像和张猛一见钟情了？"

"大学生村官，一土豪家闺女……哦，我明白了，这个白富美有恶癖，喜欢人形牲口……"余罪道。

"我怎么听你这话有点酸啊。"董韶军取笑道。

"什么耳朵，一点都不酸。"余罪笑着补充道，"就是有点嫉妒……哎，好像车有着落了。"

董韶军一瞅那辆车身剽悍的路虎，愕然地盯了余罪一眼，那意思是，连那车你都敢想？可不料余罪早跑出去了，直奔到还在腻歪的两人跟前。厉佳媛怒目而视，不过脸皮厚的余罪自动过滤，觍着脸道："张猛，我给你们介绍一下，这位是中心村村官，厉佳媛村长，给乡里老百姓办了不少实事……厉村长，这是我同学张猛，二队刑警，屡破奇案，屡立大功……这次一听说咱们乡里有事，专程帮咱们解决问题来了。"

张猛已经习惯余罪的天花乱坠了，说得这么好听，反倒让他觉得很刺耳。厉佳媛却是很赞赏地看了张猛一眼，甜甜地说了句："猛哥，我的宿舍就在乡政府里面，有时间来玩啊。"

"哎，好。"余罪替张猛回答了。

张猛一个不悦，不料被余罪挡住了，问着厉村长道："厉村长，您看市局刑警都来办案来了……咱派出所也没啥招待的，出行连车都没有……对了，那辆小长安倒是在，就是不太方便，怕惊走贼……您看……"

不用说，余罪正在看着村长那辆路虎流口水呢。厉佳媛却是又看了张猛一眼，随手把钥匙扔给张猛了。不料余罪手更快，手一伸就接住了，回身一踢张猛催着："快谢谢村长。"

"哎，对，谢谢你啊。"张猛机械地道。

"用吧，没事，车上有油卡……别忘了来玩啊，我待几天才走。"厉佳媛嫣然一笑，似乎还有点羞意，带着大白狗回乡政府了，不时地回头瞅着张猛。那眼神，似乎和余罪瞅那辆路虎一个德性。

"妈呀，有这段邂逅，牲口你不虚此行了。"董韶军奔上来了，羡慕地道了句。

"这卖相，对寂寞少女以及饥渴少妇，绝对是杀器。"余罪回手捏捏张猛鼓鼓的胸肌和腹肌，回头看着，张猛却不悦地盯着余罪。余罪吓了一跳，异样地问："兄弟，难道你不高兴？"

"别拿我开这种玩笑啊，在感情上我是很认真的。"张猛嘟瑟了句，把车钥匙抢走去开那辆车了。董韶军给了个睁大眼的表情轻声道："难道还真是传说中的一见钟情？"

"有可能，这孩子还纯着呢，我估计是初恋。"余罪贱贱地道。两人掩嘴而笑，董韶军回身提着东西，余罪大咧咧坐到了副驾上，这辆车怒吼着，飙回了乡中心村。

乡派出所几乎是倾巢而出了，指导员王镔就在乡政府刚和代乡长商量出来，他看新所长这架势，有点忧心忡忡的样子。因为不管怎么看，所长都像在胡闹，没人比他更清楚所里这干乡警的素质，也没有人比他更清楚在这个绵延几百里的山区，想抓到一个偷牛贼有多大的难度。

而在乡政府二层临窗的一间，厉佳媛托着腮，看着驾车出行的张猛……那车呀，为什么就觉得开得那么帅呢？她凝眸着，却是一种旖旎的目光……

1月18日，在羊头崖乡，偷牛案正式拉开了侦破的帷幕……

第四章
火线追赃

🐼 皆因执念

当摩托车驶近涧河村山脚下时，李逸风已经崩溃到极点了。

没办法呀，他从来没有想到过，同样是交通工具，骑摩托车能冻成这样。那冷风嗖嗖嗖地顺着裤腿、袖口、脖子往里灌，脸上露出来的一小片地方，手摸着已经没啥感觉了，冻僵了。冻也就罢了，这骑车颠得呀，快把隔夜吃的都颠出来了。

"停……停会儿……"狗少有气无力地说道。

"咋了，狗少？"李呆放缓了速度，一只脚支住车子。回头看时，背后李逸风像呆滞了一样，嘴唇喃喃着道了句："歇会儿……冻死我了……"

"呵呵，你天天开车不注意，这山风可冷了。"李呆皮粗肉糙，知道李逸风从来没吃过这苦头，便把他扶下车坐到路边，胡乱找了堆枝丫杂草，点着火，又掏出怀里温温的小酒瓶给李逸风抿了口。烤了会儿火，狗少这才好不容易缓过这口气来。

也是，要不是生怕虎妞再放狗，估计风少爷早就打退堂鼓了。李呆看着狗少踌躇着，不想往前，又不敢回去的样子，他暗笑着未敢揭破。半晌李逸风一仰头瞅着大冬季青黛色的山峦，突来一句："呆头，你说这地方能长草？"

"不能吧？"李呆看了看，这条蜿蜒的小路直通山巅，仅有两人宽窄，那是历年植树造林开出来的路，机动车根本无法通行，大冬天的，除了还青翠着的松柏，剩下可全是枯黄一片了，怎么可能长出青草来。

"可所长说一定会有。"李逸风道。

"所长瞎掰吧。"李呆道。

"也不全是瞎掰，观音庄刚丢，他说还要丢，结果后沟就真丢了，我就想啊，这所长有点门道。"李逸风开始动脑筋了，不过他很难让自己跟上余所长的思维。

"瞎掰碰上了呗。"李呆不以为然道。

"不对不对……你看啊，我觉得呀，牛就是被拐走的，我在想啊，要是真能长出青草来，别说三五头，全村牛都能被拐走……这其实就像来个奶大屁股肥的小媳妇，能把全村光棍都勾引走。"李逸风道，要说他的见识和其他乡警比起来，算不低的了。

这不，这么睿智的推理，把李呆听呆了，直挠后脑勺，那是极度不信的表现。李逸风想得刚刚有点眉目，可不料李呆这呆头给了老大一盆凉水："就是拐走的，可已经走了，能找回来吗？"

是啊，一想牛已经变成了牛肉，李逸风就有点心疼胡乱答应的事。想起这茬来，又自然地把余所长放到对立面了，气呼呼道："真倒霉啊，本来过得好好的，所长一撩拨，就让虎妞揍了老子一顿……现在倒好，人家带着狗来了，以后缓和的机会算是没有啦……"

狗少说得仿佛自己已经痛失所爱一般，锥心似的疼，捂着裤裆直哆嗦。李呆崇拜地道："哇，风少，您真牛啊，这种环境你都能干柴烈火起来？"

"去你妈的。"李逸风一想这茬儿更火大，踢了李呆一脚气急败坏道，"老子跟被人强暴了一样，都是坐你的摩托车一路颠的。"

李呆笑着蹦起来了，两人喝了几口，又重新上路了，虽然愈懒，虽然也想怠工，可又不知道是什么原因促使着两人继续往山巅行去。

再怎么说也是警察不是？哪怕就有万分之一的机会，两人也想看看。一半始于好奇心，想知道究竟长没长青草；另一半恐怕也是因为有点同情心，想把牛给找回来。

张关平在村路上疾驰，不时地停下，按所长的要求，用手机拍一幅全景。

车驶上壑儿坪时，李拴羊拍下了满目荒草的平地，从坪上远看就是那条蜿蜒的二级路。不过他纳闷的是，这地方根本没丢牛，当然更不可能有青草之类的东西了。

这一日指导员王镔也没闲着，他挨村做着说服工作，说服的内容就一件事：把牛放出来。

他隐隐地感觉到了所长想干什么，舍不得孩子套不住狼，舍不得老婆逮不着流氓。要想抓偷牛贼，当然得把牛再放出来，如果不是马秋林极力支持的话，这事他不敢干。

当然，也不容易干，乡户人家，养头牛可比养个丫头还值钱，他挨村说服，个个脑袋摇得像拨浪鼓。不得已王镔带上了各村村长，私下里许诺，如果丢牛了派出所赔，不丢的话明年也给村里好多优惠条件，村里这才有不到一半的户主把牛又放了出来。不过放是放出来了，看得可紧了，都眼巴巴盯着生怕再不翼而飞了。

从早晨出来连跑了四五个村，回返时已经过中午了，王镔却是心念二级路上的所长。他叫乡警驶出乡路，联系着余罪。半下午的工夫，才在原沁二级路上看到了那辆停在路边的路虎，车附近是高耸的山峦，山后就是散布着十余个行政村的羊头崖乡。

"小高，所长来了一个多月了，都干什么了？"王镔看着车，意外地问着乡警。

"没干什么。"小高没说，所长有一半时间不在，有一半时间瞎溜达，这可不能说出来。

"年终的护林防火，组织防范学习了没有？"

"没有。"

"那各村治安防范，没有开会传达呀？"

"没有。"

"来了这么长时间，业务学习总有点吧？"

指导员那股气又上来了，不料乡警高小兵还是摇摇头，老实地来了句："没有。"

"哦，确实是什么也没干。"王镔气着了，生气地问着，"那你总知道厉村长和逸风怎么回事吧？怎么着今天就把狗牵来咬人来了？"

"那个……"高小兵嗫嚅着，把那日的事说了个大概，关于所长教唆的情节，他拿不定主意，只含糊地说所长和李逸风挺对脾气。一下子气得王镔拍门下车，走到路虎前，透过车窗瞅了瞅，没见人，又四下看看，终于发现在路边的草丛边对着太阳的一处凹地里，张猛正斜躺着抽烟。王镔走下缓坡，打着招呼，问着余所长在哪。张猛顺着方向指指，王镔看到了余罪和董韶军两人正在山腰的羊肠小路上寻找着什么。

老指导员的那股子气一下子又消了，再怎么说，这位所长好歹也是好心想办点事。他吁了口气，走了几步和张猛坐到了一起，他隐约听说过张猛的事，便以一位长者的身份，关切地问着这小伙子道："小猛，听说你犯错了？"

"呵呵，犯了好几回呢，您指哪回呀？"张猛笑着道，不以为然，而且有点逆反。

"我可没教导你的意思。"王镔笑了笑，很和蔼道，"在我看来呀，犯了错虽然不一定是个好警察，但连错也不敢犯，那他肯定不会是一位好警察。"

诶？这话好像很对胃口，张猛下意识地坐直了，奇怪地问着："指导员，要以您的判断讲，最优秀的警察不是别人，就应该是余所长了。"

"什么意思？"王镔倒被问住了。

"余所长他什么错都敢犯呗。"张猛笑了，引得王镔也不禁莞尔，这个不用解释，要是不敢犯，也不至于来这个穷乡僻壤了。

两人一句话化开了隔阂，接着王镔抽上了张猛递的烟，张猛却是注意到了老头骨节突出的手，那手形他见过——在特警队那些身经百战的队员的身上见过。可此时，却见得指导员的手在颤、在抖。他皱了皱眉头，王镔似乎已经注意到了，一伸手解释着："不要太迷信个人的力量，拳头和人一样，都会老的，现在的竞技体育和军警类体能训练，在一定程度上，都是对身体的摧残……我年轻的时候啊，比你还凶，拳面直接是在木桩上打出来的。"

这不是吹的，王镔整个拳面的骨节已经严重变形了，张猛抚了抚那只曾经有力，现在却在颤抖的大手，不无景仰地问着："王叔，以前您当什么兵？"

"侦察兵，潜到敌后抓舌头，那时候咱们丛林战其实打不过越南兵，当时军区迫不得已才挑了一批侦察兵现练现用，练得很苦啊，很多人没下训练场就废了……"王镔喃喃道，似乎不愿触及那些往事。

"那下了训练场的呢？"张猛很好奇地问。

"呵呵，下了训练场的。"王镔笑了笑道，"大部分都进烈士陵园了……我们一个连，从战场上拉下来的时候，只剩下十六个人了，还有七个重伤残。"

张猛愕然了，他看着这位前辈，似乎无法想象一位叱咤风云的人物，怎么可能变得如此颓丧，就像个行将就木的乡下老农。

"后来就当了警察？"张猛半晌，傻乎乎地问了句。

"嗯，纯属照顾，这儿就是我的家乡，参军就是从这儿走的，从警后又回来了，几十年，一眨眼就过去了。你还年轻，以后的路长着呢。相比我们那时候，条件可好多了。"王镔道，掐了烟。张猛还在愣着，随意的一句，不知怎么就触发了这么多让他觉得匪夷所思的事。他刚要开口，王镔却是一抚他肩膀道，"马老让我劝劝你，想开点。"

"我没有想不开的。"张猛一拧脑袋，火大道，"就是想不通而已。"

"想不通？"王镔异样了，只听说张猛因为打人被停了职，想劝孩子别自暴自弃来着，可看这样，他也异样了，出声问着，"能跟我说说吗？"

"有什么不能的，就他妈一对绑架勒索的嫌疑人，您知道他怎么干的？上学路上，把一初中小孩给绑了，还不是什么有钱人家，您知道他们把小孩怎么样了？就关在一处阁楼，还锁在狗笼子里，光扔了瓶水，吃的都没给……孩子给饿了四五天，我们找到他的时候饿得把校服都啃了一片，站都站不直了……"张猛说着，两眼几乎要喷出火来。这些形形色色的罪犯，比他在滨海见过的那些奸恶痞混可恶得多，他气愤地反问着王镔道，"您说，王叔，这种嫌疑人得坏到什么程度才能办出这种事来，还是个孩子啊……"

"人渣，真他妈该死。"王镔眼睛里寒光一闪，气着了。

"就是啊，这种王八蛋……检察院的后来找来了，说我刑讯逼供……其实我根本没审讯，我直接揍了他个半死。"张猛不屑道，恶狠狠地"呸"了一口。

王镔"呃"了一声，分不清自己的角色了，他看出来了，俩人其实是同一类人，所差不过年龄而已。于是他不劝了，转移话题道："别说打人的事了，说说这个偷牛案子。"

"没事，抓住他揍他个半死，下辈子他都不敢来偷了。"张猛道。王镔哭笑不得了，解释着："什么事也不是单靠拳头就能解决的，我是说呀，现在能不能抓到还是两说。"

"放心吧，找得到。"张猛不以为然道。

"哇，这么肯定，很相信余所长的水平？"王镔好奇地问，其实这也是他最关心的事。

"是啊，当然相信了，余儿要没穿警服，那直接就是当贼头的料，一般贼弄不过他。"张猛指指余罪的方向。

王镔又被逗乐了，偷牛贼恐怕没那么容易抓，可几次尝试性的交流，却让他觉得肩上担子轻了不少。而且他看着张猛，没来由地感觉到了一种

余罪：我的刑侦笔记4 | 211

亲切，仿佛看到了年轻时候的自己。冷不丁王镳兴之所至，突然问道："你在特警上训练的？"

"对呀，怎么了？"张猛道。

"小儿科，现在的特种兵就是从当年野战侦察序列里分出去的，特警嘛，要和我们比，差远了。"王镳豪气顿生道，看着张猛不服气的眼神，他一摆手，起身招手道，"来，教你一招捕俘。"

"嘿哟"一声，张猛不服气地腾地跃起，扑向老指导员，却不料一个不小心，被王镳顺势牵着肩膀一扔，"吧唧"扑地上了。咦，张猛眼睛亮了，诧异地、愕然地盯着状如老农颇不起眼的指导员，从没想到在穷乡还能碰到高手。他眼亮着，一个蛟龙出海，两腿一甩，稳当当地站起来了，和指导员对峙着，在寻找着战机，一时间，两人手掌翻飞，拳来腿往，打得不亦乐乎。

这情景可把远处的余罪和董韶军吓坏了，余罪还以为一老一少说话不对路干起来，等两人气喘吁吁地停下来了，却见得王镳在一招一式向张猛解释着怎么发力、怎么擒拿。张猛还向他抛了个得意的眼神。

"咦，没发现牲口什么时候魅力越来越大了，上午勾搭虎妞，下午勾搭老头。"余罪愕然对董韶军道。

"正常嘛，他有形象魅力，你有人品贱格，这是均衡的事。"董韶军道，一句惹得余罪朝着他臀部连踹几脚，这老实娃可惹不过余罪，笑着跑了。

一天就这么过去了，外调的马秋林没有传回更多的信息，派出的乡警也没有发现什么青草、绿叶这些能拐走牛的食材，只有董韶军在后沟通向二级路的小路边上，找到了几个扔掉的烟屁股。

"这充分证明，偷牛贼在这儿待过，抽过烟，对吧……"

余所长在晚上开会时如是对一干哈欠连天的乡警讲着，不过太没说服力，会没开完，乡警们就瞌睡了一半，余所长只好宣布散会，明日再查。

🐼 一线灵光

又是一天过去了，仍然一无所获。

难啊，余罪手伸向烟盒时，里面已经空了。他下意识拉开抽屉，成条的烟也空了。

有些癖好就是这样，你明知道它百害而无一益，却怎么也戒不掉，这是从警以来养成的一个最大的坏习惯，如果不动脑筋还能克制，但要动脑筋，就根本克制不住地要抽上两口。更何况此时不是动脑筋，而是伤脑筋。

派出所里没有暖器，都还是用着煤球炉子，好在余罪曾经有过那种生活经历，没有被难倒。他起身拉开门通了通风，换了个煤球，思忖着这个时候去打扰小卖部是不是很不合适。确实很不合适，看看时间已经晚上十点多了，在市区还成，在这里，大部分村民都已经休息了。他叹了口气，在院子里逡巡着，还是一副愁眉不展的样子。

自己现在终于对这个案子有点切身的体会了。几十公里的侦查线，单靠乡警根本就是杯水车薪，即便余罪点出了几个很可能出现的地点，但让乡警一天跑一趟，连续两天骑摩托车高强度作业，个个累得叫苦不迭，他担心这帮懒虫支持不了几天了。

晚饭时刚和马秋林通过话，马老和周文涓在外围调查，余罪试图通过在周边三个县境上的公安检查监控上捕捉嫌疑车辆，这一点马秋林也认可，这几乎是现在所有警察的首选思路。

但查出来的结果却是让人很意外——在案发当天以及次日，分别向北、向南、向西三个方向走的轮宽二点二五的货车，足足有四百多辆。岳西省往北有多处养牛基地，而且不光是牛，猪、羊、鱼等活体的贩运都很发达，大部分使用的都是经过加篷改装的货车。至于在案发现场提取到的绿色残留，则确认是苜蓿饲草，可这玩意儿在全省范围内，有至少五十多处牧场需要排查，因为都可能是青贮饲料的来源。

这个结果很明确，根本没法往下查。就即便有足够的人力和物力，等把这些货车的去向、源地查清楚，恐怕也得几个月时间。

这条路证明不可行，那就只剩下守株待兔了。余罪的心开始慢慢悬起来了，如果偷牛贼不再出现的话，那所有的设想和布置，都要竹篮打水一场空了。或者偷牛贼在防范松懈的时候再下个套子，再丢几头牛，那乡派出所就该关门了。

本来他对于抓不抓得住几个贼并不怎么在意，可脑海里总是抹不去观音庄李大寨那一家子的样子。就因为两头牛，差点把老婆打死；也就两头牛，比媳妇比娃都金贵。这说到哪儿都是笑话，可真正读懂这个笑话的人，等你笑出来，肯定比哭还难看。

"余所长。"有人在黑暗里叫了一声。踌躇的余罪回头时，看到了洞开的大门外，进来了一位高大、佝偻的身影，是指导员王镔，他回过神来了，寒暄道："还没睡呀？王叔。"

"你不也睡不着吗？别这么客气，咱们一个班子，你是领导。"王镔笑着道。

"您可以笑话我，但不能等着看我的笑话吧。呵呵。"余罪道，有几分自嘲的味道，从市里"升职"到这个地方，本身就是一个莫大的笑话了。

"在这儿出笑话的所长很多，不过你是我不愿意看到也出笑话的一位。"王镔道，黑夜里，那双眸子特别的亮。余罪顺口道："为什么？"

"因为你是唯一一位没有想推诿职责的所长，尽管你并不称职……进屋说话吧，外面凉。"王镔道，领着余罪进了所长办。好简陋的地方，一桌一床一柜，加一个锈迹斑斑的煤球炉子，落座时，余罪从暖瓶里倒了杯水，给指导员递上。他默默地、若有所思地坐在指导员的对面，打量着这位老人。此时指导员显得很凝重，深深的皱纹像用刀镌在脸上似的，余罪只觉得和那位挥着武装带揍人的形象是那么的格格不入。

王镔也同样在打量着自己这位二十出头的小搭档，其貌不扬，眼睛睁大的时候像人，眯起来的时候像贼，和村里那些游手好闲的小后生一个德性，很难相信这就是省城市局派驻到羊头崖乡的挂职所长。他笑了笑，手抚着热水杯子，出声问着："还在想被偷走的牛？"

"是啊，总得给丢牛户一个交代吧。"余罪道，又想起了李大寨那家的样子。王镔似乎窥破了他的心思，笑着问："咱们见面的方式不太好，你是不是在奇怪，为什么我会抽李大寨一顿？"

"嗯，有点吧，已经够可怜的了。"余罪不无埋怨的口吻，虽然他也不是善茬，可那事他觉得自己肯定办不出来。

"慢慢你就会知道，解决乡里这些事呀，得简单点、直接点，有时候还得粗暴点，否则无法服众。"王镔简单直接地说了句，没有多作解释，直入主题地问着，"那案子的事，你准备怎么解决？我和马老通过话了，他说查下去的价值不会很大，以咱们发现的现场的车辙，比对车型后，光乡外二级路拍下的三个方向就有四百多辆。现场残留的牧草痕迹，只能说明贼的作案方式，但对于抓到作案人价值并不大。"

说到此处，他明显看到余罪脸上的难色加重，查案首先要考虑查案的成本，如果动用大量的警力、设备、车辆，那经费恐怕十几头牛都补不回来，对于羊头崖这个穷乡穷所，明显不现实。恐怕就算县局也不会给予支持，毕竟不是影响很大的恶性案件。

"那王叔您准备怎么办？"余罪问，似乎觉得指导员有某种来意。

"你知道我这些年怎么当指导员的吗？"王镔道，看余罪不解，他自嘲地笑着解释着，"乡里也不是没有小错小过的，不过最大限度就是抓回来，揍一顿，像老子揍儿子那样，让他长长记性而已。除了去年烧麦茬引起火灾那档子事，这里已经十几年没有发生过刑事案件了，其实我在这里也就是个摆设，你一定很奇怪为什么你上任后我一个多月都不在，对吗？"

余罪不置可否，奇怪地看着他。当然很奇怪了，指导员当到王镔这水平也算是奇葩了，所里的管理是放羊，群众的教育是武装带，恐怕放眼全市也找不出第二个来。王镔没有多解释，有几分神秘地从口袋里小心翼翼掏出了一张票据，郑重地递给余罪看，余罪拿到手里瞅了眼，吓了一跳。

——支票，居然是支票，五万元的现金支票，虽然不多，可放到这个穷乡穷所，几乎就是一单巨额财产了。

"这些年我一多半时间不在所里，大部分时候就是找原来的战友、首长、上级，想办法要回点钱来。羊头崖乡太穷了，而且连可开发的资源也没有，大部分的钱都用在各村的种植、养殖上，输血这么多年，仍然是杯水车薪呀，一个人的力量总归是太有限了。"王镔说着，带着几分懊丧的味道，而余罪却是震惊到无以复加，他现在明白为什么全乡就认可这么一个警察了，或者说不是警察，而是这里的家长。

怀着几分崇敬和景仰，余罪把支票轻轻地放在桌上，还了回去。他自问两人不是同一类人，最起码他没有能要到钱的本事，估计就算要到钱，也会想法子把大头装进自己的口袋里。

这难道就是所谓的"人民公仆"？余罪异样地，重新打量起自己这位搭档，曾经在传说中才能听到的事迹，以实例的形式出现在眼前之后，总是让他觉得非常怪异。

没有理会余罪的惊讶，就听他轻声道："这是我化缘化来的修路款，我曾经一位战友支援的，先补上丢牛户的亏空吧，要年前解决不了，我怕真要逼出其他事来。"

说完这些，指导员王镔没有看到余罪脸上的表情放松，反而皱起眉头，似乎对这事很不乐意一般。王镔奇怪地看着，像在征询所长的意见，坦白讲，如果不是马秋林私下和他交流的话，如果不是看在他一心想把案子查下来的份上，他恐怕永远不会认可这位毛头小伙当羊头崖乡的派出所所长。

"余所长，你……的意思呢？"王镔问。

"不行。"余罪道，王镔咯噔一下子，脸也拉起来了，余罪像故意添堵一般又强调一句，"绝对不行。"

"可你这么个守株待兔不是个法子呀？每天几十公里的强度，你开车容易，知道骑摩托车有多难？"

"我知道很难，可你这样简直是给贼买单，简直是纵容犯罪！五万块钱能买几头牛？再丢几头怎么办？"

"可能吗？通知各村加强防范，亡羊补牢，总还是可以防备住的嘛。"

"啊，你这边防得严了，他们再到其他乡、其他县去偷，把贼赶到其它警务区？"

"你、你怎么能这样说话？"

"我一直就这样说话，怎么了？"

王镔上火了，脾气上来了。余罪却是不愠不火，针锋相对，两人争辩几句，气氛一下子难堪了。王镔半晌叹了口气，直觉得自己是脱裤子放屁多此一举了，他无言收起了支票，有点气结地道："算了，我不和你争，不过不能把所里的警力都抽走，万一有个事，没法支应。"

"王指导员，这事必须是全力以赴要去干的事，我打赌，贼踪一定会出现，只要一出现，这个偷牛案的死局就开了，这个节骨眼儿上，你滞留警力，什么意思？"余罪虎着脸道。

"可要是再不出现的话，就这样天天守着？"王镔为难地道。

"你没听我说话，我赌他们一定会出现，前提是按照布置来，一定要把牛放出来，一定要缩小这事在全乡的影响。"余罪道，看王镔满脸不信，他也有点上火地补充着，"指导员，你可以怀疑我的人品，但你不能质疑我的水平。"

闻得此言，正皱眉的王镔一下子又被气笑了，他起身撂了句："好，那这事听你的，别怪我没有提醒你啊，要在你的指挥下把其他村的牛丢了，我估计村里人敢来砸咱们派出所，你看着办吧。"

说罢王镔摔门而去，那门声好重，惊得余罪全身颤了一下。他有点心烦意乱地一把将掉了桌上的东西，叮叮当当摔了一堆，接着抽了几支闷烟，随后又不死心地把所有的资料、照片一一排出来，对比着乡行政村区划图，在细细研究着地形。

他的脑海里闪过很多看过的、听过的、经历过的案子，如果追溯的话，任何一个看似巧妙的作案方式，都有它与众不同之处，或是手法诡异，或是动机难寻，或是目的隐秘……这个蹊跷的偷牛案，他一直认为自己已经窥破了其中的玄机，可现在看来，似乎还差那么一点。

关键是差的这一点，究竟在哪儿呢?

他在细细检点自己的得失，回忆着曾经在警校学过的点点滴滴，甚至于回忆滨海里监仓见过的那些人渣，用正的、反的、邪的等各种各样的思路把案子重新捋一遍。一遇到卡壳的地点，他就换一种思路重来。

最懂警察的应该是那些人渣，因为他们免不了和警察打交道，但最懂那些人渣的未必会是警察，因为有很多匪夷所思的作案方式未经曝光，可能让局外人一辈子都想不通。

对呀，谁也不可能回溯出所有细节，问题应该就在这儿。

余罪想通了，问题出在他自视甚高了，现在得到的是些支离破碎的证据，单凭这个就确定他们的作案模式，实在也太武断了。况且就即便这个模式是正确的，如果无法得出下一次是否发案、具体的发案时间的判断，仍然是白搭。因为不可能再从已经出省出市的那牲畜贩运车辆里盯住目标。

破绽在哪里呢?

余罪把证据、照片、发案地的照片、积案的资料都一样一样排在桌上，他在想那个可以一蹴而就的破绽，因为他相信天下不会有完美的作案，那些疏漏肯定存在，只是被巧妙地淹没在庞杂的事物中了。

时间一点一点过去了，漆黑的夜慢慢地走向黎明。又熬了一夜，清晨第一缕阳光透过窗户的时候，那光线像跳跃的精灵，慢慢地爬上枯坐在椅子上的余罪，烟已燃尽，嘴里发苦，不过当阳光洒满桌面的时候，冥想一夜的余罪眼睛里慢慢地绽开了笑意，他喃喃地道:"气候、地形……跨地区作案，必须考虑到……行为习惯必须考虑到，否则投料就盲目了;那样投料不但会选择一个巧妙的地点，而且必须选择一个合适的时间……量应该很大……就是这样，破绽应该就在这儿。"

他神经质地坐起来了，看着电脑，查找着积案地区的地貌以及多年来案发时间的气候数据，一一记录着所有案发地的这些东西。不一会儿所长办里奸笑连连，刚刚起床的李逸风和呆头生怕所长失心疯了一般，趴在窗户边上瞅。

"当"的一声门开了，余所长兴高采烈地出来了，做着扩胸运动。李逸风和呆头互视一眼，没明白这是什么个情况。李呆小心翼翼地问着："所长，我们今天还去不？"

"不用了，今天放假，休息吧。"余所长抬头看了看晴朗的天空，大咧咧道。

"那不找偷牛贼啦？"李逸风关切地问，主要是怕被所长讹牛钱。

"没听明白呀，放假，休息，明天再找……哎呀，我得睡会儿。"余所长大咧咧道，胡乱洗了把脸，打着哈欠去睡觉了。

众乡警陆续起床，奇也怪哉地听着李逸风安排。让出警吧，都嫌累怕冻，可所长撂挑子了吧，又让众人心里凉了，直觉得新所长和原来数任所长没啥区别，这办不了的案子，怕是得搁着了……

🐼 怠懒所长

腊月天也像个小孩的脸，忽地一股西伯利亚寒流过来，又是冰冻，又是暴雪，连着几天不见晴。这时节其实最好过的就是乡下，门关得严严的，炉子生得旺旺的，围着热乎乎的炕头，甭提多乐呵了，其实要不是观音庄和后沟那两起偷牛案的话，余罪日子过得要比现在还舒坦多了。

对了，就这个案子越想越没音了，观音庄的丢牛户李发展大前天去派出所来着，回来就一脸懊丧地给另一个丢牛户李大寨咬耳朵，中心意思是：完咧，老哥，甭指望牛回来了，派出所那拨货，都窝在家打牌呢。

消息很确认，说得有鼻子有眼，李大寨瞅着还躺在床上起不来的婆娘，除了使劲揪着头发坐在门槛上发呆就没别的想法。这日子可没法过了。

后沟村也没闲着，村长找了派出所两次，被王镶劝回来了，还有一次被新所长哄回来了。乡里人再没文化也有点脸面，却是不好意思再去第四次了，村长带着丢牛户到涧河寻谢老神去了。

别奇怪啊，谢老神在周边的十里八村还是挺有名的，看看凶宅，瞄瞄吉日，掐掐八字，那工作量可不比派出所的警务少多少。村长和两家丢牛户凑钱买了两瓶高粱白加一条红梅烟，好歹让谢老神焚香祷告，答应给卜一卦了。

罗盘是裂开缝的，有些年代了；龟壳是磨得发亮的，那年代不比罗盘短；至于谢老神本人，手如老树根，脸似老树皮，一脸阴晦，全身霉味，闭上眼念念有词，看得观者凛然心惊；一睁眼两眼浑浊，吓得观者倒退一步，只听他道出"天机"来了：

"呀呀呀……李家丢牛，那是犯小人；金家丢牛，也是犯小人。犯天灾有活，犯小人没救啊……"

轻吟一句，言而总之，把烟酒一收，结果出来了："牛就别指望啦，还是看好家里，别出其他事为上。"

这就完了，两丢牛户有点心疼礼金，村长傻眼了，可没想老神也没招了。他慢慢地凑上来，讨好一样问着老神："谢老神，这说的究竟啥意思？牛找不回来咱也就不指望了，这犯啥小人？"

"呵呵……他家犯小人，他家也犯小人……"老神一嘴黑乎乎的烟渍牙笑着，指头一蘸口水，在桌上写了一个"二"、一个"小"、一个"人"，看村长不解，又把三个字连起来写。村长一看全身震颤，神情凛然，那老神摆摆手道了句："天机不可泄露。"

其实天机早露出来了，二、小、人，三字一合，恰是"余"字。

全乡姓余的，除了一个婆娘，就剩一个人了，派出所所长：余罪！

这个天机和余所长消极怠工、久无进展的情况一结合，很快滋生出来了新的传言：全乡丢牛都是犯小人犯的，俩小人，加起来是"余"字，小人就是派出所那姓余的！

对乡警的不满，加上被偷的怨恨，乡民慢慢积蓄的愤怒，快到爆发的时候了……

腊月二十七，距离第一起偷牛案案发十一天。这一天天气还在阴着，不过匆匆赶路的指导员王镔脸色比天气还要阴晦，道听途说了这些没头脑的传言，别人当笑话，可他识得厉害。对这个愚昧的地方他从来都是又爱又恨，那些纯朴得有时候接近愚昧的群众，什么事都干得出来。

他任上就经历过很多，比如最近的纵火案，就因为当时的派出所所长迫于上级压力，下令抓了村里烧麦茬的老百姓，一夜之间民愤四起，本来不烧麦茬都开始烧了，直到撤了乡长和派出所所长，这事才算揭过了。

他知道，这件事如果不闻不问也便罢了，可现在已经向村里夸下海口，回头却这样消极处理，他知道要面对的恐怕不止是村人围攻的口水了。

匆匆到了所里，进门时，他回头看到了一抹淡淡的晕色，那是被云雾遮住的太阳，这持续多日的阴雪天气也该结束了。进门时，他愣了下，东厢房乡警们正忙碌着做晚饭，这些天城里来的董韶军和大伙厮混得很熟了，正帮忙吹着火，让他意外的是余所长，此时正拉着办公椅子，盘腿在椅子上，坐在当院，把玩着硬币。

那硬币玩得即便王镔这个外行也觉得叹为观止，在左手的手心里，一拍，飞起来，落下来时，却在右手的手背上旋转，待旋转的力道将尽，他的右手撑平了，硬币慢慢地立住了，然后移动得很缓慢，滚向手腕，在接近手腕的时候，一垫一拍，硬币又高高飞起来了。余罪不是伸手去接，而是伸着一根中指去接……于是硬币像粘在他指尖上一样，他慢慢地缩回了中指，硬币像解放了束缚，在指缝间来回翻滚。

"呵呵……你可真有心思玩啊。"王镔哭笑不得地看着。

"玩就是一种生活态度，要没有玩好的心态，这地方我估计谁也待不下去。"余罪笑着道，一旁看得早已神往的李逸风接口道："对，还要吃呢。"

王镔一瞪眼，李逸风吓得一缩脖子，吱溜声跑了，刚出院门，吓了一跳，那只大白狗奔过来了，他尖叫一声，返回来了。不料那狗儿今天表现得很温顺，汪汪一叫，随即缩到了一个人的身后，大伙儿定睛一看，居然是张猛兄弟。只见他弯下腰抚着狗脑袋，那狗温顺地舔舔他，他喊着董韶军扔根骨头来，董韶军从锅里夹了根一扔，那狗儿叼着，老老实实吃上了。李逸风大惊失色，亦步亦趋地走到不远处，凛然问着张猛道："猛哥，这……这是虎妞家那狗？"

"对，我刚从她那儿回来，它叫大白。"张猛得意道，不过听说李逸风一直在追虎妞，他一直觉得有点儿不太好意思的感觉。

"哇，你太拽了。"李逸风根本没往那地方想，竖着大拇指崇拜道，"母狗都被你征服啦。"

众人一愣，随即狂笑四起，张猛脸一红，追着狗少打上了。狗少嬉皮笑脸躲着，那贱样连大白狗都不忍看了，掉头跑了。众乡警个个指指点点，有小声说虎妞和张猛绯闻的，有同情狗少的，要不是指导员在场，早乱起来了。

摊上这么一个团队，指导员王镔这气可真不打一处来了。他正要和余罪说话，又愣了下，他看到了余罪虽然在笑着，可他的手却非常平稳，硬币仍然在他的手背上缓缓移动着，稳稳地停在了手背中央。王镔叹了口气问着："余所长，你还想玩到什么时候，非要等到全村人哄到门上质问？"

"可怜之人，总有可恨之处，如果他们非那样做，我也没办法，大不了像前几任所长那样被扫地出门。"余罪笑着道，很坦然，似乎预知到了那个可能非常严重的后果。

所长一坦然，指导员反倒不自然了，他语重心长道："小余，这乡里的情况和你想象得不太一样，你要是当初不出面，这事就已经解决了……你既然出面了，就不能不解决，老百姓可是认死理的，你一下子，把咱们派出所仅有的一点威信全给断送了。"

"如果非要用捐赠的、拨付的、扶贫的款项给贼赃买单，这点威信，不要也罢。"余罪抬抬眼皮，很不客气道。众乡警一见所长和指导员又对上了，不乱了，个个悄悄钻在东厢房，顾不上吃了。张猛这几日和老指导员混得颇熟，想上前帮衬几句，被董韶军拉住了，他小声道："人家领导班子内部矛盾，你瞎掺和个屁？"

是没法掺和，甚至王镔想掺和一把案子也无法如愿，这些日子全是下雪天，余所长整天就是窝在家里玩硬币，他实在怀疑马秋林是不是看错了这个人。

对，一定是错了，他看到了，余罪还在饶有兴致地玩着硬币，新花样又来了，双手一交叉，硬币不见了，一拍手又出来了，再一拍手又消失了。连玩几把，余罪脸上的喜色甚浓，看王镔枯站在原地，他还饶有兴趣地问着："王叔，你一定看不出来硬币在我的手里是怎么消失的，对吧？"

"藏在袖子里。"王镔不屑道，不过马上愣了，手心对着他的余罪一换手背，那硬币根本就夹在指缝里没动，一眨眼，又消失了。指导员皱了皱眉头，哭笑不得地问着，"啊，合着这下雪几天，就关上门练这个？我还以为你有什么高招呢？"

"高招没有，劣招倒是有点。王叔，您别急，有时候着急上火，于事无补，总不能把贼叫到咱们羊头崖乡作案吧。"余罪笑着道，收起了硬币，站起身来了。

"那这事不能再拖了，今天都腊月二十七了，从案发到现在已经十一天了，年前再不解决，我怕村里人嚷得凶了出别的岔子。"王镔道，是一种非常严肃的口吻。余罪默然地回头看了眼，对于这位呕心沥血的老警察，他更多的是尊敬，只不过两人的处事方式差别太大，无法取得共识而已。

于是他笑了笑，神神秘秘地问着："王叔是不是觉得我们什么也没干？"

"那你们干什么了？"王镔反问道。

"呵呵，马上就干，你如果有兴趣，也来帮把手怎么样？"余罪邀着。

"干什么？"王镔脸色紧张了一下下。

"吃呀，锅里炖了两只兔子。"余罪笑道，一见指导员脸色变了，又加了句，"吃完干活。"

这一起一伏，听得王镔心里咯噔咯噔的，仍然是那种无计可施且哭笑不得的感觉。他没走，就等在院子里，虽然不齿这个所长的人品，不过他不得不承认余所长的水平，最起码他把自指导员以下的所有乡警都集合到一处了，他看得出来，不应该只是吃兔子那么简单……

一股北风吹过，卷起一片残雪，风声敲打着车窗，孤零零行驶在209国道上的一辆东风小卡，正摇摇晃晃迎着风雪前进。

岔路口，司机杨静永辨着方向，打了个旋，驶上了二级路。车里并排挤着三人，裹着黄大衣，中间一位胡子拉碴，平头半白的汉子点了两支烟，给司机递上，杨静永顺口问着："老牛，还有多远？"

"没多远了，三十多公里。"老牛道。另一支烟递给了右手边的年轻人，二十多岁的年纪，两撇小胡子，一张鞋拔子脸，头发乱蓬蓬的，一副散汉德性。老牛看这货有点儿瞌睡了，不中意地扇了一巴掌道："缸子，别吃饱了犯困、饿了发呆啊，看了几天有谱没有？"

"牛爷，屁事没有。"叫缸子的清醒了几分，接过了烟，加重语气道，"那些乡警比犊子还蠢，比猪还懒，我昨天还路过派出所，里面吆五喝六正喝酒呢，今天该放假了。"

"可这儿弄走过几头了，村里有防备没有？"老牛问。

"我收核桃进去看了下，没有啥动静呀……这边牛多，山又大，少上几头，他没地方找去。"缸子判断道。

这个判断让老牛省心了，这趟活儿不是一次两次了，山大沟深、地僻人稀，别说牵头牛，就牵走个婆娘那些山里的汉子也不会费力去找。算算日期，今天又是腊月二十七了，这个时间，就灶王爷也想不到有人杀回马枪来了吧？

一切办得都很小心，靠这一手发家致富的老牛已经养成了很强的自信心。他从头掐算了一遍，老七他们在这儿牵了几头之后，时间已经过去十一天了，期间派大缸进了乡里几次，都没有异样，那只能说明这里和所有的穷乡僻壤一样，丢了就丢了，谁也别指望再找回来。

就即便有人报案，也不过是增加几例悬案而已，他得意地回头看了眼车上拉着的两大包投料，那神秘的投料可不是什么地方都有的，别说警察，就灶王爷打破脑袋也想不出来。

越想，自信心越膨胀。路走了一半，他把手伸到窗外，喃喃地道了句："东北偏北，风向变了，雪停了，明天是个好天气。"

司机已经习惯老牛这号老成精的人物了，他笑了笑，提醒着道："老牛，大过年的陪你们出来，成不成事，路费不能少啊。"

"呵呵，放心吧，只会多不会少。"老牛笑着道，让大缸关上了车窗。

车缓缓地行在零散积雪的路面上，没化的积雪已经冻实了，已经化了一部分的雪被车辗成了雪泥，结冰了。车驶到中途，果真是雪霁风停，车灯下的路面一览无余。驶了近两个小时，终于看到了羊头崖乡的界碑，车里人商量着，向乡里驶了六公里，远远地看到村落的影子时，车停了。

三人下车，七手八脚，连拖带递，把车上载的一辆大摩托车弄下来。大缸检查着摩托车轮上打的防滑链，司机杨静永和老牛搬着两个大包裹。车支好，两人合力把大包裹一左一右放到摩托上。随着"突突"的声音，摩托车摇摇晃晃进了乡，车灯如豆，渐渐地消失在黑暗中。

货车却打了个旋，原路返回。杨静永问着老牛道："老牛，我觉得你们干的这事有点缺德了，乡下养头牛都是大劳力，都被你们牵走卸肉了。"

"不缺德就得缺钱啊，没办法，还是缺点德吧。"老牛奸笑着，龇着两颗大板牙。

"你就瞎高兴吧，这事呀，我觉得不能常干，明年我不跑运输了，我出门打工去，跑得远远的。"司机杨静永道。他知道此行的目的是干什么，他也不是第一次干，但干得次数越多，就觉得胆子在慢慢变小，而不像本村的牛见山、朱大缸这群货，越干贼胆越大。

"你不干有的是人想干，要不看你嘴牢，我都不带你走呢。"牛见山得意道，"咱们到这儿干，跨了两市，卖出去又跨了两市，就天王老子也想不出咱们是咋干的……呵呵，不是我吹牛，最早干这行的老七他们，都到大城市买车买房去了，我给他们干了半年苦力才把这门道摸清楚……出事？出啥事，我最怕的事就是怕牛跑来的太多了，我拉不走……哈哈哈……"

车里响着奸笑声，慢悠悠前行着，在一处预先作好标志的地方停下了。那地方被铲成了一个三四米的土台子，向上，一条弯弯曲曲的小路直通山顶。

车里的牛见山心里很清楚，山后就是羊头崖乡的涧河村，据他的前期踩点，村里一共四十九户、五十八头牛，停车点距村里距离十一点四公里，只要把牛拐过第一道山梁出了村里人的视线，就绝对没有被追到之虞，而这个时候，大缸应该已经在路上下饵了吧。

牛见山看了看时间，指向零时，他如是想着，仿佛看到红彤彤的钞票已经在向他招手了……

🐼 鬼蜮伎俩

"哞……"一声悠长的牛吼，响彻在远山深谷，激起的回音久久不散。

"哞……"更多的附和声响起来了，随着冉冉升起的朝阳，随着漫山未融的雪树冰花，好久未见得如此阳光明媚的日子，舒服得连牲口也忍不住要抒发一下胸臆了。

涧河村的河谷中，散布着几十头犍牛，大的领小的，公的领母的，像村里亘古不变的生活方式一样，在慢悠悠地挪着步子，啃着草。一面是村里散落在山腰的几十户砖瓦农居，一面是高耸的山峦，沿河谷向山外两条路，一条是村路，一条就在河谷里，蜿蜒爬向山上的羊肠小道。

董韶军从望远镜里收回视线的时候，正看到了指导员王镔踱步回来，他和同来的周文洎小声耳语着，周文洎的脸色也有点凝重，因为迄今为止，还是没有任何发现，可那位成竹在胸的余所长今早信誓旦旦说今天一定要丢牛，就在涧河村。

"有什么发现。"王镔急匆匆问着。

"目前还没有。"董韶军道。

"这满山鬼影子都没有一个，哪来的偷牛贼？"王镔四下看了看，眉头皱得更深了。他有点奇怪，为什么会一次又一次相信那个不靠谱的余所长。

董韶军和周文洎互视着，两人也有点愧意了，来羊头崖乡折腾了两周了，除了分析了几堆牛粪依然是寸功未建，找到的线索倒是不少。不过周文洎和马秋林四下实践之后，所有发现都因一些无法查证的事中断了，比如大数目的车辆，比如多处售卖青贮饲料的牧场，即便你知道嫌疑人就在其中，也只能望洋兴叹，毕竟没有省市公安部门的全力支持，根本无法调动人力和物力参案，也根本查不下去。

关于青贮的饲料，这当会儿又让董韶军郁闷了。漫山的青黛色、枯黄色，就是不见绿色，他开始严重怀疑前期工作的有效性了。

"这可是跟村长磨破嘴皮才把牛都放出来啊，要是什么都没发现，这脸可没地方扔了啊。"王镔忧虑道，作为在羊头崖乡从警几十年的指导员，他知道自己最珍惜的名声和威信，已经开始岌岌可危了。

"王叔，这案子本来就蹊跷，我们不能太期待奇迹。"董韶军难堪地解释了一句。王镔摇摇头坐下来道："肯定难，我也欣赏你这位同学迎难而上的态度，可不能胡来，乡下不比城里。"

"您是指，担心村里不理解，到派出所闹事？这个不至于吧，又不是警察把他们牛偷了？"董韶军哭笑不得道。

"嘖，你不了解，刚案发的时候，余所长当着观音庄全村人面拍胸脯，如果破不了案，就给丢牛户赔上牛钱。"王镔淡然一句道。听得董韶军张口结舌，异样了，只觉得余罪不至于刚到乡下脑袋就被牛踢了吧，这种话也敢说？他摇头道："不可能吧？余儿可是一毛不拔的。"

"对呀，他不准备掏钱，不过他教唆李逸风答应了，李逸风回头还得找他爸，他爸可是我部队的老战友。你说这事，我能让孩子家里掏钱么？哎，这一对嘴上没毛的可凑一块儿了。"王镔苦笑着道，掏出烟来了，递给董韶军一支。董韶军不会抽，辞过了。老头自己点了，猛地抽口，额头上皱纹锁着。回头看到周文涓时，刚想问句马老的情况，却不料周文涓目瞪口呆，眼直勾勾地盯着一个方向，董韶军推了她两把，她才反应过来，一脸错愕，指着道："快看，见鬼了。"

两人一惊，看向河谷方向。只见不知什么时候牛群中已经走散了几头牛，那几头正顺着羊肠小路，往山上走着，走走停停，像在啃着路边的荒草。董韶军急忙架着望远镜细细搜寻。没有，根本没有看到可疑的东西。

"怎么回事？"周文涓异样了，她看着四头——不，五头牛，正慢慢向山顶移动，就像有一种无形的力量在召唤一样。

"别惊动，再等等……说不定是意外，放养牛很少翻过山梁。"王镔说别激动，可他自己激动得手一哆嗦，被烟头烫着了。

三人趴在村后高地上，此时顾不上编排余所长了，眼眨也不眨地看着。不料担心牛的村长带人奔来了，远远地喊着："老镔，出事了，牛又魔怔了，好几头往山上跑呢……"

"藏起来……乱吼什么？什么魔怔了，瞎扯什么呢！"王镔奔出来，把七八位村人连拉带推，往背后攥。

等他再回到藏身处时，远处最早的一头牛已经翻过了山梁。王镔悲喜交加，笑了，笑得却像哭一样。

"我明白了……指导员您看，距离山顶直线三十米那儿……有人用树枝把青草遮住了，外表看不出异样来，可这东西瞒不过嗅觉相对灵敏的牲畜，看，牛自个儿刨出来了……"董韶军解释着，望远镜里，果真看到了一头白花牛在啃着什么，青青的、绿绿的，那玩意儿对于啃了一冬天麦秸、蔓藤的牲畜，肯定不啻于一顿大餐的诱惑了。

"两头了。"王镔放下了望远镜，激动过后，同样很错愕，他问着董韶军道，"不对呀，韶军。"

"怎么不对？绝对是有人用草诱拐牛爬过山梁，再实施盗窃……这和咱们前期的分析基本一致。"董韶军兴奋地道。

"我是说，余所长怎么知道案发时间就在今天？而且准确知道案发地在哪儿？"王镔狐疑道。之前若干日，余所长带着乡警兄弟们不是吃喝就是玩乐，根本没干正事。

"呵呵，这个贱人脑子里怎么想的，我要知道就好了。"董韶军笑了笑，拿起了步话，通知着余罪，回话传来了余罪懒洋洋的声音："知道了，还早着呢，估计还得两个小时才能走到路面上。"

听完了回话，他和周文涓相视而笑，向着河谷地奔来了。这时候可是最佳的采证时间，究竟偷牛贼用什么东西把牛诱拐走了，这个谜团已经困扰他好长时间了……

"来了来了，牛哥……"大缸两眼发红，眼珠子发亮，看到了走在前头的一头黄牛，膘肥体壮。他舔了舔嘴唇道，"有千把斤呢。"

"快点，牛还没到手呢，都想起卸肉来了。"牛见山甩了这傻大个一巴掌，大缸嬉笑着，手在塑料袋里一搓，又往衣服前襟上搓了点什么东西，从藏身的大松树里猫出头来，慢慢地走向正觅草的牯牛。走到近处，牛蓦地受惊，抬起头来，丑得像歪瓜裂枣的大缸似乎对它有某种吸引力似的，牛在踌躇着，警惕地看着他。

"乖啊……闻到什么了？"大缸慢慢地扬着手，伸向牛，笑着道，"舔啊……香着呢……来，乖啊，哈哈，比村里的婆娘还乖……"

大缸奸笑着，手伸向牛，那股奇怪的味道更重了，牛也果真着魔似的舔着他的手，舔舔他的衣角……一个不防，大缸飞快地把一个黑色的死扣扣在牛头上的缰绳结上，然后牵着拴在了树干上。

得，一头搞定，大缸看着到手的牛，两眼放光，笑意连连。事实上，拽头牛可比拉个婆娘要容易多了，这不，一眨眼的工夫，又拉回一头来。

不大一会儿，过山梁的五头牛都落入了魔爪，手脚利索的二贼各自分工，拴着长绳子，牵着牛，每头牵绳的结上都束着一把青草。那牛丝毫不觉危险，扬着头往前走，似乎一仰头就能够着草，可每仰一次都差那一点点。于是再走，再扬头，再去啃，可仍然差一点点。

于是就越走越快。

于是二贼很快就消失在这个两山夹峙的洼地上，等翻过了第二道山梁，一条宽阔的二级路已经赫然在目了。

这个过程比预料的要短，十几里山路，牛自主走了一半路，另一半被牵着走的路更快。一个小时不到，在山下车里枯坐等着的司机杨静永就看到了去偷牛的同伙，已经牵着牛开始下山了……

董韶军和周文涓一路躬身走着，不时地探下身子，寻找着蛛丝马迹，即便是一切都在眼前，依然让他们觉得像谜一样。

被诱拐走了五头牛，可整个牛群丝毫未见异样。就即便有放牛的，也可能发现不了牛群的异状。

什么东西？难道只作用于特定的牛？

什么东西？能把牛诱拐到了隐藏的草堆旁，然后一步一步诱过山梁？

"这是什么？"周文涓在一种石头上发现了异样，被舔过，尚余一点暗绿色。董韶军照了几张照片，然后小心翼翼地用棉签取走了微量证据。闻了闻，在合上取证袋的一刹那，他像豁然开朗一样笑着道："我明白了，这是用一种气味很浓的膏体抹在石上，路边，诱使那些无意闻到的牛使劲去舔……应该是化学合成的，舔过之后，不但诱拐着牛顺着下药的方向走，而且让这些证据自然地消失，无处可找了，进牛肚子了……呵呵，这东西再辅之以一捧青贮饲料，意志再坚定的牛也忍不住啊。贼这是有意识地控制下药的量，否则诱拐一群都没问题呀。"

"韶军，可能你又错了。这不是青贮饲料……怪不得我们从牧场没有查到可疑的人。"戴着手套的周文涓用镊子夹起了一根细细草叶子，她递给董韶军。董韶军一看之下眼睛睁圆了，惊讶道："这是新鲜的草叶。哇，邪门了。"

是邪门了，确实是新叶子，苜蓿草，浓郁的青绿色，像新采摘不久的。可偏偏现在是寒冬腊月的天气。

"不得不承认，实际和推断的出入还是相当大的，错的地方太多了。"董韶军懊丧道，现场的发现把前期不少推断都推翻了。谁能想到这些偷牛贼居然有这么多稀奇古怪的手法。

"你想过没有？为什么这么错的推论，却给了余罪一个正确而且准确的答案？"周文涓笑着问。

"对呀，没发现这货什么时候有神探的潜质了。"董韶军有点酸酸地道，别人当神探他不意外，但意外是发生在余罪身上，就让他觉得有点儿给这个称号抹黑了。于是他更酸地来了句，"就是神探，也不能用错的条件，推出正确的答案来吧……他是怎么猜出案发时间和案发地点来的呢？前几天可一直在所里玩。"

周文涓忙着拍照，没有理会这一句。不过，她有一种莫名的骄傲，不是为自己，而是为余罪。

　　此时，取证的在有条不紊地忙碌着，似乎根本没准备翻过山梁；而指导员王镔已经带领着一村青壮年乘着摩托车、三轮车、农用车沿村路飞速向乡外疾驰。但在另一面，牵走牛的牛见山和大缸已经悠哉悠哉地下了山，被牵的牛仍在扬着头，努力去啃绳结上的青草，走得很快，却怎么也啃不着。

　　从树间和灌木丛中的小路下山后，有一个简易的土台子，和车厢等高。杨静永放下车隔板，车里尚有一层绿绿青草，牛被牵到车边时，个个兴奋得"哞"了一声，依次奔进车厢里啃草。车上还停着辆破摩托车，大缸朝着最后一头牛的臀部猛踹一脚，"当啷"一声合上了隔板。三人有条不紊地拉着绳网，绳网上再覆着一层帆布，结结实实把车掩盖起来了。

　　杨静永发动着车，牛见山拍拍身上的土，一骨碌钻进车里，招手吼着大缸。这货撒了泡尿，提着裤子上车兴奋道："实在是车太小啊，要不多整几头，能过个好年啦。"

　　"永娃……走吧。"牛见山示意着司机，回头看着傻乐的大缸，"啪唧"就是一巴掌，说道，"知道咋当贼吗？要当就得当一个有眼光的贼，你狗日的一次把村里的牛都偷完了，谁还敢养牛？"

　　"那倒也是啊。"大缸摸着后脑勺，崇拜地恭维了句。

　　"当然是了，这点上我就最佩服老七那伙人，他从来就不在同一个地方偷两次。"牛见山凛然道。大缸傻乎乎问着："怕被抓呀？"

　　"倒不怕被抓，可是小心总不是坏事。"牛见山说着，车速已经飙起来了，在雪后的路上溅起了一片片湿泥。看四下无人无车，牛见山终于长舒了一口气，叼上烟，点着了……

　　就在点烟的同时，一声凄厉的警报响起来了，吓得牛哥嘴唇一哆嗦，烟掉裤裆上了。他忙不迭地去拾烟，司机一踩刹车，"咚"的一声，两人猝不及防，直愣愣地撞在车前窗上了。疼得还未回过神来，哥仨一看前方，吓得齐齐傻眼了……

撒手成网

两辆警车上的警灯正声嘶力竭地吼着，不知道什么时候排在路面上了。车跟前靠着几个懒洋洋抽着烟、就着车前盖打扑克的乡警。而在警车前方不远，斗大的石头块一字排开，要通过的车都被堵在警车后，敢怒而不敢言。

这阵势把牛见山哥仨吓住了，摸不清情况，看不准来路。他急切地拍着脑瓜想主意，却不料关键时候，人这脑袋不比车里拉着的蠢牛强多少，一时无计可施。旁边坐着的大缸早按捺不住了，脸上肌肉颤着，手抖着，不过却已经把座位下尺把长的砍刀握在手里了。

"啪唧"又是一巴掌，牛见山骂着："放下，你以为警察也是牛，想卸肉就卸肉？"

"那怎么办？"司机握着方向盘。车未熄火，不过手在哆嗦。

"倒……倒倒倒倒……"牛见山急了，司机蒙了，一挂倒挡，车"呜"的一声往后沿路返回。倒了十几米，在一处稍宽点的地方一打旋，朝着来向又疾驰而去。

李拴羊一收扑克，狗少兴奋地奔上来请示所长，却见得所长坐在车里眉眼挤在了一块，龇着白牙，笑得直嘚瑟。那笑不管是看着还是听着，都让人直起鸡皮疙瘩。

"所长，咋办？"李呆问道。

"所长，你别笑了，先追回牛来当紧。"李逸风催着道。

"搬石头，抓贼不能太急，否则贼急跳墙了。"余罪道。

"是狗急跳墙。"李逸风纠正道。

"贼急了可比狗急了危险，他要没了命撞上来，老子可吃不消。"余罪笑着道，吼着让众乡警搬开石头，放过警车。警车呼啸而去后，石头却又摆回原地了，后面被阻的车辆可就怨声载道了，这事好办，所长早交代过了，乡警高小兵同志一整警服，放嗓子一吼："我们正在抓持枪逃犯，你们非要闯，后果自负啊！"

这句管用，司机吓得噤若寒蝉，不敢越雷池一步了。

"快点快点，都他妈追上来了。"大缸抹了把汗，声音都变调了。

司机也抹了把汗，油门已经踩到底了。牛见山在不停地看着后面，两辆警车，不紧不慢追着。不过那警报鸣得人实在心悸，吓得三人在冷冷的车厢里直出冷汗。

"牛哥，咋办？不是抓咱的吧？"大缸痛苦道，一拍大腿痛不欲生地说着，"哎哟，我还指望弄点钱过个热乎年呢！"

"闭嘴，真他妈聒噪……"牛见山恶狠狠地囔了句。

"兴许不是抓咱们的吧？"司机杨静永喘着气，又抹了一把汗，肾上腺分泌绝对超标了，这车速快飙到九十迈了，不过依然甩不掉后面的警车。

三个人里牛见山见多识广，他注意到这条冷清的乡路上根本没有来去的车辆，他知道不可能不是抓他们的了。一股末日情绪慢慢爬上了心头，他咬得嘴唇发白，双手握拳握得青筋暴露，这光景，怕是要垂死挣扎了……

而后面不到三公里的追兵依然不慌不忙，余罪驾驶的这辆SUV性能颇好，他总像猫戏老鼠一般，突然怒吼着加速，在快撞上的时候又慢慢减速。副驾上的李逸风可坐不住了，前面那车里的嫌疑人让他有一种猫抓痒痒似的冲动，兴奋地一直搓手，不经意发现车上的喊话器时，他来劲了，持着喊话器吼着："前面车上的人听着，你们已经被包围了，放下武器，马上投降，奉劝你们不要自绝于人民，否则、否则当场枪毙！"

"有你这样喊话的吗？"余罪笑着问。

"电视剧里不都是这样吓唬人的吗？"李逸风得意道。

后座的李呆和拴羊笑歪嘴了，李呆笑着问着："风少，你咋这么兴奋呢？比见了虎姐姐还兴奋。"

"能不兴奋吗？以前哥可是当坏人，从来没尝过抓坏人的滋味……一会儿谁也别跟我抢啊，我要亲手抓一个，呆头，给我拍个英雄照，回去让我家老爷子瞧瞧。"李逸风兴奋得直嘚瑟，回头又嫌余罪车开得慢了，却不料早经过大风大浪的余罪慢条斯理地解释着："别急，让他们跑一段路，凶性磨一磨，一会儿就气馁了……我估摸着呀，都是些不知道'法'字怎么写的山炮，现在拦着，他们敢拼命……"

"你也太胆小了。"李逸风梗着脖子，很不中意地斥了余罪一句。

余罪眉头一皱，哭笑不得。自己第一次被别人这么评价。

车继续飙着，李逸风继续狂吼着让前面的人缴械投降，不过这群人看样子是准备自绝于人民了，根本不搭理警察的呼声，车速却是越飙越快了。余罪看着这条倚山的二级路，笑了，这地方，想跑都难。

连追了二十公里，拐了数道弯，在接近乡入口过弯的一刹那，满头大汗的司机杨静永开始猛揉着眼睛，似乎不相信前方路上的状况。还是牛见山清醒，抢过方向盘，一脚踏上了刹车，车一个急刹，斜斜地停在路面上。三个人一刹那面如死灰，前方的路面上，聚集了数十人的队伍，队伍前面，三轮车，农用车、摩托车已经把路面挡了个严实，就想冲过去都不可能了。正是从乡里疾驰而来堵截的指导员王镔一队。

"自求多福吧……快跑！"牛见山猛地把大缸推下车，自己跟着跳下去，踩着大缸，跨步就往路沿下跑，大缸顾不上痛，连滚带爬往山上奔。司机稍慢了一下下，不过也咬牙扔下了车，往警车停下的反方向快跑。

"我操……快点。"李逸风拉开车门，跳下车就追上去了。此时车刚停稳，余罪刚喊了句"小心点"，后面的李呆和李拴羊也奔出去了，前面围着的队伍也动了。王镔一挥手，四散的乡亲开始追人了，不过最快的是张猛，他一呼哨，大白狗奔着就往山上追逃跑的几人。

叫骂声四起，三个贼跑得心胆俱裂，而后面追得最紧的却是李逸风了，那两条腿不愧是练过芭蕾的，疾步追着一名头发花白，他认为危险最小的偷牛贼。追过了河道，追过了乱石滩，几乎触手可及了，他兴奋地一把抓着那人的后襟大叫着："抓住你了！"

嘿，那人反手就是一拳。兴奋得要立功的李逸风猝不及防，捂着鼻子直挺挺朝后仰倒，远远的王镔看着，大摇其头，乡警和乡亲简直是一窝蜂，根本没章法，而且这战斗力实在够呛。

"抓到啦……"涧河村的几位壮汉终于摁住了一位，是司机，有人喊抓到人，有人已经噼里啪啦老拳揍上了。另一面李呆和李拴羊扶着一脸血的狗少，气急败坏地吼着："兄弟们别管我，把那王八蛋给我抓回来……哎哟，疼死我了……把老子当牛犊打呀，这么狠？"

李呆忍着笑，李拴羊飞奔上前了。余罪抄了根木棒正准备堵截时，一下子停住了，他突然发现有点小觑身边这群乡警了，只见得李拴羊追在那位已经力竭的嫌疑人身后，手里忽悠悠在扬着绳子，嫌疑人稍一慢，他"嗖"的一声把绳子甩出去了，跟着绳套套住了人，一拉，那人一个跟跄，栽倒在地。

不用看了，被村里人摁住连打带踩，余罪很痛心地侧过了身。其实他很反感这种以多欺少，不过相比这帮没底线的偷牛贼，这就不算什么了。

山腰上张猛早把最壮的一个大傻个子扑倒了，大白狗在汪汪叫着，那人的反抗也最激烈，反手就掐张猛的脖子，可不料他遇到最合适的对手了，张猛的拳头像机械臂，一顿痛殴，几下之后这大个子便没有反抗的机会了，只顾抱着头。还是王镔在远远吼着什么，张猛才不情愿地反铐着嫌疑人，拎着往回走了。

分开人群而出的厉佳媛快步奔上来，一对桃花眼眯着，视线不离张猛左右。等把嫌疑人扔在路边，她双手在胸前拍着，发嗲似的赞着："哇，猛哥，你打人的样子好帅！"

张猛的悍勇戾气霎时烟消云散，看着厉佳媛，给了一个不好意思的笑容。

这样子偏不巧让李逸风看到了，他想上前，却又害怕虎妞跟前那只大白狗。无处发泄了，他拉着李呆和李拴羊严肃地问着："你们说，难道老子不够帅吗？"

李呆愣了下，看着狗少两只胡乱塞着卫生纸的鼻孔，鼻梁肿得老高，凛然点点头道："帅！"

这么惨兮兮的，连李拴羊也不忍说不帅了，可李逸风看着厉佳媛和张猛的亲热劲，越来越酸，明显感觉到自己不够帅了。他火冒三丈地一脚踹在抓回来的嫌疑人屁股上骂着："你妈的，老子这么帅的脸，你都忍心下手，简直是自绝于人民……知道什么意思么？一看就是没文化，不想活了。"

李呆和李拴羊笑着溜了。李逸风押着嫌疑人蹲到了路边，大声训着，好歹找回了点作为警察的自信。这边训着，那边群众早就看不过去了，吐唾沫的，拿着棍子戳的，和了把雪泥往偷牛贼身上扔的，群情激愤，可把旁边的王镔吓着了，生怕再出其他事，赶紧让乡警围成一圈护着三个嫌疑人，自己指挥着村里几人拉着车上的篷布。

"哗"的一声，篷布拉下来了，被偷的五头牛哞哞在叫。这一下子，王镔抚胸长笑，向余罪直竖大拇指，大吼一声："乡亲们，听我指挥，围好警车，回乡！"

这一句好不威风，好不志得意满。乱嚷嚷的人群跨上摩托车，爬上了三轮车，前面开道的，后面护卫的，摁着喇叭使劲嘚瑟的，成了一个浩浩荡荡的警民联合队伍。

大局已定，余罪笑了，这一刻有一种感觉，好像是曾经有过的。看着喜气洋洋的村民、看着扬眉吐气的乡警，他缓缓坐回到车上，关掉了一直响着的警报。在启程的时候他突然明悟了，那是一种踌躇满志的感觉，一种对他来说久违了的感觉，他也发现，为什么自己一直舍不得这身警服，那是因为，他太喜欢这种享受的感觉……

🐼 罪不堪伤

从下午四时左右回到乡里，把嫌疑人关起来之后，羊头崖乡的派出所大门就一直关着。十里八村早闻听派出所居然抓到了偷牛贼，甭提多来劲了，不少村里的闲人散汉都聚到派出所看热闹，不过大门一直没有开过，让企图来满足一下好奇心的村民失望了不少。

门虽然关着，可里面没闲着，大家就在董韶军和周文涓的指挥下忙活着，从车上收集证据，采样，根据嫌疑车辆反查，根据嫌疑人的指模比对，还从嫌疑人身上搜到了化学合成物质。董韶军化验分析后，不得不承认江湖伎俩很难识破，以他学了几年的警务知识，居然搞不清嫌疑人身上那些散发着怪味东西的大致成分。

一个小时后还没有提审，指导员坐不住了，他想进所长办问问余罪，可看到余罪头靠着椅背又在有一搭没一搭玩硬币的时候，他没敢打扰。他现在明白了，所长玩硬币和呆头挠后脑勺，狗少咬手指是一种行为习惯——那是在思考呢。

两个小时后，天已经黑了，王镔出门安抚了村民一番，让大家先回去休息，凡问及案情都是一句挡回："你家又没丢牛，关你什么事。"

可丢牛的呢，王镔也是不客气地回一句："贼都抓到了，还怕赔不上你家的牛呀？年后要没有赔你，你来把我牵回去。"

朴实的村民们呵呵一笑，各自散去，指导员关上了门，叫着李呆和拴羊两位做饭，至于李逸风，这小哥挨了一拳把自己个儿当英雄了，鼻子上压着胶贴，躺在队办里直哼哼。王镔想想，这孩子自从到乡里就偷鸡摸狗，也真难为他了，抓个贼还冲锋陷阵跑在最前面。他笑了笑，没理会这货，这回拿定主意，要催催所长了。

不料他刚上前，门开了，余罪出来了，王镔赶紧问着："所长，怎么还不开始审？赶紧审，以防夜长梦多。"

"哎哎……算我一个。"李逸风早注意到了，一骨碌起来，不拿自己当普通人，直接插所长和指导员中间了。王镔眉头一皱，不悦地斥着："别添乱，这活你哪干得了？听所长的。"

"我没说干，我帮忙，所长，王叔，您俩放心，谁他妈不说实话往死里揍他，没事，我动手……"李逸风不知道是不是对被挨那一下苦大仇深，拍着胸脯说道。王镔刚要训两句，不料余罪一嗤鼻子道："那不叫本事，信不信我随便几句就让他们老老实实交代？"

"什么？"王镔傻眼了，李逸风更傻眼了，被噎了一下，半天才反应过来，指着余罪道："所长，这怎么可能？你不会有特异功能吧？"

"有时候，我也觉得自己好像有。"余罪开着玩笑道。

"吹吧你。"李逸风一嗤鼻道。

余罪不愠不火，一勾手指。李逸风最容易上当，凑上来了。余罪耳语了几句，李逸风尚存狐疑，不过翻着眼珠，按步施之了。

没干别的，把那位司机从关人的小屋放出来，解了铐子，催着洗了把脸，然后坐到了乡警们常聚的东厢房。李逸风很不情愿地安排着李呆给他端碗饭，李呆更不情愿，不过听说是所长安排，却是不敢违拗，端了碗给扔桌上，恶狠狠地瞥着，那意思像在说：吃吧，噎死你！

干完了这一切，李逸风屁颠屁颠跑出来了，站到了余罪面前，余罪笑着问："想拿剩下的哪个开刀？"

"那个花白头发的，老贼，打我一拳那个。"李逸风恶狠狠地道。

"另一个年纪小的怎么样？"余罪道，商量的口吻。

"为什么？"李逸风不乐意了。

"那个看样子比你还傻，好对付呗。"余罪贱贱一笑，邀着指导员同去办公室，李逸风气得直想踹他两脚，催了两遍才去提那个嫌疑人。

关人的小间里，嫌疑人们窝了几个小时了。司机刚被提走，那老贼面着壁，不吭声。另一个年纪不大的，正是余罪要提审的，看样子还真不怎么灵光——眼睛有点斗鸡，鼻子却像个蒜头，再往下看却是龅牙，就拉头牛出来都比他眉清目秀。李逸风厌恶地拉着铐子，那人却是口齿不清地哀求着："大哥，我们牛不要了，放我一马。"

"那就不是你的牛，偷来的也能谈条件呀？"李逸风哭笑不得了。

"大哥，大哥，您听我说。"那哥们见李逸风搭话，紧张地哀求着，"那罚款，罚款我们出。"

一听这话李逸风愣了下，就他这水平都知道，这么大的盗窃案值，岂能是一个罚款了事？他冷笑一声，回头朝着嫌疑人臀部猛踹一脚催着："快走……他妈的没文化真可怕，出俩钱就想了事？"

那人被踹了一脚，刚要往前走，却愣了下，他异样了，因为他看到了同来的司机杨静永端坐在东厢房里，和警察坐在一个桌上。他一下子觉得气血上头，有想揍人的冲动，还没发作，后面的李逸风又继续踹了两脚，把他直踹进所长办了。

他刚要进去，被人拉住了，回头一看是董韶军和周文涓出来了。董韶军拉着他语重心长道："逸风，你得改改，不能抓着嫌疑人就不把人家当人……更不能随便打骂啊。"

李逸风抿抿嘴，喷了句："少来了，所长让我打的。"

"什么？"董韶军不信了。

"真的，他让我带那个吃饭，拉这个审讯……对那个客气点，对这个要很不客气，顾不上了，我得进去瞅瞅。"李逸风挣脱了董韶军，一闪身进门了。

门外董韶军哭笑不得地看着，和周文涓相视来了个无可奈何的笑容。两人去吃饭的地方了，谁也没打扰乡派出所的预审。

然而这预审已经让李逸风觉得没意思了，根本不像想象中那么刺激的场景啊。就连平时拍桌子说话，抽皮带打人的指导员也变得像个小媳妇一样安生，余罪更不用说了，从进门开始，压根儿就没有正眼瞧嫌疑人一眼。

这可怎么行？不但李逸风憋不住了，就嫌疑人也憋不住了，四下瞅瞅，奇也怪哉地问着："警察叔叔，咋没人审问我呢？"

"没审你不会自己说呀？非让领导跟你费工夫？"李逸风虎着脸，"吧唧"踢了嫌疑人一脚。王镔一瞪眼，李逸风不敢造次了，乖乖地退居一边。嫌疑人摸着臀部，不疼，不过装着低眉顺眼，好不惶恐的样子，滔滔不绝地说开了："我说，我自己说……我们想到这片山打只兔子什么的，就碰到几头牛，一时糊涂，就把牛牵下山了……警察叔叔，我错了，我罪该万死，可怜我家里还有年过七十的老爹没有养着，你们看在我初犯份上，放我一马，我再也不偷了……"

说着说着就声泪俱下，伴着自扇耳光的动作，就差仆地磕头，恳求警察大爷看在他一片孝心的份上放他一马了。

李逸风愣了，不知道该怎么处理了，这娃一把鼻涕一把泪，实在可怜哦。

不过在余罪看来是另一种情形，他想起了曾经见过的那些人渣，前一刻目露凶相，后一刻诚惶诚恐，再一转眼，痛哭流涕对他们来说不是什么问题。

"喂喂，别哭了……"余罪敲敲桌子。那人像个委屈的小媳妇一样抽泣着，脸上头上身上还带着被群众揍的伤，着实可怜，余罪加重了声音吼了声，"别哭了！"

"哎，不哭。"那人明白了，点着头，老老实实地站在门边上。

"看这样是个老实人啊。"余罪指指，征询指导员的意见。王镔点点头。

"哎，对，老实……我老实交代，确实是我们一时鬼迷心窍，把村里牛牵走了。"嫌疑人又点点头，悲戚道，那表情叫一个痛不欲生，悔之晚矣。

"哦，这认罪态度不错，可以从轻处理，不过……叫朱宝刚是吧？我们对你偷牛这个人赃俱获的事没兴趣，你是今天上午偷的对不对？"余罪问。

"对，是，在那片山上。我们看着几头牛在吃草，就……鬼迷心窍牵走了。"绰号"大缸"的朱宝刚忙不迭地交代道。

"上午这个事知道了。"余罪欠欠身子，脸笑着问着，"说说昨天晚上你去哪儿了？"

"没去哪儿，还在晋中没回来。"朱宝刚带着无辜的眼神道。

余罪笑了，王镔笑了，李逸风也笑了。笑得嫌疑人慢慢地开始不自在了，不自然地耸耸肩膀，好像后背生疮一般，半晌又嚅嗫道："昨晚……在路上，我也说不清在哪儿……那个……"

　　"等等……"余罪打断了这个吞吞吐吐的交代，看着嫌疑人，很不屑地笑着道，"朱宝刚，你说话太费劲，我替你说，昨天晚上你、牛见山、杨静永三人驾驶着小卡车，从209国道进了五原市，行驶三十七公里后转入二级路，二十二点左右你们进了羊头崖乡的地界，接着你们三个人合力把车上的摩托车放下来，你用摩托载了一大包草料，乘夜去了我们乡的涧河村对不对？你连夜把草料运上了河谷通上山的小路，在路上还做了不少手脚，比如这种东西……牛好像特别爱舔，做完这一切，你原路返回。今天上午，你们就等在山梁后的缓坡下，等着闻着味道，啃着草料，不知不觉跨过山梁的牛，然后，就牵回到自己车上……呵呵，有哪儿不清楚，我再给你详细解释一下。"

　　朱宝刚愣了，下嘴唇耷拉着，几乎要滴下口水来了，这说的就是他一整天干的事，可这神不知鬼不觉的事，对方怎么可能知道得这么清楚？他又觉得后背痒痒了，有点白日撞鬼的感觉。

　　"你在奇怪我为什么知道对吧？"余罪趁热打铁，一句话说到了嫌疑人心坎上了，他没吭声，不过余罪眼睛瞟着东厢的方向，笑了。

　　此时无声胜有声，等于暗示嫌疑人——你们窝里有人告诉我了。朱宝刚一想刚才杨静永和警察一块吃饭的待遇，气得牙咬得咯咯直响。余罪当老好人似的劝着："宝刚，想开点，反正都这样了，有人抢你前头立功赎罪了……这样吧，你给我交代几个一块偷牛的，或者是谁教你这一招偷牛的。别说是你自己揣摩出来的啊，据我所知你就是个牵牛跑腿打工的……怎么样？需要再想想？"

　　王镔仔细地看着，他对余罪有点叹为观止，这些话几乎都敲在嫌疑人的痒处，让对方痒痒得越来越吃不住劲了。

　　"我觉得不用想。"余罪一靠身子，叹着气，似乎很为嫌疑人着想似的道，"宝刚兄弟，据我所知你是一个很失败的贼，三十好几了，媳妇都没娶上……而有些人靠这个已经发家致富了对不对？我真替兄弟你不值啊，你说羊头崖乡前后丢了七八头，都算在你脑袋上，得蹲多少年大狱？"

"那不是我们干的。"朱宝刚苦着脸，强调道。

"那是谁干的？不能和你们手法一模一样吧？"余罪摊手道，语速很快。

"老七那伙人干的，北边不好下手了，听说这边比较偏，他们就来趟路了。"朱宝刚道。

"哦……我就说嘛，宝刚兄弟怎么可能犯那么大的事，对不对，指导员？"余罪恍然大悟道，随手摁开了录音。

王镔一脸严肃，点点头道："嗯，就宝刚这样子，完全可以申请从宽处理，司机杨静永也要从宽处理。对了，宝刚，你们用的新鲜苜蓿草，是大棚培植出来的吧？"

"啊，是……古寨那一片，好多大棚都专门种草。"朱宝刚顺口道。

"价格不低吧？"余罪问。

"七八块钱一斤，比菜都贵。"朱宝刚道。

"难道专门种草喂牛？"王镔奇怪地问。

"不……都卖给偷牛的了。"朱宝刚老实一脸，纠正道。

李逸风忍不住了，使劲咬着嘴唇，捂着嘴，憋着笑。余罪翻了他一眼，一摆头，狗少知趣地出去了，不过他看出来了，这个诱拐牛的迟早得被所长和指导员诱拐到坑里去。

一进东厢，又出事了，一群乡警围着那个开车的司机，司机饭只咽了几口，在大把大把地抹泪。狗少揪着李呆小声问怎么了，李呆小声告诉他，进门董韶军就劝慰他吃上口饭，说什么来着，说你虽然是嫌疑人吧，我们也没拿你不当人。周文涓呢，还很客气地给他端了碗汤，哎哟，坏了，司机这就哭上了，跟小媳妇被无赖调戏了一样，抽抽答答一直哭个不停。

李逸风听到此处大为光火，直斥道："别哭了，你哭个屁呀，想坦白从宽都晚了，你那同伙在所长那里早交代了。"

"你一边去。"董韶军不悦地瞪了眼。李逸风刚要反驳，却不料嫌疑司机一抹泪道："我知道迟早要有这一天的，恶有恶报，你们问吧，我吃不下。"

董韶军和周文涓愣了，没想到不经意的恻隐之心，却有这个意外之得，他挥手屏退了乡警们，和周文涓一起，就坐在饭桌边上，慢声细语地问上了。那位司机仍旧抽抽答答哭着，边哭边交代……

门外蹲着吃饭的一干乡警着实有点崇拜，城里这几位办事说到底还就是比乡警们有素质，李呆刚赞了个，却不料啃着饼的李逸风骂咧咧不屑道："真没挑战，太没挑战了，还没过夜，全交代了……老子鼻梁挨的这一拳，算是还不回去了。"

众乡警哧哧地笑着，都看笑话似的看着狗少，没人给他一点恭维，不过不怨大伙，实在没法恭维呀。

过了一会儿，耷拉着脑袋的朱宝刚出来了，被安排去吃饭，余罪听说董韶军居然把司机说服了，还有几桩偷牛案，都是这位司机参与运输的。他兴奋地擂了这位同学几拳。不过审到第三位嫌疑人就卡壳了，没想到这位年过半百的牛见山是个硬货，对着同伙的口供也百般抵赖，死不认账。

朱大刚说我偷了？没有，他是贼，贼的话怎么能信？和我一起偷？不可能，他算什么东西？

司机指认我，指认我什么？我不认识他，我搭顺风车的不行呀？

等更多的证据证词排出来，这家伙哑口无言了，不过就是梗着脑袋根本不认账。

这种人不多见，可也不罕见，每个领域都要有"坚强的"战士，犯罪领域也不例外，只是抵赖到这种程度让余罪有点上火，而抵赖的人往往是知道更多的。他猛拍桌子失态了，吼了句："李逸风，进来。"

一吼，早按捺不住的狗少捋着袖子奔进来了，抹了抹鼻梁上的胶贴，恶狠狠地盯了嫌疑人一眼。那嫌疑人也是个软硬不吃的，回敬了不屑的一瞥。指导员王镔桌子下踢踢余罪，那意思在讲，这事别让狗少掺和，这货有点二，别真捅出事来。却不料余罪没理会，一指嫌疑人安排着："去把这个人放了。"

"啊？放了？"狗少怒目相向了，连余罪也准备不认了。

"对，放了，他什么也没干，我们没理由滞留他，对不对？"余罪使着眼色向指导员道，王镔一时不明所以，余罪又补充着，"放他之前领他到丢牛的村里走一圈，观音庄、后沟、涧河，让群众瞅瞅见过这个偷牛贼没有……要没有，就放了吧，别往回拉他了。接下来出什么事，就不是我们的责任了。"

王镔眼睛一凸，知道要坏事了，那帮老百姓，可比狗少猛多了。李逸风一想却是喜色上脸，嫌疑人知道警察要使坏了，他哆嗦着："别别，我交代，我我我我……我参与偷牛了还不成吗？"

余罪没动，头微微低着，眼上翻着，以一种奇怪的表情看着嫌疑人，这一下子看到对方的软肋了，知道这种地方能发生什么事。一念至此，他催着李逸风道："拖走，他妈的，我治不了你，有人治得了你……知道这什么地方吗，你算个什么玩意儿……"

李逸风乐了，嚷着李呆几人，几人把嫌疑人使劲往外面推。那嫌疑人牛见山此时恐惧更甚，不迭地嚷着："不要呀，我不去啊，我交代……我交代……"

"别急，得让你见识见识，别以为老子吓唬你。"余罪恶相顿露，安排着守家的、出勤的，两辆车载着嫌疑人直往最远的观音庄去了。所里留守的董韶军有点看不懂了，一晚上审不下来，可没想到为什么嫌疑人死活不愿意到观音庄，而且观音庄那事应该和这拨贼没什么关系啊。

车刚走，他问周文涓道："什么意思？这牛头不对马嘴嘛，观音庄那事不是牛见山做的吧……哎，对了，怎么把他吓成这样？"

周文涓笑了笑，没多解释。董韶军总觉得有点不对，他拽住了所里的内勤小高，小声问着你们这儿抓住贼，一般怎么处理？高乡警咧嘴笑了，也没说话。

董韶军不问了，他可能知道余所长的意图了。

果然，比想象中要快好多，没出观音庄就问出不少隐情来，审讯的地方就放在村委，余罪和王镔依次问着，耷拉着脑袋蹲着的嫌疑人在一五一十交代，他身后站着虎视眈眈的李逸风和众乡警，不过这不是威胁，真正的威胁在门外。一院子拿着锄头、锹把、钉粑的村民，仇深似海地围着村委，根本就是械斗的方阵。偶尔有人带头喊一句，也是让人毛骨悚然的话："镔叔，别审了，交给我们吧！"

在这种随时有可能被群殴致死的巨大威胁下，最后一个嫌疑人，交代了……

🐼 雷厉风行

"根据我们对被捕嫌疑人的审讯，团伙带头的牛见山，就是这个人……他交代，观音庄的偷牛案是另一伙人干的，带头的是一名绰号'老七'的嫌疑人。老七是牛见山的上家，偷牛就是跟他学的，不过这个老七究竟姓甚名谁他不清楚。他们的组织方式是老七提供这种诱拐牛的药物和饲草，然后由下家组织人、车异地作案，得手后，他们在规定的地点交货，直接把赃物变现。"

周文涓罗列着这两周在羊头崖乡的收获，大量的地形地貌照片、作案工具、车辆、人员，这一行可谓收获颇丰了，她明显地看到了队长邵万戈脸上的嘉许之意。这位队长，可很少夸人的。

邵队长旁边坐的是马秋林，他是和董韶军、周文涓一起从羊头崖乡归来的。今天已经是腊月二十九了，他记得自己以前当警察的时候也会在这个时间放下手头的工作休息一下，可是此刻却仍然按捺不住兴奋，和这帮后辈坐在二队的会议室商讨着这个匪夷所思的案子。

从粪便中确定失牛的路线，一步一步揭开牛莫名其妙被盗的案件。邵万戈蹙着眉头，看了董韶军一眼，他有点佩服许处的眼光了，那么偏的技侦技术许处都不放过。谁可能想到还真派上用场了，他打断了汇报，问着董韶军道："韶军，嫌疑人用于诱拐牛的那些药物，分析出来了吗？"

"暂时还没有，不过分离出来了粗盐的成分，还有类似镁的成分……是矿物质合成，经过熬制的，这种东西像中药一样，很难确定它的准确构成。"董韶军客观道。马秋林笑着插嘴了："这个可以先放一放，很多行业都有不传之秘，比如砍手党的麻药、毒贩熬制的配方，都不会那么容易外泄的。"

"嫌疑人现在在哪儿？"邵万戈笑了笑，换了个话题。

"已经刑事拘留，暂未请捕，关押在县看守所，余所长的意思是动静先不要搞得太大，等查查这拨贼的上线再作打算。"周文涓道。

"那有结果吗？"邵万戈问。这是前天的事，两天时间，他想应该差不多了。

不料此话一出口，董韶军的眉头皱了皱，马秋林却接着话头道："也算是百密一疏吧，据嫌疑人牛见山交代，他们的交货地点就在二级路和国道的交叉路口，当天抓捕的时候动用了村里人上百人，封路封了三个多小时，恐怕这个上家已经被惊动了。"

一听这话，邵万戈明显有点失望，不过再一想，乡警能干到这个水平，已经是很不错了。他回头问着马秋林道："马老，辛苦我就不说了……可这个案子我还是没太闹明白。"

"哪儿不明白？"马秋林笑着问。

"你看啊，第一宗失牛案和第二宗失牛案发生的时间相差一天……而第三宗案件你们打了个伏击，时间相差十一天。奇怪的地方就在于此，怎么可能判断出准确的发案时间、发案地点？就即便前期的证据相当多，也不可能判断出这个案发时间呀。"邵万戈道，一脸迷茫，等着马秋林释疑。

马秋林笑了，笑着道："这个我解释不了，因为不是我判断出来的。"

董韶军和周文涓同时笑了，邵万戈却更迷糊了，挨个看看众人，奇怪地问："又是余罪？"

"对。前两次案发后我和他交流过意见，侦破的方向基本认可。一方面从现场发现的饲草残留上下工夫，结果发现这个方向是错误的，他们没有用我们判断的青贮饲料，用的是新鲜的饲草；另一方面，从二级路通过国道、高速路的公关检查站留下的车辆监控下工夫，结果发现这个线索的价值也不大，需要排查的车辆有数百辆，根本不可能是一个乡派出所能完成的工作量，而且时效也赶不上；第三呢，当时我们也没有想到，除了饲草，嫌疑人还有下药这一杀手锏。"马秋林道。

"是啊，正常思路，都不可能指向这次案发的端倪，那他是如何判断出来的？还非常准确……看地理位置，这个地方根据不具备设伏的条件。"邵万戈眉头紧皱着，看着两位属下。董韶军笑着道："我问过他了，他没告诉我。"

"呵呵，还藏私了。"邵万戈笑道，眉头舒展了，那个人他有所了解，他的脑袋要能以常理推断，恐怕就不会被赶到羊头崖乡了。

"这个也放一放，随后你问他吧……万戈，现在的问题是，接下来咱们该怎么动作？你是不是可以考虑搭把援手？"马秋林出声问道。这是他来的主要目的，毕竟乡警的力量太单薄了。

"这个……"邵万戈稍有为难了，他道，"案子发生在羊头崖乡，二队插手好像不妥，他们和县公安局汇报了吗？"

"汇报了，县局局长外出学习去了，当家的副局长回乡省亲了，办公室就留了一个人值班，指导员王镔去了县局两次，连管事的人也没找着。"周文涓道，话里颇有点怨气。

邵万戈笑了，大过年的，能找着人才见鬼呢，又是乡派出所的案子，恐怕想引起重视没那么容易，就即便二队这个重案队，也开始轮休放假了。他很为难地想了想。马秋林似乎窥到了他的为难之处，小声劝着道："从作案方式、作案组织上看，和我省发生的系列失牛案有很多雷同之处，据嫌疑人交代，他们先后向嫌疑人老七提供过不下五次的赃物……我考虑啊，羊头崖乡的案子仅仅是我们无意揭开的冰山一角，这个犯罪蛋糕做到了多大，我暂时还真不敢估计。"

"您是指和其他失牛案并案？"邵万戈考虑了下，这样的话，二队就有理由向上级请示参与。

"对。"马秋林道。

"可能性有多大？"邵万戈问。

"很大。"马秋林道。

"理由呢？"邵万戈道。

"万戈，别给我打官腔，理由和证据我都没有。就像你刚听说羊头崖乡牛被偷后咱们打的赌，你不会忘了吧。你赌要成悬案，我赌余罪能抓到贼。"马秋林促狭地笑了笑，话别住邵万戈了。其他两位没想到两人之间还有这个赌约，都笑了笑。

半晌，邵万戈一伸胳膊拿定主意了："好吧，我向市局请示一下，看是否能尽快介入，如果不行的话，我会知会县局，让他们在人力物力上给予支持。"

此话一出，董韶军和周文涓又是一脸懊丧，请示、讨论、知会……这些用在公文中的词，实际上基本就等于推诿扯皮了。年前一放假，要等结果怕是得到正月十五以后了吧。邵万戈可有点奇怪了，好像回来的三位都被羊头崖乡同化了一样，一听没支持，都这么没精神。他奇怪地问着："怎么都这样？跨区介入，总得经过上级同意吧？而且这事我们不知会县局一声，很不合适。总不能手伸那么长，直接伸到人家乡派出所抢功劳去吧？"

"那以你的意思……"马秋林小心翼翼地问。

"明天就大年三十了，这个时候你们说我把谁派出去合适……等年后初八上班，我和市局苗局请示一下，几地警力，毕竟是需要协调的。"邵万戈道，他越这样说，几个人的脸上显得失望愈大。马秋林插嘴了，摇摇头道："恐怕来不及了。"

"什么意思？"邵万戈奇怪了。

"他们……已经在抓捕的路上了。"马秋林用很欣赏的口吻说道。

"抓捕？就他们几个乡警？"邵万戈眼睛一凸，似乎给吓着了，异地抓捕，就重案队也经常出意外，何况那拨连枪都没拿过的乡警。随后又笑了，直笑这拨乡警自不量力。

"没错，他带了几个乡警上路了……已经沿着嫌疑人老七消失的方向追出二百多公里了。他们没有考虑那么多，就奔着一个方向去了。"马秋林道。

一刹那，不知道有一种什么样的感觉让邵万戈如同芒刺在背一般。他挺直了腰杆儿，这不是服不服的问题，而是不得不服的事儿。

"他和你曾经一样，就算碰到头破血流也不会回头的。"马秋林又道。

邵万戈一怔，他看马秋林严肃的眼光像刺一样钉着他。半晌，他毫无征兆地吐了句："好，先斩后奏，我派一组人跟上！"

董韶军和周文涓一下子乐了，相视而笑。

"咕咚！"车猛地一加速，后排的李逸风吓得赶紧扶着座背。

"咕咚！"又一个趔趄。李逸风忍不住了，出声道："猛哥，你小心点，哥几个小命可都在你手上呢。"

是啊，后面几个吓得都紧紧扶着座位，张猛为难地说了句："你们害怕，以为我不害怕？不知道我没开过路虎呀，这他妈一脚油门就上百了，把不准啊。"

"那你慢点呀。"李逸风道。

"就是，慢点啊，猛哥。"李呆一头大汗。

"快点，那辆车是从晋中高速口上的高速，绕道大运。根据文涓查到的交通记录，是在曲沃口下去的……应该就在那一带，还有四十多公里，赶在中午前到当地，还不知道能不能查到记录呢。大过年的，人都回家过年了。"余罪在副驾上骂骂咧咧，一直在翻查那辆车的监控图像。

这是根据牛见山的交代捕捉到的图像，时间正是观音庄失牛的次日。据牛见山交代，一般都是这辆卡车负责接手赃物，车牌查过了，是套牌车。于是第一条线索就只能沿着这个幽灵车消失的路线，从羊头崖乡追出来三百余公里了。

半晌没听到说话，余罪回头时，吓了一跳，这才发现乡警哥几个噤若寒蝉。他异样地问："怎么了？"

李逸风指指张猛，李拴羊和李呆也没敢吭声，生怕影响张猛开车似的。一下子余罪这才明白了，张猛的开车和人差不多，开像牲口，限速一百公里的路，他一会儿忽悠到一百五，一会儿又降到一百二。余罪此时也感觉到威胁了，不过他有的是办法，眼珠一转悠，轻言细声问着："牲口，说说你的感情生活……我看虎妞对你好像有那么点意思？"

"嘿嘿，那当然是。"张猛心里一荡漾。车稳了，速度慢了。

"哎，对了，开慢点，咱们聊聊，我们可都支持你啊。你们真要成了一对，兄弟们全给你祝贺去。"余罪道。

"那谢谢兄弟们了啊，对了，不是我说瞎话啊，见了佳媛我才发现，以前我对有钱人偏见太重了。"张猛绮念慢慢升腾，以一种幸福的语气说着，"佳媛性格真好啊，可会关心人啦，给乡里也办了不少好事，明年还准备修条路呢。对了，佳媛还说了，自从遇到我，连对警察的成见也消除啦……"

说来说去都是虎妞如何如何，余罪倒无所谓，李呆和拴羊也无所谓，可有吃不住劲的人——李逸风脸色越来越绿，两手扒着椅背，指节都有点发白了。李呆怕出事，悄悄捅捅余罪。余罪一回头，看到了李逸风的表情，沉声道："逸风，你怎么了？是不是刚才车不稳你害怕？要不再让猛哥给你猛一会儿？"

"哦，没事没事，我没事。"李逸风顿时明白了，不敢发作了，生怕前面的牲口哥再来个飙车动作。

一路平稳地到了曲沃，下了高速，后方的协调已经跟上了，周文涓把当地交管部门的联系方式传到了余罪的手机上。有准确的时间，就很容易查到那辆幽灵车的去向。不过一查之下又让余罪郁闷了一番，居然没在这儿，那套牌车又驶上了通向另一座城市的路。

翼城市！离这里还有六十多公里。

余罪郁闷着出了市交警支队大门，更郁闷的是有人一把把他拉住了，是李逸风，一看那脸色余罪就知道他要说什么。果不其然，李逸风把余罪拖到楼一角，看看车上等着的众人，咬牙切齿道："余所长，你得给我个说法呀。"

"什么说法？"余罪故作不知。

"那那那……牲口把我的妞抢走了。我我我……"李逸风捋着袖子，苦大仇深道。

"没抢走，只是他们彼此有好感而已。"余罪安抚道。

"那就离抢走不远了。"李逸风痛不欲生道，摸摸鼻梁，埋怨着余罪道，"都怨你，一直让我抓贼，挨了这一拳，丑成这样，连虎妞都不待见我了。"

"闭嘴。"余罪训了句，看狗少成这德性了，他也有点恻隐之心，再怎么说，这孩子本质可没初见的时候那么坏，这不大过年的，非要跟上来抓嫌疑人。他揽着狗少的肩膀语重心长道，"逸风，这是个绝好的机会，难道你没发现？"

"什么机会？"李逸风愣了，怎么什么事在所长眼里都是机会。

"有人跟你竞争了，难道不是好机会？你想啊，为什么你很喜欢虎妞呢？"余罪道。

"为什么？"李逸风问。

"因为你一直得不到呀！要是他那么容易让你上手了，你很快就会忘了，对不对？"余罪道。李逸风一撇嘴点点头："那倒是，那天我就抱了她一下，反应好激烈。"

"那不就是了？我觉得她现在是在故意气你，和张猛走得很近，故意让你看呢……这样的机会就是她心理转折的表现，万一你也给她一个颠覆的形象，说不定她下回就主动投怀送抱了。你别介意牲口啊，他能待几天？而且他是犯了错误来咱们这儿溜达的。"余罪教唆着，想着能平慰狗少心态的理由。

"哦，这倒是。"李逸风一想，倒也有几分理，心里稍平。

"走，翼城市。对了，你开车慢点，这牲口开个车吓死人了……这样的人，虎妞怎么可能喜欢，明显和你差远了嘛。"余罪道。

"就是，比脸蛋也比不过呀。"李逸风终于找到点心理平衡了，又得意洋洋地跟在余所长背后，屁颠屁颠上车走人了。

下午时分，终于到了翼城市，嫌疑人老七那辆幽灵车就停在这个陌生的城市，能找到线索吗？余罪抱着万一之想，下车伊始，他面对着陌生的街市、楼宇，以及来来往往、熙熙攘攘的陌生人群，甚至连方言都听不懂。他又像刚接触这个案子一样，皱起眉头来了……

🐼 相逢他乡

"同志，打听一下，这是夏朗派出所吗？"李逸风出门在外，自动变得很客气了。

"门口有招牌，不认字呀？"派出所值班民警翻了个白眼，回话道。

"我们是省城来的，同行，在追一桩案子，协查通报应该已经发到你们所里了，那个……"李逸风又客气道。那民警一撇嘴回道："你看看几点了，办公室是自动传真，早没人了。"

"啊，这不才下午五点？"李逸风火大了，终于爆发了。

民警不悦了，反问着："光看下午五点，不知道今天什么日子？"

"什么日子？"李逸风话冲了。

"腊月二十九啊，别说警察了，就犯罪嫌疑人也早回家过年了，年后再来吧。"民警懒散道。

李逸风注意到了，这民警长了一副舅舅不亲、姥姥不爱的倭瓜脸。他火冒三丈地叫嚣着："叫你们所长。"

"不在。"民警回道。

"指导员呢？"李逸风又问。

"不在。"民警不屑道。

"信不信我找你们局长去？"李逸风威胁道。

"那你去找呗，算你能耐。"民警翻着白眼道，不悦地瞪了李逸风一眼。

完了，李逸风以前虽然经常旷工翘班，不过现在他才发现，旷工和翘班居然是如此可恶。可这里人生地不熟的，离了一个当地人又迈不开步子，最起码连方言你也听不懂。想了想，他忍气吞声道："同志，我们真是赶了几百公里路来的，省城刑侦二队已经把协查通报发到你们局里了，我们需要一个当地的向导……你看，能不能？……"

"同志，不是我不帮你，还有四十分钟就下班了，大过年你敲谁家，谁能乐意？好歹你也等明天……明天也不成，大年三十了，谁不得回家过年不是？真要是杀人放火追逃的案子，我们的紧急动员早下来了，这不没有吗？"民警也换了一副口吻，说得在理。

李逸风无处发泄，舒了口气，只能拉上值班室的窗口，摔门出去。上了车，余罪笑着问着："碰壁了？是不是说话不客气？大过年的，你得客气点给人家说话，要不谁帮咱们啊。"

"我说话就没这么客气过，你不知道啊，所长，全所就剩下俩人了，根本不搭理咱们，好歹咱也是警察……"李逸风道。

"呵呵，这也正常嘛，大过年的，谁愿意给你提供协助，又不是紧急集合命令。有多大的事肯定也先搁下了。算了，那我去吧。"余罪欠欠身子，准备亲自出马了。

"你去也不行。"李逸风打着预防针道，一指里面说着，"那里头那个王八蛋，比偷牛贼看着还可恶，我都想朝着他脸踹几脚。"

"我瞅瞅，真有那么可恶，我先踹两脚。"余罪笑着下车了。进了派出所，"咚咚咚"一敲门窗，余罪不客气地朝里面吼着："喂，我们是省城刑侦二队的，协调通知已经知会到你们局里了，你们还没有接到通知？"

"没有。"一人头也不回道。

"你他妈什么东西？信不信老子现在举报你！"余罪恶言恶声骂了句。这句管用了，那人一听余罪话大，可不知道怎么办了。另一位端着茶水上来了，直道："谁呀，谁呀，刚走怎么又来一个，通知真没到，办公室没人，办年货去了，你和我们所长直接联系吧。"

"呸！"余罪骂了一句，不过一骂表情僵住了，他看到一件难以置信的事——端着茶杯的那位民警的表情同样定格了，像泥塑木雕一样，直愣愣地看着余罪。

好半晌，另一位被骂的协警看看两位惊讶的人，伸手在同事眼前晃了晃，却见他脸上慢慢的喜色渐浓了，出声道："贱人，你怎么来这儿了？"

"烂货，你怎么在这儿？"余罪也笑了，没想到他乡遇故知了。

是大仙郑忠亮，当时在滨海特训的逃兵，后来上班离得远，没怎么联系，谁可承想在这个陌生的城市里，命运像开了个玩笑一样，把两位昔日的同学又聚到一块儿了。

"我就在这儿上班呀。"郑忠亮笑了。

余罪一笑，朝门外吼着："牲口，进来，看看谁在这儿上班？揍他！"

门外一应，郑忠亮乐滋滋地从窗户里伸出脑袋来了，进门的张猛和李逸风一愣。张猛怪叫了一声："是你小子，找抽是不？省城来的警察都不接待。"

"出来出来。"余罪把他的脑袋搋了回去。

这回可客气了，热情了。郑忠亮奔出来怪笑着搂着余罪，抱着牲口，感叹道："兄弟啊，你们这是咋啦？大过年的不回家还搁外头拼命？"

两人还没解释，他看到李逸风不高兴了，直问这位是谁，双方一介绍，郑忠亮一揽李逸风，说道："怠慢怠慢。不过你鼻子上贴个创可贴进派出所来，看你也不像好鸟不是？不能怨我们不招待啊……"一句话气得李逸风直想踹这货两脚。

闲话少说，余罪催着走，郑忠亮安排着让协警值班，又给所长打了个电话。打完电话他才悄悄说，所长交代了，省城刑警来协助任务嘛，直接就交给他。

等上了车，后排直接挤了四人，一看阵势不小，郑忠亮又是奇怪地问着："究竟怎么回事？这都是同行？"

对于同学可没什么隐瞒的，余罪把大致案情一讲。听到追嫌疑人车辆，郑忠亮皱了皱眉头，这玩意还真不好追，时效性过了，十天前的事了。这个疑问刚提出来，余罪解释道："也不是非要追到他，就是想看看他在什么地方落脚，这个案子牵涉可能很大，没那么简单就能解决了。"

"到底是个什么嫌疑人？"郑忠亮问着，这是余罪省略掉的事。

余罪和张猛互视了一眼，干脆把核心的案情也告诉同学了，就是个偷牛案的主要嫌疑人，据落网的交代，这位"老七"很可能是组织实施犯罪的头目。

不料此话一出口，郑忠亮哈哈大笑了，笑着道了句："偷牛？偷牛有什么稀罕，就偷人这年头都不稀罕呀。"

别人一愕然，不一会儿他笑着又道："就即便能找到偷人的，你在这里也找不到偷牛的。"

"怎么回事？我靠，你能不能好好说话。"余罪知道又有点变故了，催着道。

"下来，我开车，带你们瞅瞅，你们自己就清楚了。"郑忠亮喊着李逸风停车，换了位置。一上车，他兴奋地左右摸摸，没开过路虎呢，半天才羡慕道，"你们什么单位，出勤配这么好的车？"

"借的。"张猛道。

"我说嘛。"郑忠亮得意了，发动着车，侧头问着余罪道，"余贱人，我说你就穷苦命吧，有必要借辆这么好的车装逼吗？吓我一跳，我他妈以为你们都发了。"

"闭嘴，我现在怎么看见你就想抽你。"余罪回敬道。心想这家伙和在学校里几乎是两个样子了，比当年的劣等生还要痞几分。余罪看了他几眼，问着："大仙，你进编了？"

"合同制警察，片警……"

"你老家不是这儿？"

"老家不好分，没想到许处还真给面子，往这儿找了个缺，就来当片警了。"

"哦，真幸福，那可是我曾经的理想。"

"拉倒吧，大过年的就轮我值班，真郁闷。"

两人说着，余罪哑然失笑了，曾经憧憬的生活在郑忠亮身上看到之后，却也和想象中大相径庭，他暗暗喟叹了一声。后面的李逸风探出头来故意问着余罪道："余所长，怎么不止一个人叫你余贱呢？"

一问这话全车哄笑，余罪笑骂了句："滚蛋，这是昵称，你敢叫小心封你的嘴啊。"

"哈哈，他一直就这么贱，不叫余贱叫什么。"郑忠亮笑着道，突然省悟到了对方的称呼，惊讶地问着余罪，"我靠，余儿，你都当所长啦？"

"啊，羊头崖乡派出所副所长，括弧，挂职的；再括弧，副主任主持工作。"余罪自嘲地笑着道。郑忠亮一听，却是扬头大笑更甚了，半晌一竖大拇指道："好，好，你有望成为史上最贱的所长啊。"

"大仙，信不信我收拾你……我怎么就贱了？"余罪威胁道。

"呵呵，大过年的该干吗知道不？喝点小酒，送送小礼，有时间再会会小妞儿……你倒好，出来找牛来了，这不是贱骨头是什么？"郑忠亮道。

这话听得张猛和李逸风相视一眼，不以为然了。看着愁云一脸的余所长，他们倒觉得，余罪做的没什么错。

也许都对，环境使然而已。

瞎侃胡聊了一路，车驶了不到十公里，在市郊一处大院子里停下了，看看地势不对，郑忠亮又把车往高处开了十几米，一指院子里，看！

一看，余罪等人的眼睛睁得好圆，大院子圈里关着二三十头黄牛，七八位大汉正挑选着，空旷地斑斑血迹，看样子是个露天的屠宰场。正要问话时，郑忠亮却说着："让你们见识一下最古老的宰牛法，这儿可是古晋朝的地方，杀牛的场面几千年几乎没有什么变化。"

众人好奇心起，睁着眼睛看着，就见得一头千把斤的黄牛被牵了出来。几位大汉在牛蹄上打着绳结，把牛牵到了宰池边上，然后是带着乡音的号子一喊，五条绳索同时用力，嗨喝一声，牛轰然趴地，头正对着血池。此时，一个剽悍的壮汉持着半人高的大铡刀，一挥，亮银的刃光一闪，从牛脖子直铡下去。那牛没有来得及喊一声，即身首分离，被牵头的绳索一拉，利利索索飞起的牛头，便到了大木案子上。

"我操，这么凶。"张猛见得血淋淋的，不太舒服。

"太残忍了。"李逸风也看不下去了。

李呆和李拴羊不忍再看，毕竟是乡下长大的，对这些干活的大牲畜有一种特殊的感情，不是病伤，是舍不得宰牛的。余罪不解地看着郑忠亮，这货却是看得分外眼亮，饶有兴致地撇着嘴，啧啧有声。

"什么意思？"余罪问。找偷牛贼来了，不是找屠宰场来了。

"知道翼城市最出名的是什么？"郑忠亮问，一看众人愣着，他笑着道，"就知道你们犯傻，最出名的就是牛头宴，一个牛头能做出十几道菜，想尝尝鲜得预订，而且翼城这儿的做法是目前所知最古老的，比土家族的年头还要长。"

"那又怎么样？"张猛道。

余罪马上明白了，直道："你是说这儿是牛肉的消耗大市，根本没法找。"

"对了，全市像这样的中大型屠宰场有十几家，全市做牛头宴的饭店一共有三十一家，按每家每天消耗十个牛头计算，每天宰的就要有三百多头，周边县市的牛肉都从这里供应，一天就三百多头，即便最淡的季节也有两百多头，这儿离旅游区不远，销售淡季恰恰又是旅游旺季，所以差别不大。各位说说，一年消耗几万头牛的地方，怎么把你们丢的那几头牛给找回来？"郑忠亮笑眯眯地问。

李逸风"呃"了声，被吓住了，本来以为在山里抓偷牛贼难，可没想到在市里找更难出几倍不止。张猛皱眉头了，知道恐怕是寻牛无望了，两位没见过世面的乡警傻眼了，看着余所长这位主心骨。余罪蹙着眉，看着屠宰的现场，一时间思绪乱飞。

他不觉得自己是警察，而是站在一个销赃的角度，他在想，如果底价卖给其中任何一家，估计都会欣然接受，毕竟几头赃牛进入这个庞大的市场，根本不显山不露水；他又在想，如果有一个长期在这里销赃的团伙，那一定建立起很牢固的渠道了，恐怕这个双赢的渠道，外人无法窥知其中的奥妙；他还在想，如果下手……卡住了，他无从知道就凭手下这几个人，从哪儿入手能撬动如此庞大的产业。

余罪被吓住了，郑忠亮颇有成就感，他笑着问："余儿，不是哥不帮你啊，就这情况，你看怎么办吧？"

"咱们举手表决吧，我提个议，要是大多数通过，就按我的办法来，怎么样？"余罪道，看着同来的几位，意外地发起民主投票了。郑忠亮一听，同意了。张猛和李逸风几人自然是没有异议，郑忠亮却是警示着："别怪我没提醒啊，我们这儿的大户，一多半是贩牛起家的，光登记在册、有牲畜贩运手续的就四百多人，你们要查，也得到年后了。"

"嗯，这个我知道。"余罪道，话题一转笑着道，"不过我的提议是，咱们远道而来，不能无功而返，好歹让郑民警请咱们尝尝牛头宴的味道吧？大家举手表决。"

张猛"蹭"地举起手来了，李逸风一乐，跟着举手了，把两乡警捎带着也拉着举起手来了。余罪举着手道："五比一，大仙，民主表决，你刚才同意的啊，你看给我们安排到什么时候合适？"

郑忠亮凸眼了，没想到面色严肃的余罪会突来这么一下，他抿抿嘴笑着道："好吧，我请……余儿还是你行啊，我都觉得自己够死皮赖脸了，今日看来，还是差兄弟你一筹啊。"

"不但要请，人也被征用了啊，和我们一块跑几天，反正你也回不了家。"余罪笑着道。

"他妈的，今儿上班就没掐一卦，早知道破财有灾，说什么也不上班了。"郑忠亮懊丧地道了句，发动了车，带着这拨人开始逛翼城市了。果真如郑忠亮所言，挂各类野味的饭店比比皆是，挂着某某牛头宴招牌的大店每条街上都有，偶尔零星可见还有些路边摊点，主售的也是牛肉、牛肉丸、酱牛肉、牛心、牛肝一类的荤菜。郑忠亮倒是挺高兴，毕竟见到阔别大半年的同学了。可余罪脸上的愁云却越来越重。

毕竟这地方，找牛肉吃容易，可真要找偷牛贼，怕是就难了。他脑海里组织了几个方法，不过转眼间又都被自己否定了，没办法，信息太繁杂了，根本捋不清思路……

🐼 既脏且累

咔嚓，一张；咔嚓，又是一张。

李逸风扬着手，几乎是下意识地对着车窗拍照，车泊在马路边上，隔着不到十米的距离是人行道，不过拍的却是百米之外的目标——屠宰场。准确说是进出屠宰场的车辆，更准确一点说，从腊月二十七到正月初八这十一天，他一直在干这活，干得风少快成植物人了。

又一支烟点上了，张猛刚抽一口，烟蓦地不见了，侧头时，烟已经夹到李逸风嘴上，他潇洒地抽了一口，弹着烟灰，不但不谢，看也没看张猛一眼。

"嘿，小子，脾气还大了啊。"张猛笑了笑又自己点上了一支，这些日子和李逸风处得不错，连他也感觉这孩子虽然毛病多了点，总体来说还是蛮不错的。他抽着烟问着李逸风道，"已经不耐烦了是吧？你们所长不是让你们先回去的吗？"

"回去也没意思，我爸管得严，还不如跟兄弟们一块玩呢。"李逸风道。

"那你还郁闷什么？"张猛道。

"能不郁闷么？这都十几天了，就让咱们围着屠宰场转悠，大过年的吃方便面泡火腿肠，我靠，这过得叫啥生活嘛。"李逸风牢骚出来了。张猛笑着道："习惯就好，经费就那么点，顾住嘴就不错了，我们去年到南方押解嫌疑人，紧张得都几天没敢合眼。哪像现在，出来简直跟玩一样。"

是啊，相比而言，这个偷牛案反倒轻松多了。李逸风看了张猛一眼，私下里他也知道张猛背了处分，到羊头崖乡散心来了，平时就觉得这是个没什么心眼的憨货，不过这数日看猛哥盯得比他还辛苦，李逸风隐隐地有点同情的感觉。

就是嘛，都停职反省了，还这么敬业。狗少可是藏不住话的人，直问着张猛道:"猛哥,你不被停职了吗?干吗还受这罪,不回家过年?"

"呵呵,我也不知道,不过就是放不下,再说,我不瞒你,我在学校除了体育,哪一样都是一塌糊涂,除了当警察抓人,其他我也不会干呀。"张猛给了一个诚实的眼神。听得李逸风又是同情心泛滥,直竖大拇指,评价就一句:"还是猛哥实在,不像咱们所长,妈的不懂装懂,让兄弟们跟着受罪。"

"呵呵,他这人有点邪,有时候我也看不清他到底有谱没有。"张猛道。

"能有吗?肯定没有,这都多少天了?"李逸风牢骚着,看张猛不信,又编排道,"还有前几天来的那一拨,你的同事,不都窝在招待所没事干吗?"

"有事也不会告诉你,刑警这行讲究的是静如处子,动如脱兔,不干则已,一干就得钉成铁案,侦查得越充分,对后续的工作越有利。你不懂就不要乱发牢骚了,这事马老已经搬到援兵了,很快就会有结果。"张猛道,不经意间,他身上也散发一种让人钦佩的铁血味道。

可惜的是,同行不同路,乡警李逸风没大明白,翻着眼睛斥着:"谁不懂了?静如处子,动如脱裤,不光你们刑警,男人都这样。"

张猛眼凸了下,以为李逸风开玩笑,不过一看李逸风说得这么严肃,他知道这孩子文化恐怕就是这样。张猛反倒不纠正了,哈哈大笑起来。

从清晨四时开始守到上午八时,李逸风张猛这两人、郑忠亮一组两人,再加上二队过来的吴光宇和孙羿两人,陆续往回撤了。屠宰场的工作规律是清晨开始收货,到黄昏时分才下刀问宰,这几组,一直负责着摸查十六个屠宰场肉牛的来源。

早饭是路边的街档随便吃的,还在大正月天,没几家出摊的。吃完饭几人陆续回到了翼城市政府招待所,直上顶楼,靠东面的四个房间全被定下来了,李逸风、张猛、孙羿、吴光宇、郑忠亮相携进来的时候。另外一拨人正忙碌碌翻查交通监控提取到的记录。

"来来来,兄弟们……别嫌差啊,就这招待水平了。"郑忠亮作为东道主，提了一兜油条、豆浆分发着。房间里的解冰、周文涓都是同学，不那么客气了，唯一一位外来人是二队的赵昂川，他瞅着郑忠亮，回头又看看解冰，直问着："解冰，敢情你和这一伙都是同学啊。"

"噢，对，同届，不是一个班。"解冰笑着道。他不喜油条这种油腻的食物，不过看同事几人吃得香甜，却也不好意思，勉强拿了一根啃着。

"哈哈，我跟他还是同一个宿舍呢。"吴光宇伸手一揽，搂着郑忠亮了。郑忠亮忙不迭地打掉他的手："去去，一手油往我身上抹……赵哥，来来，我给你瞅瞅手相、面相，看您长得这么威武，比这群歪瓜裂枣强多了。"

赵昂川一愣，刚要伸手，不料被孙羿挡住了，他道："赵哥，你千万别信这货，他在学校天天给我们卜课算卦，就没有一回准的。"

众人扑哧笑了，赵昂川愣了愣问："咦，你们不是叫他'大仙'吗，好歹得有两下吧？"

"余贱给他封的号，能当真么？"吴光宇道。这回连周文涓和解冰也不禁莞尔了。不管怎么说，这帮劣生玩得那叫一个高兴，特别是郑忠亮，被众人质疑，他的脸不红不黑，指着吴光宇道："诬蔑啊，你们这是赤裸裸的诬蔑，余贱当年封的号还是相当准的，叫我大仙怎么啦，咱这片警过得多自在，要是你们不来，我班都不用上了。"

"就是啊，大家客气点，别欺负郑哥成不。"李逸风意外地和郑忠亮站到一条阵线上了。郑忠亮一拍巴掌，指着李逸风道："看看，你们素质还不如乡警，更别提我们民警了。"

"那是，我们乡警素质向来很高。"李逸风很坦然地说了句，惹得一干人面面相觑，实在不敢苟同，却不料李逸风趁热打铁了，直拉着郑忠亮问着，"哎，郑哥，咱们那牛头宴什么时候吃啊，兄弟们可等急了。"

一说这个，大家集体喷笑了，本来说要请的，可后来一问方知，上档次的大宴一顿得吃千把块，都不好意思让郑忠亮破费了。可不料李逸风念念不忘，一直想着呢。

郑忠亮咬着下嘴唇，异样地看着李逸风，半晌才憋了句："真他妈是余贱教出来的，不让哥流血，你就不痛快啊。"

"我们所长说了，这叫痛并快乐着。"李逸风道，一看郑忠亮不解，他解释着，"是你痛，我们快乐着。"

一屋人笑翻了，郑忠亮却是对着众人不好意思推诿了，直说马上请，一定请，这才把李逸风说得不追问了。

早饭一罢，笑话一停，要回去睡觉的李逸风意外被解冰叫住了，不但叫住他，连郑忠亮也留下了，一起请到了他的房间。张猛却是心有芥蒂，没去，自顾自下楼了。

县级市的招待所条件一般，解冰挑的是个稍微大点的房间，众人进门四散站着、坐着，凑合到一块了。解冰掀开了笔记本电脑，回头看着众人。

这时候，除了李逸风，大多数人都知道要来个简单的案情分析了。大年初三就被召集起来，都是些没成家的光棍，接的又是这样没头没脑的案子，而且办案的余罪又是若干天没露面。除了全程跟着的周文涓，其他人心里怕是早把余罪这个贱人骂了N遍了。

"我也是糊里糊涂接的案子，准确地说，这不是一个完整的案子，我搞不清邵队长为什么让咱们二队尝试介入这个案子。"解冰沉声道，神情闪烁着睿智的光芒，看得李逸风有点自惭形秽，多少有点羡慕这帅哥的气度了。解冰问道，"逸风，你们所长有消息吗？"

"前天来了趟，再没见着。"李逸风道，所长向来不怎么守时敬业，他已经习惯了。

"这个事我先和大家通个气……这几天我们内外齐动，对翼城市出入的牲畜贩运车辆进行了监控和摸底，我看下……屠宰场拍下的车辆一共有139辆车，根据交通监控，过境的有四百二十四车辆，是进市的一倍多；我大致估算了一下，不含猪、羊、禽类，贩牛的车辆每辆至少有三头，多则到八九头，平均数在六头左右，也就是说，仅仅这五天，进市的牛就有一千头左右……这么大的量，简直就是大海捞针、沙漠淘金，有价值吗？"

是啊，有价值吗？赵昂川皱着眉头，但凡刑事侦查，总要有个确定的目标，然后一击而中，再各个击破，可现在整个就是无目标地撒网，捞到了什么，连自己也不知道。他想了几种可能，马上自己摇摇头，否决了。

"逸风，你们在羊头崖乡抓到的几个偷牛贼也有疑点。"解冰看冷场了，突然说道。

"有吗？"李逸风可不太清楚，愕然问。

"据我知道的情况，是你们当天夜里在村口必经之路上设伏，拍下了他们的进村的场面，然后伺机设伏，再把这三个偷牛的一网成擒，对吗？"解冰问。

"对呀，那天我还不信，嘿，结果一去……我靠，还真有人进村。"李逸风愕然道，说完一看众人都瞪他，马上捂嘴了，这场合，是不适合爆粗口的。

"疑点就在这儿，你们怎么知道他们当天夜里会去下诱拐的草料，而且你们怎么知道，那三个贼会在特定的时间去作案？"解冰道，以他缜密的心思，实在想不透这个疑点。

周文涓笑了，这个秘密到现在为止，还没人知道，甚至看出这个疑点来的人也不多，除了马秋林和邵万戈，解冰是第三人。不过他问错人了，李逸风一听傻眼了，挠挠脑袋，抓抓腮边，又摸摸下巴。郑忠亮忍不住了，推了他一把催着："问你呢？说话呀。"

"哎，对呀，你这么一说，我倒觉得可疑了，案发前几天我们天天没事，他一说要案发，就案发啦……"李逸风瞠目结舌地给了个糊涂解释，郑忠亮不相信地问："你这说的什么没头没尾的？"

"本来就这样，你不大仙吗？自己不会掐掐算算呀？"李逸风反驳着。

众人一笑，赵昂川插嘴了，直道："逸风，赶紧把你们所长找回来商量商量啊，不能老这么耗着，二队的警力向来不足，我们手里年前都还有放下的案子呢。这都几天了，连个招呼都没有。"

"噢，成。"李逸风应道。

"他在干什么？"解冰突然问。

"那个，呆头和小拴给所长派屠宰场帮工去了，他嘛，那个……"李逸风眼睛闪烁着，这表情说明肯定知情，瞒不过这些天天和嫌疑人打交道的刑警。他也看出来了，瞒不住了，于是一撇嘴道："他在收牛下水。"

"牛下水？什么叫牛下水？"解冰愣了下。

郑忠亮解释了，就是屠宰的剩余物，那些心啦，肝啦，肠啦，膈啦什么的。这一带，牛下水熬的牛杂，相当美味。不过这美味和案子相差太远，解冰异样地又问着："收牛下水干什么？这么多人等着他呢。"

"不知道啊，他收够一车，就去卖去了。"李逸风道，此话一出，脚面动了动，一看是郑忠亮在悄悄踢他，他识趣地马上噤声了。

其他人的脸色就不好看了，瞪着李逸风，瞥着郑忠亮。兄弟们忙得晕头转向，这货却倒腾起牛下水来了，简直是不能忍。

看场面不对，李逸风和郑忠亮说着告辞，承诺今天就把所长找回来。两人在一干刑警质疑的眼光中，落荒而逃……

一袋，嘭，扔地上了；两袋，嘭，扔地上了。

余罪伸手闻闻自己的手，被呛了一下，全是腐肉恶臭的味道。一车牛下水，就用编织袋装着，鲜血淋漓地扔在一家牛杂铺的地面上。老板蘸着唾沫，数着油腻的票子，点了一遍，又蘸点唾沫再点一遍，递到了余罪手里。余罪接过钱，也点了一遍，然后瞪着眼叫嚣着："少了二十五。"

"哎，零头抹了，一千多块呢，这年节你卖都没地方卖去，下水也没处理干净，我们还得费工夫呢。"蓬着一头乱发的牛下水老板咧咧着，就是不出那二十五块钱。

"记上账，后天来了一起算。"余罪道，收起了钱，上车了。老板频频点头，心里早乐开花了，这下水进得可比到屠宰场还便宜，他估计是人家趁年节私宰的。

是吗？肯定不是，余罪一边开车一边忙不迭地闻闻车里恶臭的味道，也不知道这日子究竟什么时候才是尽头。

接下来，又开始重复这几日的工作了，到屠宰场，以奸商的身份和那里的小老板讨价还价，当地人一般都欺负外来户，往往买到牛下水的价格比本地人要高几毛钱。连着走七八个屠宰场，这辆郑忠亮给找的小货厢基本就装了个七七八八了。

此时一天就差不多过去了，黄昏时分，余罪拉着满载的车辆朝着市外开去。行驶了二十余公里，在桥上派出所的门口停下了，下车后喊着人，派出所后院就屁颠屁颠跑出来一位，开着大门，把车往里面领。是董韶军，在这儿也待了不少时间了，地方是邵万戈指定的，出于保密需求，设在离翼城市尚有二十多公里的乡派出所。

搬下水，打标签，等一车下完，余罪累得气喘吁吁。董韶军却是刚开始忙活，忙着从下水里分拣肠子，将平，捏捏，然后把内容物聚到一起，轻轻剥开，采样，肠衣一开，里面绿的、黑的、黄的就是董韶军最擅长的了。余罪看得膈应，赶紧扭过了头。

"我说，你不烦呀？"余罪小声问。看董韶军又拣一个，实在对他佩服得五体投地了。

"不可能不烦。"董韶军翻着肠子，又剥了一个标本，随口道，"不过什么事都有它的价值，总得有人去做吧。我当初在长安市碰到了我的老师，他是一位没有任何学历，却被部里授予技术类警督衔的前辈。他告诉我，天下没有能隐瞒住的真相，就看你想不想去发掘它了。"

"厉害，我现在发现啊，最变态的不是形形色色的罪犯，而是咱们警察。"余罪道，他现在有切身体会，为了找到真相，有时候憋着一股劲，像得强迫症一样，什么事都敢干。包括天天从牛下水里扒拉证据。

"我同意，我的老师说过，犯罪本身就是一种社会形态的偏态，罪犯总在某个心理上有某种变态之处，咱们警察要不变态一点，还真斗不过他们。"董韶军笑着道，似乎对眼前这些肮脏恶臭的东西根本不在乎。他回头看着累得喘气的余罪，其实也有点奇怪曾经如此怠懒的同学怎么会这么上心地追一个案子，于是他边干边笑着问，"余儿，你当警察比我早，应该深有体会吧？"

"我就觉得呀，做事情和做爱是一样的。"余罪笑着道。

"哇，你不至于变态到这个水平吧？"董韶军吓了一跳，以为自己听错了。半晌，却又点点头凛然道："有道理。从满足心理欲望的角度上讲，这是基本雷同的……别光看啊，来帮帮忙，还有好几袋呢。"

余罪看着董韶军手里的肠肚，莫名反胃了，他摆着手："这活一点也不爽，你来吧。"

摆着手，余罪逃也似的出了后院的仓库，好在年节轮休，派出所人员不多，他刚洗了把脸，准备冲冲车上的味道，李逸风和郑忠亮找来了。这个地方就这哥俩知道，李逸风喘着气，追在余罪背后道："所长啊，快瞒不住了，你得出面了。"

说着把情况一讲，余罪一想也是，太怠慢二队来的几位了，这个侦查也快到揭晓的时候，不过还得看董韶军这里的进展。他踌躇了一下，郑忠亮也插进来了，直邀着余罪："余儿，要不这样，我定一桌牛头宴，请请省里来的同志，大过年的，都不容易。"

"啊，这样好。"李逸风迫不及待替所长答应了，拽着郑忠亮问着，"郑哥，我在手机上查了查附近几家牛头宴，啧，挺出名的啊。"

"那当然。"郑忠亮得意了，掰着指头数着，"牛头宴只是一种，别说牛头宴了，就牛下水，出了翼城你都吃不到这种美味，生扒牛心、爆炒牛肝、鸡汁牛百味、九转牛大肠……光下水就要有十几味。"

李逸风听得直舔嘴唇，两眼发亮，不料听到了"呃"的一声。两人一转头，余罪跑了，跑到墙角跟，卡着脖子，正在痛不欲生地往外干呕。

"啥情况？怎么听到美食反而恶心呕吐了。"李逸风愕然了。

郑忠亮在咬着嘴唇奸笑着，笑得两眼眯成一条线了。他是故意的，倒腾上几天牛下水还能吃下去，那才叫见鬼呢……

🐼 不相为谋

时间很宝贵，多待一天都是浪费，特别是异地用警，最缺的是经费，最怕的就是人心浮动。连续两周毫无进展，余罪又迟迟没有露面，解冰不得不咬牙向队里请示收队了，不过意外的是，邵万戈并没有答应，却给他传了一份案情通报。

那通报让他看着直吸凉气，从腊月二十七到今天正月十三，全省十七个地市，累计汇总起来的大牲畜盗窃案发生二十八起，涉案金额上百万元，侦破的仅有四起，大部分悬而未决，令各地公安疲于奔命。他突然省悟，羊头崖乡很可能是全省系列案件的一个缩影，从一地一案上找出作案手法，总结作案规律，对于侦破其他类似案件都不无裨益。一念至此，他倒安生了，开始细细地研究各地汇总出来的系列盗窃案件。当然，最典型的还是羊头崖乡这个案子，不过刚想介入就让他大为光火，那帮扯淡的乡警，连笔录做得也满纸错别字，几张残缺的影印件，看得他直牙痒痒。

纵览了部分案件之后，解冰似乎隐约找到了一种不太清晰的感觉。为此他和队里的老侦查员赵昂川讨论过，不过仍然卡在设伏时间的选择上，几乎就是张着口袋等着贼上门，做到这种程度应该是有准确的情报支持，可偏偏是不可能有情报的，否则就不会后来又卡在翼城市无法进行下去了。

大上午的，两人讨论无果，直接出来敲响了周文涓的房门。周文涓随队一方面安排着大家的生活，另一方面在监控上帮把手，不过她可是参与过羊头崖乡的案子。解冰把自己的疑问一说，见周文涓仍然是那样腼腆地不愿开口的样子，他也急了，几乎是求着道："文涓，咱们好歹是同学，又是一个队，我还是组长，不能对我也防备吧？要是信不过，你直说。"

"不是，解组长你别误会。"周文涓慌乱地摆手，却是不知道该怎么说了。

"那……文涓，究竟是怎么一回事？怎么余罪防贼似的防着我们？"

赵昂川哭笑不得了，指着自己问，"你看我像偷牛贼的同伙？"

"赵哥，真没那意思，你们别多虑。"周文涓不好意思道。

"哎哟，你能把人急死呀。那这样……你跟我说说，在羊头崖办案的整个经过。"解冰坐下来了，周文涓想了想，把前因后果，以及在羊头崖乡发生的事细细一说。这倒好，听得解冰和赵昂川大眼瞪小眼了，本来不信，现在周文涓一说更确认了，那家伙还真是玩了几天，关键时候一设伏，轻轻松松一网成擒了。

可这样一来，两人更觉得余罪透着诡异了。周文涓细声细语道："你们提的问题，我们也问过他，每次问他，他都说让我们自己想，听别人说出来就不值钱了，你们又不是不知道，他一直就那德性。"

说到余罪，虽然评价并不高，可透着一股亲切的味道。解冰无暇注意这些，和赵昂川相视一眼，回头问着："那他在翼城滞留这么长时间，该有谱了吧？"

"有了。"周文涓道。

"怎么回事？"赵昂川奇怪了。

"他刚才打电话把孙羿、吴光宇都叫走了，我想应该是差不多了。"周文涓笑着道。

一听这话，解冰和赵昂川不问了，"腾"地起身，直奔着出门，边走边打着电话，找那几个货去了。余罪什么货色他俩很清楚，估计又要带人胡干去了……

车停在了翼城东关街上的牌楼下，放眼望去，青翠的山峦连绵着，高度发达的房地产业已经啃掉了山的一面，依山错落有致地分布着十几幢精致的小别墅，不过此时车里人无暇欣赏天然风景以及建筑风格，眼光齐齐地盯着山脚下一处很复古的大院木楼。

望远镜里，贺府牛头宴的镏金大字分外妖娆，迎着阳光，金灿灿的能亮瞎人的眼睛。这个位置相当好，从高速路一闪而过，都能看清那个大招牌。

董韶军正拿着笔记本，在做着一副百分比图，副驾上的郑忠亮几次想和他探讨一下，不过看人家专注的样子，实在不好意思打扰。这当会儿连余罪也专注得厉害，好半天一句话也没说。

"你们确定是这一家？"郑忠亮有点心虚地问，实在有点匪夷所思。

"问他。"余罪一指身后。郑忠亮一回头，小心翼翼地问着："烧饼，你什么时候成神了？能确定贺家是销赃户？"

"我只提供理论和数据支持，具体什么你就不要问了……划定的有三家，如果这三家都不是销赃户，那翼城就没有嫌疑户口了，最可疑的就是这家。别瞪我，是根据他们的出货量、收购量判断的，前进路、西郊两家屠宰场，和这里是一家对吧？"董韶军道，样子很肯定。

但一肯定，郑忠亮就不淡定了，说道："不但两家屠宰场，这老贺家是翼城的名人，一处牛头宴，两家酒楼，还有一处桑拿洗浴，据说在房地产上也有投资……这样的大户，就我们所长都不在人家眼里呀。"

除了这家叫贺名贵的大户，董韶军还划出了于向东、刘晌两家翼城叫得上名来的人。三个人经营着四家牛头宴饭店，在当地差不多占据市场份额三成左右。这样的人，别说不一定有销赃的事，就真有，那还能叫事吗？

说了半天没人理他，郑忠亮气鼓鼓地发牢骚："真郁闷，兄弟可是好心一片啊，现在最牛逼当属这些有搂钱本事的土豪啦……"

余罪看了半晌，似乎根本没有听到郑忠亮的啰唆，直接回头问董韶军："烧饼，怎么办？"

"我已经声明了，我只能按你的要求提供技术和理论上的支持，实践得靠你自己打拼啊。"董韶军笑着道。

"大仙，你想个辙，把这几家给我弄来，换个地方说话。"余罪侧头，征询郑忠亮了。

"什么罪名？"郑忠亮吓住了。

"销赃？"余罪道。

"证据呢？"郑忠亮道。

"暂时还没有。"余罪道。

郑忠亮眼凸了下，喉结噎了下，他现在严重怀疑这帮余贱不是找牛来了，是找死来了。他哭笑不得地问着余罪道："余儿，你这警察当得真有水平，想整谁就整谁，你以为你是黑社会呀？即便你是黑社会，这贺名贵光这个店里就三十多号人，就咱这几块料？"

"真他妈废话，一句话，行不行吧？"余罪根本不管不顾，直接逼宫了。

"不行，胡来呢。"郑忠亮拒绝了。

"那怎么不胡来，得想个辙啊……"余罪拍拍脑袋，这一拍，想当然的损招坏水就出来了。他问着郑忠亮和董韶军道，"咱们这样，进他店里，想办法整事，打架、闹事、扮醉鬼砸东西、找碴儿……反正怎么都行，然后以扰乱治安的名义传唤法人……只要有换个地方说话的机会，想办法诈出他来。"

郑忠亮一翻白眼，不理余罪了。董韶军笑了半天，一摇头："绝对不行，你要想这样干，那干脆警察就别干了。"

"我倒想按正常流程来，可一个简单的传唤对他根本没威慑力啊，而且很容易打草惊蛇，万一真是这几个人，他们只要听到点风声，今年咱们还就别指望抓到贼了。"余罪正色道。

这倒是，你正式传唤，能不能把人传到所里还得两说。不过郑忠亮可过不了心里这一坎，直说这几家如何如何。听得余罪火大了，"吧唧"给了他一巴掌骂着："警察当成你这样，干脆别干了，土豪怎么了？你怕什么，万一整出来，你有功；万一整错了，省城重案二队接的案子，责任在他们。"

这贱性，把那哥俩又逗乐了，不过再怎么说，二队来的也是一帮同学加同事，两人是死活不肯任由余罪胡来。

不一会儿，去叫人的李逸风把孙羿、吴光宇带来了，几人一来，余罪那是喜出望外，扔下车里的董韶军和郑忠亮，把自己的想法细细一说。那边郑忠亮和董韶军一起挤过来，边听边笑边泼凉水。余罪说完，孙羿脑袋摇得像拨浪鼓："不行，少来了，你上次蒙我去跳海，差点赔上小命，这次还想骗我，你以为谁都傻呀？你警服给扒了还能回家卖水果去，我们干吗去？"

哎哟，忽悠失效了，就是嘛，这事听得多玄乎，简直就是警校里坑人害人那些烂招的升级版，谁敢用呀？在纪律队伍里待了这么长时间了，谁心里能没点顾虑。孙羿不答应，余罪一看吴光宇，赶紧表白道："光宇，我没骗过你吧？这事实在是一个人干不了，要不谁拉你们呢？"

"你肚子上是好了伤疤忘了疼了是不是？至于这么拼命吗？"吴光宇很不入眼地道了句。

余罪嘴一噘，眼一瞪，突然发现自己在不知不觉中又走进了死胡同，就像曾经遇到的那场难局一样，你在维护法律的同时，同样也在触犯它，即便能得到大快人心的结果，可不管哪一方都会是伤痕累累。

一车人都噤声了，都知道余罪曾经经历过的那些事，甚至有人不悦地瞪了吴光宇一眼，责怪他不该提出来似的。

半晌，余罪笑了笑，用平缓的口吻道："我觉得吧，人活着，路被堵的时候很多，可心气不能堵；犯错的时候也会很多，可连错都不敢犯，谁还指望可能有对的时候？其实只要对一次，我们就有可能把这窝贼刨出去。"

这话说得，倒是让众人稍稍有些动心了。吴光宇叹了口气，直问着董韶军道："韶军，可能性有多大？"

"很大。"董韶军道，不过以他诚实而且严谨的性格，不会说大话，又补充道，"也可能很小甚至全盘是错的，这个分析和划定范围是余罪做的，只能证明屠宰场饲养和放养大牲畜的区别，而不能证明放养的，就是贼赃。"

一句严谨的话，又把余罪的鼓动给泼凉了，余罪好不懊丧，现在看董韶军也不顺眼了。正僵着，有人说话了，轻声叫了句："所长。"

余罪没应声，他又叫了句："余哥，我成不？"

"你？！"众人以惊讶的眼神看向说话的人，是李逸风，消瘦的身形、白净的脸面，鼻子上的胶贴刚刚揭了，面嫩得像个高中生，在这群人里显得很扎眼。不过李逸风可是见过大世面的主，看一帮刑警以看傻逼的眼神瞅着他，他笑了，这一次坚定地和所长站一块了，一拍胸脯道，"余哥您这办法，我觉得相当好，不过需要改动一下细节。"

"往下说。"余罪乐了，没想到关键时候，支持他的居然是狗少。这家伙向来有事躲得比谁都快。

"您说这打架闹事不好，咱们根本不需要。"李逸风道，一指身下借的这辆车，笑着说道，"咱们这路虎是现成的，咱们装个大爷，给他们找点事不就行了吗？咱这脸不值钱，可那车值钱啊，就看这辆车的份上，谁也不相信咱是警察对不对？"

"哎，对呀，我怎么把这事给忘了。"余罪笑了，这灵感嗖嗖开始往脑袋里蹿了。

"我给您支几招，咱大摇大摆进去，尽捡贵的点菜，吃完一摸口袋，哇，我钱包丢了，讹也讹着他饭店了……再要不，咱们出门把车划一道，吃完饭下来就找他们麻烦，停你门口给划了，这么贵的车被划了，算谁的？办法多了去了，要论玩这个，你们的脑袋就有点僵化了。"李逸风道。众人此时才发现这小子身上的纨绔气质相当浓厚，那狗少真不是白叫的，还没准儿坑过多少呢。怨不得他爹把他赶到没人可坑的穷乡僻壤。

此时余罪可算发现宝了，一拉李逸风："走，咱们乡警自己解决，哼，还重案队？土豪就把他们吓尿，来几个土匪，得把他们吓跑。"

所长和乡警大咧咧下车了，咬着耳朵商量着，眨眼开着那辆路虎嚣张地走了。看得二队几位大眼瞪小眼，半晌，听得刚刚回过神来的吴光宇惊叹道："人才啊，我怎么感觉我跟余贱人的差距越来越大啦。"

众人哭笑不得，这事真不知道是该搭把手，还是就那么旁观着。直到解冰和李昂川追来，这几位还是傻傻地站着，看着路虎远去的方向在惊叹。

人才啊！连他跟班的水平都超过我们了！

第五章

大闹牛头宴

🐼 我行我素

"犯罪率，比去年同期下降零点七个百分点，命案侦破率达到百分之九十五点四；部、省级督导的重大刑事案件侦破率，百分之百。清网人数三百一十二人，比上年增长百分之九……目前在网上追逃的人数，四百二十三人，比去年同期增加百分之十三……"

干净、整洁、简约的办公室里，即便是在省厅这幢感觉很肃穆的楼宇里，也多少有了点年后温馨的味道，窗台上火红的迎春花已经开放了，满屋洒满了明媚的阳光。

不过屋里的两人却是愁云一脸，不但坐在办公桌后的许平秋发愁，就算站在大办公桌边上的秘书也发愁。事实上，每年年后在全省刑事工作会议以及全省警察工作会议召开前夕，大家都这么发愁。

不愁不可能呀，犯罪率年年攀升，数据上再怎么避重就轻，仍然有破坏和谐会议的可能。省厅对刑事工作考核的几个主打指标——命案侦破率，重大及一般刑事案件立案、侦破率，基层刑事警察伤亡率，以及省厅挂牌网上追逃的人员清网率。哪一项指标都是实打实的，而偏偏哪一项指标，在现实的刑事侦查工作中都不可能圆满完成。

"得有点亮点呀，小陈，我不是说你这报告写得不好，而是呀……"许平秋胡乱地翻着，看了辛苦的秘书一眼，小伙子肯定熬了几夜了，他委婉道，"没有像样的百分点拿出来，就得拿出亮点来，否则我这老脸摆不到全省警察工作会议上呀。"

秘书小声地提醒着："去年的跨省贩毒案，报告里提到了。"

"那个不行，禁毒局肯定要大书特书，我抢人家风头算怎么回事？"许平秋摇摇头，指摘着这一部分，尽量淡化。

"那……街（路）面犯罪这一块去年也是个亮点，省城十几家报纸都报道过猎扒，社会反响很好。省台法制频道正在采访制作专题片。"秘书又提醒着。

摇了摇头，许平秋眼睛里掠过一丝黯色，缓缓地道："街（路）面犯罪主体还在治安上，不合适，因为坞城路反扒队的事，把刑侦上的支队长都换了，我可不好意思提。"

那就没有了，最起码在秘书看来，每年侦破大大小小的刑事案件有上千例，可是远远赶不上案发率，其中将有很大一部分成为悬案、谜案，在警事档案中被束之高阁。即便是作为执法者的警察，也只能选取对社会危害较大、犯罪形式直观的案例去预防和抑制。

"我再想想……"许平秋思索着，不经意拿起了电话。他在想新支队长刚刚上任，肯定要烧几把火，说不定那里会有亮点。又在想，去年搁浅的几例案子，比如网络赌博案，是经侦和刑侦协查的，正在追捕几位骨干分子。如果有这样的案子，倒也聊胜于无。许平秋拨着支队办熟悉的号码，问了几句，脸色陡然而变，猛地就把电话扣了，又打了个电话，"嘭"的一声又把电话扣了。他一拍桌子，气骂道，"简直是胡闹。"

吓了秘书一跳，许平秋侧眼摆摆手："不是说你……二队可真可以，居然敢从追逃人员里把人抽调走了，简直是胡闹。"

许处长向来是雷厉风行，不说报告的事了，拿起电话，拨通二队的，直接吼着办公室，通知邵万戈跑步来接电话。不一会儿就听他对着电话训着："邵万戈，你清楚自己的身份不清楚？谁授权你停下赌博案追逃任务的？谁授权你抽调警力的？二队是全省刑侦工作的风向标，歪风邪气在你们这儿涨起来还了得？你听好了，就此事向支队、向市局分别写一封深刻检讨，了不得了你，你眼里还有没有上级？连支队长也管不了你了是不是？"

训完，扣了电话。许平秋点了支烟，兀自气愤不平。秘书心里知道，在某个层面这是领导在刻意地维护着下属，只是这么凶的口气他可是头一回听到，他有点怀疑，因为去年坞城路侦查大队的事，许处长那股子气还没下去。

是啊，肯定没有。许平秋气呼呼地想着，电话里的邵万戈倒是什么都没隐瞒，直言相告的。咦？不对了……许平秋有点奇怪，要是下面手脚不干净胡来，不至于这么堂而皇之，于是他舒了口气，又拿起电话来了，直拨到了邵万戈的手机上，换了一副和蔼的口吻道："万戈，我刚才心情有点不好啊，不过你得认清楚形势，出了去年那档子事，现在各级对脱离指挥和抗命的事有多反感你应该清楚……你给我说说具体情况，怎么回事？错误不能犯在你身上啊。"

电话里的声音秘书听不到，不过他发现一个奇怪的现象，许处长听着，眉头在慢慢舒展，而且似乎脸上还有某种复杂的情绪，惊讶、愕然、兴奋，交织在一起，只听他说着："可以呀，一下子捞了三个？"

"是吗？还是预先设伏？漂亮！古寨县可以呀。"

"什么？不是县里刑警做的？那在哪儿？"

"羊头崖乡？！"

听到这个名字时，许平秋如遭雷击，停顿和屏息的时间特别长，好半晌才换了一副平缓的口吻对着话筒小声问着："是余罪？"

这个答案似乎得到了认可，两人在电话上直聊到秘书站得腿发酸才结束。放下了电话，许平秋一靠椅背，毫无征兆地哈哈大笑了，笑得浑身直抖，笑得愁容尽去，笑得秘书不知所以。

"别紧张，小陈，失态失态了……来来，报告就这样写吧，别字斟句酊了，没意思。"许平秋此时仿佛全放开了，把报告扔给秘书。秘书刚要问，他强调着："不管别人怎么看，怎么想，我们干我们的，太在乎别人的感受了，非让我们自己难受呀。"

"可……还是没什么亮点。"秘书踌躇地道了句，不是没有，而是这位领导太注意平衡，不愿意和别人去抢。

"呵呵，真正让我得意的亮点，恐怕无法书写在屁事不顶的格式文里。"

许平秋仰身一笑，那得意的劲儿，似乎比接到了提拔的任命还要自得。他在想，一年前兵行险招招进来的队员，干得真是漂亮，只是到现在无人喝彩罢了。

邵万戈放下电话时，脸上同样透着得意的笑容，他很了解那位时常黑着脸训人、笑着脸阴人的许处长，虽然已经身居高位，可和大多数刑警一样免不了俗，每每听到一个久思未决的谜底时，总会忘了一切，包括生气。

他想，这次抽调警力，停了两桩子案子的事，怕是没人会追究了。收起了手机，他扬头向三层的窗外看了眼，又是一年过去了，陆续归队的队员们又带上了那种愁云不展的严肃表情，这不咸不淡的日子呀，又要开始了。

随意地踱步着，到了他刚刚出来的房间，透过门缝，他看到了马秋林还在心无旁骛地忙碌，那表情显得庄重无比，虽然仅仅是给地图标注，贴个小纸条的事，可在外人看来，他仿佛是小心翼翼地拿着某个大案的证据一样。每每写好、贴上，他总是若有所思地看上好久。

从年前一直就是如此，隐隐地让邵万戈有点佩服这一代纯粹凭着脑力和思维去侦破的前辈，虽然在某些方面和现代的刑侦技术相比已经落伍很久了，可也不得不承认，在某些现代技侦无法解释和解决的领域，少了这种方式还真不行。

他轻轻地推开了门，慢慢地和马秋林站到了一起。眼前是一张全省的行政图，密密麻麻已经标注了上百个标签，邵万戈知道，那是两年多来各地发生的盗牛案，绿色的表示已经侦破，红色的表示悬而未决，而这个时候，满地图几乎全是红色标签。

"马老，一共清理出来了多少桩？"邵万戈问道。这种活，除马秋林这号无所事事的警察老头，年轻人怕是干不来。

"二百三十七桩，还有没报案的，报了案没立案的，立了案被县镇公安局、派出所隐瞒了的，真要全清理出来，怕得是个天文数字了。"马秋林道，叹了口气，年纪越老，越觉得什么事也干不了了。

"您别心急，反正已经延续了这么长时间了，不急在一时了。"邵万戈安慰了句，对于他而言，盗牛和凶杀贩毒枪案一类的重案相比，自然是不用太急了。如果不是有和其他系列案件并案的可能，他恐怕连介入都不肯。

"不要小看这些案子，一两桩重案的危害的是一隅，而这种系列案子，危害的可是一方啊。这几天我和偏关、晋北、大同一带的同行了解了一下，频发的盗牛案让他们也头疼，现在那些地方已经开始架铁丝网护场了，仍然时有被盗……"马秋林道。

"我大致也了解了一下，地市一级组织的专项侦破一共有六次，不过仍然是收效甚微，由北而南数百公里，现在的交通这么发达，而案发地大多数又偏僻，无从下手啊。"邵万戈道，这个案子曾经在某市的人大会议上被提出来过，之后一年前省厅的工作会议作出过专项部署，下面不是不重视也不是不打击，而是浑身力气无处可使呀。

"快了，我们已经触摸到他们的踪迹了。"马秋林笑着道，看着一张标签，他知道那个突破口就快来了，马上就是席卷全省的狂飙。

"有件事我得和您通个气。"邵万戈突然转了个话题。马秋林侧眼一瞥，笑着问："怎么？抽调警力怕被追责？"

"那个问题不大，我是指咱们前方羊头崖乡派出所那位，居然组织外调组，准备通过打架、闹事、划车、碰瓷的办法，把几家牛头宴酒店有嫌疑的法人拘起来。"邵万戈笑着道，他得到解冰的汇报了。

此言一出，马秋林眉头一皱，脱口而出："这个混账小子，什么时候才能老实点。"

"暂时压下去了，我这次派出的除了赵昂川一位老侦查员，剩下的都是去年进队的新人，特别是这次的组长解冰，是块好料子，正好借此机会让他们单独历练一下……不过您老推荐的这位，得小心他在外面又捅娄子啊。"邵万戈提醒着，知道马秋林和余罪关系匪浅，他期待马老哪怕能敲敲边鼓也行。

"嗯，没问题，话我一定说到。"马秋林笑着应下了，不过他在思考着来自翼城市一线的线索。他想来想去，似乎并没有很合适，而且很合法的方式能打开缺口，那些屠宰大户就即便真是销赃者，没证据，能拿什么让他们就范？

邵万戈看到了马秋林的为难之处，关切道："解冰他们正分析着所有线索的价值，相信他们不久能找到一个合适的方向，只要是正确的侦查方向，这些事也不算难，从各县区抽调一部分警力就能解决。"

马秋林笑了，神神秘秘地看着邵万戈笑道："解冰还真不行。"

"是吗？"邵万戈愣了下，反问着，"原因呢？"

"根据已知的证据去解开未解之谜，我不否认你们重案队有这类优秀人才，解冰就是一位。"马秋林笑着道，话锋一转又说道，"可在根本没有证据，或者只有非直接证据的情况下，他们就不行……原因就是他们只会循规蹈矩和按部就班，他们太优秀了，优秀到根本不敢去犯错。"

邵万戈皱了皱眉头，似乎对马秋林的评价很不爽，马秋林笑了笑，刺激着邵万戈道："要不再赌一把？我还赌线索会从余罪这里查出来。而且赌你的重案队员，根本压不住乡警。"

"好，赌了！"邵万戈答应得很痛快。透着不服气。

"你虽然不服气，可你也怀疑，对不对？就像你第一次听到盗牛案，听到余罪悄悄向同学私下求援，反而坐观其成一样，其实你也期待在他那里发生点奇迹，对吗？不过我仍然要告诉你，输的是你。"马秋林笑着道。

"赢了您，丢人的不是我；而您要赢了，这个悬案侦破最终要花落二队了，马老您对他的溺爱可是够深的啊。"邵万戈笑着道，两人相视一笑。

不一会儿，邵万戈慢慢退出了房间，马秋林又依然故我地忙上了。其实心里彼此很清楚，这种出格的事当警察的绝对不能干，不过，在证据不充分的情况下，要想尽一切办法找到新的证据，这种事警察可得必须干。

这个考验肯定难不倒余罪，不过肯定能难住解冰。邵万戈边走边这样想着，他有个奇怪的想法，如果把这两个人的优点能综合到一块该多好……

"今天咱们的学习和讨论就到这儿……我希望大家牢记自己的身份，千万不要给身上的警服抹黑，关于这个盗牛案，队里正在加紧对整个案情的梳理，如果有并案可能的话，我们马上会补充侦查力量，在没有得到新的命令之前，我们暂且只限于排查出入翼城的贩运车辆……"

解冰侃侃而谈，自从得知余罪有可能使用下三滥的手法，他出于对队里名誉的考虑，当天晚上就警告了所有队员，次日又把人召集起来，学着老队长的样子，开会、强调、学习、讨论，硬是拖了一天的时间，谁也没让出门。

吴光宇和孙羿坐在床上，百无聊赖。这两位是一听车就两眼放光，一学习就这鸟样。在解冰看来，他们应该是重点防控对象。坐身边的是周文涓，她老是不声不响的，解冰觉得问题不大。老队员赵昂川就不用说了，他知道轻重厉害。新队员董韶军，表现一向很沉稳，边学习还边拿着笔记本记着要点呢，虽然来翼城的时候他是独自来的，不过之后知道那是队长的安排，解冰倒也无话可说了。

看来看去，主要就是防着孙羿和吴光宇别被拉下水了。随着散会的话说出来了，解冰又补充了句："文涓，你把队里的命令和余罪通个气，别让他胡来。今天晚上我们一块聚聚吧，我请客……孙羿，光宇，你们给大伙找个饭店，如何？"

"哎，行啊。"孙羿乐了。

"……解组长，我有个事情得说一下。"董韶军说话了，直道，"要不我跟余罪说吧，派出所那儿的检测遗留物也得清理一下，我晚上叫上他干活，省得他没事找麻烦。"

解冰看了看脸正眉浓，一向很正派的董韶军，这种同志还是信得过的，特别是他坚决地和自己站在一起，不像其他人还有点抵触情绪，于是他笑笑点了点头："那辛苦你了，检测标本那活儿干得真不容易。"

"没事，跟我客气什么。"董韶军憨憨一笑。

结束的时候已经快天黑了，等收拾妥当，下楼吃饭时，天已经全黑了，郑忠亮开着派出所的长安警车来接董韶军，两路人分道各自忙上了。解冰看了上车的董韶军一眼，很放心，那拨同学，总不至于开着警车去胡闹吧？

当然不会，小面包警车开回了夏朗派出所，一会儿出来的就成大路虎了。郑忠亮兀自在发牢骚，为什么不把大家都请上呢，那一个牛头，七八个人都吃不完，多去点人不吃亏。

车里坐着余罪、张猛、李逸风、董韶军，四个人在交头接耳商量着什么。郑忠亮边驾车边提醒着："我可告诉你们啊，今天晚上就吃饭，谁要打架、闹事，找碴儿，我据实向上头汇报。不能让我赔了夫人又折兵是吧，别请了客回头还得担责任……"

"我强调了几次了，不打架，不闹事，不找碴儿。我想了想，我现在好歹是所长，狗少这下三滥主意，绝对不能用，有损我所长威信是不是？咱们就吃饭行了吧？"余罪回过身来道，又补充了一句，"而且我请客，够意思了吧？"

"哦，这个我没意见……你们作证啊，不是我不请，是余所长要抢着请，我一片警不能跟所长抢是吧？这光荣让给他了。"郑忠亮乐了，直把买单的责任往余罪身上推。后面的笑了，那笑声里，透着一股郑大仙没有察觉出来的阴谋味道……

🐼 宴无好宴

车行驶在宽阔的柏油路上，放眼望去，正月的灯火和星光交相辉映，把这座山区的小城装点得璀璨无比，像童话中的宫殿。可谁能想到，这如诗如画的美景之后，还有着不为人知的罪恶呢？

一路上郑忠亮不吐不快了，他问着一直检测的董韶军，凭什么就能怀疑这些做牛头宴的商家。董韶军没有解释，因为他知道自己的专业让一般人很难理解。解释不上来，郑忠亮就更有劲了，埋怨着这帮刑警道："你们不能太狭隘，对吧，不能看着人家有钱就跟人家过不去，对吧？这十几家牛头宴商家，都是日进斗金的主，至于贪图贼赃那点儿小便宜吗？"

没人反驳，连余罪也笑了笑，直摆手示意着："今天主要任务是吃饭，不是办案，案子二队插手，估计没我的事了。你要想讨论案子，去找解冰去吧。"

一噎，郑忠亮可不乐意了，斥道："兄弟，说这话什么意思？好像怕请我似的，这么多年了，你数数你请过几顿？这么多年，你顶多就在地摊上请过大伙，还不是自己的钱。"话题转到了玩笑上，案子就被搁过一边了。一路上聊着曾经的同学、哥们儿，那些糗事现在听来依然让人捧腹。连李逸风也听得津津有味，深悔自己没上大学，直接当兵去了。众人一问，他又开始摆活自己文艺兵那两下子，笑得一车人乱抖。

不一会儿驶到了近郊，此番精挑细选，最终董韶军选的却是翼城最大的一家牛头宴——贺府牛头宴。此刻见到真容，比从别人嘴里听到让人惊叹多了，占地十几亩的大园子，距院子几十米就都是停泊的车辆了。一眼看过去，真把虎妞这辆豪车搁到这儿，也不怎么显眼了。

开进了院子，停好，众人下车，一眼已经看了个大概：三幢中式的尖塔楼，仿古木楼建筑，楼里灯光楼外灯笼，照得满院子如同白昼，几乎能嗅到一股沁人心脾、引人食欲的香味。郑忠亮得意地介绍着，后院就是牛头宴的大炖鼎。

对，不叫锅，叫鼎，翼城古属晋朝，这是祭祀才用的做法。一鼎老汤烹牛头，一年四季不熄火，什么时候来，都能闻到这种奇异的香味。

不但香味好，服务更好。几人刚站定，已经有门童迎上来了，报了定餐的名，进楼又有服务员引领着。裹着头巾，一袭碎花小夹袄的服务员小妹，笑吟吟地一伸手，把李逸风骨头看酥了。

等到众人落座，那却又是另一番风景，实木格子屏风，古色古香，一面是雕琢的千牛图，线条极其粗犷，忍不住让人多看几眼，所坐的桌子是八仙梨木大桌，油光锃亮，一摸手感极好，绝对是有年头的东西了。郑忠亮对这帮同学说了："这才是吃牛头宴的风格，比什么土家的牛头厉害多了，有客人专程开几百公里来这儿吃。"

"又不是你家开的，拽个毛呀。"张猛不屑地斥了句。

"要我家开的，早把你扫地出门了。"郑忠亮针锋相对来了句。张猛伸手劈拳，郑忠亮马上抬臂格挡，这是当年警校里表示亲热以及发泄不满的惯用方式。两人边拆招边相互人身攻击。董韶军微微地笑着，看了余罪一眼，示意了郑忠亮的座位，那意思好像表达了什么。余罪笑了笑，使了个手势——手划两圈，曾经同学时候惯用的，那叫"淡定"。

说笑着服务员进来了，放下了几味小菜，最后一盘叮叮当当放下却把众人看傻眼了。一盘子里，五把漂亮的匕首，正好一人一把，李逸风愣着问："不用筷子呀？"

服务员笑了。郑忠亮挥手斥退了服务员，指着李逸风道："兄弟，这就是餐具，这叫未见牛头影，先闻刀叉声。操刀剥食，大快朵颐，那才叫爽。"

"哦。"李逸风应了声，眼睛亮了亮，很稀罕了。不过一看那几味小菜，却是不入眼了。栗子叶、苦菊、茳蓝丝，还有一盘清嘴的黄瓜片，他用刀扎了片挑着问着，"哇，不能连点调和都没有，就这么吃吧？"

"风俗不同，估计就这么吃吧。"余罪问道，他对于美食可没什么概念。

"一会儿就知道了，这玩意儿还真缺不了。今天啊，你们要见识到最牛的盛宴了，打个赌，一会儿别惊得喊出来啊。"郑忠亮笑道，似乎很笃定，不过说得越神棍，越让兄弟不齿，众人你一巴掌，我一拳，戳着捅着装腔作势的郑忠亮。

笑声中，菜端上来了。一身古装的小妹领头，之后是两人合抬的大木盘子，一上桌，愕然声音四起，果真惊讶地都喊出来了。只见一个硕大无比的牛头赫然在桌，香气四溢，酱色鲜明，热气腾腾，把没见过的哥几个看得叹为观止。

小料放好，郑忠亮给哥几个摆着小盘小碗，看众人仍在惊讶，他颇为得意直指着道："吃啊，等好久啦。"

董韶军拿着刀在踌躇，实在不知道往哪儿下刀啊。余罪有点愕然，感觉这么大牛头，就这么吃？李逸风却是饶有兴致地瞅着，傻傻地问："这么大牛头，熟了么？"

张猛最直接，刀一插，一平削，一大块肉已经插刀上了，他蘸着辣汁加蒜，狠狠地啃了一口。众人都瞧着他，只见他蓦地一缩头，使劲抿着嘴，半晌喘了口气，喜色外露，粗口就来："靠，真他妈好吃。"

"是不是？我尝尝。"李逸风削了一块，一咬一嚼，马上连连点头，不断地往嘴里送着，话也顾不上说了。

董韶军也削了一块，催着余罪赶紧尝尝。余罪小声说着："这几日一直倒腾牛下水了，有点反胃。"不过在董韶军的鼓励下还是切了一块，一尝，那香味和着辣味，仿佛有提神醒脑的功效一般，让他齿颊留香。再一块，又仿佛舌尖上的味蕾全被激活了一般，刺激得他使劲地抿着嘴，几乎毫无意识地又来一块，心里折腾牛下水的不愉快，早忘到九霄云外去了。

两腮的肉瘦而不柴，带皮的肥而不腻，吃着才发现那几样粗糙小菜的用处了，油腻的嘴里嚼上几根，清清爽爽的，再就一杯白酒，又能继续大快朵颐了。

哇，五个人刀来叉往，那叫一个风卷残云。

牛腮肉被张猛抢走了，他在狠嚼；牛眼珠被董韶军叉走了，吃得像个变态；颚上的肉被郑忠亮小心翼翼剔下来了，那儿的味道最美。连余罪也没闲着，正对着盘子里偌大的牛舌头发狠，靠，这舌头就有斤把，吃不下了。

渐渐地，偌大的牛头见骨了。大伙儿吃的速度也放慢了，有人开始很没风度地解裤扣了。此时才发现，根本没必要这么没节操地抢着吃，五个人根本吃不了这盘牛头……

其实整幢楼的吃相都不怎么雅观，所有的食客都在享受美食，即便是娇滴滴的女士，也挡不住奇香美味的诱惑，握着刀横着叉吃得眉开眼笑，牛头宴上这些服务员准备的那些解说很多时候都没必要说了。

为什么呢？都忙着吃呢，谁顾得上听呀？

饭间，从三楼包厢里下来了两位中年男，一位瘦高，一位矮胖，所过之处，服务员纷纷鞠躬，叫一声"经理好"。叫的是那位胖子，就听他对身边瘦高个子的那位说着："七哥，我们这儿的生意全仰仗您了啊，贺老板这两天不在，不过他交代过了，一定好好款待您。"

"老秦，你跟我客气什么？"瘦个子笑着揽着秦经理，带着醉意道，"不就点食材的事嘛，你们这家最大，我不紧着给你们，还能给其他人呀？"

"那是，那是，是贺老板有生意眼光啊。"秦经理觍笑道，似乎很忌惮这位供应商。

生意人忌惮，肯定必有所求，而饭店所求无非就在食材上。事实上，这位供应商虽然不是本地人，虽然仅仅是个牛贩子，可在当地却大名鼎鼎，是各家拉拢的对象。没办法呀，谁让人家手里有货源呢，全市牛头宴已经成了个大产业，销售的旺季经常出现断货，少了这样走南闯北不缺货源的人支持，光饭店还真玩不动。

下了一层，瘦个子喝多了，打了个趔趄，秦经理赶紧扶着，又下一层，瘦个子看到一个模样娇嫩的服务员，便动手动脚，直摸上脸蛋。那小服务员不好意思，羞得捂着脸跑开了。秦经理可不高兴了，直训着："看看你，真不会待客，又摸不掉一块肉……对吧，七哥，您慢点，要不今晚别走了，我给您老安排，包您满意，咱店里这都是乡下丫头，您肯定看不入眼。"

"呵呵，算了，我自个儿找地方吧，还得赶路呢。"瘦个子道。

"那我们的食材，啥时候能到？可等着呢，正月可是黄金季节，订餐的都排到大后天了。"秦经理出门时征询道。

"放心吧，一两天内我让车给你送过来。不过说好啊，现金。"瘦个子醉意盎然道。

"当然是现金了，这季节就怕没货，还怕没钱呀？"秦经理笑着，把瘦子扶上了一辆柴油版的猎豹车，安抚了一番让司机开车小心的话。直看着这辆车尾灯消失，他脸上的笑容莫名地凝结了，对着车离去的方向呸了口，莫名其妙地骂了句："妈的，还人五人六拽上了，以为别人不知道你什么东西似的。"

说了句，他转身回去了。去看看后厨的准备，去瞅瞅停车场拥不拥挤，再瞧瞧服务员有没有偷懒，这就是经理人的工作。每天按部就班，他已经干了十几年了，从一个路边的小店，直干到今天的规模。

此时，三楼临窗的包间已经接近了尾声，准确地讲，是不得不接近尾声了。

张猛吃不动了，头仰着靠着椅背，摸着肚子幸福地哼哼着；李逸风解开了裤扣，他有点想呆头和小拴两人了，他们自打到了翼城，就被余罪派去屠宰场，俩乡警可一天好日子都没过上；郑忠亮却仍旧吃得慢条斯理，仿佛家乡的美食对于他也是一种可以拿出来显摆的东西一样，大家吃得高兴，他就愈显得意了。

董韶军向来稳重，他喝完一杯酒，把余罪的酒杯也拿到面前了。做完了这个动作，他看着余罪，似乎在等着余罪说话。余罪慢条斯理地放下了刀，他没吃多少，毕竟此行还有不可告人的目的。他拍拍手示意道："兄弟们，吃好喝好了，下面我宣布一件事。"

"别别，余儿，你别没事找事。"郑忠亮一听，吓了一跳，知道余罪还念念不忘那事。李逸风此时也不来劲了，抚着肚子，懒懒地靠着椅背，笑着道："所长，要整事你不早说？现在吃撑得这么厉害，打架要吃亏的。"

"开什么玩笑，现在多少客人呢。"郑忠亮为难道，整幢楼人声不断，这可是个热闹场合，出点乱子怕是跑不了。他提醒着，"余儿，给点面子，好歹哥也是片警，你要整事，我以后还在这块儿混不混了？"

"拉倒吧，你以为他忘了？你以为余贱那么随便就请你吃？吃都吃了，不办事能放过你？"张猛笑着道，还是他比较了解余罪的个性。

可越这么说，越让郑忠亮紧张。他看着董韶军，意外的是董韶军居然没有和他站在一起，而是神秘地笑了笑。余罪的后半截话出来了："我宣布，接下来，都听董韶军的指挥，谁要不听指挥，今儿这饭钱算谁的啊。"

一说皆笑，独有郑忠亮哭笑不得，没想到这模样周周正正、眉宇间正气凛然的董韶军，居然和余罪穿一条裤子了。这不，董韶军清清嗓子，说话了："我也是迫于无奈，同时又看在余罪同志确实是基于惩恶扬善、扶危济困的出发点，所以我决定帮他一把……我希望在座的同志们都帮他一把，我保证，绝对没危险，最差的结果大家也都能全身而退。同志们，考验大家兄弟感情的时候到了，大家说，帮不帮吧？"

"有话快说，有屁快放，正吃饱了撑得没事干呢。"张猛笑着道，对停职的人来说，荤素不忌了，他巴不得再惹点事。李逸风自然是欣然同意，郑忠亮不同意。

这是不行的，四比一，否决，驳回。不同意也得同意。

此时玩得兴起，其实郑忠亮的兴趣也被勾起来了，难不成就凭这几位吃货整点事？特别是在学校就老实巴交的董韶军，平时兄弟打架，他顶多是个望风的角色。只要不是余罪搞事，他觉得危险系数就要下个档次，于是半推半就勉强接受了。就见得董韶军掏出两颗胶囊，掰了一颗，药粉倒在酒杯里，摇了摇。又掰一颗，重复着兑水和摇匀的动作。

"下毒？"李逸风吓了一跳。

肯定不可能，董韶军笑着道："不要用你下三滥的思维来揣摩文化人的想法，大家看好我的第一步，我要把这块没吃完的牛骨头，变成黑的……"

　　在众人凛然愕然的眼光中，他把其中一个酒杯里的液体轻轻倒在了桌上的牛头颚部，只见牛头上开始滋滋冒着白沫，白森森的骨头以肉眼可见的速度在变色，慢慢地变成了黑亮的颜色，然后扩展了一大片，就像原本就是黑色的一样。

　　"这是什么东西？"张猛抚着肚子，有点反胃，而且闻到了一股臭味，越来越浓，像肉腐败的味道。

　　"这个无毒，放心……不过样子看上去，卖相可能稍差了点。"董韶军为了证明无毒，削了一块肉，放进嘴里。哎哟，把李逸风恶心的，差点吐了。他嚼了嚼，向大家证明无毒之后，继续道，"总体的设计是这样的，我们远道而来品尝，但是无意吃到了'腐烂'和'有毒'的牛肉，而且我们其中一个人食物中毒，当场昏倒……你们说，这个事能不能把店商给传讯回去？"

　　明白了，郑忠亮凛然想着，觉得这事办得太不地道了。他看了余罪一眼，余罪在奸笑着，补充着："一会儿的剧情是，咱们都痛哭流涕，痛斥这个黑心店啊。谁也不能偷懒。逸风，你不当过文艺兵吗？开场后使劲哭啊。"

　　"有点意思啊，不过不刺激了。"张猛笑道。李逸风想了想，说来说去，其实还是讹住店里了，不过这办法干得别人怕是连毛病也挑不出来了，比他想的碰瓷划车往饭菜里丢蟑螂讹人可不知道要高出多少倍。他看着貌似忠厚的董韶军赞了个："厉害，还是他妈的文化人厉害，坑人不留痕啊，这么黑一大块骨头，他们算是说不清了。"

　　"所谓文化人，就是以所学文化知识来坑蒙拐骗的人，你得正确理解。"余罪笑道。董韶军端着杯子问着："好了，该第二步了，我需要一名志愿者，把这一杯喝下去，只有喝下戏才能接着往下演，谁来？"

　　李逸风一闻味道，不敢接了，直说道："我会装哭，可别让我昏倒。"给郑忠亮，郑忠亮死活不干，余罪自诩副总指挥，当然不能倒下。看来看去，就剩张猛一个人了，余罪笑着问："牲口，今天反正你的拳头也没用武之地，要不你歇会儿？"

"我看看，就这么点，能把人放倒？"张猛看着酒杯里仅仅一丁点儿黄色的液体，有点不信邪。董韶军笑着道："你为什么一直不相信科学，不信你试试？"

"好，我还真不信邪。"张猛笑着一饮而尽，抿抿嘴，舔舔嘴唇，异样说着，"后味有点苦，没什么感觉嘛，不是过期的吧？我怎么觉得你这像小孩儿过家家的玩意儿。"

"本来就是过家家玩嘛，一点危险也没有，看我几根手指？"董韶军笑着道，伸手晃了晃问着张猛。张猛笑着，故意说错了。却不料话音刚落，张猛眼皮一翻，毫无征兆地"咕咚"一声栽倒在地了，四肢抽搐着，口吐白沫，吓得李逸风浑身汗毛直立，紧张地往余罪身后躲。

"该咱们了……快哭呀……使劲哭……"余罪教唆着李逸风。看他反应不强烈，余罪使劲一拧他耳朵，手飞快地伸进他的毛衣里，一捏再一扭，只听"嗷"的一声凄厉尖叫，李逸风疼得捂着心口，果真是个痛不欲生的扮相，被余罪一脚端出包间了。

"来人啊，牛肉有问题，吃死人啦……救命啊……牛肉把人吃死啦……"

这凄厉的声音，打破了贺府大宴的和谐与宁静。转眼间，热热闹闹的人群，炸锅了……

🐼 百口莫辩

"哎哟，大伙瞧瞧，我哥就嘴馋了点，多吃几块，就成这样了。嗷……我心口疼啊，这黑心店卖的不是疯牛肉吧……"李逸风在哭诉着，捂着心口，仿佛是悲痛欲绝，其实是被余罪掐得生疼。

余罪看隔壁来了食客，大义凛然地指着桌面："看看，大家看看，牛头骨是黑的，还没准是病死牛、瘟死牛的肉……啊，我不行了，我要吐了……"

众食客被感染了，下意识地摸着喉咙，看余罪干呕的动作，也有人浑身不自在了。董韶军却是俯身抱着张猛，痛不欲生地喊着："快来人啊，我兄弟不行啦……食物中毒，肯定是食物中毒了。"

"对，食物中毒，这牛头肉有问题。"郑忠亮浑身冷汗，他是吓的，张猛闭着眼人事不省，他真怕这次玩过了。可现在这情况，又不得不硬着头皮按剧本来。

剧本的主线就是把事情搞大、搞乱，搞到管事的不出面不行。看来很快就达到效果了——倒了一个人，黑了一副牛头骨，围观的食客先是愕然，后是惊恐，等余罪呕吐出来的时候，不少人捂着嘴，也都开始吐了。越来越多的人感觉吃到的东西有问题了，齐齐声讨着，叫骂着，噼里啪啦，已经开始有人掀翻桌子了。

从来就不缺围观的看客，当然更不缺瞅机会占便宜的货，还有的装着围观，一看场面失控，趁乱溜了。服务员和厨师凑成一团往出事的包厢走，这倒好，没结账的了。

总经理秦海军虽然在事发不到五分钟就挤到了包厢前，仍然无济于事，不少认识的揪着他的领子破口就骂："秦胖子，你真不要脸，都是熟人了，你把什么给大家吃了？"

"就是，太无良了。"

"看，头骨是黑的，不会是疯牛吧？"

"死牛肉！"

"不对，中毒的……我听说中毒了骨头才能变成黑的。"

一人一句，满眼都是红口白牙，唾沫星子飞溅。秦海军好不容易赔着不是走到出事的这个包厢前，刚说了自己是经理，完了，哭得一把鼻涕一把泪的李逸风抱着他就号着："你还我大哥……人要是没命了，我也不活了。"

真没长进，学得哪像文艺兵，简直像村里的泼妇。余罪看李逸风表演，实在够呛。秦海军安慰一句，却不料他真撒泼了，抱着秦海军的大腿又号上了。

"快扶着，快扶着。"秦海军吓得满头冒汗，董韶军吼了句，"看什么看，赶快叫救护车呀。"

"对对对，叫救护车。一定查明原因，我对天发誓，我们的牛肉绝对没问题。"秦海军喊着，让服务员叫救护车。他刚发誓了一句，郑忠亮一指桌上的牛头问着："那你说说，这是怎么回事？剥开吃了几块肉才发现，骨头都是黑的，一剥开刚放了一会儿，就有味道了……大家都来看看，分明就是有问题的肉。"

秦海军一看，半边牛脸深可见骨的地方，全是黑亮的颜色。他甚至拿刀去刮了刮，刮下了一层来，仍然是黑的，对于经理人，恐怕无从知道这其中的缘故了。他为难地道："大家别急……查清楚再说，我真的……我发誓，我们一鼎牛头，绝对没问题，多年的老字号了！"

"胡说不是，刚才都有客人吐了。肉肯定有问题。"董韶军道。

这一喊，大家也在附和着说有问题。肯定得这么喊了，看这阵势，怕是今天没人买单了。秦海军还要说话，扶着墙在装的余罪吼了句："报警……保护现场，还有，给电视台打电话，太不像话了，我朋友要是有个三长两短，我跟你们没完。"

"对，我跟你们没完。"李逸风雄赳赳要拽一句，不料余罪赶紧在身后一揪，一掐，李逸风马上明白了，又扑到张猛跟前，呜呜啊啊地哭上了。

张猛兀自不醒，歪着脑袋，口吐白沫，那样子，绝对不像装出来的。

好不容易听到了呜呜的救护车的声音，担架和医护上来了，众人让开，医生一翻眼皮，马上打了一针，语速飞快地说着："脉搏70，正常；眼底特征明显，估计是食物中毒……马上上急救车……"

这一说，众人知道牛肉有问题无疑了，挥拳头的，指着叫骂的，气急败坏乱砸桌椅窗户的。秦海军抱着头，蹲到张猛刚才的位置了，今儿算是走不了了……

"什么？出事啦？"

解冰吓了一跳，刚放嘴边的筷子又扔下了。

是周文涓说的，接了个电话就把事情告诉解冰了。解冰根本不用经过大脑就知道，余罪还是按他的想法胡干上了。

"管他呢，他闹他的。出了事自己负责。"解冰怔了下，又拿起筷子了，不过却已经吃不下了。他注意到说这话的时候，孙羿和吴光宇眼里明显地闪过一丝不悦之色。赵昂川知道这几位不是一路，不过这事他可插不上手，笑了笑，问着周文涓道："打起来了？"

"没打，不过张猛被送医院了。"周文涓道。平静的声音吓得解冰筷子又掉了，愕然问着："怎么回事？"

"食物中毒。"周文涓道。

"怎么可能？"解冰想不通此节了。

"其实解组长您不必考虑怎么中的毒。"周文涓道，看解冰愣着，她补充着，"你现在可以考虑一下，中毒的事情可能有多大的影响，如果受害人报警的话，是不是可以传唤嫌疑店主。在传唤嫌疑人的时候，中毒这个事情，是不是可以牵涉到其他的事……比如，店主不得不把食材的货源告诉咱们？"

解冰眼睛一亮，马上知道这是个绝好的机会了。赵昂川兴奋地一拍桌子道："对呀，这都把人吃得住院了，封他们的店都正常。货源如果真是赃赃，他想瞒也瞒不住了。"

孙羿和吴光宇没插嘴，两人互视一眼，心意相通，不用猜也知道，又是余罪想出来的贱办法。

解冰喜色刚刚一露，马上又发现不对了，周文涓似乎根本就知情一样，说得坦然以对。他皱着眉头问着："你事先应该知道吧？"

"知道，余罪让我告诉你，机会来了，想不想抓住是你的事……他们已经报警了，出警的将是110指挥中心，要抓就赶快点，这个事瞒不了多久的。"周文涓道。

解冰心里虽有不悦，不过真真切切的机会放到眼里了，又让他踌躇了。整体的案情他晓得，延续几年的盗牛案，从最初的普通盗窃案已经上升到全省挂牌的悬案之一了，他想了想，咬牙点点头，很不情愿地迸出了一个字："走！"

110指挥中心在东关街上，到现场的时候已经乱套了，出警的两位警员不得已通知着加派人手来维护秩序。再听有人送医院了，怕出大事，不得已先行封锁了现场，带走了当事人，没人注意到，当事人少了一位，郑忠亮不见了。剩下的三位乘着警车和店主秦海军一起到了110指挥中心。

情况刚一开始问，秦海军已经吓得满头流汗，哆嗦着声明自己的牛头宴绝对没问题，出了这事，他也当不了家，老板这两天不在本地。在这个地方，秦海军也算个有头有脸的名人，110指挥的警员明显对他有所偏袒，对几位操外地口音的脸色就不那么好了。先问的就是卖相不佳的余罪，一扔记录本，不耐烦道："说说情况，哪儿人，来这儿干什么，什么时候进的店……把今晚详细经过说一遍……"

余罪翻着白眼，不吭声。李逸风有的是办法，一把鼻涕一把泪，直说着："我们是受害人啊，怎么着？警官同志，你准备颠倒黑白？"董韶军补充着："我们人还在医院呢，结果没出来，我们拒绝回答任何问题。"

说得没头没脑，开的又是一辆路虎，小警却是不知道该怎么处置了。正要请示的时候，又来了两辆越野车，接着一阵踢踢踏踏的脚步声。解冰为首，后面跟着赵昂川、周文涓、孙羿、吴光宇，几位刑警走得虎虎生风，直到警员的桌前一亮证件，解冰严肃地说着："我们是省城重案二队的，刚刚已经知会了你们市局值班室，请配合一下，店主呢？"

"在那儿。"警员机械地指了下，许是被解冰的威风镇住了，没敢多问。

"好，借用一下你们讯问室，我问几句话。"解冰道。他一走，后面的孙羿和吴光宇围着两位警员，唠起家常来了。

余罪看出来了，恐怕这也是个小小的策略，先声夺人，让警员没有向上汇报的机会，解冰所说已经知会市局什么的，怕是假话了。

他和董韶军相视一笑，一脸得逞的笑容。这坑挖得，解冰都自觉自愿地跳进来了。

"秦海军，你放松点，别紧张，问题还没有查清楚，不一定就是你们店里的问题。"解冰用缓和的口吻道，安慰着被讯问得瑟瑟发抖的牛头宴老板。在他看来，连这种胆小怕事的人也坑，余罪这贱人有点太没天理了。

秦海军一听此言，如同抓到了救命稻草，辩白着："对对，绝对不是我们的问题，这大宴做了十几年，我干这行快二十年了，从来就没出过什么事。"

"哦，要不是你的问题，那你说问题会在哪儿？"旁坐的赵昂川开口了，他是黑脸，一点也不客气。但凡这类讯问，都是一红一黑，直到把嫌疑人问得心神不宁才成。

"这……"秦海军一把抹掉头上的汗水，傻眼了。

赵昂川悄悄地把手机递给解冰，解冰不经意地扫了一眼，怔了下，是有人给的很专业的讯问措辞。一看他明白了，连董韶军也和余罪穿一条裤子，这个事让他很不爽。不过箭在弦上不得不发，他装着无意识地放下手机，继续道："秦海军，能解释一下牛头宴骨头发黑的事吗？"

这怎么能？秦海军那脸比黄莲还苦，嘟哝着："不知道啊，从来没有过这事。"

"有过。"解冰道，看嫌疑人吓了一跳，他补充着，"在省城五原和大同市，有过两例这样的事，都是牛骨发黑，引起食物中毒。"

"啊？还有这种事？"秦海军吓了一跳，不解地看着警察。

"对，有，你们店里的证物正在化验，不过看样子和其他地方发生的情况基本相同。我可以告诉你，这是一类类阿脱品麻醉药的东西，被牛舔食后引起肌体内病变，明显的特征就是头骨颚部的骨骼会变色……这种药物如果人体摄入过多，毒性还是相当大的，五原那一家，商家已经垫付了二十万的医疗费，官司还没结束。"解冰道，说了一堆他也不太明白的故事，不过他知道这个故事的用意。

很好，达到目的，这话从警察嘴里说出来，怕是可信度要提高几个层次，听得秦海军浑身不自然地哆嗦，像背后生爬虫了一样，明显地在盘算如果真出事，得赔多少钱的问题。

"这样看来，你们店里和其他地方一样，是在食材上出了问题，不是你们本店的问题。你同意我们这个判断吗？"赵昂川道。

"对、对，绝对不是我们店里的问题。"秦海军巴不得摘清自己。

摘不清了，赵昂川暗笑了，话锋一转反问着："那就是你们用的食材有问题喽？据我们所知，你们自有屠宰场，对吗？"

"对……"秦海军道，马上又反口，"不对，不会有问题，我们的食材都是牧场统一提供的，收购严格把关。怎么可能出问题呢？别说有毒，就有点小灾小病，体相不好的牛我们都会剔除的。"

"说到这个份上了，我觉得您瞒着真没必要。"解冰莫名其妙说了一句，嫌疑人一愣神，他笑着道，"我们是省城重案大队的，我可以告诉我们的来意，对牛使用这种强麻醉药物的只有一种人……那就是偷牛贼，在翼城我们已经查了很长时间了，也掌握了不少情况，秦老板，这样的食材，你不能还口口声声说是正常渠道进货来的吧？"

"这个……"秦海军一拉脸，又开始黄莲表情了，不过他很快反应到了轻重缓急，马上补充着，"这个我真不知情，不过每笔进货都是有账目的，不可能通过其他渠道进货的。"

解冰笑了，赵昂川也笑了，两人笑得秦海军很不自在，要不是在屠宰场早放了乡警打探消息，怕是还真得被这位堂而皇之瞒过去。

赵昂川把玩着手机说着："是不是？我告诉你几件事，你确认一下真假……正月初六，也就是本月七号，你们东关的屠宰场当天进货九头活体牛，有三头付的是现金，这三头不会进账吧？最起码屠宰税不用交了；正月初十，你们西上庄的屠宰场一次性进货二十九头，送货的车辆是外地车辆，根本就是跨市牛贩子的货嘛……呵呵，你不会不知道现在遍布监控吧，我们坐在家里基本就能看到全部的过境车辆，别说你们的屠宰场手脚不干净，翼城大部分屠宰场，应该都有点问题，对吧？"

这个边鼓敲得恰到好处，那两位乡警卧底屠宰场带来的信息用上了，不能定罪，可吓唬人一点问题都没有。秦海军听得这些话，发热的额头越来越凉，现在不冒汗了，改浑身发冷了，这事要捅出来，他倒不怕自己有事，就怕老板饶不了他。

"秦海军。"解冰看时机到了，一拍桌子，吓了嫌疑人一跳，解冰趁机语速加快问着，"这些提供有毒食材的是什么人？"

"啊？我、我不知道。"秦海军意识到了什么，一说不知道，咬牙坚持着，"真不知道，屠宰一直都是老板的小舅子负责，我只做大宴……做这行二十年了，我对天发誓，我可从来没害过人啊……警察同志，你们别逼我，我真不知道……"

他惊恐地说着，脑袋乱摆，这种人的心理素质够呛。不过越是这种人，还越不能逼，否则可能引起负作用。解冰看了赵昂川一眼，赵昂川做了个稍等的手势，就在秦海军极力辩白和自己无关的时候，手机震动了，又有杀手锏来了，赵昂川摆着手道："喂喂，你省省……别哭了，我们本来不想的，可这事看来你脱不了干系了。"

"啊？为什么？真和我没什么关系，我真不知道食材里有问题。"秦海军紧张道。

"哦，说的是另一件事，刚刚我们的警员传来消息，食物中毒的客人现在已经进了加护病房，已经引起了器官功能的衰竭，医生说有可能致盲。"解冰道，说这样的谎言连他也觉得荒唐，不过这条黑胡同只能硬着头皮往下走了。

不过这种荒唐的话在秦海军听来不啻于五雷轰顶，他惊呆了，两眼发滞，喃喃地只会说一句话："不是我的问题，我们老店开了二十年，从来没出过问题……"

"要是食材的问题你扛着，那我们就无能为力了，这事只能你们扛着啦。"解冰给了个无可奈何的手势，准备起身。赵昂川适时补充着："秦老板，你背后还有大老板，至于自己扛吗？客人要真出了事躺在医院，你可要赔上一辈子，怎么？这种时候，难道大老板还会替你分担一部分？"

此话正中心头，听得秦海军冷汗涔涔，不时地抹着额头，那样子绝对在作着激烈的思想斗争。这个心结究竟是什么让解冰觉得有点意思了，他干脆来了句更狠的："店肯定要暂时停业整顿的，患者的医疗费得你们垫付，很快家属就会来……秦老板，你说这种事，是我们出面给你解释好啊，还是你自己扛着？"

秦海军一愣，身子一颤，就要扑过来抱着救命大腿，不过一刹那间，他又顿住了，因为面前两人的身份，似乎又让他恐惧了。这时候，恰恰响起了一声很难听的哭号声。那破锣嗓子解冰听出来了，是李逸风那个狗少，声音像被人卡了脖子在号着："我哥快死了，我哥成植物人了……警察同志你别拦了，我要杀了他，我要和他同归于尽……"

"唉，我们走吧。"赵昂川示意了解冰一眼，两人看样子真是爱莫能助了。几乎就在解冰手搭到门把手上的一刹那，秦海军再也坐不住了，扑上来惶恐地拉着赵昂川，然后全身挡着门，嘴唇哆嗦着说着："别走别走……真不是我，我也不知道他们给的食材有问题……"

"谁给的？"解冰平和地问。

"老七给的。"秦海军脱口而出，此话一出，像是解放了一样，大喘着气。

"哦，姓老名七？"赵昂川笑着问。

"不是不是，大家都这么叫，干这行的一多半人知道他，他就是那个那个……牛贩子。姓什么叫什么我真不知道。"

"果真是他，看样子问题在他身上。"

"对、对，就这王八蛋把我坑了，他那牛也不知道哪儿整来的，反正不是一个地方养的。"

——偷来的，秦海军自己肯定也知道。赵昂川笑着又问道："你最近一次见他，是什么时候？"

"今晚……出事的时候，他刚走……"秦海军抹着额头的汗道。

哎哟，把解冰惊讶得俩眼珠子快凸出来了，遍寻不到的嫌疑人，居然就在眼皮子底下跑了。赵昂川也有点懊悔，早知道昨天就该同意余罪胡来。

"来，坐下，倒杯水……你慢慢说，放心，他们不会找你的麻烦，就算家属来了，我负责出面。"解冰说着，把秦海军请到了椅子上。赵昂川客气地倒了杯水，按捺着心里的兴奋劝着："别有什么顾虑，你放心，你的安全我们负责。"

秦海军手哆嗦着抚着杯子，前言不搭后语，逻辑有点混乱，语无伦次地开始说话了，不过这一回，说的可都是真话了……

十分钟后，二队的这一行警员簇拥着这位重大知情人，风风火火上了车，连那些受害的"家属"也一并带走了。人走后，派出所警员左想右想不对劲，赶忙打电话向局里汇报。不过，恐怕这事得等到明天才能有结果咯……

🐼 冰山一角

"这个老七，是哪里人口音？"

"雁北一带的。"

"干牛贩子这一行有多少年了？你最早认识他是什么时候？"

"很早了，我在二级路边开饭店的时候就认识他，一直就靠贩运过活。"

"你们一共从他手里买到过多少头牛？"

"这个哪记得？"

"那时间总记得吧？"

"时间也记不太清，总有快十年了。"

"哟，那你们交易数目应该相当大了。"

"警官同志，我们卖牛肉，他贩牛，这本来就是生意，别说我们家，翼城大部分屠宰场，都收过他的牛，国营集体牧场出来的肉牛根本供不上啊，有一半得靠从邻省和其他地方贩运。"

"那他是最大的一个贩运户？"

"不算，不过他给的货便宜。"

"哦，那你们这是彼此心知肚明喽……"

翼城宾馆里，解冰和赵昂川以一种谈话的方式在和秦海军聊着，期间解冰打了几个电话，第一个电话是安排手下的人，到医院探视"中毒人员"，并安排专车送往省城的医院；另一个电话又派手下把匆匆赶来的家属给拦住了，就当着秦海军的面办的这些事。这两个举动，让秦海军对两位警察的戒备那是一点也没有了。

于是形势急转直下，这个肉类市场的诸多黑幕从这位胖老板嘴里说了个七七八八，不是贺府一家牛头宴的食材来源有问题，而是翼城市几乎所有的屠宰场，都和那个已知的嫌疑人"老七"有过生意往来。也不像先前判断这是一拨隐藏很深的偷牛贼，而是一伙堂而皇之的牛贩子。据说他们一点也不猥琐，在这里已经和大多数饮食界的翘楚们平起平坐了。

讯问在继续着，这个争分夺秒的事解冰一刻也不敢耽搁。分出来的警力，周文涓和孙羿一同去贺府牛头宴提取监控记录，让秦海军辨认"老七"的体貌特征；另一路的吴光宇、董韶军，把这些日子的旧档翻查出来，让秦老板辨认进出屠宰场送货的嫌疑车辆。至于余罪，他倒不用指挥了，带着郑忠亮、李逸风，换上一身警服，直接把贺府牛头宴老板贺名贵的小舅子给拘回来了。这个叫于向阳的小伙子简直和狗少是一个模子里拓出来的，抓他的时候正在喝酒，牛哄哄地对着警察叫嚣了句："你们敢抓我？我姐夫是贺名贵！"

郑忠亮不敢，李逸风可不在乎，咔咔给扣上铐子笑道："那是谁呀？照抓不误。"

三下五除二把小伙扔进警车里，那一干喝酒的狐朋狗友早跑得没影了。路上几个人连吓带诈，这家伙却死活不说屠宰场收贼赃的事。于是这车开进了小黑胡同，余罪把这个光荣的任务交给李逸风了，就听李逸风吼着训着："说不说？老子可是省城来的警察，刑警，知道不……跑几百公里，你小子不给点干货，看今天怎么收拾你……他妈的，你们偷牛，差点让老子赔了钱……说不说……"

很快，车又从小胡同里驶出来了，直奔西上庄屠宰场，大晚上从这里起获了一份写得歪歪扭扭的对账单，大部分都是私下现金交易的记录。一看有料，余罪又把李逸风用上了，三诈两吓，黑洞洞的，吓得于向阳又交代了几家收赃的屠宰场，经常往翼城送货的卡车、人员。他这儿甚至比秦海军反映得更直接。

一直忙到零点，等返回翼城宾馆的时候，从二队直接签发的拘捕令已经以传真形式过来了。考虑到异地用警的不确定因素，当夜解冰带着两个嫌疑人，连夜换驻到了距离一百多公里的曲沃市……

"嗞嗞"的传真声音响着，熬了一夜，在队里的值守的内勤几乎是迫不及待地从传真里抽出了最后一张，码齐，快步向队办奔去。敲门而入，几乎又是一眨眼的工夫，揉着眼睛、披着衣服的邵万戈和内勤从办公室出来，直奔顶楼会议室。

都在队里足足等了一夜了，还一直在担心前方警力不足，解冰经验也欠缺，怕即便有嫌疑人也不好审下来，不过现在看来，一切担心都是多余的。等兴奋地奔到了顶楼，他在会议室门口踌躇了一下，有点愧疚了，作为顾问临时来队里的马老可是一夜未眠，他这当队长的，不知道怎么着就睡过去了。

轻轻地叩了叩门，听到马秋林和蔼的声音，他迈步进去了。马秋林面前堆着一堆资料，桌前放着标示好的行政图，像一夜未动一样，仍然是苦思冥想着，唯一的差别是多了个烟灰缸，又抽上了。

"马老，难道您不奇怪我为什么这个时候闯进来？"邵万戈开了个玩笑。

"你的表情和手里的传真纸就是答案。"马秋林笑着道，精神很好。

邵万戈笑着一递，坦然道了句："我输了。"

"这不正是你期待看到的结果吗？我要输了，肯定要扳回一局，得留在这儿；我要赢了，肯定也不好意思走，也得留在这儿。呵呵。"马秋林笑着道，接过了传真，仔仔细细地看着。前方的讯问笔录，已经全部转成电子版了。他一页一页翻看着，眉头的皱纹在渐渐地舒展着。从年前到年后，从羊头崖乡到翼城，十几天的时间，几百公里的奔波，终于到了收获的时候。

"昨晚我和苗局长通过气，他说这个案子在省厅清网会议上提到过，两三年的时间，比电话诈骗蔓延得还要迅速，又多发在咱们警力薄弱的地区。他的意思是，如果能在我们这打开突破口，可以试着向下深挖一下，最好能向兄弟单位提供一点能借鉴的经验。"邵万戈道。这个案子越来越引起重视，他相信，这一封新的案情汇报，能给所有人说服力。

"呵呵，干得不错，偏僻乡镇偷牛，跨市销赃，这个案子做得可够大了，光你们二队办案，盘子好像还不够大……这个汇报写得真不错，干净，简练，叙事清楚，应该是我看到的最精炼的案情汇报了。"马秋林道，忍不住夸了几句，让刑警上这干粗汉子拿笔难度比较大，可手里这一封，看得顺顺当当，一点磕绊也没有。

"解冰的手笔。文化高就是不一样，不像我们，只会说保证完成任务。"邵万戈笑道，看马秋林粗览一遍，征询地问着，"马老，您对这个案子，有增加什么新的看法吗？"

"别高兴太早了，这个案子未必好办。这不同于你们经常接触的凶杀、贩毒，是危害严重而且是单个或一小撮嫌疑人。你看，从最北的偏关靠近内蒙一带开始，直向南，到晋中，都有过类似的案子，地域跨度一下五个市，而销赃地，又在省南部靠近省界的地市。你看，翼城出省，过黄河大桥不过一百多公里，一个能量再大的贼也达不到这个水平，这不是一个盗窃嫌疑人，而是一群啊。"马秋林以他丰富的经验，已经摸到了一些边角，这个案子的雪球在他看来，可能比想象中都要大。这也正是邵万戈兴奋的原因，越有难度的案子，对于团队和参案人员，越是一种挑战。他看马秋林似乎有什么顾虑，出声问时，马秋林很为难道："时间啊，时间上恐怕来不及。现在我们仅仅是摸到冰山一角，等知会市局，再向省厅汇报，然后再自上而下，通知到各地市协作，最快也得几天甚至几周工夫，可今晚——不，昨晚，很可能已经打草惊蛇了。"

闻听此言，邵万戈蓦地一笑，笑着轻声把纸上没有的情况向马秋林草草解释了几句。现在在翼城引起轰动的不是偷牛案，而是食物中毒案，所以时间嘛，还是有一点的。马秋林可没明白怎么就出了桩食物中毒案，邵万戈把解冰汇报的情况又往深里讲了讲，听得马老眼一凸，给惊呆了。

邵万戈停了，他知道所有听到详细情况的同行都会有这种表情。马秋林哭笑不得笑了，斥了句："唉，现在想想，把这个坏崽子给发配到羊头崖乡，一点都不冤啊。"

两人相视而笑，连邵万戈也在奇怪，张猛那么生猛的一个队员，怎么会心甘情愿陪着余罪胡闹，还扮食物中毒？半晌他征询着马秋林问着："马老，天快亮了，要不您休息一会儿？今天上午许处和苗局要来，如果可能的话，将要从各地市抽调一部分警力组成专案组。"

"好……睡不着啊，现在政策都在向农村倾斜，警务也应该如此呀，否则，基层会越来越对咱们当警察的失去信心的。"马秋林笑着道，邀着邵万戈，共商此案他考虑到的一些问题。不得不承认这老侦查员的眼光，现在，这位盗窃案的老同志，已经在考虑追踪和抓捕可能遇到的问题了……

🐼 分道扬镳

一辆小长安警车声嘶力竭地驶在高速上，驾车的郑忠亮一夜未眠，不过车上载着两位所长，他不敢掉以轻心，强打着精神开车。两位所长是接到通知上车走的，他们一路还不知道怎么回事，不过也不敢多问。据说是省里直接下来的命令，通知到局里报到，直接上车走人的。

此时天还未亮，薄雾冥冥的山区寒意颇重，所长后面还坐着两位，蜷曲着，打着呼噜，像是累极了。快下高速的时候，派出所所长夏明辉终于忍不住了，出声问着下属郑忠亮道："忠亮，到底什么事啊？"

"这个、这个……"郑忠亮不知道该怎么说，他夹在中间不好受。谁知道解冰那一群人，能直接从省里搬回命令来，还让他负责联络。

"忠亮，你还对我隐瞒？是不是前几天，省里来外调的那几位？"夏所长问着自己的猜测。

"是不是咱们区里有什么案子？昨个晚上我怎么听说贺府牛头宴出事了，差点把人吃死？"东关派出所所长徐悦道。那个案子是110出的警，具体情况怎么样，他还无从得知。

"对，应该是这个案子。"郑忠亮道，没敢说他在现场，想了想又不敢惹顶头上司，直劝着，"没事，夏所长，应该就是让咱们配合调查的事，这个事好像挺麻烦，详细情况我也不太清楚。"

"那来办案的，都是你同学？"夏所长道。

"啊，一部分是。"郑忠亮道。

"哦，那就好，有什么情况通个气啊，毕竟都是省里来的，别有些事咱们基层做不到位了，让人家笑话。"夏所长道。

郑忠亮喏喏应声，不过心里暗道：他们办的事你不笑话就够意思了。

天蒙蒙亮的时候，车进了曲沃市区，这里是郑忠亮的老家，轻车熟路的，等到了外调组下榻的宾馆，却是已经天色大亮了。几个人顾不上吃饭，直接进了宾馆，解冰和赵昂川却是已经等在那儿了，和两位所长握手寒暄，直请着上楼了。

郑忠亮嚷着解冰道："喂喂，解帅哥，车上还拉了俩人呢。"

"送余罪那儿，三楼，307房间。"解冰头也不回的道了句。

两位所长奇怪了，没想到郑忠亮和省里来人这么说话，看解冰虽然年龄不大，不过气度不凡。夏所长瞥了郑忠亮一眼，没当面指出来，直跟着解冰和赵昂川进楼了。

那俩是谁呢？——郑忠亮拉开后车门，抬腿踢了踢。李呆嘟囔着再睡会儿，李拴羊刚睁开眼睛，一个深呼吸迷迷糊糊道："我闻到油条的味道了。"

郑忠亮一回头，咦，不远处还真有家卖油条的。他笑着问："饿了？"

"能不饿吗？我们这几天一直三餐不继啊。"李拴羊诉苦道。李呆也醒了，揉着眼睛，车上睡得不好，浑身疼。两人下车跺跺脚，做了几个扩胸，不过那样子实在可怜了，裹着黄夹袄，蹬着黄胶鞋，不像警察，更像民工。

这几日余罪把两人扔在屠宰场，还真是辛苦了，郑忠亮一手揽一个："走，先吃去。"

李呆和拴羊感激不尽了，可一吃开，郑忠亮慢慢觉得自己似乎犯了好大一个错误，有点后悔了。李呆豆浆喝得声响极大，眨眼两碗下肚了，又嚷着再来一碗；李拴羊更凶，油条啃得话也顾不上说，吃的速度远远超过炸油条的速度了，连系着围裙的大妈也愕然瞅了两眼。早点摊上的食客更不用说了，都像看外星人一样看着他们仨人。

偏偏这两位一点也没有察觉到周围异样的眼光，李呆吃得直抚肚子，惬意道："吃得真饱。"李拴羊更是羡慕地问着郑忠亮道："城里人天天吃这个呀，生活真幸福。"

摊点上一片笑声，不过郑忠亮看着冻得发颤、饿成这样的乡警，想笑也笑不出来。

美美的一餐直吃到打着饱嗝儿，人好歹有了几分精神。他们上楼找着余罪，两位乡警可是累到极致了，把拍的东西交给余罪，直接倒头就睡，隔壁董韶军带着李逸风敲门进来时，两个人已经打起了鼾声。几人悄悄退出了房间，出门郑忠亮就埋怨着余罪这狗屁所长当得，不拿下面兄弟当人。

"切，你发个屁牢骚，就呆头还是正式民警呢，乡里不如他的协警多了，一个月工资六百，还按时发不了，你信么？"余罪不屑地道，他指指一直坐在房间门口打盹的孙羿和吴光宇，"累吧，谁不累？看那俩货，快吃不住劲了。"

众人一笑，反倒把瞌睡的孙羿吓醒了。这时下楼买早点的张猛回来了，他给每人递了一份，又给房间里昨晚带回来的嫌疑人送了两份。等回来时，孙羿和吴光宇已经吃了个七七八八了。

吃的时候孙羿发现不对了，指着董韶军道："你……往远处站站，一看到你就想到排泄物，消化不良。"

"都说了，吃饭时候不要说，还说？"吴光宇气得骂了句。众人笑时，余罪回头问着郑忠亮，听到两位派出所的所长已经来了，正和解冰他们商议着，估计是挂羊头卖狗肉，先以食物中毒的名义把事情先捂一阵子，不过那会议哥几个就没资格参加了。

郑忠亮问了句："解冰这混得不赖啊，都指挥上一干同学了？"

这倒好，没人理他了，都给他竖了根大拇指。余罪指着董韶军道："这案子和他一毛钱关系也没有，关键是韶军同志这个设计相当好。"

"就是，还是文化人阴险。"李逸风赞了个。孙羿和吴光宇大致知道情况了，小声问着董韶军道："咦，韶军，你小子以前是干过这坏事？"

"没有，严格讲这不是我的首创，而是借鉴了一宗案子的手法。"董韶军道，看众人兴趣来了，干脆讲解着，"我实习的长安市有段时间一直发生这样的事，几位食客去吃饭，然后莫名其妙中毒送医院了，然后一检测，饭店里的食材果真出现不同情况的变质，然后家属一索赔，店主只能就范喽。这个案子后来是我的老师找出破绽的，变质的食物是加入了微量化学物质。他侦破这起案子的时候，那个专靠这种方法去敲诈勒索的团伙，案值已经做到一百多万了。简单来说，这是碰瓷进化后的手法。"

"不过这玩意儿是挺唬人的啊。"张猛想了想，道了句。

"不光唬人，用这办法讹人，一讹一个准。哎，董哥，回头教我怎么干啊。"李逸风神往道，向文化人请教上了。孙羿却是斥着董韶军道："你个贱人，去实习不好好学习，学犯罪手法。"董韶军强调自己这是他山之石，可以攻玉，关键看你怎么用而已。吴光宇不屑了，直说什么攻玉，纯粹狗屁，有本事你回去当经验推广推广。

这当然是不行的，董韶军憨憨一笑，看着余罪，期待余罪给个解释，不料余罪这时候不和他站一块了，奸笑着道："别看我，韶军，作为你们中间唯一的领导干部，我是从来不支持干这种事的……别说和我有关啊，我们乡警都是粗人，干不了这事。"

咦哟，把董韶军噎得直瞪眼，众人又被余罪的奸相逗乐了。不过玩笑归玩笑，这些带着灰色的细节，恐怕不足为外人道也。说话间，那边的碰头会开完了，赵昂川领着路，解冰陪同着两位所长出来了，郑忠亮准备载着两位所长回去，一行相随着下楼。众人收起了玩笑的态度，来了个面面相觑。

不管怎么看，解冰那气度足以堪当组长重任了，加上赵昂川这位老队员，在场的大多数也得叫他声师傅。于是有人看着余罪说风凉话了："余领导干部，刚才怎么没参加会议呀？"

是孙羿，余罪伸手就要扇巴掌，孙羿笑着躲过去了。余罪也有点讪讪地抹抹鼻子，自嘲道："俺们乡警，不和你们一般见识啊。"

没话找话，连李逸风也笑了。案子现在还没有全部明了，不过看形势发展，要依仗人员和技术都不缺的二队了。正准备回去休息会儿，可不料门"嘭"的一声开了，周文涓风风火火出来了，奔着敲解冰的门。敲了半天才发现好多人都看着她，她异样地问了句，众人一指楼下。她打着哈欠，向众人抛了个谜语问着："猜猜，有什么进展？"

"锁定目标了？"二队的几乎异口同声说道。有秦海军的指认，有饭店的监控，这种事难不倒二队。

果不其然，周文涓扬了扬手里的资料，她不知道该给谁，本来想递给余罪的，不过似乎还有点不好意思。远远地一递，董韶军接住了。他翻阅着，一下子凑上来一圈脑袋。

"丁一飞、杨早胜、陈拉明、孔长远。哇，一下子锁定了四个啊。"

"后面那俩是司机，乡警拍到的，三天前还有过交易，于向阳指认的。"

"那谁是老七？"

"丁一飞，秦海军指认的。"

"那这个团伙究竟有多少人？"

"多着呢……我看看，哇，杨早胜居然是退伍军人？"

众人七嘴八舌讨论着，亏是这半层全部被外调组包下来了，没有外人。一下子锁定了四个人，前段时间的忙碌可有结果了，众人说着的时候脸上洋溢着久违的喜悦。

"不对呀！"一个不和谐的声音响起来了，又是余罪。他抢过资料，粗粗一览。目前根据照片、车辆监控反查到了车主，以及有着牛头宴店主秦海军、于向阳的指认。可似乎还有哪里不对的地方，和余罪先前的料想重合不到一起。

"哪儿不对？这个老七是朔州市人，我们是根据这辆猎豹车主信息追到他的，注册车主虽然是杨旱胜，不过他们两周前在大同市有过一单消费记录，被兄弟单位查到了，两张监控画面……你看，是同一个人，和秦海军指认的相同。一个二劳分子，出狱一年零八个月，以前就在汾河劳改队服刑。"周文涓细细解释道。

这种事错误的可能性不大，现在的天网监控几乎覆盖到了城市生活的方方面面，只要你和现代生活搭边，就完全有可能查到你的记录，手机、上网、银行卡、车辆出行等等，可用于技侦的地方太多了。

"对，问题就在这儿，最早案发的时候，这个'老七'还在服刑，怎么可能是他？偷牛有可能，但最初谋划这个犯罪模式的应该不是他吧？他服刑犯的是伤害罪，不是盗窃。"余罪皱着眉头道。

"客串一下不行呀？反正什么来钱就干什么呗。"李逸风白痴地说道。

众人一笑，余罪反问着："是啊，总得有领路人吧？否则不教你，你会像在咱们羊头崖乡那样偷几头牛回来？"

"那倒是。"李逸风被说服了，那个偷法，实在让人想象不到。董韶军也在皱着眉头想着，突然灵光一现道："让牛见山辨认一下这个人是不是老七嘛，很简单。"

"已经发回去了，上午就有结果。"周文涓道。

"不对，还是不对……哪儿岔路了，我想想，怎么这结果让人这么意外？我怎么觉得这两人不具备组织跨市盗牛的条件呢？"余罪眼神迷离着，脑海里闪过一幕一幕，总觉得哪里对不上号。

有人一思考，有人就发笑，和这帮狐朋狗友在一起，你别想正经八百思考。孙羿说道："哟，余神探，你再组织一次碰瓷不就行了？"吴光宇也说了："哟，还有人挑战技侦的排查结果。"董韶军笑了笑，没有质疑余罪怀疑，到羊头崖乡跟这个案子这么长的时间，他比谁都理解和了解余罪脑子里那些稀奇古怪的想法。

"不对，绝对不可能是他们，就即便他是老七，那他也不一定是主谋，不是这个犯罪模式的首创者。不信打个赌，偷牛必须的那几样工具，他未必就制作得出来。"余罪想了想道，这个简单的盗牛案让他匪夷所思的地方太多了。

"什么不对？"有人说话了，解冰和赵昂川回来了，远远地问了一句。等到了众人跟前，边看着周文涓资料，边通知着众人宣布几项事情。

第一件是到高速路接二队后续派来的队员，众人一听都懂了，这是时机合适，随时可能进行抓捕。第二件分配了一下任务，随后要和地方派出所、公安局配合，以"食物中毒"的名义，彻查翼城市各屠宰场的货源，看有多少人涉案。第三件有点为难，解冰放下了资料看了余罪一眼，这几位乡警却是不好打发了。

用，他没指望，他根本没敢想指挥这位同学；可不用，又没个合理的借口把这几位乡警请到冷板凳上。他刚一踌躇，余罪先发言了，直道："解组长，我们忙了好几天，就别给我们派活了，让我们休息休息吧。这两个知情人，我们负责看着。"

"哎，好，那你们看家吧，秦海军、于向阳暂时滞留在这儿，一定帮他们稳定情绪，别出意外……其他人，准备一下，跟我走。"解冰说话间起身了，他没想到这么简单就解决了，不过众人一瞅余罪那懒洋洋的样子，都给了个不悦的表情。

就是嘛，正经八百开始忙了，他倒想着偷懒了。

众人起身，各自准备去了，连董韶军也跟上了大队伍，很同情地看了余罪一眼，做了个鬼脸。人一走，屋子里顿显得空空荡荡，除了余罪和不招人待见的李逸风，就剩下个还在停职的张猛了。半晌李逸风才冒了句："所长，我怎么觉得好像有人在排挤你呀？把我也捎带上了。"

张猛一笑，斥了李逸风一句："你算老几，架得住排挤你么？二队的刑警天生有一种优越感，即便是市县的同行都不放在眼里，何况你个乡警？"他笑着看余罪有点尴尬的表情，突然问着，"我怎么觉得你和我的感觉一样？"

"你什么感觉？"余罪问。

"巨失落呗，妈的，辛辛苦苦办案，到头来，一句话就否定你了。我这段时间就想，咱们图什么呀？"张猛道。不是牲口哥没有思想，而是不轻易表白罢了。

一听这话余罪不悦了，直道："你打人，你是犯错的，咱们的感觉怎么可能一样？"

"拉倒吧，你下药、讹人、坑人，比我打人无耻多了。"张猛辩道。

"我那是为了办案，找出线索，你那是纯粹为了发泄，这本质上是不同的。"余罪又道。

"可结果是相同的。"张猛笑着，一指兄弟仨道，"看，咱们坐一块了。"

余罪一愣，又自嘲地一笑。李逸风饶有兴致地看着这位，看看那位，突然进了句："你俩说话，很像失散多年的兄弟啊。"

"滚蛋！"余罪和张猛，同时向李逸风喷了一句。相视一笑，张猛换了个口吻道："我觉得解冰好像对你有成见，不过说实话，我也挺佩服他的，咱们同一届的同学里，他干得最好，而且从来不像咱们这样办案。"

"成见……呵呵，我还对他视而不见呢。"余罪笑了笑，起身回屋了，又懒洋洋地撂了句，"我正想好好休息一下，如果那位偷了几年，蹿了几市，连手下都不知道他真名真姓的老七就这么容易落网了，那我可就太失望了。"

说着拍上了门，果真休息去了。张猛和李逸风面面相觑，李逸风很不理解地问张猛道："猛哥，早抓住不好吗？有什么失望的？"

"这就像我和你打架，胜负太没悬念，没意思。有个势均力敌的对手，玩得才有意思。"张猛道，对于刑警这一行，干得就是斗智斗勇，越强的对手才会有越强的兴趣。否则较量起来就索然无味了。

"那这个老七是吗？"李逸风好奇地问，此时好像连他也有兴趣了。

张猛蹙眉了，不知道该怎么回答。李逸风换了个口吻道，"这样，您说解组和我们余所长，谁能拿下来这个案子吧？"

"这没法说呀，要论出任务，解冰是无可挑剔的，指挥有方，精通电脑，熟悉业务，大部分的技侦设备都难不住他，我跟他出了几次任务，都完成得很漂亮。在我们二队，队长基本把他当接班人培养啊。"张猛酸酸道，不过说得很中肯，再怎么说，人家的优秀也是锻炼出来的。

"那我们所长怎么样？"李逸风好奇问道。

"呵呵……你们所长，我以上说的那些优点，他一点都不沾。"张猛笑着道，"他整个一警务不通、狗屁不懂，只会喝酒闹事整人，实在没法看好他呀。"

李逸风一听，乐得眼眯成一条线了，笑了好半天才竖着大拇指道："这个评价很中肯，我们所长自从上任后，干的就是这些事。"

两人相视笑着，说着余罪在羊头崖乡的种种，终于找到消遣郁闷最好的话题了……

🐼 尔虞我诈

当二队的方可军匆匆赶到古寨县看守所的时候，县刑警队的人已经等了很久了。

这一趟是临时任务，他和县大队的同志直接进了看守所，登记签名。要提审的居然是一个偷牛贼，实在让他很郁闷了。一般情况下，二队所接除了辖区的案子，就是些久侦不破的抛尸、纵火、袭警等等一类的重案，查偷牛案，可是有史以来第一遭。

县大队的也很奇怪，羊头崖乡的一个偷牛案子，居然把省城重案队的同行惊动了，他严重怀疑可能是嫌疑人还有其他案子。两人等着的时候，都默默坐着，一声未吭。

等待的时间不长，不一会儿法警提着戴铐子的嫌疑人进了审讯室，草草一问，验明正身，姓名牛见山，年龄四十九岁。县大队的问完，等着方可军开口了。

"牛见山，辨认几个人……提醒你一句啊，不要让我再跑第二趟。"方可军起身了，掏着手机，那是前方发回来的嫌疑人照片。牛见山是在看守所过的年，不过相比羊头崖那个恐怖的地方，这里不啻于天堂了。牛见山连连点头，早被大狱熬得没点骨头了。

第一张，丁一飞的照片。大屏幕显示得很清楚。牛见山摇摇头，不认识。第二张，杨早胜的照片，继续摇头；第三张，陈拉明，继续摇头；第四张，仍然摇头……

第五张，放出秦海军、于向阳的照片时，牛见山继续很肯定地摇头。

这就不对了，似乎两拨偷牛的，根本没有什么交集。方可军蹙着眉问着："你确定？如果指认出其他嫌疑人来，对你可能是个立功赎罪的机会。"

再看一遍，仍然是摇头、摇头……突然间，牛见山的眼皮跳了跳，方可军的手势随即停下了——第三张照片。不过那个照片上是个无足轻重的嫌疑人，陈拉明。这个嫌疑人是从屠宰场的送牲畜车上捕捉到的。

"认识他？"

"好像认识。"

"什么叫好像，认识就是认识，不认识就是不认识。"

"认识。"

"他是干什么的？"

"收牛的呗，我们搞到货，一般都是老七通知我们送到哪儿，然后有人来接，去年……就是，就是他收的货。"

哦，盗窃和销赃是分立的，方可军停顿了下，又问着："既然打过交道，怎么用'好像'这个词。"

"都是半夜送货，有些看不清楚呗，这个人是个酒糟鼻子，好认。"牛见山道。

"那老七呢？"方可军又问着，"你先前的交代里，老七是你的领路人，这些照片里有没有老七？"

"这个……我真不认识老七。"牛见山为难道。

"牛见山，需要我向你重复一遍吗？别让我再跑一趟，你想隐瞒什么，都这份上了，有必要吗？"方可军苦口婆心地说着，县局的刑警也恫吓了一句，牛见山吃不住劲了，使劲解释着："我真不认识老七。"

"那把你们怎么做的案再重复一遍，包括你怎么认识照片上这个人的，在先前的交代里，你可没描述过这个酒糟鼻子的人来啊。"

"就是我堂弟有次喝酒无意中告诉我这弄钱的办法的，他给我个电话号码，我一联系，他们问我养过牛没有，一听说我养过，就同意让我试试……刚开始搞得神神秘秘的，给了一包黑药膏教我们抹在路上。我本来就不相信，谁知道那玩意邪了，还真管用，牛跟犯魔怔了一样，自己就走上山了，我们牵回去给他就成……这人就见过两次，都是他收的货，对了，给我们那药膏还收钱呢……"

重复叙述着以前的交代，基本吻合。到现在为止，这个匪夷所思的偷牛案中那种能把牛诱拐走的药膏，凭二队的检测水平居然还没有分析出准确的成分。

没有什么新发现，换了嫌疑人朱大刚，这是个有点蠢的憨货，就负责作案牵牛，什么都不知道，那边司机杨静永也讲不出更多的情况来了。提审的这三位看样子是处在底层的土贼，并没有问出什么线索。

出看守所时，方可军叹了句，现在的农村真够呛，偷的几头牛的案值都好几万了，那朱大刚还期待地问啥时候放他回家，他还准备春耕呢。

"没办法，一直还不就这样子，现在为了点钱，都开始没底线了。"县局刑警队的同志道，又客气地说着有事安排给他们就行，别跑这一百多公里冤枉路了，这拨土贼，没多大价值。

方可军笑了笑，告辞上车，在路上把县看守所的讯问情况，一一传回了远在省城的二队……

时间指向上午十一时，从会议室散会出来，邵万戈送走了市局的相关领导——分管刑侦的苗副局长，刚刚上任的支队长、政委，还有闻讯而来，对这个跨市组织盗窃及销赃有兴趣的省厅的犯罪研究处人员。但就邵万戈现在所知不多的汇报情况，明显还是让领导们稍有失望，只给了一个指示：补充侦查。

送走了人，他快步向顶层小会议室上来。早晨时候马秋林才休息，不料到会议室时，马秋林已经醒了，正躬身在一个白板上画着嫌疑人关系树，大部分名字还空着，不过已经填上了羊头崖乡的三名以及翼城暂时拘留的两位知情人。

看到桌上饭菜已经没有热气了，邵万戈拨着电话，叫内勤上来。这一说话把马秋林惊醒了，他笑了笑，邵万戈埋怨着怎么没吃几口。马秋林不好意思了，直说自己老毛病了，心里一有事，就吃不好、睡不着了。

邵万戈理解地笑了笑，老侦查员里，那种吃苦耐劳的精神，还真是现在的队员学不来的。他看到丁一飞、杨早胜等四个名字已经和牛见山关联上时，笑着转着话题问："最新消息收到了？"

"嗯，小方给我通过话了。"马秋林道。看邵万戈这样子，他也笑着问道，"请到尚方宝剑了？"

邵万戈这会儿可摇头了，暂时没有，许是分量还不够。重案队不同于其他单位，不是地市刑侦上主动要求，不是社会影响巨大，不是极其恶劣，一般都不会主动介入。

"看来领导认为这个偷牛案的恶劣程度，还差了点。"马秋林理解了，给了善意的一笑。内勤来把饭端走了，看看又快中午了。马秋林心系着案子，直问着："那下一步准备怎么办？这可不是你们二队警力单独能完成的事。"

"我不正发愁嘛，二队七个组，差不多每组都有压着的担子，赵昂川和解冰手里有一桩伤害案还没结呢。其他组不可能给抽调到外线。不仅不能抽调，如果有猝发案子，他们还得回来。"邵万戈叹气道。马秋林给了无可奈何的一笑，爱莫能助了。

没办法，这个问题无解。除非有足够影响力让省市一级高度重视，可现在看来，明显还缺乏全省范围内类似案件并案的可能，当然，苗头是有的。邵万戈指着嫌疑人关系树问着马秋林道："马老，今天出了个怪事啊，翼城牛头宴的老板秦海军，和羊头崖乡落网的嫌疑人牛见山，他们口中的老七居然不是同一个人，可奇怪的是双方居然有瓜葛。"

"证据太少，现在我可不敢妄下定论。"马秋林道，一贯的谨慎。

"可没定论，没有并案切实的证据，恐怕我们得不到更多的警力支持啊。如果是一地一隅的小案，那就显得我们二队手伸得有点长了。"邵万戈道。他仍然在担心，担心这些仅仅是些小土贼，如果那样的话二队还倾力介入，就要出笑话了。

"再等等吧，现在所知的太少了，案子也需要时间来发酵。"马秋林有点按捺不住，安慰着自己道。

中午饭两人就在会议室吃的，可吃的没有说的多。目前看似揭开了案子的冰山一角，但却并没有越来越清楚的感觉，反而觉得越来越模糊了……

模糊还好一点，乱就不好了。

翼城市派出所撒出的民警，感受到这不寻常的问题了。

西关庄牛头宴的老板，看着几张嫌疑人的照片，出于对"中毒"事件的恐惧，指着一张道："就他，就他……他给我们送过牛，可没出过问题呀……"

"老七？对，他就叫老七。"

老板说对了，民警就发现不对了，西关庄老板指认的老七是杨早胜，是前一日开猎豹被交通监控拍下的，但和上一家指认的，不是同一人。

另一边，东林巷屠宰场的老板，拿着陈拉明的照片很确定地说着："这不就老七吗？牛贩子，大家认识，挺够意思的，货好，价格便宜，零头一般都不要，比国营牧场要强多了……不对呀？老七的牛怎么可能出问题？我们都打了好几年交道了……"

在翼城，牛头宴和屠宰场的经营业主大部分都是跨行同时经营，一方面便于掌握新鲜食材，一方面降低经营成本。问来问去，锁定的这四位嫌疑人居然在当地都是小有名气的牛贩子，别说经营者，就连屠宰场那些操刀的伙计也有一大半认识他们。

不叫老七，就叫小七，还有伙计亲切地称"他们"为七哥呢。

"什么？都叫老七？"解冰一听几位民警汇报，头一下大了。他皱着眉头翻看着记录，一下子思维全部被打乱了，本来排查的目的就是要进一步确认嫌疑人的身份，可不料适得其反了。

午饭没顾上吃，他电话询问着另一个派出所的进展，赵昂川在那里负责，不料情况更糟，除了手里这四个老七，还有人提供了更翔实的体貌特征描述：长胡子、马脸、花白头发、大眼像斗鸡……得了，郑忠亮一旁听着泼凉水道："解组长，你开什么国际玩笑，你问问这体貌特征是老七还是拉登？"

不用说，肯定是民警被涮了。

相比乱成一团糟的翼城，百公里之外的曲沃宾馆就安生多了，余罪关着门，休息了一上午，午饭吃好后，又继续关门休息去了。李逸风精神头颇好，被余罪派去看着两位滞留的知情人了。午后时分，李呆和李拴羊也休息好了，精神头上来了，围着李逸风，就坐在房间门口，捎带看着门，打着手机游戏。

"逸风，来。"余罪的房门开了，他勾着手指，叫着狗少。李逸风把手机递给李呆，钻进余罪的房间了。哟，一股烟味。余罪可不顾他的感觉，拽着人，附耳说了几句。

"啊？把他们俩放一块？那不串供吗？"李逸风一听余罪的教唆，吓了一跳。要把秦海军和于向阳关到一个房间里，这是绝对不允许的，这个起码的警务常识李逸风还是知道的。

"嘁，听我的……反正人家还不是嫌疑人，串什么供？要是重点嫌疑人，能交给咱们看守？"余罪道。

李逸风有点不悦，余罪又拽着他，附耳教着什么。李逸风听得慢慢兴趣上来了，抿了抿嘴，看了看余罪，又像往常一样点头了。

不一会儿，这货果真把耷拉脑袋的于向阳叫出来，给关到秦海军的房间里了。狗少咋咋呼呼骂了两句，继续玩游戏了，边玩边和李呆、李拴羊耳语着什么。

肯定没好事，几个人贼相一脸，极度类似在村里商量偷谁家狗下锅的那种表情。

时间紧迫，余罪看着表，十分钟后准时出门，登场。只见得所长一身警服，出门时整整警容，迈着步子，走到门前，还没开口，李逸风小声说着："所长，衣服有点大了，你脸上抹的什么，这么黑？"

余罪给了他一巴掌，小声斥着："吴光宇房间的，能不大吗？就他妈这一身……别吭声。他昨晚见过我，要认出来就前功尽弃了。"

三人一应声，余罪加重了语气，虎声虎气问着："嫌疑人呢？"

"报告邵队长，都在屋里。"李逸风故意大声喊着，推开了门，那两人讶异看着，一位穿正装警服的警察，威风凛凛站在门口，回头训着看守道："干什么吃喝的，看守期间玩游戏……一边守着，站好！"

一训，那三位颇为听话，老老实实站一边了，那警察压压帽檐，进了房间，"嘭"的一声关上了门。

秦海军和于向阳讶异了，一天一夜，发生的事情太多了，现在两人不是一般的萎靡不振，真不知道这样被警察滞留着，会有什么样的后果。

"谁叫秦海军？"余罪微低着头，轻声问。

"我。"秦海军一激灵，站起来了。

"坐下，那另一位就是于少了？"余罪问。

"对对对，我就是……您是？"于向阳忙不迭地举着手，突然想到了自己神通广大的姐夫。不过这一刹那秦海军瞪了他一眼，很多话生生地咽回去了。

"别管我是谁，你们俩真有能耐啊，居然还有人让我专程从省城来一趟。"余罪压着声音，走到窗口，掀着帘子看看，不经意地用帘子掩着半边脸，怕被识破一般。

越神秘，越显得有猫腻了，于向阳兴奋了，秦海军怀疑了，不过脸上的期待很浓了。半晌那警察背过身子，手里摸着手机扔到床上，以一种相当神秘的口吻道："当我没来过，时间不多，给你们五分钟，刑警队的就快回来了，不该说的话，不该讲的事，可别乱讲……乱讲我也帮不上你们了。"

两人一听，一愣，被余罪一唬，现在更相信是老板背后做"工作"了。于向阳狐疑地拿起手机，余罪看也没看，又轻声催了句："去卫生间，那儿隔音……麻利点儿，你们再不消停，外面可都等急了。"

这一催，秦海军和于向阳失态了，忙不迭地捧起手机，一前一后钻进卫生间了。余罪侧过脸，掩着嘴在笑，这俩货绝对是相信潜规则的货，一试就灵。

"姐夫，姐夫，我们怎么办？刑警队这回咬我们了。"

"你说什么了没有？"

"没说什么，什么也没说……对了，屠宰场那边记的账，被他们取走了一份……"

"什么？你个蠢货，那账怎么能见光，你得咬住了，那就是胡乱记的。"

"这、这我知道，我什么也没说，就说收了几头便宜牛。"

姐夫和小舅子对着话，秦海军为防万一，透过门缝看着外面的警察。那警察一副临窗远眺的样子，似乎根本不关心两人的事。他更确信了，这是神通广大的老板走的关系。一掩上门，于向阳把电话递给他："我姐夫找你。"

"贺老板，您说……您放心，我一口咬定丁一飞就是老七，没事，我知道……昨晚真没办法啊，一下子出个中毒的事，警察后脚就来了……"

"你真他妈是牛头吃多了……有狗屁中毒事件，现在警察就依着这个名义查销赃呢……咦？不对呀，你们现在在哪儿？"

"在……我也不知道在哪儿，晚上来的，好像……"

"那你怎么给我打的电话？"

"一个警察给的手机，不是，老板您……"

"咔嚓"一声，电话毫无征兆地挂了。然后秦海军一下子愣了，一拉开卫生间的门，那警察正捂着前额，在哧哧笑着，笑得两肩直耸，浑身乱颤。秦海军恐惧地拿着电话，一狠心，赶紧扔进马桶池里了，于向阳也明白又上当了，赶紧摁着冲水。

余罪在笑着，奸笑得眉眼眯成一条线了，笑了半天才对两位瞠目结舌的道了句："线路开了三方通话，你冲走有个屁用？早传回去了，哈哈……你这么做，岂不是暴露了你心里有鬼。真不知道你这奸商怎么当的。"

同一时间，远在省城劲松路二队的邵万戈、马秋林对着技侦设备里传出来的声音笑了。邵万戈难得这么开心地笑，他眯着眼问马秋林道："马老，这是怎么办到的？那俩知情人可还被滞留着，能相信他？"

"呵呵，现在的人，不相信规则，不过肯定相信潜规则，他钻了空子了。"马秋林笑道，和余罪通上话了。

电话的另一头，余罪边笑边掏出了铐子，对着两位苦命汉子道："恭喜二位，成功地由知情人晋升为嫌疑人，我准备和二位谈谈。外面的进来。"

李逸风、李呆、李拴羊气势汹汹进来了，那样子吓坏了于向阳，全身条件反射似的激灵了一下子，余罪拉起了脸，换着凶巴巴的口气道："要么和我谈，要么和他们谈，你们选吧。"

选择并不难，李逸风三位一捋袖子，那样子随时准确开揍，秦海军和于向阳知趣地赶紧说："我们和你谈。"

🐼 真相似假

"老秦，抬头看着我……你能不和娘们儿上床一样行不行？明明知道接下来要发生什么，还羞羞答答，半推半就？"余罪不耐烦地说道，点了根烟，盘腿坐在床上。忝列陪审的李逸风差点笑喷出来。坐在椅上的秦老板，一会儿紧张，一会儿期待，看人都是偷瞄，说话就咬嘴唇，还真是个羞答答的表情。

对于余罪来说，他已经洞悉了很多黑色和灰色地带，不仅洞悉，而且亲自经历过。他知道面前这位秦胖子如果就像他所表现出来的那副可怜兮兮的样子的话，恐怕不可能坐镇贺府牛头宴十余年，虽然有背后贺名贵那个大老板支持，但是能从背后被推到前台，恐怕要有过人之处了。

"不瞒您说，来卖牛的都自称是老七的伙计，也没啥，就是老七干得最早，在这一片信誉也最好，做小买卖的，都想趁着个名人拉拢点关系不是？我刚才就和老板打个招呼……那个，再怎么说人家是老板，我就一跑腿的掌柜，这一下子把人生意给砸了……啧，警察同志，你们不能这样吧？昨晚中毒是不是你们故意的？"秦海军这会儿聪明了，认出余罪来了，不过实在无法原谅自己连着两次掉进同一个坑里。

"嘭！"有人拍桌子了，李逸风叫嚣着："这样是怎么样？牛肉确实有问题，把我们一位同志吃住院了，现在还没好……你听着，秦海军，这偷牛的抓不着，你们销赃的和他同罪。"

脚下疼了下，李逸风"哎哟"了一声，话断了。是余罪踩了他一脚，瞪着他，他下意识地闭嘴了，这所长太霸道，不给说话的机会。

当然不能给了，这家伙的法律水平和法盲差不了多少，余罪生怕他说错话了。这个时候，嫌疑人犹豫成这样，你拉一拉，说不定就开口了，你要推一把，说不定他可就恼羞成怒了。

"没错，中毒的事是假的，你可以不用考虑赔偿的问题。"余罪干脆实话实说了，吓了李逸风一跳。而秦海军听到时，一下子被气得怒目圆睁，要站起来，却被李逸风摁住了。一摁，秦海军才省得自己的身份，不过那股气是消不了了，咬牙切齿瞪着余罪叫嚷着："你等着，我记住你了……我倾家荡产也要告倒你，知道这个店我搞了多少年吗？费了多少心血才成今天这样子，你一晚上就让它全毁了，我、我……我要和你拼了……我……"

匹夫一怒，血溅五步；奸商一怒，气血上头。不过就这企鹅身材想拼也难啊，直到余罪叼着烟重新坐回床上了，也没见秦老板要拼命，余罪笑了笑道："做到这么大，也包括有廉价的食材供应原因吧。"

秦海军一怔，不敢吱声了。

余罪这一句正敲到痛处，他知道对于心里有鬼的人，想把拼命的气势聚起来也难，估计想的更多的是怎么脱身。所以在警察的眼前才会一直是这样一个可怜巴巴的形象。

他想起了在滨海的监狱，曾经的那些人渣，都会有这样可怜兮兮的一面，就等着你同情，等着你放松，等着你疏忽的那一刻。他捋了捋思路，像在自言自语地说着："可以告诉你，我们到翼城市已经三个多月了，从去年冬天就来了。对，你说的没错，不是什么食物中毒，而是在追一群偷牛的嫌疑人……没错，警察是笨了点，抓不着贼，只能在销赃上想办法。我们来的时候，其实第一个重点目标就是你们，三个屠宰场、两家牛头宴，还有一家洗浴中心，这年头，能把生意做这么大，没有灰的、黑的手腕都不可能……秦老板，你同意我说的话吗？"

没肯定也没否定了，秦海军依然是一副惊恐的眼睛，看样子准备死抗了。

"这个沉默看样子是默认了……那我就很为你担心呀秦老板，你已经把贺名贵老板的家底也掏了，现在又和警察穿一条裤子了，你说现在你这样出去，是不是会比摊上个中毒事件更惨一点？"余罪问，明显地看到秦海军两肩不自然地耸了耸。

不过马上又恢复正常了，毕竟是混迹了几十年的老同志，见人有人办法，撞鬼也有鬼想法。余罪笑了笑道："没错，你什么也没说……可你想想，贺名贵老板相信吗？你毕竟交代了几个送货的马仔啊，还有他小舅子捅出来这么多现金收货、偷税漏税的事儿，你说出去后，他会迁怒于他的小舅子，还是你这位合伙人呢？"

秦海军脸上的肌肉不自然地抽搐了几下，余罪知道又点到点子上了，人与人之间，特别是合伙人之间，都藏着一把不见光的匕首，说不定什么时候背后就是一刀。而这个时候，是很合适的机会了。

"还有，你说贺老板会不会全部推到你头上？他可是有钱有势，办这个事不难呀。"余罪又道，这一步一步，把一个老窝出事、舍车保帅的故事框架描绘出来了，慢慢地，秦海军似乎掉进了个思路里，越想越有一种心惊的感觉。

"有个彻底的解决办法，不知道你老人家想过没有。"余罪放低了声音，用听上去很诚恳的谎言道，"眼下这情况，他这当老板的摊上的事不小。我知道你有所顾忌，可没关系，我们对付他……不管他舍财舍到心疼，还是官司缠上几年，肯定要大伤元气对吧？我说秦老板，那时候你可就是真正的老板了，至于低三下四给别人跑腿？出了事还顶缸？你不说我也看得出来，你这身份，还干不出大批量销赃那事，你说我说的对吗？"

"对对，我真干不了，就会做牛头宴。"秦海军似乎抓到了一根救命稻草，忙不迭地表白着。

"我还告诉你一件事，他的屠宰场，我们有人已经卧底三个月了，出入多少记得清清楚楚，不但记下了，连你们屠宰的下水也采集了上千个标本……你做食材，你应该知道放养的牛和牧场饲养的牛是有差别的，最起码在胃、肉质、肠衣等很多身体部位发育是不同的……想看看吗？"余罪示意着，李逸风把准备好的电脑放到了他面前，屏幕切换着，都是采集的标本，有详细的标注、日期、化验结果。

这些东西对于案件本身用处并不是很大，只能从科学角度证明牲畜的饲养条件而已，肯定无法从法律的角度证明是赃物。可这么多东西把此时已经心慌意乱的秦海军吓住了，最起码他在想，警察卧底屠宰场几个月不是假的，如果真有几个月，那能发现的东西就太多了。

"你要是不配合我就真没办法了。"余罪摸着手机，好不懊丧道，递着手机给秦海军，很客气地说了句，"忠言逆耳，你不听我很理解，最后给你一个机会……你可以试试，拨你老板贺名贵的号码，看看他还在不在？今年正月他们俩口子是去珠海旅游去了是不是？那儿离国境线可很近哦。我严重怀疑，在这个风头上，你替人扛定了……"

秦海军浑身哆嗦了一下，紧张了，抖抖索索地拿着手机，差点掉地上。拿起了却是慌乱地拨着，一拨傻眼了，里面传来了机械的女声：对不起，您所拨打的电话已停机，请查证后再拨……

此时无声胜有声，余罪就那么以一种毫无表情的目光看着他，默默地拿回了手机，无可奈何地对李逸风说道："算了，把他带回去吧……这个销赃重点嫌疑人，只能是他了。"

李逸风怒喝了一句："走！"

一拉人，可不料呆如木鸡的秦海军"哇"的一声抱着余罪了，不迭地、惊恐地、痛悔地吼着："别，不是我，真不是我，我就一打工的……老板安排的，我不得不做啊。"

"别难过，还有机会，你要相信警察……"余罪脱口而出一句他自己都不相信的话。

可不料这句话秦海军已经无从辨识真伪了，因为过度恐惧而抽搐着，一把鼻涕一把泪抹着，断断续续地交代着。看来真有好大一个心结，听得余罪瞠目结舌，甚至怀疑自己的耳朵出毛病了。不过看秦海军这样，他估摸着，这回怕是没藏私了。

过了好一会儿，秦海军的情绪才稳定下来，被已经收获颇丰的余罪搂回了房间，余罪很大方地连看守也撤了。撤不撤无所谓，现在让他跑，他也未必敢出去。李逸风一直跟着余罪，现在佩服得无以复加了，出门时拉着余罪问着："所长，你咋知道他还有事没说呢？"

"知道奸商第一守则是什么？"余罪反问道。

"什么？"李逸风愣了下。

"嘴里就没一句真话呗，指望一照面就给你说实话，可能吗？那么大的事，不吓唬吓唬，怎么可能老实说出来。"余罪贼眉贼眼地瞧瞧，勾着指头，把乡警都召过来了。

李逸风却还有不解之处，问余罪道："所长，那后台老板的电话怎么停机了？他们真把这个办事的甩了？不对，你怎么知道？你门都没出……"

"笨蛋，技侦做手脚了，我这个手机，不加零拨不出去，拨出去的都是停机。"余罪奸笑着，把最大的秘密告诉了李逸风。李逸风愕然一脸，龇牙咧嘴地看着余罪。余罪不悦了，一巴掌拍过去问着，"什么表情？被所长震傻啦？"

"遇上您老人家，他不傻也得被整傻。"李逸风凛然道。这句只当是夸赞了，余罪很满意地把众乡警一揽，得意说着："这个老奸商对付他有点难度……那屋那个小舅子难度不大，这样，挑战一下审讯的极限，三分钟把这小子整服了。"

办法一说，乡警们点头称是，对于所长，他们现在已经无条件信服了。

不一会儿，门"咣"的一声开了。李逸风端着一摞宾馆的服务指南进来了，李呆操着衣架，李拴羊不知道从哪儿找了块砖，正忙着用布裹紧。余罪呢，拎着几个铐子，叮当作响，四人一亮相，吓得于向阳一激灵，开始瑟瑟发抖了。

"居然敢欺骗警察，今天谁也救不了你了。"余罪手一扬，李拴羊上前拉住窗帘。李逸风把服务指南拍得啪啪直响，对小伙子解释着："别紧张，小子，一会儿给你垫厚点，虽然很疼，绝对没外伤。"

"所长，拿这个捂嘴行不行？"李呆从卫生间把浴巾拿出来了。

"别别别……我说我说……你们饶了我吧，我就跟我姐夫混，我什么也没干呀……真的，我交代！"于向阳看到对方的阵势，惊恐之下，连着迸了一串话。

"老实人，我们就不欺负，那你说吧，去年收了多少头赃物？"余罪问。

"记不清了……不不，我想想，一百多……不对不对，我真记不清，有时候十几头，有时候三五头……"

"谁是老七？"

"……"

"再问，谁是老七，以为我们不知道是不是？你姐夫贩牛贩了十几年，还需要我提醒？"

"是是是……"

"到底是谁？"

"是我姐夫……"

哦！余罪笑了，敢情心结在这儿，贺名贵不知道小名还是绰号叫"老七"，是不是那位"老七"就有待进一步查实了。把这个心结吐出来，他估计于向阳就没有什么底线了，于是恶狠狠地问着：一年收多少头牛，现金收多少，怎么走账，常送牛的都是些什么人……看快把于向阳刨得一干二净，马上一转话锋又问："你同行里还有谁也干这活儿？"

于向阳在一干乡警的威胁下，连自己的、连别人的，咬了一堆，直到余罪满意这才告一段落，一会儿再问。

余罪的贱性发挥到极致了，此时的于向阳已经哀怨地缩到床边，两手抚着肩膀，仿佛生怕被非礼一样，余罪表情一动，他就一阵哆嗦。

李逸风没听更详细的案情，他兴奋地卡时间呢，等一会儿和乡警们出来时，他惊讶地对余罪说着："妈呀，所长，咱们破纪录了，一分二十四秒！"

更震惊的人还在省城，劲松路二队，邵万戈看着整理出来的审讯记录，有点牙疼。一组解冰，再加上另一组赶去的方可军，愣是比羊头崖乡的几个乡警差了几条街，两个组在翼城市没什么收获，谁可能想到，余罪又趁机在已经看似交代了七七八八的知情人身上捡了漏儿。

"这家伙是什么出身啊？"邵万戈挠着后脑勺，好不郁闷道。

"你指什么？"马秋林笑着问。

"余罪呗，怎么鼓捣的？这就真拿拳脚问话，也不能这么痛快吧？"邵万戈很疑惑地道。深挖嫌疑人的罪行，当刑警的都懂，也知道难度，看现在这个案情，把二队全队力量用上，他估计即便能达到这个程度，速度也不会这么快。

"我要说他有天资，你肯定不信对吧？"马秋林笑着道。

"那人我认识，天资这个词用在他身上不合适吧？"邵万戈笑着道。

"呵呵，我不是指当警察，而是指除了职责之内的事。"马秋林道，和邵万戈相视一笑，这一笑相当开怀，看来达成共识了。

说话着，技侦把录音整理出来了，邵万戈拿了一份，饶有兴致地念着："贺名贵，男，现年四十一岁，名下有注册公司三家，酒店、屠宰场、洗浴中心，四所，注册资金总计九百万元……你觉得这个人，是老七？"

这是秦海军心结所在，贺名贵敢情就叫"老七"。看他的履历邵万戈才发现，这位老板的前身居然也是个牛贩子，而且是一位很成功的牛贩子，因为量足货好在行内很有名气，之后才和做牛头宴的秦海军强强联合，两人合伙做了贺府牛头宴这一地方名牌。

"他应该不是。"马秋林思忖了下道，有偌大的家业，有享誉一方的生意，似乎根本不需要千辛万苦靠偷撑着，当然，收赃的可能性就无限制放大了。另一组也在翼城得到情况，数年前因牛头宴生意的火爆，导致周边县市频发盗牛案件，很多地方已经不养牛了，全部依赖贩运。收赃嘛，在这里看来根本不是个什么大事，简单地讲，你只要敢把牛给我牵到屠宰场，我就敢下刀，脱骨卸肉扒下水，贼赃转眼就换成钱了。

"我看，可以正式传唤贺名贵了，翼城肯定不是贼窝，可绝对是个销赃窝点。"邵万戈道。事情越来越明了了，这些很容易忽略的小事，连片警也不注意的小节，累积到一定程度，终成大害了。

马秋林拿起杯子，抿了口水，还在考虑，邵万戈知道他的担心，担心销赃窝点排查惊动上游的盗窃团伙，可现在，线索都集中在这一家，不往深挖，似乎又无从着手。

"不用惊动他。"马秋林道，下了决心了，他异样地看着邵万戈，用征询的口吻道，"一传唤，他马上就清楚自己犯事了；可不传唤，就这么吊着，他不知道我们掌握多少，不清楚我们究竟要干什么，那样的话，我想他该上蹿下跳了吧？让他动动。"

"您的意思是，监视居住……不过人还没有回来。"邵万戈道。

"穷和尚看人，富和尚守庙……这么大个庙不长腿，他贺名贵也跑不了。"马秋林笑道，对付这个家业殷实的嫌疑人，其实要比对付那些身无分文的人容易多了。

邵万戈笑了笑，看看时间，下午五时多了。今天的意外之喜让他心情颇好，正准备邀请马秋林一起下去吃饭时，电话又响了，他一看，向马秋林扬了扬道:"解冰他们的电话……我说嘛,他们应该有所发现,不能风头都被乡警给抢了吧。"

说着摁了接听,一听,邵万戈一下子失态了,惊声问着:"什么?贺名贵主动到当地公安局自首检举了?好,你们就守在翼城,我先确认一下。"

"嘿,这家伙不笨啊,先去认罪去了。"邵万戈惊讶道。两人没想到对方的动作更快,地方一介入,那藤缠麻绕的关系网一牵动,意外可就多了。

"不理他,让曲沃驻守的人把秦海军和于向阳押解回来……以销赃罪名对他们正式刑事拘留。有本事不是,让他来省城捞人吧。"

马秋林脸拉长了,冷冷地道。他和邵万戈相视凛然,彼此都非常清楚,从这个时候起,真正的"办案"要正式开始了……

第六章
余罪的地下行动小分队

🐼 警官非官

四辆……不，五辆……不，好像是七辆……

统一的蓝白色警车，首尾相接，保持着匀距匀速，缓缓地停在了派出所门口。

值班的一看，慌了，拿起电话就拨。边拨电话，边把另一位派出去迎接，那车是局长的车，派出所里岂有不识之理。办公室主任刚下车，迎接的已经出来了，局长的脚刚沾地，所长夏明辉闻讯也经奔出来了，一看阵势吓了他一跳，一正两副三位局长，加一位政委，办公室、宣传部、法制科五六个大科室主任，全到齐了。

"刘局，您来怎么也不通知一声……请，请，快请。"夏所长笑着邀着领导们，刘局长是乡镇干部上来的，颇有乡野人的豪爽之态，一拍夏所长的肩膀半开玩笑地训着："小夏，你犯了一个严重的错误啊，下回到会上等着作自我批评。"

"刘局，您是指省城这几位？我以为就是一个协查的案子……"夏明辉吓了一跳。

"协查没错，可你怎么招待的？这可都快下班时间了啊，还让省里同志们忙着？咱们市里这么多警力，就搁一边看着，好意思呀。"刘局很不悦地道，政委和几位副局长也开着玩笑，都说这所长当得实在不称职。这倒好，把夏明辉给烤火上了，苦着脸赶紧地作自我批评，一定改正。

笑话归笑话，不过他嗅到了丝不寻常的味道，早上接通知的时候还是不疼不痒，可现在班子全体出动，他觉察出问题来了。

对，是问题，肯定是大问题了。他严重怀疑省城这干刑警已经敲到重点了，否则不会有班子全体出来邀请。

说话着，一行人进了派出所的大办公室，解冰一行正梳理着传唤记录，他是刚刚得知贺名贵自首并检举的消息，向队里汇报后，这一行人就进门了。

"这是我们刘局长。"

"这是我们张政委。"

"这是我们陈副局长。"

"这是我们办公室严主任。"

"这是我们……"

解冰出于礼节，挨个握手，问好，赔着笑脸。领导来了一堆，夏所长又向其他参案人员依次介绍着，依次握手问好。刘局可是在官场上八面玲珑的人了，直赞孙羿小伙子精神，有朝气；又夸周文涓姑娘严谨细心；回头看解冰，那自然是年轻有为，前途无量。

局长一夸奖，下面也跟着夸奖。刘局说着："小解呀，省城二队是全省闻名的刑警大队，来我们这办案，怎么能将就这么简陋的条件？这个是夏所长的严重失职啊。"

夏明辉赶紧自我批评，政委插进来道："刘局，这样吧，咱们技侦楼刚装修，拨出几间来，给省队的同志先安顿下来。"

"哎，这个办法好……住处安排了没有？"刘局关心道。

"安排了，到市招商宾馆吧，那儿的条件比较好一点。"办公室主任又插进来了。

"严主任，你全程负责啊，省队的同志这么辛苦，绝对不能让大家生活上也凑合将就……对了，小解，今天我们班子都来了啊，我们可是仰慕省刑侦二队的同志很久了……不是我非要来，而是负责刑侦的孙副局极力推荐，让我们这儿的小刑警，一定要向你们请教请教……对了，严主任，车座位够不够，省队这几个人……"

"够了，刘局，您放心，工作餐已经定好了……现在就可以走了。"

"对对，下班时间到了，夏所长，把人都请上啊，我本人对刑侦是非常感兴趣的。"

一群殷勤的同行，你一句，我一句，又夸奖，又仰慕，解冰愣是一句话也插不进来，莫名其妙地好像就一块儿吃饭了。然后这个组的几个人，都被请上了局里的专车。上车才省得这恐怕是与案情无关的应酬，可偏偏一干客气的同行，他实在抹不开脸。

总不能拂袖而去了，再说这案子，离了地方的支持还未必能干得下去。

他有点郁闷，不过无处诉说了。正好身边坐着乐滋滋的孙羿，他小声问着："孙羿，咱们这样是不是不合适啊？"

"好不容易人家请一顿，有什么不合适的？"孙羿翻着白眼，不悦了。解冰不问了，他知道队员的思想认识水平，顶多也就这么高，不过这人情，实在是盛情难却啊！

不独他，不一会儿，东关派出所赵昂川，也被市局一干领导都请上座了。酒宴是在翼城大酒店办的，这么大张旗鼓宴请，解冰总是觉得有点不妥。宴请的楼层就三桌，再无其他客人，他知道，这个招待安排得相当有规格，已经清场了。

即使出身富贵之家，在享受到这种特权和招待的时候，解冰也感觉很不舒服。

"贺名贵，你还有什么要交代的？"

翼城市刑侦支队，支队长隔壁的办公室被当作了临时讯问室，对自首及检举的贺名贵的讯问已经到了尾声，主持讯问的是支队下属刑侦一大队的队长，旁听的是经侦支队来人。在翼城，这位贺老板是声名赫赫。此刻他不显得紧张，不过问话的几位看上去倒是挺紧张。

是啊，当你钱足够多的时候，别人总是以一种仰视的眼光看你，贺名贵无疑就是这类人。他坐在讯问椅上，仿佛还在公司的办公室一样，两手交叉着，像在思考着一桩生意的得失。

不过态度相当客气，而且很诚恳地道："基本就这些了，我这几年忙着房地产的项目，酒店生意全部交给我的合伙人秦海军打理，前两天在外面旅游才知道他们在经营上可能瞒着我做了不少手脚……对此我是深表痛心，本来嘛，我想着这也不是大错大过，睁只眼闭只眼就过去，没想到最终酿成大祸了……我这儿没什么顾虑的，该查查，该罚罚，我全力配合……"

这个态度，让在座的警察受宠若惊了，而且贺老板交代的东西不少，贺府牛头宴经营，多出瞒报，偷税漏税，还有在小舅子名下的两家屠宰场，收过来路不明的食材，他也隐约听说过几次，都一一向警察说明了，但究竟有多少，他不太清楚。当然，这么大老板肯定不会事必躬亲，能有这样一个态度，已经相当不错了。

"好，谢谢您的配合，我们会尽快查清事实的。贺名贵，你现在可以离开了，有事情我们会通知你。"讯问的警员客气道。

"谢谢，是我得谢谢警察同志们，谢谢，谢谢王支……"贺名贵起身时，握手客气，谢字不断。几位警员送着这位老板出了讯问室，直到上车那一刻，贺名贵的表情仍然是诚惶诚恐，让几位警察也觉得很是不好意思了。

车走了，是一辆四个圈的奥迪Q7，车牌四个"8"。仇富的心态谁都有，不过当你面对你可能无法触及的财富时，除了"仇"，可能羡慕、嫉妒和震撼都要有一点。比如讯问的警员就说了："这个车牌现在值十万吧？"

"差不多，老贺家好几辆呢……我就纳闷了，他交代的这点事，还算事呀？就贺老板这身家，分分钟就摆平了。"

"不一定啊，省城重案队的把他的合伙人和小舅子全扣起来了……我听说的啊，贺老板急了，是打着'飞的'回来的。"

"那敢情里面的事情肯定不小？"

"小还是大，咱们说了不算……不过老贺这回可得破点财了啊。"

几位警察说说笑笑，准备回返，有开私车的，有骑电单车的。刑侦支队的那位刚出单位大门，意外地发现一辆车朝他开来了，走到近前才发现是去而复返的贺老板。车停在他身边，摇下车窗，车里有人和他说着话。

然后，车开上路牙，车灯灭了，车里人没出来，车外的人一直站在那儿，双方像在说着什么，说了好久……

局领导班子集体出面了，这种情况下谁都知道事情要有转机了，要么严厉打击，要么极力维护。这一套当警察的都熟悉，毕竟人家在翼城是名人，动这样的人，那不是一般的难，何况你并没有什么实际的证据。

郑忠亮在这上面是有先见之明的，毕竟他在片警的位置混了大半年了，所以他极力保持着缄默。不过没想到的是，他还是遭到池鱼之殃了。晚上接到了所长的电话，把他召到了派出所，一关上门，劈头盖脸就问："省城这些警员把两位知情人扣在什么地方了？"

郑忠亮愣了，他不敢说，每个案子都要有起码的保密意识，何况二队的案子。

他不说，所长就火了："忠亮，你可是所里的重点培养对象，你得有大局意识对不对？我知道省城来的是你的同学，可还有所里、局里的同志呢？对不对？"

"啊，这和大局有关？"郑忠亮愣了，就即便真成了大仙，也猜不透其中的关联。

"我明白告诉你吧，真要让省城的同行查到咱们市里的几个销赃窝点，你想过后果没有？"夏所长凛然问，一嘴酒气，刚从饭局上回来。

"后果？抓住几个坏人不是好事吗？"郑忠亮道。

"愚蠢，你好好想想，如果是省城警察抓到了，那是不是说明咱们不作为？"所长高屋建瓴，一句话把郑忠亮镇住了。

"再想想，如果案发都在这儿，你让所长的脸往哪儿搁？你把局里、支队领导置于何地？难道都不作为，放任犯罪的雪球滚这么大？"夏所长又道，把郑忠亮惊呆了，细想似乎还真有几分道理，怨不得局领导都出面了。

"那也不对呀？"郑忠亮小心翼翼反问了句，"可发现苗头，总不能不查吧？"

"那倒不是，查是必须的，但查的人必须是我们……不光必须，是一定，一定得我们查，你说对不对？否则的话，我们没法向全市人民交代，也没法向上级交代啊……在这种大是大非上，你难道不知道该站在哪儿？"夏所长义正词严，训斥着郑小屁警。郑忠亮哭笑不得，无计可施，又犹豫又挣扎，还是夏所长有办法，放低了声音问着："你不用说，我问你，是不是昨晚连夜转移到曲沃了？"

郑忠亮想了想，点点头。夏所长一拍肩膀示意鼓励，掉头走人了。

两个小时后，翼城市刑侦支队抽调了一组警员，风驰电掣赶往曲沃宾馆，他们得到的命令是正式拘捕秦海军、于向阳。这个命令的隐性含义有人懂，那就是：案子在案发地结，要趁省二队没有确切证据的空当，先下手为强。

不过，遗憾的是，曲沃宾馆已经人去楼空……

🐼 另有行动

晚十时，劲松路刑侦二队。风尘仆仆赶回来的两辆车被扔在了大院门口，相比而言，这里晚上比白天要热闹，收工回来的、准备预审的、押解嫌疑人准备送看守所的，都要在凌晨之前完成。

今天稍有意外，队长专门安排食堂加了几样好菜，还专门通知熊剑飞陪着。熊剑飞这长相，更多的时候都在板着脸押解嫌疑人，那张脸都能让押解多几分安全感。他急匆匆赶回来时，才发现要陪的人是余罪和那位已经来过一次的狗少。

余贱人这货，如果不是不时震惊你一下，都枉叫这个称呼了——押解嫌疑人开的都是路虎，吃饭要吃大餐，谁可想邵队居然还全部满足。熊剑飞心里火大，直骂大师傅胳膊肘往外拐。

众人狼吞虎咽吃起来时，熊剑飞才发现，最大的震惊不是余罪和李逸风，而是那两位没见过的乡警：一个端着碗，风卷残云地往嘴里拨拉着；另一个夹着筷子，流星赶月地往嘴里送。两人都算不上壮实，可这食量，着实吓了他一跳，平时他和张猛的饭量在队里数第一了，不过现在看来，他两人和乡警一比，太斯文了。

"吃慢点，谁跟你们抢似的。"李逸风训了句，他好歹有点家教，实在不入眼了。不料李呆可不听他的，嘿嘿笑了笑，含混不清地说着："我吃饭一直就这么快啊。"

"真好吃，在这儿当警察多幸福。"李拴羊嘴里未停，边吃边羡慕道。

熊剑飞笑了，指着两乡警问余罪："你手下？"

"啊，李呆、李拴羊……这狗熊，叫熊哥。"余罪介绍着。

两位乡警看熊剑飞长相凶恶，都巴结似的笑了笑，又埋头吃上了。余罪看熊剑飞表情愕然，知道所来为何，笑着道："看傻了吧？下回全省警察业务竞赛，加一项比谁吃得多，我们绝对把你们二队干趴下。"

一说连大师傅都听笑了，熊剑飞却是很骄傲地笑笑道："这个我们不跟你抢。"

"抢其他你们也抢不过呀！"李逸风说话了，直道，"去翼城我们去了四个，你们去了七八个，最后还是我们所长把嫌疑人留住了，你们二队那小白脸根本不行，还在翼城瞎转悠呢。"

这话大有恭维余罪的意思，不过听得熊剑飞刺耳了，他哼了哼，没搭理这拨草包乡警，催着快吃，心想老子多少事呢，还得陪你们。

就这德性，刑警当得久了，心眼越小，脾气可越大了。余罪小声问着："狗熊，兄弟没惹你啊……怎么看这样，解冰的魅力好像快把你征服啦？"

话是玩笑的口吻，不过余罪也感觉到一丝不同了，在翼城那帮子同学里，他就感觉他们和解冰曾经的对立没有那么强了。这不，从熊剑飞这里也明显看出来了。熊剑飞一点也没有取笑的意思，就一句："人家比你强多了。"

"你看你说的这话，没人比了和我比，你找几个不比我强的，我瞧瞧？"余罪不屑道。熊剑飞一笑道："还真是，找不出比你再差的来。"

熊剑飞说着就小声嘀咕上了："解组长口碑还是不错的，接手了几个案子都处理得漂漂亮亮，一点后遗症都没留下。关键是人也不错，出勤外地好几次，连差旅费都是人家自己垫的。队里有个队员家属住院，他带头给捐了一万块……就这一点，足够让大伙刮目相看了。"

"……这么多优点，再看看你！"熊剑飞指着瞠目结舌的余罪，"你看你自打当警察后成什么鸟样了，和人家差远了，不但你不咋样，看你带的这些人吧！别以为我不知道啊，在翼城干的好事，那他妈是警察办的事吗？捅出来得扒你们这群货的官衣！"

他妈的，被说得无地自容了，余罪勉强嚼着嘴里的饭食，下定决心得争一番了。狗熊这性子比较梗一点，在滨海就看不惯他手脚不干净，可有些事总得说说，总不能一竿子打翻一船人吧。他筷子指指属下，不悦地说着："你嘴里干净点，这几个兄弟大过年辛辛苦苦跟我跑了十几天，刚有点眉目……什么叫不咋地了？"

"不辛苦，所长，跟你玩多来劲，想整谁就整谁。"李逸风倒了杯酒，仰头一喝，很煞风景地插进来了，不但他说，还问着那两位道，"你们俩说，辛苦不？"

"不苦，吃得比家里还好。"李呆脱口而出。

"是啊，城里的警察吃得真好，啥时候咱们天天吃这就好啦。"李拴羊一抹油嘴，两眼放光地把剩下的烧鸡骨架子，全放面前啃上了。

熊剑飞笑得眼眯成一条线了，余罪可苦了，孰优孰劣，不用争辩了……

"呃……"孙羿一个饱嗝儿，直抚肚子，他想起了在酒店的灯影摇红，穿梭来往的服务员妹子里，可是有几个不错的。

"呃……"吴光宇一个酒嗝儿，直梗脖子，他摸着洁白的床单，感受着这座市局安排的四星住所，忍不住感慨万千。

"这才叫人住的地方……孙子，我年前见我一高中同学了，他当什么区域营销经理，天天坐飞机，全国飞来飞去。"吴光宇抚着肚子，羡慕道。

孙羿又一个饱嗝儿，接了句："羡慕个毛呀，我现在都不知道我那帮同学都去哪儿了，天天拴队里，没意思。"

是啊，警察这个圈子很小，小得你只有机会认识一个又一个嫌疑人，杀人的、抢劫的、强奸的、诈骗的，什么人渣都有，就缺正常人。久而久之，连自己也觉得自己有那么点不正常了。

"是没意思啊，上学想着穿身警服会多牛逼，穿上才知道，比在学校还苦。"吴光宇痛苦道。孙羿很认同了，附和着："我觉得队长这回就不够意思，哪次抓捕，张猛不是冲在第一个？嘿，检察院一句，马上就被停职，真是站着说话不腰疼……"

"他们的意思是啊，你动动嘴就可以啦，碰到嫌疑人就喊一句'亲啊，你别跑，你来吧，我给你戴上铐子，我会很温柔的'。"吴光宇笑着道。

两人都没心没肺地笑了。是啊，除了笑还能怎么样呢？再温柔的抓捕也是以暴制暴，这些东西在派出所也许有点用，可放在经常和恶性犯罪打交道的二队，那简直就是一个笑话。张猛的事，在大家看来，给予同情的居多，可也仅限于给予同情而已。

"笃笃"的敲门声起，此时两人被市局招待得酒足饭饱，起身都不愿意起了。孙羿吼了句："门开着，谁呀？装什么斯文。"

"咦？二位吃得难道不爽？"脑袋伸进来了，是董韶军，他很朴实地笑笑，掩上了门。吴光宇一看是他，马上警告着："老子刚吃饱啊，敢谈你的专业领域，信不信我们兄弟跟你翻脸。"

"嘿嘿，不谈不谈。"董韶军讪笑着，坐两人床边了，孙羿想到了什么，一跃而起，拽着董韶军，捏捏脸蛋下巴狐疑地问着："我看看，你小子有什么变化？"

"什么什么变化？"董韶军不解了。

"我怎么感觉哪儿变了？"

"没变化呀，心理以及生理都非常正常。"

"呸呸呸！"孙羿把董韶军直往一边推。吴光宇却是笑着把不解问出来了，直道："烧饼，我说你胆子不小啊，怎么敢跟着余贱胡来？还到人家牛头宴上下药，这事捅出来，得关你小子两年。"

"作为警察，仅凭猜测和道听途说判断，有悖你的职业道德。"董韶军脸不红不黑说着，看孙羿点烟了，他不抽烟，随手把烟一抢，笑着问，"兄弟们，你们可以质疑这种做法，可你不能否认效果吧？"

不说还好，一说气倒上来了，孙羿烟瘾忘了，不屑道："有个屁用，现在地方警察一介入，你看着吧，什么事都得黄。"

"算了，好歹请咱们吃了一顿，这是我从警以来吃过最好的一顿，别这边吃了，那边说人家坏话对不对？有点节操行不行？"吴光宇无所谓道，他向来二皮脸，什么事也看得开。

"叛徒，去滨海你就是个叛徒，我严重怀疑二队将来的第一个叛徒就是你。这才吃了一顿风向就变了。"孙羿不入眼道。

"这种事呀，都是有心无力，兄弟们想开点，世道就这个样子，没听刘局长说吗？要顾全大局，牛头宴在翼城是个特色产业，要是这个产业遭到重创，会殃及到人民群众的生活的……我们做警察的，为什么服务，还不就为人民服务？"吴光宇道，学着宴席上刘局长的口吻。

董韶军笑着看着两人争辩，其实就那么回事，当过几天警察的都看得出来，地方上是想大事化小、小事化了，牛头宴这个产业确实也是地方特色，据说光从业人数从贩运、屠宰、加工到饮食就有数千人，就真要查，也得注意影响。那怎么办呢？刘局在席间极力邀请解冰把本市几组刑警带带，让下面的也学学办案。

肯定不是求知欲强到如此地步，孙羿叹了口气，又仰头睡下了，直道："当警察最窝囊的就是这种时候，明知道有问题，你都查不下去，甚至根本不让你查。你看吧，地方派出所和刑警队一介入，除了泄密，就不会有其他结果，就真是销赃窝点，我估计现在早开始销毁证据了。"

"谁说不是呢。可你能怎么办？睡吧，吃得真撑。"吴光宇道。

"嗨，嗨，兄弟们，不能这样无视我的存在吧？兴许我有办法。"董韶军道。

"滚，自个儿找地方玩便便去吧。"孙羿一扭头，不理会他了。

"我不骂你，不过记得从外面帮忙把门关上。"吴光宇道，笑了。

董韶军不急不恼，笑着道："你们的态度让我感觉到了一个警察的正义和良知，现在我通知你们一件事情，有人需要志愿者，继续往下查，不知道二位有没有兴趣，把这个横跨几市的偷牛奇葩抓捕归案。"

"什么意思？"吴光宇愣了下。

"你算老几？"孙羿不信了。

然后两人一看董韶军神神秘秘的笑容，异口同声惊呼道："又是余罪？！"

当然是他了，只有这个贱人才敢在命令之外胡来，董韶军一点头，孙羿和吴光宇齐齐"切"了一声，直竖中指。

"我就负责通知，不要把气撒在我身上，如果同意去，你们会得到队里回调的命令，如果不同意，那就当我什么也没说……不过我保证，这一次绝对不是抗命行事。"董韶军起身了，他异样地看了两位同学一眼，现在连他也怀疑余罪的人品了，怎么能差到如此程度，昔日一呼百应的兄弟都不信任他了。

"你说清楚点。到底什么个意思？"孙羿道。

"说得够清楚了。两种选择：第一种，待在翼城，和地方同行打太极推手，就这么吃吃喝喝；第二种，继续往下查，直到找出这个主谋，不过可能比较辛苦，而且我们需要一个技术过硬的司机……否则我还懒得看你们的脸色呢。"董韶军看着两人，那两人已经不知不觉地坐起来了。

孙羿想了想，出口问着："还有谁？"

"还有张猛，被停职的；还有我，没有办过案的。再加上那几个矢志要找回牛来的乡警。你要是看不起我们，或者担心白跑一趟，那就不勉强了。"董韶军道，他突然觉得在毕业后同学间那种陌生感越来越强了，毕竟大家都不像曾经在学校那样单纯了。

比如现在的孙羿似乎在考虑着待遇问题，谁也知道追这种山贼，那可要比待在翼城苦多了；比如吴光宇，似乎在考虑着能不能和余罪结伴，毕竟这个贱人名声不大好。

好失望，董韶军一言不发，扭过头，有点失望地走了。他拉开门的时候，孙羿突然道："算我一个，余贱虽然不可信，可不得不服气这货，起码他没像咱们这样窝囊。"

"哎哟，贱骨头，好吃、好喝、好住不干，非受那罪去。"吴光宇痛心疾首道，不过他话锋一转，又补充道，"烧饼，也算我一个，想想你们吃牛头宴钱都不付，我就非常地神往。"

董韶军笑了，轻轻掩上了门。让孙羿和吴光宇意外的是，他们不久后居然真的接到了队长让他们和董韶军连夜归队的命令，命令是解冰传达的，看那样子，解冰也纳闷着呢。

"这个阵容怎么样？"邵万戈把名单递给马秋林，笑着问。

余罪、李逸风等四乡警，加上张猛、董韶军，都是羊头崖乡最早参案的人，顶多就是多了两个用于长途奔袭的司机，孙羿和吴光宇。马秋林看了眼道："既然是余罪挑的人，那就让他去吧。"

"三个乡警、一个停职的、两个司机，再加上一个还没参过案的，行吗？"邵万戈有点担心，他本想匀出几位像样的队员来，不过都被余罪否决了。马秋林依然笑笑道："反正在你看来是一步废棋，试试又何妨。"

那倒也是，余罪坚持要转向从盗窃上下手，这和正常的侦破是相悖的，正常的应该从销赃窝点找到有价值线索，进而顺藤摸瓜，可现在藤没有，余罪就想摸瓜了。邵万戈狐疑地想着，是不是这家伙藏了什么线索……

"用人不疑，疑人不用，千万别犯疑啊。"马秋林提醒道。一提醒，邵万戈笑了笑道："我倒不是怀疑，只是我觉得，在翼城找到销赃证据的可能性很大。这涉案的不是一家，最起码贺名贵就非常可疑。即便他就不是盗窃的'老七'，也很可能和老七有关。"

"万戈，不是我给你泼凉水，二队声名赫赫，我从不怀疑你们的能力。但你们能力仅限于对付那些单个的、孤立的、相对封闭的小团伙，虽然是恶性犯罪，可和这种牵涉非常广、盗窃销赃一体的案件是有差别的。我甚至可以断言，从明天开始，你在翼城的队伍，将会寸步难行了。"马秋林道。

这话说得邵万戈不敢不信，马秋林在派出所、分局待了一辈子，对于地方上的一些手法那是相当纯熟，今天翼城地方公安宴请外勤组就已经打出了一个很明显的信号。所以他也不得已出此下策了，暗渡陈仓的重任，全部塞给余罪了。

"这个我相信，我只是担心有点耗时太长，我们承受不起。"邵万戈笑了笑，掩饰着自己的真实心态。正说着，熊剑飞奔上来了，邵万戈问着："回来的押解队伍呢？不是让他们来这儿吗？"

"没法来呀，队长，狗少……不，那几个乡警，喝多了，说有点困，在宿舍歇了会儿，都睡着了。就不睡也不成，喝得说话都不利索了。"熊剑飞汇报着，觉得好笑。

"那余罪呢？"邵万戈又问。

"噢，他说好不容易回来了，去会会女朋友去。"熊剑飞又道，八卦地补充了句，"就禁毒局的，那林什么，两人不知道什么时候勾搭上了。"

"这都什么时候了，顾得办这事？"邵万戈气得道了句，回头看马秋林时，马秋林却是一点也不急的样子，直说着："没关系，我直接和他联系吧，反正那几位回来还得要点时间。"

没办法，只能这样了。告辞了马秋林，邵万戈和熊剑飞相随着下楼，他有点不放心似的去宿舍想看看那几位，似乎也想瞧瞧这几位精明到能设伏抓人，找到作案方式的乡警。不料刚到宿舍楼前，就见得有人披着衣服从宿舍推门出来，糊里糊涂站在楼栏处，开始"放水"了。

邵万戈一下子给气着了，熊剑飞跟着气得骂了句："嗨，怎么在这儿撒尿？"

"你又没告诉我茅房在哪。"是乡警李呆，迷迷糊糊说道。

"厕所在楼后面。"熊剑飞嚷着道。

"不早说，已经尿完了。"李呆揉揉眼，又回去睡觉了。

熊剑飞气蒙了，回头看队长，队长哭笑不得，一言不发，扭头就走……

何必怅然

"笃笃笃……"

禁毒局的值班室窗口，有人在敲了。值班员一看时间，已经晚上十点多了，不悦地伸头瞧了眼："干什么？"

"找个人，林组长林宇婧在吗？"

"不知道，这儿是你随便找人的地方吗？"

"我不是坏人，我是她一朋友，手机联系不上，我……"

"坏人又没贴标签，再说你不贴标签也不像好人啊，没这个人……"

值班员很不耐烦，而且在这种单位，工作人员的信息是不会轻易被披露的。余罪知道问题在自己身上，赶紧掏着证件亮了亮。那值班员好歹不给他脸色，笑道："既是同行，那你就更应该知道禁毒局是什么单位了，如果手机联系不上，肯定是有任务了。"

"哦，谢谢啊，我就是来看看。"余罪好不失落，最后一丝的希望在门房就破灭了，连着回五原市三次都没有约到林宇婧，不是他忙，就是她忙，这一次更好，连电话也销声匿迹。余罪知道恐怕又是一个封队命令，知道这个时候，林姐也不知道窝在哪个阴暗的角落里，守候着毒贩的出现。

来这里只是万一之想，即便以他强悍的推理能力也知道十有八九是失望，可他还是来了。这个失望的结果让他靠在门柱上，好多日子来第一次有了疲惫的感觉。

是啊，偷牛的、销赃的、屠宰的、做牛头宴的，满脑子都是牛，一歇下来才觉得心里好累，才觉得找不出自己怎么样就糊里糊涂干了这么长时间，而这么长时间，在他看来依然是收效甚微。

他走了几步，又舍不得似的回头望着禁毒局那幢依然灯光未熄的办公楼，他在想着那张熟悉的笑颜，在想着两人相处的点点滴滴，虽然短暂，却是那么的澎湃，仿佛这个冰冷的夜晚，成了那些阳光明媚的日子。

"你忍着点啊，就当我们为理想和事业献身，我们是崇高的，更是纯洁的。"

余罪笑了，想起了两人的初识。他在想着在滨海收获最大的，也许就是这一份挥之不去的心跳感觉，那种惶恐而又迷醉、刺激而又紧张的爱情滋味。即便在此时回忆，依然是那么的温馨。

可惜……他慢慢地踱向车门，不料此时，一个声音响起来："余二？！"

余罪回头，门廊里出来一位，高高瘦瘦的个子，几步走近，异样道："咦，还真是你？"

"李哥。"余罪不好意思地笑了，像被人揭破了隐私一般，是李方远，滨海的熟人。他惊奇地打量着余罪道："不是听说你当所长了？差不多是全市最年轻的所长了。"

"李哥，你别笑话我成不成？副的、挂职的，还在那么远的乡下，比片警都赶不上。"余罪自嘲道。李方远笑了，揽着余罪欣喜道："远是远了点，但再怎么说也是领导干部对不对？哎，你怎么在这儿？找……林组长？"

这个秘密快公开了，余罪羞赧一笑，点点头。李方远道："出任务了，走了二十几天了……没办法，咱们这行就这样。你就别等了，什么时候手机一通，那就是回来了。"

"哎，我知道……谢谢你啊，李哥……咦？你回家，我捎上你。"

"哇，这是所长专车？"

"呵呵，借的。"

"就能借上这车也了不得呀！那好，我坐坐，还真没坐过豪车呢……余二，你不会在乡里成土豪了吧？"

李方远围着余罪开来的路虎转了一圈。然后坐在副驾上，大叹了一番豪车的舒服之处。不过对于余罪那更叫一个刮目相看了，两人边走边说，也是三句不离老本行。滨海那组行动队现在各忙其事，说起来那半年的苦日子，没来由让两人好不回味。再问余罪时，一听所长现在满地找偷牛的，李方远哈哈大笑。

"余二，我就有个事不明白啊，能请教你吗？"李方远突然转了话题，快到家了。

"涉及隐私不告诉你啊。"余二怕他追问和林宇婧的事。

"我对你的隐私没兴趣，我是说啊，你当时来禁毒局多好，起点高，提拔也快，就待在特警后勤处也行啊，熬上几年说不定上来了……怎么去反扒队了？"李方远好不惋惜道。

"当时太年轻，不知道这里头怎么混的不是？"余罪道，自嘲一笑。

"反扒队也罢了，好歹还在市里，怎么人家让你下乡，你就下乡去？你知道现在从郊区往城区调个人得费多大劲吗？别说从乡下了，想下去容易，想回来，那可难了。就是你说的啊，完全可以不去啊，大不了到哪个派出所，当个民警也罢了。"李方远道，这话确确实实是关心了。其实局外人看得更清，像参加过滨海那种大案子的，如果还愿意干，那有的是机会。超编的永远是机关单位，一线人手什么时候都缺。

"你已经开始触及隐私了啊。"余罪有点讪讪无语了，回了一句。李方远一笑，好不惋惜的神态："好，不说了。"

余罪一笑道："谢谢李哥啊，我倒觉得挺满足，就你说的，好歹是领导干部不是，呵呵，我知道你觉得是被打压、被排挤，可被打压成领导干部的，也不多见吧？"

余罪是笑着说这话的，反扒队的事，瞒不过这些朝夕相处过的队友，李方远笑了笑，没有评价，平时哀叹怀才不遇、时运不济什么的，算了，没意思。到了小区下车，他叮嘱了余罪几句多回来看看的话，这才依依不舍分开了。

余罪出小区时，下意识地放慢了车的速度，嘴角笑着，眼睛的余光扫视着这座熟悉过，却仍觉得陌生的城市，每每回来总有那么点感触，这种感触随着昔日朋友渐渐拉开的距离而变得更深了。

鼠标，第一个蹦进脑子里的是他。不过余罪不想打扰，这个时间，标哥肯定和细妹子在腻歪呢；二冬吧，跟着李航出案子了，什么时候回来他自己也不知道；骆家龙吧，余罪更不想打扰，估计这小子仍然忙碌在上司和女友的夹缝中，在痛并幸福着。

他把车停靠在路边，下意识地点燃了一支烟，想了很多，但究竟想的什么，却说不上来。他觉得自己没有白被同学叫贱人，现在的感觉好像真有点贱，悄然无声地在羊头崖乡舔着伤口，伤没好却已经忘了痛，又过上这种焦虑和困顿的日子。在期待一份安慰和温馨的时候，却只有孤独和寂寞作伴。

他拿着手机，翻到了鼠标的电话、翻到了骆家龙的电话，甚至翻到了安嘉璐的电话，都没有拨出去。他心里甚至有点惶恐，生怕再打乱朋友的平稳日子。再翻到一个电话时，他笑了——好长时间没联系了，这个电话，他毫不犹豫地拨出去了。

"爸，我……"

"……还不知道是你，你还知道你有爸呀？是不是觉得自己个是石头缝里蹦出来的……臭小子，过年都不回家……"

"爸……儿子是领导干部啦，又是刚上任，做样子也得做呀，过两天就回去看你。"

"拉倒吧，一看又是路过瞧瞧，还耽误生意呢。我说余儿，爸后来才想着不对劲啊，你这下乡当所长，这媳妇可咋弄，要是三年五年回不了城，那不得黄啦……"

"哟，爸，你想那么远干什么？刚参加工作，从你的管束下脱身，巴着再让媳妇管着啊？"

"不是，这你不懂……不娶老婆不养儿，你没责任心啊，在这个上头你得听爸的啊，爸当年就是混了今天不想明天，有了你才觉得有责任啦，得好好干活挣钱……哎，对啦，爸又想了个办法，你要不好意思主动找，就再装个病啥的躺家里，那小姑娘就会瞧你来啦……"

"哦哟，爸，这事随后再说，我这段时间忙得厉害。"

"忙啥？"

"乡里出几个贼，偷了老百姓几头牛，正找他们呢。"

"王八蛋，羊头崖穷成那样还有去偷东西的，抓住得枪毙……我说儿啊，这事办得对，你这所长没白当，觉悟提高了，哎，那抓住了没有啊？"

"不太好抓，这不正找着嘛。"

"一定能抓住，我相信我儿子，你从认识钱开始就偷爸的钱，从上学就开始逃学，从懂事起就开始给爸找事，这屁大点的事，能难住你？你不给他们找事就不错啦……"

余罪听着，开始脸红了，开始心跳了，知子莫若父，这些曾经的缺点也成了现在父亲夸奖的"优点"。反正就是一句话，要说惹事，谁能惹得起我儿子？

放下了电话，余罪的脸开始发热了，曾经那些狗屁倒灶的事他不知道是出于一种什么样的心态做出来的，可现在让余所长想起来，真够难为老爸这当家长的了。

他发动了车，准备回二队，那里还有队员在等着。他现在隐隐约约抓到了点什么，也许是心里那点不值钱的同情在作祟，不忍再看到乡里人失望；也许是曾经没有被冠之以优秀的标签，总想往那个方向努力；对了，也许是尴尬地面对老爸的次数太多了，总想有那么几次骄傲地站到老爸面前。

那辆车，消失在城市的流光溢彩夜色中，孤独地驶向一个方向……

敲门声起，"请进"的声音传来时，余罪轻轻推开了门，然后看到了马秋林苍老但睿智的面庞，一老一少，相视而笑。

"马老，对不起，让您久等了。"余罪很少有客气，即便对于许平秋，也从来没有客气过。

不为别的，就为这种不计得失的敬业，余罪也觉得应该有所尊重。作为一名已经过气的盗窃案专家，他完全可以拿着薪水颐养天年了。

"说对不起的应该是我，恐怕要让你睡眠不足了。"马秋林带着歉意道。

"没事，我们这几天吃得睡得都不错。"余罪笑道，两人坐到一起了。马秋林向来废话不多，拉开了做了几日的地图。余罪以钦佩的眼神看着，直竖大拇指。地图上从案发地开始，到省内北边各地市，几乎都插上了标签，是相当直观的一个盗窃踪迹。

"这绝对是一个团伙作案。"马秋林道。

"人数应该很庞大，从制作原料、盗窃、接应、销赃，已形成一条龙了。"余罪道。

"案例上曾经有过家族式犯罪，整村整姓都牵涉一类犯罪，比如贩毒村、贼村……这一例能隐藏这么久，我想有这种倾向。"

"没错，不过像这样的犯罪，应该有一个灵魂人物，这种异地盗窃、销赃，能跨越几市的手法，不是谁都能想得出来的。"

"对，这个灵魂人物是关键，也许就是老七，也许另有其人，不过我觉得不是贺名贵。"

"对，不是他，但和他应该有某种关联。可是这种关系恐怕通过正常途径已经查找不到了，翼城市的地方公安全面介入，二队留在翼城的人手太少，一失去地理优势和侦查先机，他们接下来会寸步难行的。贺名贵在当地是富商，他的人脉可能已经开始动了。"

马秋林笑了，这样少年老成，很多废话就可以省了。余罪也笑了笑，对于富人的能量，他比谁都清楚，已经较量过了。

"接下来你们也会很难，要查的地方很多，而且可能遇到很大阻力，我最担心的是，这仍然是一个猜测，我们可能一无所获。"马秋林道，看着余罪的表情。

"一无所获，无非仍然是一无所有，和现在没有什么区别。我没什么可在乎的。"余罪道。

马秋林笑了笑，搬着一大摞资料放到余罪面前道："那就好，我也没有。一起干吧。"

两个人的讨论和观摩开始了，余罪不无惊讶地发现，两人在思路上契合点太多，都是从犯罪的手法、嫌疑人行为模式入手。他的性格、行为习惯、他可能的藏身之处、他可能留下的踪迹，这些就是接下来有待于去验证的猜测。车辆，通讯，嫌疑人的供词、案发地……要从这些纷乱的信息中，找到这个关于"老七"的真相。

一个小时过去了，两个人在一个细节上争论——是从于向阳那里诈出来的贺名贵的通信记录。余罪坚持这个可以做筛选的模板，而马秋林坚持放弃，太庞杂了，这个生意人涉及到全省七八个地市，工作量不敢想象。最后的结果是握手言和，备选。

两个小时过去了，两人又在车辆的排查上争论了——余罪建议加大排查力度，指出了几个可能出现的路口，马秋林否决了，案情还没有扩大到引起足够的重视，没有上级领导的重视和命令，跨地区警力协作不可能实现。余罪撇着嘴，也放弃了。

之后的更繁琐，要从已知的羊头崖乡三个嫌疑人、翼城市两个知情人一共仅有五个外围人员的交代中，加上车辆、通讯的排查，交叉比对出其他嫌疑人的藏身之处，为下一步的抓捕提供准确信息。这一点，连余罪也不敢打包票了。马秋林笑了笑，没有再给他压更重的担子。

黎明时分，最黑暗的时刻，即便在二队也只剩下这一间会议室的灯光，在听到车声响起来的时候，余罪伸着胳膊，一个懒腰，笑着问马秋林道："马老，就看到这儿吧……孙羿他们回来了，我得准备上路了。"

"路上小心，家里会在技术上、信息排查上支援你们，可惜呀，咱们的信息库建设相比现实的发展，是相当落后的，基础工作还得靠人工完成。辛苦你们了。"马秋林仍然是带着歉意道。

余罪起身时贱贱地笑了，笑着问马秋林道："我们年轻，辛苦点说得过去，马老您这么辛苦，我就有点想不通了。"

"想不通什么？"马秋林问。

"我们图什么呢？在羊头崖吧我是所长，还说得过去。可现在追到这程度，我都不知道我图什么。马老您这年纪和身份，根本不必这么熬着了。"余罪道。

"非要让我说什么的话……只有一种解释——兴趣。"马秋林笑着道，精神很亢奋，他继续说道，"有句话叫知之者不如好之者，好之者不如乐之者。当了一辈子警察，和贼打了一辈子交道，不管你愿不愿意，你的兴趣会自然而然地转移到这些未解之谜上，就像现在年轻人沉迷于游戏，沉迷于小说一样，这种沉迷，本身就是一种乐趣。你呢？不一定就为找回几头牛吧？如果是那个目的，王镔指导员自己就解决了。"

"我说不清，不过我喜欢和手段高明的人打交道，在抓到他们的时候，我发现我很享受那种成就感，以及智商上的优越感。"余罪贱贱一笑，掩门而去。

马秋林讪然一笑，放下了手头的活，靠着椅背惬意地微笑着。他知道，这娃和他当年一样，也沉迷了。

清晨，薄雾冥冥的时候，孙羿、吴光宇、董韶军加上一个停职的张猛，和余罪四名乡警组成了一个临时小组，悄无声息地出发了。

目的地，不详，涉及的地方太多。任务，不明确。连邵万戈也不清楚，这一步究竟会有多大的效果。

一潭浑水

"笃笃笃"，郑忠亮小心翼翼敲着夏所长的办公室，做贼似的四下看看。还好，没人注意。省城刑警、所里片警各忙各的，肯定没人注意到郑忠亮同志已经怀上鬼胎了。

没办法呀，所长那么高屋建瓴一说，他这当小屁警的不听就是没有原则，不服从就是没有大局意识，这大帽子可戴不起。思忖间，传来了所长醇厚的男中音，他应声而进，轻轻地掩上了门。夏明辉所长期待地看着他，出声问道："有什么新情况？"

任务就是汇报省城这个刑警调查组的情况和进展，谁让郑忠亮有同学这份优势呢。郑忠亮笑着趋到了所长办公桌前，压低了声音道："所长，据我这三天零八个小时的观察……"

"发现什么了？"所长的态度很期待。

"什么也没发现。"郑忠亮咬着下嘴唇道。

"啪！"所长气得一拍桌子，吓得郑忠亮哆嗦了一下，赶紧补充着："就是有点小情况，不知道您爱听不爱听。"

"有话说完，有屁放干净。"所长瞪上了。

"唉……"郑忠亮觍笑着脸一点头，数上了，"他们这几天查了刘晌、徐大胖、高小成，还有……对，还有何老粗那家，主要就是核对账目，清查货源。"

"有什么发现没有？"夏所长问，看来非常关心此事。

"哎哟，根本不用发现。那账记得是一塌糊涂，把咱们市里经侦上和税务上去的人，气得直骂娘……直接就封了他个停业整顿，货源更不说了，他们自己都说不清从哪儿来的货，哪儿的都有，反正就是一团糟，连调查组的也头疼呢。"郑忠亮道，拣着重要的说。不管怎么着，总得满足领导的胃口以及好奇，否则关上门给讲原则，那可比在学校风纪队厉害。

说了一番工作，又说了一番生活，再说了一番已经有人被调回省城了，几乎是搂了底朝天。所长这才放郑忠亮离开，临走前还千叮万嘱，千万别让对方发现。

瞧这话说得，就跟当卧底了似的。郑忠亮退出了所长办，还不死心地悄悄贴上耳朵听着里面的动静……哟，有电话；哟，好像把刚才自己说的情况在电话里说了一遍；哟，听到脚步声了……郑忠亮吱溜一跑，快步跑到了楼梯上。回头时，只见所长警惕地拉开办公室门瞧了瞧，又关上了。他暗道侥幸，赶紧找个凉快地歇着去了。

"哎哟……这地下工作干的……"不一会儿，郑忠亮钻在胡同外小卖部跟前，抽着烟思忖着。反正这事吧，干得他一肚子不舒服，作为所里有幸被抽调走的民警之一，即便身处其中，即便他曾经研究过周易八卦，也猜不透这事究竟是一个什么情况。

调查组已经扩大了调查范围，可和刚来时没有什么区别，还是似是而非，每家屠宰场手脚都不干净，可哪家也不会给你留下真凭实据。查来查去，市局的经侦、税务、工商、畜牧都介入了，销赃什么的查不清，可偷税漏税、非法经营算是坐实了，现在查封的，可有好几家了。

郑忠亮边走边想，一路没想出个所以然来。一支烟抽完的时候，已经看到了临时工作的地点，新修的技侦业务综合楼。他在门前踌躇了片刻，带着点儿愧意进去了……

"啪！"

解冰把一摞纸质的资料摔到了桌上，轻轻地吐了句自己不常用的词："无耻！"

表情很愤懑，目光很恼火，周文涓看了眼，知道解组长遭遇了入职以来最两难的境地了。这边刚查出点苗头，那头税务上封账，经侦上封场，捎带着传唤嫌疑人，三诈两唬，不是非法经营就是偷税漏税，不是吓得经营户关门，就是不见人了。人家这么敬业，调查组倒形同虚设，都不用查了。

赵昂川拿起了组长扔下的资料，是一份南关屠宰场的调查记录，根据经侦上的调查，该屠宰场日均屠宰量、能确认的货源地都有标记，同时经查实存在漏交税费多少，处理结果是暂时封存该场的账目，下一步将会同税务部门查实该场存在的其他问题。

措辞很得体，行文是向上级汇报的格式。他皱了皱眉头，对一旁看着的周文涓指摘道："看，用到'基本属实''可能存在''作进一步深入调查'等等之类的口吻，都是经过推敲的文字，你挑不出什么毛病来，可毛病就在于人家已经接手查了，还查得这么细，总不能省城的再从人家里抢过来查实一番吧。而且就算查，估计露出的马脚也要给捂上了。"

"解组长，怎么办？咱们可成了吃闲饭的了。"赵昂川道。作为二队的重案抓捕队员，可从来不擅长当刀笔之吏的小角色。

"这明显是阻挠、干扰咱们办案，这还查什么？现在全市屠宰的都知道，咱们驻在这儿查销赃。"解冰有点气馁道。

没办法，明枪暗箭都好对付，就怕这种软刀子磨人，连着三四天，从市局到刑侦，再到经侦，都有协同办案的人，就这么大的小县级市，恐怕早传得人尽皆知了。一干队员面面相觑，到这份上，怕就是你挂着省城警务的名称，也施展不开手脚了。

又叹了一口气，解冰看着留下来的队员，赵昂川、周文涓，还有邵万队派出来的两位有经济案基础的警员，都赋闲了。

踌躇的时间不长，楼道里脚步声起，上班的时间到了。等这组人收拾妥当出到大院门口的时候，又有两辆车、数名警员等候已久了。有人殷勤地给开车门，有人殷勤地带路，还有人殷勤地已经在问午饭安排在什么地方，咨询着解组长的意见。

解冰一概应允，坐上车，迤逦驶出经侦大院，又开始了新一天的工作，回头看着这么多同行，他知道，这又将是一无所获的一天。在这个时候，他突然有点想余罪了，有点想那几位荤素不忌、敢胡折腾的乡警了。他在想，即使和他在一起，情况也不会比现在的一团和气更差了……

"贺总，他们进了徐大胖的屠宰场……五辆车，三辆公安的，一辆税务的，还有一辆没标志。"

"贺总，他们出来了，往前进路上开，应该是去刘晌的牛头宴饭店。"

"贺总，他在牛头宴饭店待了五分钟，刚离开，哦，应该是去税务局了。"

"贺总……"

贺名贵放下电话，外围的调查在他的脑海里已经有一个大概的轮廓。这三天集中清查的是刘晌、徐大胖的屠宰场，不可能查不出问题来，可如果这些问题都在控制之中，或许就不是什么问题了。

他欠了欠身子，端着水杯。金银花泡着金黄色的茶水，他轻轻地放在嘴里抿了口，抬头时，正看到半山别墅外青郁郁的万年青已经挂上了红灿灿的果果。

"老贺，你可不能不管我们啊。"一位中年男，凛然问着。鼻悬胆、阔海嘴，脖子上挂着条金链子，土豪的标准装束。另一位年纪稍小，寸发露着青青的头皮，像土豪家小兄弟，也出声道："贺叔，这声势这么大，不会真出事吧？"

"呵呵，能出什么事？"贺名贵笑了笑，放下了杯子。看着两位傻眼的，他示意着少安毋躁，直道，"不就偷税漏税嘛，该缴缴呗。大不了罚俩钱，等省城调查一走，就没事了。"

"那可得罚好多钱了啊！"刘晌有点心疼道。另一位不服气道："凭什么呀？哪家能不收点散货？要真说起来，就没合法的……"

"你猪脑子啊，人家执法的说你合法，你才合法。人家要说你不合法。那你只能不合法了。"贺名贵道，掩饰不住脸上的一丝愁绪。即便叱咤一方，可以他的能力，居然没打听到贺府牛头宴的合伙人秦海军和小舅子于向阳的下落，他知道事情没有那么容易解决，只能走一步说一步了。

人到难时，也只能想着自己窝里的瓶瓶罐罐。刘晌看着贺名贵又发愁了，提醒道："老贺，你在公安上关系那么广，能没个准信？"

"贺叔，他们要真封我两个月场子，那我可得赔到姥姥家了。您不能看着小辈遭殃您不管着吧？"徐胖子道。在这一行当，他一直就是小辈自居。

"哎呀，我说你们不能都光看着自己那一亩三分地，没点大局观念吧。好吧，我给你们说实话……"贺名贵被这两位天天上门的搅得不耐烦了，直说着，"这种事有两种情况，一种情况是放手不管，干脆就让税务上来查账、查畜牧上的许可证，不管查没查到问题，反正都在咱们地盘上，低头不见抬头见的，都好说。可另一种情况你们想过没有……让外来的往深里挖咱们，你们觉得能有好吗？你们以为我不着急呀？海军和向阳我现在都不知道关在哪儿呢！"

说到气头上了。要说难，当然是贺老板最难了，牛头宴饭店和两处屠宰场都被省里调查后贴了封条，人被滞留着，连地方公安也无能为力，这是他最大的心病。

"老贺，他俩不会把咱们的老底兜出来吧？"刘晌紧张道。

"肯定兜出来了。"贺名贵道。一看两人又被吓了一跳，他转着话锋又道，"兜出来又怎么样？就是贼赃谁又有什么证据？就有证据是贼赃，可我们不知道是不是？哎……这事呀，怕是得伤着老本喽。"

贺名贵抚着前额，有点头疼地想着。最头疼的不是得花多少钱，而是怕花了钱，这事也没个眉目。

三人僵着，徐胖子和刘晌互视一眼。还是刘晌胆子大，做贼心虚地放低了声音问道："老贺，警察不会也知道大宏的事了吧？"

"他们要能抓住这个人精呀，那倒好办了。就怕他们找不着人，拿咱们开刀呀。"贺名贵道了句，仍然愁容不展。所谓的"大宏"他不担心，那是个混了一辈子的人精，他真正担心的依然是被警察扣住了的秦海军和于向阳，实在不知道这俩人能咬出多少让他解释不清的事情来。

就在这个时候，贺名贵的电话又响了，拿起来看了一眼后，他马上神经质地跑出了屋外接电话，开口就是："刘局，我是名贵……哎呀，麻烦您老了，有消息了……"

隐隐约约地听到时，徐大胖小声问着："哪个刘局？"

"市局刘局长呗，在老贺的生意里有股份。"刘晌小声道，给了个大家都懂的眼神，不吭声了。不过两人心宽了不少，要是有这么棵大树靠着，看来想倒也难。

"……哟，栗局长，看您说的，怎么能让您请我呀？改天我请您……您说那事啊，我还真不太知情，人刚押解回来，详细案情我还没有看到，这样，有确切消息，我通知您……"

邵万戈放下电话，拿着手机，对着侧坐的苗奇副局长、王少峰局长做了个无可奈何的姿态。

这个姿势大家都懂，人刚押解回省城不到三天，地方上的关系就疏通到了省城。刚刚是一位分局长打探案情的电话，被邵万戈当面说出来了。

　　苗副局长笑了笑，摆摆手道："哎，现在人情就这样，估计留在翼城的，什么也查不到了。"

　　"咱们的人坐不住了，他们的人也快坐不住了。"邵万戈笑着道。

　　对面的办公桌后，那位局长还在蹙着眉头看着就此案形成的报告，从羊头崖乡发案开始，然后追踪到了翼城，再到各屠宰场的化验报告以及落网嫌疑人的交代，有点基本警务知识的都看得出里面的水太深。但同样因为是处在警务这个岗位上，不得不斟酌很多事情的可行性，比如异地排查、跨市追踪、形成证据链、抓捕等等一系列的事情，所以这个案子，仍然是难点丛生。

　　"小邵，这个团伙作案的可能性不用质疑。"王少峰局长抬头时，皱着眉头问着，"我就问一句，抓到他们头目的可能性有多大？"

　　"难度有，不过可能性很大。"邵万戈确定地道。

　　对付领导的这一招他早学纯熟了，千万别气馁，气馁一次，也会破坏你在领导心目中的形象。王少峰局长狐疑地看了眼，对于麾下这位以悍勇出名的重案队长，他是不吝委以重任的，而这个曾经在几地会议上都提出来的事，悬着的时间也够久了。他斟酌着，又疑问道："小邵，不是我信不过你啊，如果组织几地市联合办案再一无所获，那可遗人笑柄了……地方上的事就不用说了，没有真凭实据，在地方上办案你根本施展不开手脚，再说了，办这种跨地市的盗窃销赃案，也不是你们的专长啊。"

　　"我们请到了一位盗窃案专家坐镇。"邵万戈笑着道。

　　"谁呀？"王少峰异样地问。

　　"马秋林。"邵万戈道，明显看到了王少峰局长脸色的变化，他补充道，"马老关注咱们省里刑侦上多起悬案很久了，他也一直在琢磨……也是适逢巧合，这拨贼今年偷到了咱们五原市上，碰巧被当地老百姓逮住了。我们只是尝试一下，没想到追到的线索越来越多，我估计，这块蛋糕应该做得已经足够大了。"

"应该是相当大了，从犯罪模式上说，已经发展成为一种升级和延伸。王局，我是亲眼看到老马做的标志了，明显地从北向南偷，现在省北边各地方对这块的预防越来越严了，他们才转而向其他地市寻找新的作案地点……现在咱们全省的大政方针都是向三农倾斜，我觉得啊，这件案子要能终止在我们手里，那是非常有意义的。"苗副局长道。

邵万戈心里笑着，看得出苗副局一直在极力促成此事，如果站在这种高度，那这个案子的意义就上了一个层次，也成了最终说服局长的理由。王少峰把报告递过来，邵万戈赶紧起身去接，就听局长思忖着道："小邵，原则上局领导班子支持你们这种主动行为，但是这样的案子不同于单个人、孤立的刑事案件，牵涉广，耗时久，投入警力过大，万一中途搁浅，那对咱们的正常工作会造成很大影响，也会对咱们的形象产生很多负面影响。"

"我理解，王局。"邵万戈挺着胸道。

"补充侦查，在没有确切犯罪嫌疑人的信息时，不得轻举妄动，目前警力和设备问题你和支队协调一下，这个案子不办则已，如果要办，必须办成铁案。"王少峰命令道。

"是！"邵万戈敬了个礼，心里没来由地兴奋了一下。

两人告辞出来了，门口等着签字的、汇报的已经聚了一大堆人。苗副局长说着歉意的话，和一干同行打着哈哈离开了。到了楼梯口子上，他一拉邵万戈示意着到他的办公室坐坐，邵万戈笑着跟上了。

这当会，连苗副局也好奇上了，小声地问着邵万戈道："小邵，有谱没？这个案子可是十大悬案之一，去年，不对，前年吧，大同市一位人大代表在政府工作提案上把盗窃耕牛的摆出来了，那时候就组了专案组，什么也没查出来。"

有谱没有可把邵万戈问住了，他一皱眉头，吓了苗局长一跳，老头拉着邵万戈直进了办公室道："我说小邵，我可是看着你长大的，你可不能坑我啊，要没谱，咱现在就偃旗息鼓别出洋相。要是万一支起摊来，领导组成立了，真是雷声大雨点小，我这脸可没地方放了啊。"

"苗局，现在不是补充侦查嘛，您让我说有谱没有，我斗胆一说，不是蒙您吗？"邵万戈道。他和分管刑侦的这位领导很熟，敢笑着说话。

"对，就是蒙我，我怎么觉得你是怕这事搞不大？"苗奇坐下来，思忖着。邵万戈几次主动汇报，似乎都像在请缨，这和以往给他压担子时不太一样，很反常了。

"您说这声势能大起来吗？我是指，万一有发现的话？"邵万戈道。

"那还用说。这种案子不一样，直接关系到民生，直接和老百姓的生活相关……就是不好办啊，现在这些贼也聪明了，净拣荒郊野外没人的地方偷牛，咱们警力也跟不上啊。"苗奇叹道。作为警察，有时候和普通人的感觉是一样的——那就是大多数时候，个人的力量毕竟是有限的。

说话的时候没音了，他异样地回过头时，邵万戈正在看着手机上的什么。等了片刻，邵万戈脸上有掩饰不住的笑意。苗局惊声问着："小子，藏私了是吧？说说，让我老头也高兴高兴……别以为我不知道，你把老马关在二队干活去了是不是？"

那个盗窃案侦破上的奇人病退二线后，很少有能使唤动他的人，能帮二队办事是很奇怪的。邵万戈神神秘秘道："还真不是马老，是我的先遣队从大同发回来的消息。"

"可以啊，已经干上了？"苗奇高兴了。

"他们已经查了四个牧场，访问了三个劳改农场，以及两所监狱里历年来因盗窃大牲畜的服刑人员……正在确认我们前期的一些线索，很快就会有消息的。"邵万戈道，心情大好。那几位派出去的小伙子已经星夜兼程把历年来的案发地快速走了一遍了。

"带头的是谁？解冰，不对，他太年轻。李航还是赵昂川？"苗奇问道，都是二队的名人。

"不是，是乡警。羊头崖乡的。"邵万戈道。

"啊？你们二队的可好意思用人家乡警？基层警力才有多少？"苗奇大惊道，不过马上想起什么恐怖的事来了一样，指着邵万戈道，"是、是……是不是那位什么余……就去年被老贾捅了瓶刺的？"

"余罪！"邵万戈道。

这个名字仿佛有魔力一般，让苗奇副局长一下子坐回到座位上，既是吃惊又是怀疑。去年袭警的故事已经没有了热度，那个被扔到羊头崖乡的小警察已经快被人遗忘了。在这个浮躁的年代，需要关注的地方太多了，谁还会再想起那位昙花一现的反扒高手？坐在苗局长的位子上看，余罪被扔在那种警务可有可无的地方，用不了多久，他自己都会在自叹自嗟中泯然众人矣。

可不料这个人又活蹦乱跳地蹿起来了，还接着了件稀奇古怪的案子。邵万戈笑着把他带着乡警伏击抓偷牛贼的事一讲，苗奇开怀大笑着反问邵万戈道："小邵，你知道干警干警，这个词有什么含义吗？"

"您是指能干活的？"邵万戈道。

"这是一个方面。咱们的队伍里可能有一些投机钻营和碌碌无为的……但是也有这种拼命要找到真相的人，不管是出于嫉恶如仇还是出于个人兴趣，他们才是我们身体的躯干、从警的脊梁啊。"苗奇严肃道。看邵万戈笑着，他以一种更严肃地口吻下着命令道，"但这个名字，不要在王局面前提起。"

邵万戈想到了什么，凛然应声。他很反感这种事，可他却无力拒绝发生在身边的这种事。

🐼 大海捞针

当吴光宇驾车驶近岳西省第四监狱的大门口时，余罪有点不自然地耸耸肩。抬头时，他看到了高墙、电网、背着枪的巡逻的岗哨。车通过厚重的铁门时，他仿佛浑身不自在一般，扭着脖子，后背蹭着座位。

"余儿，怎么了？"董韶军回头关切着问。

"没睡好，没事。"余罪撒了个谎。停下车时，董韶军先下去了，拿着证件，和联系上的管教干部说明着来意。经常有上了劳改场依然旧账未清的嫌疑人，管教对此已经习以为常了，给三人安排了个谈话室，到隔离区叫嫌疑人去了。

"烧饼，这劳改场是干什么活呢？"吴光宇支着脖子瞧着，看不出所以然来。走过两所监狱了，一个是煤矿，一个是农场，干的都是重活，这个地方似乎有点不一样，干干净净的。董韶军介绍着道："原来是火柴场，现在是做瓦楞板包装，技术含量不大。"

"我觉得住在这里头，比咱们当警察还舒服，四天蹿了两千多公里了，哎哟喂。"吴光宇的牢骚又来了，董韶军不理会他，回头看余罪，余罪正看着一份电子档案。董韶军问话时，他头也未抬地道："要见的嫌疑人姓席名革，因盗窃罪被判了四年零六个月，到现在为止服刑两年了，作案的地方在右玉县、小京庄乡，偷过两头牛，一头骡子，最后是拉了一拖拉车的羊被逮着的。"

"呵呵，复合型人才啊，什么都偷。"吴光宇笑着道。

"作案模式好像和咱们找的不一样。"董韶军皱眉头了，已经查访了不下十个嫌疑人了，都是偷牲畜的，不过作案的手段差异太大，明显不是一路。

"那么容易找到，就不会悬几年了。"余罪道，眼睛熬得血红一片了，露着几丝疲惫。他倒不怕再累点，就怕思路是错的，如果在实践中无法验证，那他连自己也说服不了了。

"到底要找什么样的贼呢？"吴光宇这个司机也好奇上了。

"高手。"余罪道，补充着解释给吴光宇道，"武林高手叫隔山打牛，贼中高手叫隔山偷牛。我就奇怪了，这种东西，他们同行里总该有人知道点吧？"

"别灰心，侦破有时候还得靠点运气。"董韶军道，现在反而劝上余罪了。

说话间，管教干部把一位缩头缩脑的嫌疑人带来了，介绍着："这是上面来的警察，有案情问你，记住了，不许有所隐瞒！"那嫌疑人条件反射似的回答："一定坦白。"

不用猜，能坦白才见鬼呢！别人也许能被嫌疑人畏缩的样子哄住，可余罪对这号畏畏缩缩、目光游离的货色太熟悉了。他和吴光宇耳语了几句，吴光宇上前和管教说着话，说是保密案情，把管教支出门外守着了，只剩余罪和董韶军直勾勾盯着嫌疑人。

　　是个中年汉子，身单力薄，形容枯槁，头发秃了不少，畏缩脖子的时候，像个乌龟脑袋，眨巴的眼睛像在思忖两位警察的来意，而且还不时伸着舌头舔下干巴巴的嘴唇。一张嘴，露着豁了一颗的门牙。

　　董韶军按着惯例要掏东西时，被余罪拦住了，余罪眼睛眨也不眨地问道："席革，多大了？"

　　"三十六。"嫌疑人道。

　　"给我讲讲，这牲口怎么往回偷。"余罪道，掏着烟，很客气地递给那人一支。那人受宠若惊地接过来，点上，贪婪地吸了一口，这才异样地看着余罪。余罪解释道，"没别的意思，就是想学学你的手法，做点预防。你可以呀，能偷走一车羊，要不是县里巡警队查车，还逮不着你啊……呵呵，厉害，看你这样，是老手了，我猜猜你的手法，你肯定是拌了点羊喜欢吃的饲料，勾引到你车上，对不对？"

　　"不对，那多费劲。"嫌疑人道。

　　"那你的办法是……"余罪异样地问。

　　"用、用……用纸就行。"嫌疑人抽着烟，眼睛还贪婪地看着余罪的手边。余罪一扬手，那盒烟全扔过去了，嫌疑人乐了，往兜里一揣，开口了，"羊最喜欢啃纸，你卷个纸条，得用木浆纸，再用盐水一泡，这羊啃起来了，你拿鞭子抽都抽不走。"

　　"哦，这办法好啊。"余罪眼亮了亮，嫌疑人的手法，很多你可能根本想象不到，他似乎没想通似的又问着，"可偷一车羊，你得卷多少纸条子？"

　　"不用，你得认头羊，头羊不走，其他羊就不动；头羊一走，就是个坑，其他羊也哗哗往下跳。嘿嘿。"嫌疑人笑着，似乎在讨好着余罪，眼珠子转悠着，似乎又在想，能用这些边角料换到多少实惠。

余罪没吭声，给了一个友好的笑容，那笑容让嫌疑人有一种错觉，对面不像警察，而像同行那种赞赏的表情。余罪的手再从兜里伸出来时，又是两包烟搁着，拍了拍问着："席革，那要是偷牛呢？"

"偷牛难度就大了点，主人看得紧，而且如果不是耕牛，没穿过鼻子，那牵鼻子的老办法就不能用了。"嫌疑人道。

"那怎么办？"余罪问道，嫌疑人一笑，余罪扬手又扔了一包烟。嫌疑人拿在手里才开口道："两种办法，一种是想办法把哑药掺牛食里，吃了它喊不出来，牵的时候就不容易被发现了；另一种就狠了点，你下点药把它药死，然后到牛主手里收，死牛的价格就便宜多了。不过我没干过，我就牵了一回，还是小牛犊，我已经向政府坦白交代了。"

董韶军听得又气又好笑，每每遇到嫌疑人，余罪都是这样，聊上半天和案情根本不相关的作案手法，而每个嫌疑人所说的办法，都有所差异，比如今天的偷羊办法，还是首次听到。

一支烟工夫，已经聊了不少东西了，余罪看了董韶军一眼，开始进入正题了。董韶军话题一转问着："你干这行的，应该听说过频发的偷牛案吧？你们左玉县一共发生过七起，被盗的耕牛有三十七头，说说，这可是立功赎罪的好机会。"

"哟，这个您不是第一个问我的了，我真不知道，那牛不但不好偷，你就偷上也不好卖，一般没人沾那玩意儿。"嫌疑人席革苦着脸道。

这句话像真的，不对，就是真的，余罪从他的脸上没有发现到试图隐瞒什么的痕迹，招招手，上来，认样东西。

东西在董韶军手里，是从羊头崖乡那几个贼身上发现的药膏类玩意儿。要说人闻着可不怎么好受，席革一搪鼻子，一股臭味袭来。他苦着脸看着两位警察，不知道什么意思。

"认识这是什么东西吗？"余罪重复着四天以来的同一句话，这是最关键的一句，他在这个问题上面已经失望很多次了，此时一看嫌疑人这样子，心想八成又得失望了。

"这么臭，什么东西啊，不认识。"嫌疑人摇着头，捂着鼻子，坐回了原处。

不但东西不认识，连那排出来的几张照片也不认识。而且这人说话很老实，董韶军相信这种已经服刑两年多，连人格尊严都不要的货色，换句话说，他应该不敢说假话。更何况右玉县离五原、翼城差着几百公里，认识的可能性几乎没有。

董韶军一叹气，失望到了极点，又白来了。他刚收起了东西，准备喊管教的时候，余罪不经意看着嫌疑人摸着胸口那烟的得意劲儿，突然来了句："过来。"

"哎。"嫌疑人一弯腰，屁颠屁颠上来了，以为还有什么东西。

不料余罪像是报复一般一伸手："把我烟还给我。"

"啊？"嫌疑人气坏了，对方换到了消息，怎么转眼又反悔了？不过他不敢发作，乖乖地把拿到的两包半烟放在桌上，忍气吞声地低头站着。

"看着我，不是不给你，实在是你不值这些烟……只值那一根。"余罪把烟拿到手里，瞪着嫌疑人，像是拌嘴一般贬低着对方道，"还说你是个高手，想请教请教，结果偷羊必备的神器都不认识，装什么大尾巴高手……"

"那是偷牛的，不是偷羊的！"嫌疑人被余罪的表情刺激得终于有性子了，出声纠正了句。

一纠正，董韶军如遭电击，慢慢回头，直勾勾地盯上了嫌疑人。余罪笑了，也笑着盯着这位撒谎的家伙。那家伙自知失言了，张着豁牙的嘴，慢慢地捂上嘴了。

"高手，来，警察是不计前嫌的，咱们从头开始。"余罪又把烟塞回到嫌疑人手里，客气地问上了。这一来一往，嫌疑人像受了委屈的小媳妇，左右为难，好像不敢说，又不敢不说，直到余罪胡乱应承有减刑的可能，才把这位哄得断断续续讲着这东西的来历了……

此时此刻，李逸风正把驾着的一辆警车停到了大同市九龙区一处繁华的小区，拨着电话给后方联系着，定位准确后，他却是有点傻眼了。

四天去了五个地市，都是技侦指定的GPS定位位置。手机号是于向阳和秦海军提供的贺名贵的私人号码，根据贺名贵的十几个通话，定位电话另一方的地理位置。但李逸风这一行的目的，仅仅是拍摄周边环境而已。

　　商场、步行街，之后是一个高档小区……李逸风带着两个随从李呆和李拴羊，他在拍照，两个乡警进城的机会不多，见大城市的机会更少，只顾着惊讶了。看着高耸的楼，"哇"一声；看到比货车还长的轿车，"哇"一声；或者看到冬天还穿着裙子的美女，再"哇"一声。

　　"再鬼叫，小心我把你们踹下水道啊。"李逸风不悦地回头嚷了句。

　　两人一互视，指指点点在看着什么。李逸风拍了若干张，回头问着看什么呢。哟，正看到了一位红裙的高个儿妞在水果摊上挑着香蕉，那摇曳的样子，那显眼的曲线让李逸风忍不住"哇"了一声，两眼睁圆了。

　　李呆和李拴羊一笑，李逸风又扮起老大来了。一人给了一脚，挥着手上车，边走李呆边问着："风少，这干吗呢？找牛怎么找城里来了？"

　　"就是啊，这儿怎么可能有牛？妞还差不多。"李拴羊笑着道。

　　"我也说不清，不过所长这么安排，肯定有道理。"李逸风道，突然间灵光一现，似乎揣摩到余罪的用意了，征询着两人道，"我问你们，你俩要发了财，先干什么？"

　　"去城里买辆好车，修栋房子。想住城里就住城里，想住乡下就回乡下。"李拴羊脱口而出，看样子想法不小。李呆想了想，小心翼翼道："我娶个媳妇，外面再找俩相好，想跟哪个睡，就跟哪个睡。"

　　李逸风一下子被乡警兄弟的朴实理想逗乐了，哈哈一笑，脸色再一整道："这不就对了？"

　　"哦，我明白了，你是说偷牛的发财了，住大城市里了。"李呆聪明了。

　　"那要是偷牛，不还得回乡下，多麻烦。"李拴羊提了个意见，两人笑着上车了。

　　虽然是警察，可还没脱去乡下人的影子，李逸风给这两人当领导一点问题都没有。驶离了这个点，电话里联系着另一拨人——张猛和孙羿正挨个儿跑牧场，李逸风和他们昨天还照过面，可现在算算，距离有一百公里了，看来今天住不到一起了。他又联系着余罪，余罪居然又安排着他去市北的堡儿湾了，李逸风应承下来，不过从导航上一查，距离所在地居然有九十公里，气得他一路开车一路骂娘，那两位乡警在后头边听边笑。

反正他俩不会开车，这一路，可尽是玩了。

放下李逸风电话的时候，余罪的眼光还没有离开要查的政区图，刚刚从监狱出来，脑子里还回想着和席革所说的话。

没错，席革确实认识那种用于诱拐牛的药物，行内冠之以一个很好听的名字叫"天香膏"，据他交代，是一位牛贩子给他的，而且把这个匪夷所思的偷牛办法教给了他，他曾经试用这玩意儿偷了一头牛犊，挺好用。据说这东西配制不易，一包的价格要上百了。不过之后他没再见过那牛贩子，就因为偷羊的事被逮起来了，所以这个事也被嫌疑人当秘密隐藏下来了。那个牛贩子姓甚名谁他无从知道，只知道一个绰号叫"老粪"。

"停！再回去。"余罪突然道，灵光一现，想起了什么。

吴光宇一刹车，看看已经快到了国道路口了，气着了，这几天开车开得胳膊酸屁股疼，他不耐烦地道："又怎么了？你可真难伺候，这得跑到什么时候，怪不得孙羿死活不跟你一组。"

"那歇会儿。"余罪道，不过马上补充着，"一会儿我开着回去，可能今天咱们得住这儿了。"

吴光宇骂咧咧了一句，下车抽烟了。董韶军却是凑上来，直问着："怎么了？席革没交代清楚？还是你又有什么发现了。"

"我突然想到，席革接触到的那个牛贩子，很可能就是咱们要找的人。"余罪来了个大胆的猜测。一下子把董韶军说愣了，现在还一壶水凉着呢，余罪倒想到很久以后的事了。抓到的牛见山、朱宝刚一伙是底层，翼城那边的销赃还没有查清楚，几个露出来的嫌疑人还没有眉目，这时候，余罪居然直指主谋去了，可能吗？

"我知道你觉得不可能。"余罪道，开始把他灵光一现的想法说出来了，"你算下时间，席革到现在服刑两年零七个月，他在接触这种天香膏的时候，是入狱前四个月……大规模的、系列的盗窃大牲畜案子，就发生在他入狱之后，你觉得这之间有什么关联？"

"你所说的恰恰证明他和案子没有关联，否则不可能只有咱们来清查他的过去了。"董韶军道。

"错，你这样想。假如我是系列盗牛案的策划人，假如我手里已经有了这种配制出来的天香膏，当我在实施犯罪之前，我需要准备什么？"余罪反问道。

"人手。"吴光宇也加入进来道。这不用说，肯定是人手，什么事都是由小做到大的。董韶军点点头，也认可了，心想这个案子的嫌疑人数目很可能要超乎想象了。

"对，招募人手，首先想到的是什么人？"余罪问。

"有前科的，在这行混过的。"董韶军道。

"对，像席革这种贼，自然就进了他的视线，成为他的招募对象，所以他才有机会成为较早接触这种药物的人。同意吗？"余罪道。

两人想了想，勉强点点头，这样说得通。

"如果这样的话，他肯定有某种渠道认识这些纵横乡下的贼对吧？问题就出来了，像席革干得这么隐秘的贼，知道他靠这个发财的，应该没几个人吧？如果能找到这条线，是不是会很有价值？"余罪道。

但凡侦破，大多数时候都是顺藤摸瓜，可余罪是无藤摸瓜，单凭想象，一下子把两人说蒙了。吴光宇想了想反驳着："不行吧，这多不靠谱，得等查查销赃的那个团伙才能作决定吧？"

"不可能，根本查不下去，销赃的经营户早成气候了，别说那些大户，就我爸一个卖水果的都知道和警察城管搞好关系，何况他们？什么地方都可能成突破口，就是翼城的不行。"余罪道，对于人情关系罩成的网，他深有体会，不再试图轻易去碰了。

"我觉得另一条更有价值。"董韶军插话道，"就是咱们在翼城锁定的那几位，丁一飞、杨早胜、陈拉明，孔长远，这四个人是直接从事贩运的，如果抓到他们，和咱们查实的一印证，应该能解开这个谜。"

"错了，既然翼城打不开突破口，那这些直接从事收购贼赃和贩运的，应该已经得到消息了，甚至我估计他们已经销声匿迹了。"余罪道。

难住了，两人眼巴巴看着余罪，无从确定，余罪想了想，掰着手指头道："咱们赌一把，一会儿都给邵队回电话，如果翼城查销赃的有进展，就听光宇你的；如果已经确定丁一飞、杨早胜等四个直接嫌疑人的下落，那就听韶军安排……如果这两方都暂且不确定或者没有进展，对不起，那就听我的喽。"

"看把你牛得……"吴光宇不服气了，先给邵万戈打电话，不过电话里说了几句，脸上的懊丧的表情就很浓了。董韶军知道不行了，他接过电话，轻声说了几句，然后"啪唧"一摁电话扔给吴光宇，无奈地道了句："贱人，你赢了。"

"嘿嘿嘿嘿，走吧。"余罪得意道。吴光宇不情愿地又驾车往第四监狱返回了。

这一天的功课可是做足了，从下午谈到晚上，然后还挑灯夜谈，谈得连管教干部也不耐烦了。一直到深夜几个人才离开第四监狱，不过从这个贼嘴里，却得到了更多的人名和绰号，贩牛的、卖兽药的、骡马市场的以及收动物毛皮的。这个陌生的世界，在渐渐地向几名小警展开它狰狞的面孔。但当他们再一次踏上追寻之路的时候，不是变得坚定而勇敢了，而是变得更加犹豫和迷茫了。

次日清晨，大雪降临，从右玉通往大同的所有路面交通中断……

🐼 愁云惨淡

"老粪""草犊""黑虻""大虫""小驴"……

马秋林手里拿着一堆标签，在几乎全是空白的关系树上，踌躇着，不知道该往什么地贴。换句话说，从服刑人员席革口中得到的这些绰号，根本无从比对。当然，这肯定是真实的，真实的人扣着一堆很难考证的绰号，正是市井人员混迹的生活方式。

他叹了口气，放下了那些标签，心绪不宁地看着窗外雾霾重重的天空。这个时候，雁北之地正是大雪纷飞，一下子隔断了查找的进程，而翼城市，留下的调查组依然在和地方兜圈子，侦破的时效性正在一点一点丧失。

一阵急匆匆的脚步声传来时，马秋林下意识地看向门的方向。推门而入的是邵万戈，马秋林急切问着情况，邵万戈解释道："刚刚接到他们，被困在路上了，正联系县公安局把他们接应到火车上，今天下午就可以和到堡儿湾的李逸风他们会合，张猛那边问题不大，路没堵死。"

"哦……那就好。"马秋林长舒了一口气，有股深深的歉意，这大正月，把孩子们都困在路上了，实在有点于心不忍。邵万戈却是饶有兴致地看着白板上马秋林那未完成的关系树，出声问着："马老，这个服刑的席革，您觉得他应该是个什么样的角色？"

"这个我基本同意余罪的意见，应该是幕后招募的对象，不过没来得及入伙就入狱了。"马秋林道，又拿起了那堆标签道，"可能接下来比较麻烦，一堆嫌疑人都是绰号，顶多知道'黑虹'姓王。"

"呵呵，还有一个老七，这正是嫌疑人的生活状态。'逢人只说三分话，不可全抛一片心'，就是这个理，正常人防范之心很强，何况走的是黑路。"邵万戈道。马秋林撇了撇嘴，知道这个案子进展到了最难的阶段。

盗窃案子难在定罪，定罪的关键在缴赃，可这个案子不可能给你找到赃物的机会，即便有机会抓到嫌疑人，在证据缺失的情况下定罪难度将会更上一个层次。可现在最难的是，根本无从知道，离真正的主谋还有多远。

看着马秋林脸上的难色，邵万戈安慰道："您别心急，马老，我正在想办法和支队长协调，很快要增加一部分人手。明天我们的描蓦师就会启程到右玉，把席革口里说到的嫌疑人都一一恢复相貌。"

"聊胜于无啊，关键我是揣不准，这个案子的突破口究竟在哪儿？"马秋林道。

"突破口？"邵万戈皱了皱眉头，见惯了凶杀贩毒等目标很明确的案件的追捕，对这种不知道目标的案子，还真是头疼得很。

"对，突破口……除羊头崖乡人赃俱获，现在所有的线索都是疑似……翼城的销赃窝点，疑似；从翼城捕捉到的嫌疑人丁一飞、杨早胜等四人，疑似；秦海军、于向阳交代的各屠宰低价收货，也是疑似；包括现在席革提供的这几位嫌疑人，也是疑似……这几条乱线，没有一条重合在一起，实在让人很难判断。"马秋林说着，把白板上那个大大的问号一笔圈了起来，那就是目标，可现在仍然无法用哪怕一点旁证来比对出目标究竟是何方神圣。

"我听说，您在很多盗窃案子里，猜测出了凶手？"邵万戈笑着道，不无恭维的意思。

"没错，我和小余谈过，我们在对这个人的猜测上有很多共同点：第一，有过畜牧类知识或养殖经验，熟悉牲口的脾性，只有这样的人才能配制出所谓的天香膏来；第二，有过某种犯罪前科，否则隐藏得这么深，而且把盗窃和销赃组织得这么有条理就无法解释了；第三，他涉足这一行，肯定要招募一群底层队伍帮他实施盗窃，所以应该和这些嫌疑人发生过某种交集；第四，如果贺名贵涉案的话，也应该和贺名贵的生活轨迹发生过交集……如果几条线交叉、重合，就能够判断出嫌疑人大致所在。可现在，我们掌握的信息量还是太少啊。"马秋林懊丧道，有一种力有不逮的难堪，实在是年纪大了，否则他肯定要亲自操刀的。

"再等等……他们随后将到堡儿湾交易市场，据说那个牲口交易市场是雁北地区最大的一个市场，全省大部分牛羊和从内蒙贩运过来的牲口都从那儿交易。席革被捕前就一直混迹在那一片，那儿应该能有所发现，他们前期做的工作已经很扎实了。"邵万戈道，看着马秋林，突然又想起个事来，补充着，"对了，张猛把省城以北，一共二十三个牧场三十年来的从业人员资料都传回来了，还有各地市畜牧行业颁发的检疫许可证的名单，我们已经基本收集全了，您要不要先看一看？"

"哦，好。"马秋林说着起身了，邵万戈带着这位闲不住的老人往楼下走着，他心里有点好笑，这当上一辈子警察，就像有强迫症了一般，咬住个案子能不眠不休。

这不，马秋林边走边神经质地说着：“你可别笑，这也是我和小余商量的一个线，如果不是自学成材，这个目标肯定在这些资料里，甚至于这个人，我怀疑就在我们的犯罪信息库里有记载，他这个异地盗窃，再长途跋涉异地销赃的办法，看似蠢笨，可恰恰钻了我们警力协调不畅的空子……我敢说他绝对跟警察打过交道。”

邵万戈没打断，把马秋林领到了技侦室，可惜，这位老专家确实有点老眼昏花。玩电脑笨手笨脚，看资料还得戴上老花镜，再看电脑屏幕，不一会儿就花眼了，在座的技侦都背着老头悄悄地噘嘴使眼色，估计都有腹诽了。

半天才看了两页资料，这种专家倒也少见……

“咚咚咚！”

擂门声起，镇川县招待所的一个房间内，李逸风放下酒杯起身开门，吓了一跳。

三个人席卷着一股冷气冲进来了，搓手的、跺脚的、拍衣服的……余罪、董韶军、吴光宇几人晚点了六个小时，终于到会合地了。

“哎呀妈呀，冻死我了。”吴光宇不多说了，直接钻卫生间，直接脱了衣服往外扔，哗哗放起热水来了；董韶军靠着暖器片，一直在发抖；余罪拿着桌上的残酒，咕嘟咕嘟灌了两口，一坐下，使劲一揪鞋子，扔地板上了。三个人所过之处，一堆雪泥，眨眼间水迹斑斑。

李逸风、李呆、拴羊和在这儿喝酒的孙羿四个人看得目瞪口呆，孙羿问余罪：“怎么搞成这样？不是坐火车回来的吗？”

“是啊，下了火车还有好几里路呢。”余罪道。

“不是让你们自己打个车回来呀？”李逸风道。

“哎哟，还打个车？路上一共才几辆车，雪下半尺厚了。”董韶军哭笑不得道。烤了一会儿，他也把鞋子脱了，使劲搓着冻僵的脚。

“王八蛋，你们几个倒喝上了，怪不得不去接我们。”余罪又灌了一口酒，气愤地骂着。此时往窗外看看，才发现雪着实下得不小，狗少和孙羿赶紧赔罪。那两位冻得吃不住劲了，等不得吴光宇出来了，拉着门，一起冲进去暖和了。一进去惊得吴光宇大呼小叫，估计余罪和董韶军和他挤到一个浴盆里去了。

"快，再去弄几瓶白酒……再搞点熟肉。"

"孙羿，火腿肠和方便面还有不？"

"张猛呢，还睡着呀……把他叫起来，一会儿一块吃……"

七个大小光棍，几天没见，终于会合到一起了，有人奔去买酒，有人和总台联系着要炒菜。两乡警忙着打扫零乱的房间，等那仨从浴室出来，惬意地围着浴巾开始抢别人的干衣服穿的时候，一桌子凑合的几样菜已经准备好了。最殷勤的是李呆兄弟了，连泡了几碗面，给余罪端上道："所长，您吃，饿坏了吧？"

"可不饿坏了。"吴光宇一把抢走了，直往嘴里拨拉。余罪又拿一份，吃相实在不怎么地。张猛呵呵笑着道："不至于吧？火车上没吃的？"

"兄弟，春运啊……下雪了人更多，快被挤成火腿肠了。"董韶军苦不堪言道。

那俩根本没说话，一口气吃个底朝天，再坐到桌前，端着酒杯，好不容易才缓过这口气来。余罪夹着菜吃着，问张猛道："说说，牲口，你那边情况怎么样？"

"我把资料全做了影印件传回去了，队里正在制作检索条目……"

"有多少人？"

"连从业带办检疫证的总共有两万多人，按你的要求，因为各种原因离职的、退休的、受过刑事处分的，捋出来了三千多人……"

余罪明显被噎了一家伙，惊讶道："这么多呀？"

"你以为呢？五原以北的畜牧也比较发达……这都是已经往少里说了。估计漏的不少。"张猛道。李逸风生怕漏了自己的功劳似的，抢道："对对对，这儿的牛羊肉，比咱们那儿便宜多了……我来这儿才发现，贩运牲口也是个好生意啊。"

"当然便宜了，往北再走四十多公里，就是大草原了。"董韶军道。众人聊着，各自交换着得到的信息。李逸风手里就是定位地点的一堆录像和照片，有什么用处他自己也说不清；张猛采集的是人员资料，因为天香膏的合成需要一些专业的畜牧业知识，所以才在牧场里面找，不过两万人里找一个人，听得哥几个要消化不良了。

说了半天，大家都看着余罪，李逸风把众人的心声说出来了，直问着余罪道："所长，这里头就你一个领导干部，当领导我们没意见，可不能把兄弟们都折腾成这样，完了还屁事都不顶吧？"

他一质问，众人个个龇笑，纷纷附和，从五原市开始，连跨六个地市，把岳西省以北跑遍了，要都成了无用功，这罪可遭大了。

余罪一抹油腻的嘴，打着饱嗝儿，端着酒杯，豪爽道："敬兄弟们一杯啊，辛苦了，我先干为敬。"

"嗨，别抢着喝，喝完了我们喝啥？"吴光宇不悦了，这一堆草包冻得一个比一个能喝，两瓶已经见底了。他一抢走，余罪露出无奈的表情，火冒三丈道："看看，这是把我当领导干部吗？洗澡抢着洗，吃饭抢着吃，还一天骂我好几回。"

这话说得不假，但因为是余罪牵头，大家遭罪受的气只能往他身上撒了。不过此时喝得高兴，都不介意，一人一句损着余罪。孙羿说活该，张猛说骂得轻了，连李逸风也有点后悔，直说所长坑人，这天气搁老家洗洗桑拿、泡壶小酒，跟着几位狐朋狗友一块去潇洒一下子，多舒坦不是？何至于跑到这冰天雪地里来。

在场的愕然一下子，哄堂大笑了。余罪脸有点红了，又听李逸风得意道："下回我请大伙，自打我当了警察，我们县城洗桑拿那地方，从来没收过我的钱。"

一下子气得余罪苦脸了。众人笑得东倒西歪，都揽着李逸风亲热道："对呀，这才是兄弟，哪像有些人，挂职的副所长，还装上啦！"

人一多就乱套，特别是一干知根知底的熟人，余罪是百口莫辩了。全场除了没经过这阵势的两位乡警看着呵呵傻笑，就剩下了董韶军没有加入到胡闹的战团了。瞅了个空，余罪推说酒不够，好容易把李逸风攘走了才清静下来。这时候，董韶军翻看着李逸风带回来一个小型的摄录机，递给余罪问着："余儿，这个有价值吗？都是根据贺名贵的通话记录定位的地方。"

"如果贺名贵涉案，就有价值；如果他不涉案，这个就没有什么价值。"余罪道。

张猛凑上来看了看，异样地问着："都在市区？"

"哎，风少说了，有钱了就改善生活，所以偷牛贼发财之后，肯定在市里买房子，说不定就在里头。"李呆重复着李逸风的话。李拴羊加了一句："还娶小老婆呢。"

众人一愣，又被两位乡警诚实的表情逗乐了，余罪却是大惊失色道："哦，很有道理，李逸风终于有一次不用下半身思考了……就是一思考，想到的还是下半身。"

此话不知褒贬，只觉笑料颇多。吃了个七七八八，张猛看着窗外的天色，却是关切地问着："就这天气，可是什么也干不成了……"余罪回头瞧时，也是苦色一脸，仿佛天公不作美似的，处处不顺。他想了想，安排着道："先趁机会好好休息休息……韶军，你联系一下县公安局和地方刑警队，了解一下情况，看他们和那几位有绰号的人打过交道没有。据席革讲，这儿的民间牲畜交易每月有三次集市，初八、十八和二十八……还有两天就到了，咱们撞撞运气去，席革就是这儿出去的，记得他的人应该不少……特别是那个谁……"

"草犊子。"董韶军提醒道。

"对，草犊子现在看样子是个关键人物，我们在火车上商量过了，草犊子这个人在集市上混了几十年了，是个牲口交易的中间人。据席革交代，一般偷牲口的小贼都通过他把赃物卖出去，因为这事这个人坐过牢，可惜我们还没有找到正式的官方记录。"余罪道。

"他在内蒙坐的牢，没姓名，调不出档案来，那边偷牲口和咱们这儿扒手一样，太多了。"董韶军道。

"有个绰号总比没有强……到初八咱们就到这地方守着点，能找到一个算一个，这春荒季节，牲口交易可是旺盛的很，我想他们吃这碗饭的，应该出来找食了吧？"余罪道。

不是什么真知灼见，可到这份上，只能这样先干着了。众人痛痛快快、热热乎乎喝了一顿，终于住下了。

一觉醒来，坏消息来了，平定县两个乡镇又出了四起偷牛案，案子延迟了两日才上报。案发的时候，正是这个临时小组在省北遍地寻找线索的时候，这案子出得大伙心里膈应得厉害，饭都没吃好，可只能眼睁睁地看着当地下得越来越大的雪，关在屋里哪儿也去不了。

又一觉醒来，继续是坏消息，翼城市的调查组面临回撤的结果。多日没有进展不说，旧事也复发了，地方公安介入了当日牛头宴"中毒"事件的调查，那个牛头经检测后证明无毒，而被省刑侦二队滞留审查的秦海军、于向阳仍然没有放出来。市局直接向省厅汇报了这一情况，据说引起了省厅崔厅长的关注，专程过问了此事。

这里面的事观者也许清楚，可在电话里的邵万戈却是快顶不住压力。如果找不到新的证据，只能放人了，而且也只能以一个非法经营和偷税漏税的轻罪处理此事。余罪愁了一天，连玩笑也顾不上和大伙开了。

等又一觉醒来，初八到了……

🐼 塞外风烈

"你们要找的草犊子，可能是这个人。"

堡儿湾县刑警中队，队长卓力格图把排查的照片递给从楼上下来的刑警同行，用略有异样地眼光打量了几眼。

其实彼此都异样，余罪他们没想到居然是一位蒙古族的同行。李逸风看了几眼那剽悍的卓力格图，骡子腿粗的臂膀，回头再看张猛，可觉得牲口哥比起人家苗条多了。他正要说什么，被孙羿直接拉后面去了。知道这家伙狗嘴里吐不出象牙来，一开口就惹人。

余罪看着一份警用格式的纸张，下意识地念着："穆宏田……不是镇川县人？"

"我们这儿本县人口不多，不到二十万，不过到集市的时候，光外来人口就有二十万。应该就是他，在堡儿湾市场，他算个小名人，很多人知道这个绰号。"卓力格图道，普通话有点生硬。

"名人？没有走漏消息吧？"余罪紧张道。能找到一个有关联的人太难了。卓力格图摇摇头："没有，市场管理都知道这个人……一直就在市场混，贩运牲口的人都认识他。"

边走边说，这个绰号"草犊子"的穆宏田在牲口市场是个掮客，就是在卖家和买家之间拉皮条的那种，而且"草犊子"这个绰号在当地的含义不怎么好听，意指"不像个男人"。卓力格图的话引得众警一阵好笑。

今天初八，天气不错，准备到集市寻找嫌疑人的一行弃了警车，单乘一辆加装防滑小客车上路了。这地方开车都有难度，半尺厚的雪，车不时地打滑，不过开得很稳，卓力格图看到了众警的担心，直道路上的雪已经清理了，镇川这地方，只要不是暴雪天气，还是很安全的。

是很安全，出县城向北走，一望无垠的雪野，在初升的太阳下闪着银光，偶尔凛冽的风吹过，挟着一片雪屑，视野里只有一条清理出来的路伸向远方，直把白色的雪野分成两半。

"这地方真叫人心胸大开啊。"董韶军看着景色，笑着道了句。车厢里几位抽上烟了，即便不抽烟的，呼出来的都是水汽，像吞云吐雾。温度零下十几度，在这个环境里当警察，相比之下，在座的恐怕都觉得先前的工作环境要算天堂了。

"卓哥，你们这地方要抓个嫌疑人可难了啊。"孙羿道，一眼望过去都是平原，如果不下雪，这地方能闭着眼开车，根本不用打方向。卓力格图笑着道："确实难，出了堡儿湾就是大草原，不过最难的不是抓嫌疑人，而是现在自驾旅游的人老是胡跑，一迷失方向，都是让我们出来找，一找就得几天啊。"

"这地方没啥坏人吧？连人都少见。"吴光宇说了个判断，走了这么远，难得见几处房宇。

"未必，要不我都不会认识你们邵队长。"卓力格图笑着解释着，自己和邵万戈有过几面之缘，对此人直竖大拇指。这地方不是没有嫌疑人，而是聚集了很多外逃的嫌疑人，草原上这些年兴起的煤矿、电厂、牧群，随便走一个地方都得几天的工夫，正适合通缉的嫌疑人藏身，大多数人都像穆宏田一样，仅仅是以一个绰号的形式存在。

说到这里，他明显看到了余罪脸上带上了几分忧色。董韶军明白，如果案发的起源地就在这里，而这里的环境又像卓力格图队长讲的那样，那抓捕可就困难得多了。

车行半途，四面漏风的小客车实在不怎么舒服，不但不舒服，还冷。好客的卓队长从车上找着水壶，递给远道而来的同行。李逸风先灌了口，马上被辣得直撇嘴，不是水，是酒，高度酒。卓队长哈哈大笑着，传给下一个人，各人抿了几口，都有点受不了这种刺激，不过火辣辣的感觉还是有效果的，最起码凉意少了不小。

坐在后面的董韶军喝得最少，他把酒壶递给卓队长，随口问了句："卓队长，你们这儿的牲畜交易，有没有可能是别人偷来的？我是说，我们前两天讯问过一位嫌疑人，他偷到牲口，一般都拉到这儿卖出去。"

卓力格图听到了这句话愣了下，似乎稍有不悦，不过很意外的是，马上又笑了，笑着道："一会儿你就知道了，你自己看吧。"

态度不冷不热，看来就是这种性子，似乎对喝酒不太豪爽的男人没好脸色，他能看上的估计就张猛了，两人坐到了一起，互撒着烟，在笑说什么。

磕磕绊绊走了两个多小时，堡儿湾在望了，一眼望过去，刚刚纠结的答案不言自明了。白色的田野又成了牲畜的海洋，放眼望去，成群的牛羊被骑马的汉子赶着，几十辆各色货车排在各个方阵等待着，牲畜群外，又有数百上千人的队伍在蠕动着，场面煞是壮观。

"每到集市，牧民就赶着牛羊群来这儿交易，夏秋的量更大，来这儿拉牛羊的最远还有南方省份的，就这么大的量，你们看看哪群像偷的？"卓力格图笑着问董韶军。

都傻眼了，这可比大海捞针难多了，嫌疑人好歹还有个体貌特征，这牲口总不能个个描摹一下吧？

地方的民警把车停在了大货车边上，一看就是拉牲口的专用车，四边围栏焊着一个高的钢筋网，有谈成生意的，车一掉头，车厢倒回到缓坡处，牛羊就被赶着上车了。

董韶军异样地看了余罪一眼，两人心意相通，这办法和羊头崖乡偷牛那办法一样，不过也同样没有可查性，拉牲口的估计都会。

"小成，一会儿你带一组啊……你们谁带头，咱们分成几个组，两人一组，分开问，其他话不要说，就问草犊子在不在？不要找牧民问，就找那些拉牲口的问。要问干啥，就说要点皮毛货，他有路子。"

卓力格图队长安排着，司机带着孙羿、吴光宇一组，李逸风抢着和卓队长凑一块了，余罪和张猛一组，董韶军只好领上两位傻不拉叽的乡警了。跳下车发现车外比车里更冷，一行人俱是裹着厚厚的冬衣，分散着朝着谈价格的人群踱去了。

"嗨……谁见草犊子啦？"卓力格图在问话，很不客气，一群围拢着谈价格的人都摇摇头，自动忽略了。

李逸风算是发现了，这儿不但牲口多，而且人个个长得也像牲口，差不多都是卓力格图这种膀大腰粗的货色，说话粗声大气，就着烈酒，抽着手卷烟，那卷烟的味道比牲口身上的味道还冲。他不时地掩着鼻子，躲闪着地上的牛羊粪便，忙不迭地跟在卓队长的背后。

司机带着孙羿和吴光宇在人群里转悠，偶尔说话却是把孙羿和吴光宇听蒙了，一群裹着皮袄的人叽里呱啦那么一说，什么意思那是一句不懂。回头司机给两人小声说着，来这儿的人半汉半蒙，普通话通用，可蒙语听得更亲切。

至于问话的结果就让人失望了，大家都说年后有段时间没见到草犊子了。司机的回话又给孙羿和吴光宇泼了盆凉水。

交易就那么进行着，一直有拉满一车牛羊的货主走，也一直有赶着牲畜群和开着大车的货主来，偶尔间也能看到市场管理的影子，就穿着制服在人群里转悠。董韶军和两位乡警被人群和牲畜群淹没后早傻眼了，偶尔拿着照片问个人，人家一看他那样，爱理不理，摇头而过。看来没有当地人指引，想搭句话也难。

余罪和张猛走得最远，几乎到了市场的边上，他大致看了下整个市场的情况，脸上的忧虑却是更深了。

"你觉得草犊子藏在这些人群里？"张猛问道。

"不是觉得，是肯定。这里鱼龙混杂，是隐藏形迹的好地方，看车牌，货源几乎是输送到全国，想接触咱们省的牲畜贩子，没人比这儿更合适的了。"余罪道。

"那不更好，把他揪出来不就得了。"张猛想当然地道。

"呵呵，你觉得要藏在这一片，你找得出来吗？"余罪一指，几处牧民扎营的地方，以这种市场为中心，几个像小山包一样的帐篷就那么竖在野地里，远远望去，视线里能看到十几个，看不到的还不知道有多少。

想了想其中的难度，张猛吸着凉气，大话全给咽回去了。

从进场一直到中午没有什么进展，午饭就在场地里吃的，那儿有专门给货车司机和贩运者准备吃饭的地方，不过这地方是有史以来众人见过最差的地方，一盒方便面要二十块，炒盘青菜得七八十，羊肉反而是这里最便宜的。卓队长直接点了半只羊，可谁知道那羊肉煮得半生不熟，带着血水就给你端上桌了，除了卓队长和司机吃得津津有味，那几位愣是下不了口。

"哎呀妈呀，这吃了不会拉肚子吧？"李逸风看着卓队长大口撕着，把一块脊骨给剔了下来，稍有紧张地道。看了看队长那抓骨头的黑手，最终还是把骨头给了身边的李呆，"呆头，你吃，多吃点。"

"没煮熟，还生着呢。"呆头啃了两口，抿着嘴道。

"这儿的地势高，水沸点到不了一百度。说起来这味道已经算不错的了。"董韶军小心翼翼地嚼着半生不熟的羊肉，说以营养学的角度来看，这种吃法可是很科学的。卓力格图刚赞了句，却发现除董韶军以外的其他人都埋着头，不吭声了。

余罪笑着给韶军兄弟捧场了，挨个斟满酒，换着话题，大讲了一番这里风景独好的话。卓队长现在也知道余罪是带头的了，他拿着酒杯小声和余罪道："在一个地方当警察久了，你不会有心情再欣赏风景的。"

说着一饮而尽，闻者却是面面相觑，或许真有此中顾忌，只顾着观察有没有嫌疑人呢，哪还注意到什么风景。众人边吃着，话题又回到了今天的任务上，卓队长提醒着大伙，要在这里找一个特定的人没那么容易，特别是像草犊子这号混迹的，有钱了找个地方吃喝嫖赌，没钱了才来这里风餐露宿，上午他打听了几个人，都说有些日子没见他了。

余罪听着，和董韶军换了个眼色，心里都在怀疑，许是翼城的事已经让这伙偷牛的警觉了？

可是又不像，现在排查仅限于销赃了，余罪这个思路是直接跳过盗窃的，从源头着手，理论上就算实施盗窃的警觉了，这里也不应该察觉，毕竟这个消息是从监狱服刑人员口里得到的。

当然，最最关键的是，现在尚无法确定要找的草犊子穆宏田是不是和这个盗窃大牲畜的系列案件有直接关联。

一大堆问号冲进了余罪的脑海，连日的奔波加上疲累，他愈显得有点狼狈不堪。几杯酒下肚，唉声叹气，喝得没劲了。这个环境实在够呛，吃着的时候又进来几拨人，一个偌大的彩钢板简易房子快坐满了，那些跑长途的司机、赶牲口的牧民围成圈一坐，气氛越来越好，空气可就越来越差了。

邻座一位大胡子，直接脱了鞋子，把脚伸在离他不远的炉子边上烤，哎呦，那味道比满锅羊膻味道还冲。这边烤脚，那边抖着衣服上的灰尘和残雪，和着杂草以及牲畜的粪渣子落了一地，等手卷的毛烟开始抽起来时，这屋子快让人觉得窒息了。

"我想起了《魔戒》里半兽人的生活环境。"孙羿端着酒，喝不下去了。

"这叫入芝兰之室，久不闻脚臭。哈哈。"吴光宇小声道。

两名乡警倒没觉得什么，村里放羊的就这德行，李逸风却是自恃身份，早不吃了。那司机看出市里来的刑警心里膈应了，笑着道："这个环境就这样，别小看这些人啊，个个可都是有钱的主，来这地方的，腰里都缠着好几万。"

　　"是不是？有钱还过这种生活？"李逸风白痴了句。

　　"还不图俩钱呗。"卓力格图队长吃得最多，他笑着转移着话题道，"咱这地方历史悠久了啊，当年昭君出塞就是从这一片走的。"

　　"对，古筝曲里还有这么一曲呢。"董韶军道，刚要摆活两句文化人的修养，却不料李逸风嗤之以鼻地插进来了："我今天终于明白，为什么美女昭君要自杀了。"

　　说话间，看着周遭膀大腰粗，端着大碗喝酒的糙爷们儿，众人都哧哧笑着，这话题又进行不下去了。卓队长也被这帮小年轻给逗乐了，干脆不找那些文绉绉的话题了，邀着酒，夹着肉，劝着大伙多吃点，李逸风却是要了碗泡面，自个儿吃上了。

　　这里吃饭有两个特点：一是多，那些爷们儿进来，随便一啃就是一两斤肉食；二是吃得猛，哪个人啃起来也是风卷残云，用不了几分钟扔下刀子就又出去了，怕耽误生意。众人吃着的时候已经换了几拨人，待了好久都没走，连老板都有不乐意了，趁着添水的工夫，问着客官们还要不要来点。

　　不要了，这桌也到尾声了，余罪不好意思让卓队长结账，抢着买了单。余罪看了老板一眼，心想肯定是个认识五湖四海人物的老江湖了，于是把穆宏田的照片一铺，给老板点了根烟问着："老板，认不认识这个人？"

　　"你找他干啥？"老板脸上抽抽，像是防备着这伙人。

　　"能干啥？让他给点便宜货呗。"余罪道，那轻松而且无所谓的表情，像是与生俱来，很有欺骗性。老板瞅了他几眼——撇嘴叼烟，坏相贼眼，八成把余罪当成和草犊子一路的人了。随即警惕渐去，点点头道："认识，这儿都认识，不过有些日子没来啦。"

　　"有多长时间没来了？"余罪问。

"半个月了吧。"老板道。

"那……这儿有没有人见过他？我怎么连他手机号也打不通？"余罪撒了个谎。

"那犊子有钱就不见面了，没钱才回来。"老板道，给了一个让余罪无比郁闷的理由。余罪笑了笑，思忖着是不是敢给老板留电话，正说着，有人进门了，一个一米八多的大个子，掀着兽皮门帘，挟着一阵冷风进来，直吼着老板道："嗨，老孬，切条羊腿……整两斤酒。"

好家伙，又进来个半兽人，余罪想想还是算了，热情的老板应了客人话，多了句嘴问着："哎，对了，老粪，你瞅见草犊子没有，这几个兄弟找他呢。"

"谁找？"大个子回过头来，他看到了愕然僵在原地的余罪，一下子觉得好不怪异。再回头，又有数人都愕然不已地看着自己。

老粪！这个绰号的人可比草犊子还要关键！众人凛然的样子，让大个子顿觉不对了。反应最快的张猛回手一拨铐子扑上来了："警察，你犯事了！"

大个子回手就是一拳，张猛猝不及防，像被车撞了一般，噔噔噔退几步，直把桌子撞了。那人一言不发，扭头就奔，饶是余罪手快，跳起来要勒脖子，却不料被大个子随手一摔，滚到老板的柜台下了。

"我操……"张猛提着凳子，追出去了。李逸风抄着酒瓶，也叫着乡警，那边孙羿和吴光宇随手拿着桌上的羊腿骨，也奔出去了。稍慢点的董韶军被满腹疑问的卓队长一拉，急促地道："老粪是盗窃案的主要嫌疑人，抓住他比抓草犊子还关键！"

这突来的意外的兴奋打乱了所有部署，吓得早躲到后厨的老板眼睁睁地看着一群人追一个。那滚在柜台下最后出去的余罪，爬走的时候还顺手抄了一剔骨刀。老板惊得浑身直颤，不迭地对后厨的家人道："关门，收摊，今儿做不成生意啦……"

🐼 勇不敌贱

"快，发动车。堵上。"

卓队长出门看到了大个子嫌疑人朝着一辆小卡奔去，第一时间下了个正确的命令，司机飞奔着去开车了。而此时，追得最快的张猛已经快撵上了，卓队长使劲吼着道："小心，别近身，他练过摔跤。"

说时迟，那时快，张猛脸当中又挨了一拳。牲口哪咽得下这口气？看着嫌疑人已经接近车门了，他怒吼一声，单臂发力，轮了一圈手里的凳子，"嗷"的一声向嫌疑人砸去。那人手已经搭到了车门上，猛地觉得脑后不对，一矮一闪身，"咚"的一声巨响，凳子直砸在车窗上，车玻璃碎了一地。

一个延迟，让嫌疑人没有上车的机会了，侧身就跑。此时张猛已经追将上来了，几步之外，呼地原地弹跳，单腿蹬上来了，一脚正中那人肩膀。那人一个趔趄，差点栽倒，不过他勉强定了身形，一下子回过头来了。

张猛一站定，拉开了架势，手里甩上了铐子。只见这位老粪一对牛眼闪着狠辣和惊恐，满脸络腮胡子，露着一口白森森咬紧的钢牙，正喘着气，像困兽一般随时准备反扑。不用说，不是负案的都不会有这么凶的拼命架势。

张猛做了几个假动作，一屈膝，飞身直上，两人缠斗在一起，这时候，奔近的卓队长又在喊着："别让他近身。"

迟了，早打在一起了，张猛要勒对方的脖子，却不料自己两臂却像被两根粗缆绳搅拌着一般，使不开手脚。他连施几个肘拳直捣这人的胸腹，可不料这人穿着厚厚的皮装，那几肘拳像打在沙包上一样，根本没有反应。张猛急了，一拎那人的腰带，要强行压人，却不料还是小觑了嫌疑人。他弯腰躬身，手脚并用，腰劲一收，张猛不自然地向前蹬了一步，一步重心不稳，被嫌疑人顺势一压，趴在地上了。

几乎就是电光石火的工夫，张猛失利了。那人在张猛背上狠狠踏了两脚，呸了一口，掉头就跑。追到中途的李逸风吓着了，他一停步，向前一指喊着后面的李呆和李拴羊道："兄弟们，快上，立功的时候到啦！"

　　两位乡警有点愣，直奔着追上去了，李逸风却落在后面。卓队长掏着枪，砰砰朝天鸣了两枪，大吼着"站住"，可不料那人理也不理，乡警又追着上去了。牲口群也被惊乱了，气得卓队长只得又把枪插回枪套，怕误伤了。

　　"分开，分开追，别让他跑了。"孙羿和吴光宇吼着李逸风，拉开了追击路线。跑在最前的两名乡警已经快接近了，司机也驾车绕上来了，那人见前面有车在拦，一顿身，侧身换了方向跑，这一个延误，又让李呆和李拴羊给赶上了，两乡警状似痞汉群殴，一个跳起来勒脖子，一个蹲下了身抱着腿。

　　勒脖子的是李呆，可这脖子跟大树干一样，动也不动；抱腿的李拴羊只觉得像抱了根柱子，想挪一挪都难。可故意跑慢的李逸风觉得机会来了，他一见嫌疑人被抱住了，脚下一加速，抄着酒瓶飞奔上来了，边跑边喊着："操，知道警察的厉害了吧。"

　　"嗷"一声，仿佛野兽的嘶吼，那人一转身，不知道怎么把李呆直挺挺举起来了，往蹲着的李拴羊身上一砸，两人你压我我压你，吃痛叫上了。李逸风几乎已经跑到人家面前了，此时却举着酒瓶傻眼了。

　　他看到了困兽犹斗的嫌疑人正眼红地瞪着他，那酒瓶子却是砸不下去了。不过这场合他可认不了㞞了，咬着牙一摔酒瓶骂着："吓唬谁呢，老子是警察……哎哟……"

　　话没说完，就见一个偌大的黑影朝他飞来——不对，是一只大脚踹上来了。饶是他机灵回身赶紧跑，还是被结结实实踆在臀部。一下子李逸风只觉得屁股上崩了个火箭似的，"呜"的一声就被踢飞起来，狠狠落在地上。

　　哎哟，风少浑身像散架一样，艰难地支起头来，不料更恐惧的事发生了，面前不远，被惊了的牛羊群们拥了一堆，正漫无方向地挪动着。狗少生怕又被牲口踏上两脚，慢慢地往一边爬着。刚爬几下，就听呼啦啦几声，一头老公牛正撅着屁股哗哗往外拉粪。再低头一看，妈呀，手里已经托着热烘烘、黏糊糊的牛粪了。

满手牛粪，他擦也没地擦，只能继续苦脸看着孙羿被踹飞，吴光宇被一拳干趴在地了。那人飞奔进牲口群里，借着牛、羊畜群的掩护已经看不到人影了。狗少苦不堪言道："他妈的，这是偷牛贼吗？给杆枪直接就是特种兵啊！"

这个意外着实发生得太快，卓力格图队长不敢再开枪的原因就是怕惊了畜群，而这个人也借着畜群的掩护，飞快逃亡草原的北边。卓队长知道，要是跑出去，你可想追也追不回来了。他协调着十公里以外的一个边境检查站，指挥着司机开到畜群外拦着，只有空旷的地方才能利于抓捕。

场面真乱了，来了八个刑警倒被放倒了六个，唯一没放倒的董韶军根本不擅此行，他气喘吁吁奔上来，只见张猛抄着那个断腿的凳子，揉着腰身火冒三丈地问着："人呢？他妈的！"

"不知道，还在市场里。"董韶军道。张猛循着脚印和喊声，抄着凳子就跑。爬起来的孙羿、吴光宇也陆续跟上了。吴光宇埋怨着，还金牌抓捕呢，连我们司机也遭殃了。张猛却在埋怨着，要不是老子枪被没收了，早撂倒了。孙羿边跑边瞧了瞧，咦，余贱和乡警呢？怎么不见了？

刚一迟疑，又听喊声传来："九点方向，在这儿……"

是余罪的声音。众人一咬牙，轰着畜生群，穿过去了。

畜群一开，景象立现，余罪和那人又纠缠在一起了。李拴羊和李呆比众人快了一步，远远地奔上来了。余罪瞅空看了一眼，吼着道："拉开包围！拴羊，找绳子。"

群殴得有章法。余罪一喊，那几个人几乎是下意识地围成包围圈，准备慢慢收拾。余罪边吼边欺身而上，左手亮锃锃的匕首猛地朝嫌疑人划上去。那人一躬身，却不料匕首是幌子，余罪右手一甩，那人直接吃痛捂着眼睛，大喊了一声，噔噔噔连退几步。

"我操，余贱什么时候这么厉害了？"张猛吓得惊住了。

"这是贱招。"孙羿道。吴光宇惊讶道："还他妈有暗器？"

说时迟，那时快，嫌疑人一放手，却不见眼睛上有什么伤，看样子也是怒急了，一甩大袄，双手拉开架势就要和余罪拼命。余罪也怒目圆睁，甩着匕首做着攻防动作，两人拼命之势一触即发。还是嫌疑人看人多急了，"嗷"的一声就扑上来了，却不料余罪比他更快，一个懒驴打滚，吱溜声跑了。那人扑了空，差点闪了腰，指着余罪大骂。

余罪没怒气了，贱笑着，远远招着手，撩拨着嫌疑人。那人快奔几步，余罪掉头就跑，可等他真想脱出包围圈逃路，余罪又奔回来了，不是踹一脚打滚就跑，就是远远地唾口唾沫，那唾沫奇准，一一都吐在了嫌疑人脸上。

"呸！"又一口唾沫准确地吐在那人脸上时，那人出离愤怒了，不跑了。"嗷"的一声掀着临时的栏杆，拽了一根两米长的杆子，追着逃跑的余罪捅上来了。

卓队长见势不对，驾着车冲进了战团。他吼着什么，手伸向窗外开了一枪，这一枪不在于示警了，而是驱散着看热闹的牧民，怕引起混战。也在此时，余罪边跑边大吼着："拴羊，放绳子。"

"嗖"的一声，一个绳套毫无征兆地从畜群里飞出来，一套一拉，结结实实地捆住了发疯的嫌疑人。一束手，四下戒备的刑警一拥而上，掰头的，压膀的、抱腿的、个个使出吃奶的力气。哎哟喂，五六个人，好不容易把这人制服了。

"哎呀，我知道老粪这外号怎么来的了，臭死了。"掰胳膊的吴光宇掩着鼻子，铐上了才发现，嫌疑人像没洗过澡一样，浑身臭味。张猛铐着人踹了两脚，抹着鼻血。那人兀自挣扎着，冷不丁一口口水唾张猛脸上了，气得张猛要踹，被卓队长拉过一边。

"是够臭的啊。牲口，你和人家比起来，简直是小白脸了。"孙羿累得直喘，揉着被摔疼的肩膀。不料这句取笑把张猛刺激了，他扭过脸，谁也不理，走了。

卓队长让司机押着人上车了，董韶军探头探脑上来了，又被兄弟们嘲笑说这家伙百无一用。董韶军却是反驳："你们也没起什么作用不是？不得不承认还是人家乡警厉害。"一说这个大家才想起来，余罪那贱招，没想到实战这么有效果。对了，还有平时傻吃傻喝的李拴羊，那一绳子套得真结实。

几个人朝着余罪和李拴羊的方向奔去。后面刚刚爬起来、一手湿粪的李逸风可怜兮兮地求着大伙："谁身上有纸，给找点纸。"

这地方哪有纸？孙羿回头看时，扑哧笑了出来，挥手道："自个儿找地方蹭蹭去吧，别到我们身边啊，一身粪。"

可不，浑身上下都是牛粪，有的已经冻住了，特别是手上，黏糊糊、臭烘烘的，想想自己修长的玉手成了这样子，李逸风痛不欲生。和雪搓搓吧，太冷；到栏上蹭蹭吧，又太硬。狗少找了一圈，看到哞哞乱叫的牛群时，他灵机一动，奔上前在栏边一头牛身上蹭了蹭，哎呀，又软又滑又舒服。

三蹭两蹭，好歹擦干净了，不料刚一弯腰抓了点雪想弄干净，那被蹭的牛像报复一般，"吧唧"一甩尾巴，甩他脸上了。李逸风一抹脸，满手脏乎乎的雪泥，气得他痛不欲生地喊着："气死我了！还让不让人活啦……"

没人理他，只有畜群哞声四起。几百米外，余罪找着工具撬着这辆小卡的车后厢，边撬边兴奋地说着："这么拼命，肯定他娘的没拉什么好东西。"几个人合力连砸带撬，直把拳头大的锁打开了，一拉厢门，车里整整齐齐码着几屋包装箱。

拉出箱子一掀，只见里面全是袋装的墨绿色膏体。余罪和众人相视间，慢慢地俱是笑意一脸。当一箱又一箱的膏体被揭开时，众人脸上的笑意更浓了，连日来的疲惫一扫而空，兴奋之极的余罪靠着车，奸笑着道："他妈的，摸泥鳅逮着个王八，赚大啦！"

图像在慢慢地传输着，这个视频文件很大，邵万戈觉得过程太漫长了，他一遍一遍踱步在技侦室里。急促的脚步响起时，他知道谁来了，起身一拉门，只见马秋林急切地问着："什么情况？"

"初步确定，抓到了运送'天香膏'的嫌疑人老粪，截获了一车，有八十箱这种东西。"邵万戈做了个手势，凛然道。

马秋林一阵狂喜，失态了，哈哈大笑道："简直福将啊，不是去查叫草犊子的那位穆宏田了么？"

"没查到这个人，不过吃饭的时候撞上这个了。"邵万戈笑着将一张纸递给了马秋林。马秋林扫了眼，惊讶道："蒙古族的。"

"对，叫阿尔斯楞，刚刚确定身份，卓力格图队长他们正在审问……现在镇川刑警队全部咬上这个案子了，我们的人正准备乘飞机至大同，从那儿转火车到镇川，晚上能到。"邵万戈道。

"好，如果能在最短的时间摸清他们的组织结构、人员组成，那这个案子就没什么难度了。"马秋林笑着道，没想到案子能有这种戏剧化的情节，从最不可能的地方打开突破口——直接截获这种药品，想都不敢想。

图像出来了，在回放着，他们从屏幕上看到车进了镇川刑警队的大院，正在清点着东西。那一组远赴外地的刑警们忙得头也顾不上抬，邵万戈看到了余罪，正指挥着干活，他笑着道："不得不承认，这家伙的运气真好。"

"运气只青睐有准备的人。在此之前，谁会凭着一个不确定的线索，一个不确定的绰号，就跑到天寒地冻的省境上？看来我真的老了，这种撞运气的事，反正我是不会干。"马秋林笑了笑，有点自嘲。

传送完毕后，接着有董韶军在电话上汇报着案情的检测结果，其间直联的审问过程也全程收到了。那位嫌疑人在拳脚上很凶，可在智商上并不怎么灵光，被了解当地情况的卓力格图队长三唬两诈，挤出了不少干货。

产点在哪儿，窝点在哪儿，卖给谁了，谁是常来的客户……一点一点，这个团伙慢慢无所遁形了。

晚上八时，省二队一组到达镇川县，和县刑警中队合兵一处，开始锁定当地的几位重点嫌疑人，等待着最佳抓捕时机的出现。

同一时间，邵万戈从办公室里开门侧身让着，让市局王少峰局长走在前面。他踌躇满志地跟在局长后面，准备参加由省厅协调的一个电话会议。

全省范围内多地市并案这一猜想，从羊头崖乡案发开始至今，已经再无异议……

《余罪：我的刑侦笔记5》即将出版，精彩预告：

"偷牛案"逐渐接近尾声，如何寻找到行踪莫测的幕后黑手，成了本案最后一个关键的突破口。而随着各种线索一一暴露，余罪又一次从不可思议的角度，完整窥探了整个事件的真相……

"偷牛案"的侦破让整个警界为之振奋，许平秋借机在全省范围内开展"破案大会战"，十八年前的一桩杀人悬案也因此浮出水面。令余罪惊奇的是，此案中涉及的每一个人，似乎都怀揣着诸多不能说的秘密，行为举动暗含诡异，而潜逃至今的杀人凶手更是毫无音讯，犹如人间蒸发……

敬请期待《余罪：我的刑侦笔记5》。

马上扫描读客二维码，并回复"余罪5"，免费内容立即发送到你手机，预读《余罪：我的刑侦笔记5》一万字！

读 客® 知识小说文库

读 小 说 学 知 识

什么是读客知识小说？

畅销全国的读客知识小说文库，每部小说都在精彩的故事中，融合了丰富系统的人文知识；让您每一次充满乐趣的阅读，都成为汲取知识的智慧之旅：

◎ 关于西藏宗教、文化、地理的百科全书式小说《藏地密码》（何马著）

◎ 逐层讲透村、镇、县、市、省官场现状的自传体小说《侯卫东官场笔记》（小桥老树著）

◎ 讲述中国社会底层结构变迁的黑道小说《东北往事：黑道风云20年》（孔二狗著）

◎ 讲透中国传统政商关系的至高经典《红顶商人胡雪岩》（高阳著）

◎ 从"文革年代"的胡同里杀出来的京城大亨成长史《北京教父》（王山著）

◎ ……

每个系列，都是人文知识丰富、销量过百万册的超级畅销小说。翻开读客知识小说文库的每本书，您都将在感受小说无穷魅力的同时，轻松获取某一方面的系统知识，增强自己对这个世界的理解，成为一个学识渊博的人。

读小说，学知识，锁定读客知识小说文库。

《清明上河图密码》
全国热卖中！
隐藏在千古名画中的阴谋与杀局

《清明上河图》描绘人物824位，牲畜60多匹，木船20多只……5米多长的画卷，画尽了汴河上下十里繁华，乃至整个北宋近两百年的文明与富饶。

然而，这幅歌颂太平盛世的传世名画，画完不久金兵就大举入侵，杀人焚城，汴京城内大火三日不熄，北宋繁华一夕扫尽。

这是北宋帝国的盛世绝影，在小贩的叫卖声中，金、辽、西夏、高丽等国的间谍和刺客已经潜伏入画，死亡的气息弥漫在汴河的波光云影中：

画面正中央，舟楫相连的汴河上，一艘看似普通的客船正要穿过虹桥，而由于来不及降下桅杆，船似乎就要撞上虹桥，船上手忙脚乱，岸边大呼小叫，一片混乱之中，贼影闪过，一阵烟雾袭来，待到烟雾散去，客船上竟出现了二十四具尸体，所有人都目瞪口呆……

翻开本书，一幅旷世奇局徐徐展开，错综复杂，丝丝入扣，824个人物逐一复活，为你讲述《清明上河图》中埋藏的帝国秘密。

《侯卫东官场笔记》系列

公务员必读，累积销量突破500万册！
一部逐层讲透村、镇、县、市、省官场现状的自传体小说

　　23次微妙的调动与升迁，66个党政部门，84起官场风波，304位各级别官员，交织进1个普通公务员的命运——侯卫东的这本笔记，将带您深深潜入中国公务员系统庞大、复杂而精彩的内部世界，从村、镇、县、市一直到省，随着主人公侯卫东的10年升迁之路，逐层剥开茫茫官场的现状与秘密。

　　读完本书，官场对于您将不再是一个模糊、杂乱的概念，而是一张张清晰、熟悉的面孔；那些粉墨登场的芸芸百官，那些表情背后的心思，看似突如其来的话语，都在小说的跌宕起伏中，一一露出了他们的本来面目。

　　《侯卫东官场笔记》：逐层讲透村、镇、县、市、省官场现状。

　　《侯卫东官场笔记2》：如何做政绩？

　　《侯卫东官场笔记3》：教你掌握"被领导的艺术"。

　　《侯卫东官场笔记4》：如何让"领导的领导"看上你？

　　《侯卫东官场笔记5》：哪些人脉救命？哪些人脉要命？

　　《侯卫东官场笔记6》：铺路不忘退路！

　　《侯卫东官场笔记7》：随时"埋伏笔"，多多益善。

　　《侯卫东官场笔记8》：越往上走，越要讲政治。